21世纪年度报告文学选

报告文学

李炳银／编

人民文学出版社

图书在版编目（CIP）数据

2016 报告文学/李炳银编. —北京：人民文学出版社，2017
（21 世纪年度报告文学选）
ISBN 978-7-02-012576-0

Ⅰ.①2… Ⅱ.①李… Ⅲ.①报告文学—作品集—中国—当代 Ⅳ.①I25

中国版本图书馆 CIP 数据核字（2017）第 068936 号

责任编辑	胡玉萍　薛子俊　涂俊杰
装帧设计	刘　静
责任印制	王重艺

出版发行	人民文学出版社
社　　址	北京市朝内大街 166 号
邮政编码	100705
网　　址	http://www.rw-cn.com
印　　刷	三河市鑫金马印装有限公司
经　　销	全国新华书店等
字　　数	294 千字
开　　本	880 毫米×1230 毫米　1/32
印　　张	11.125　插页 3
印　　数	1—3000
版　　次	2017 年 8 月北京第 1 版
印　　次	2017 年 8 月第 1 次印刷
书　　号	978-7-02-012576-0
定　　价	39.00 元

如有印装质量问题,请与本社图书销售中心调换。电话:010-65233595

出 版 说 明

　　上个世纪八九十年代，我社曾编辑出版过小说、散文、诗歌、报告文学等各种文学体裁的年选本，其后，这项工作一度中断。进入新的世纪，我社陆续恢复编辑出版短篇小说年选、中篇小说年选、散文年选，对当年我国中短篇小说及散文创作实绩进行梳理、总结，向读者集中推荐，取得了良好效果，也为新世纪的文学积累做出了贡献。

　　报告文学敏锐及时地把握时代脉搏，反映社会生活。根据文学界人士和读者的建议，同时与小说年选、散文年选形成系列，我社又恢复编辑出版报告文学年选；编选范围原则上为当年全国各报刊上发表的报告文学作品，入选篇目的排列以作品发表时间先后为序。

　　我们希望年度报告文学选能够反映当年报告文学的创作概况，使读者集中阅读欣赏当年最优秀的报告文学作品。我们的努力是否达到了这样的效果，期望得到文学界和读者的批评和建议。

人民文学出版社编辑部

目 录

乌孙——迎风怒放的天山雪莲 ………… 高洪雷 1
玛多,一个人的记忆 …………………… 陈启文 41
地平线上的身影 ……… 王少勇 陈国栋 马亮 69
爆炸现场(节选) ………………………… 何建明 121
马里亚纳海沟:中国人来了! ………… 许晨 167
见证:中国乡村红色群落
    传奇(节选) ……………… 铁流 纪红建 218
东方白帽子军团(节选) ………………… 丁一鹤 259
一个记者的九年长征 …………………… 艾平 300
世界是这样知道长征的(节选) ………… 丁晓平 335

乌孙——迎风怒放的天山雪莲

高 洪 雷

乌孙在大宛东北可二千里,行国,随畜,与匈奴同俗。控弦者数万,敢战。故服匈奴,及盛,取其羁属,不肯往朝会焉。

——司马迁《史记》卷一百二十三

一、乌孙是谁?

元狩四年(前119),37岁的汉武帝刘彻发起了规模空前的"漠北战役",卫青、霍去病率大军向匈奴大本营发起了疾风骤雨的攻击,其中卫青一路直达今蒙古杭爱山脉,霍去病的兵锋甚至延伸到今贝加尔湖,给了匈奴帝国以致命打击,河西与漠南再也见不到匈奴骑兵的身影。

劲敌远遁,心愿已了。一连几天,刘彻都在忙着封赏战役中的有功将士和臣僚,长安城未央宫里充溢着大胜后的骄傲与惬意。这天,初冬的太阳移到中天,繁杂的政务已经处理完毕,刘彻也感到肚子咕咕叫了。突然,当值太监传报:"张骞求见——"

"张骞?!他不是废为平民了吗?"要在往常,刘彻肯定不会见他,因为他第一次出使西域尽管没有完成与大月氏结盟的任务,刘彻还是给了他太中大夫的职位,并在四年前将他封为博望侯。可惜,这位外交家不知珍惜,在两年前与飞将军李广出击匈奴时,因为迷了路没有率主力如期赶到目的地,致使李广的前锋部队陷入了敌人的重围,战后被夺了爵位,一直赋闲在家。按说,削职为民的人是没有资格面见皇帝的,但今天刘彻心情不错,于是问:"他为何要面见朕?"

"他说有一条妙计,能对付逃亡西域的匈奴。"

刘彻点了点头,他倒要听听原博望侯有什么高招。

张骞进殿后,直截了当地说:"陛下,卫青与霍去病大败匈奴,迫使匈奴逃亡西域与漠北,的确可喜可贺。但如不乘胜进击,就会给对方以喘息之机。所以,罪臣建议,应该抓紧派出使团出使乌孙,与乌孙联手砍断匈奴的'右臂'!"

"乌孙?"当张骞提到这个西域国家时,刘彻不免一怔。似乎,张骞出使西域归来时,曾经提到过这个字眼,但七年过去了,这个字眼在他的脑海里早已洗白。

"乌孙是谁?你怎么会认定乌孙会与我朝结盟?"刘彻急切地问。于是,张骞只得耐住性子,给圣上讲述这个远方的国家。

从战国到汉初,河西走廊及其周边生活着三个游牧部落,"本为塞种"的乌孙张守节《史记正义》指出:"乌孙,本塞种。"但经人类学家鉴定属古欧洲人种北欧类型。游牧在瓜州一带的绿洲上,讲吐火罗语的月氏几乎占据着整个河西走廊,而匈奴已经将触角向西伸展到了今腾格里沙漠。其中最强盛与凶悍的,是月氏。

国与国的邻里关系,是世上最难处的关系之一。渐渐地,月氏与乌孙这对相貌近似的邻居由口角发展为械斗进而演化为战争。月氏攻杀了乌孙部落首领难兜靡,乌孙民众被迫逃亡匈奴。在逃难途中降生的难兜靡之子猎骄靡,也被匈奴单于王庭收养起来。

在猎骄靡健康成长的日子里,月氏同样经历了两次噩梦般的战争。汉文帝前元四年(前176),匈奴右贤王奉单于之命,发大军击败了西部的月氏。前元六年(前174)或稍后,老上单于发兵攻入月氏,杀死了月氏王。在焉耆、龟兹落脚的大月氏人只能继续向西部天山逃亡。在那里,恰如亡命徒一般的大月氏人杀败了当地的塞人,占据了美丽富饶的伊犁河、楚河流域,迫使无数的塞人部落仓皇南迁。

汉文帝后元三年至四年(前161—前160),已经被乌孙人推举而为昆莫的猎骄靡,请求老上单于允许他西攻大月氏,以报杀父之仇。老上单于也想假借昆莫之手消耗大月氏,于是痛快地答应了他,并派出部分精兵助战。

昆莫与匈奴联军从天山北麓率部杀入伊犁河流域,砍掉了大月氏王的头颅。战斗的进程异常惨烈,大月氏付出的代价更为惨痛,流传至今的一首月氏民歌仍氤氲着血的味道:

孩子,你要是渴了,莫饮河水。
河水里,敌人下了毒;
你就喝敌人的血吧!
孩子,宁死,也莫屈服,
死了,不要让我看到你睡在棺材里,
你的尸首一定要躺在盾牌上被抬回来。

(见陈澄之著《伊犁烟云录》,中华建国出版社1948年版)

战后,惨败的大月氏被迫翻越天山,进入妫水(今阿姆河)以北。昆莫收服了未及撤走的塞种人和大月氏人,使域内居民达到了数万户,军队也达到了五万以上。

昆莫大仇得报,又有了新的基地,一时心满意足,便数次告诫子嗣贵胄:"非匈奴无以复国,须秉持感恩之心。"他不仅对老上单于尊崇有加,而且对前来敲诈的匈奴贵族也一味忍耐。考虑到昆莫一直恭顺有加,老上单于也从来没有难为他。

但随后继任的老上单于之子——军臣单于就不客气了。一天,军臣的一个命令像一顿重拳猛击到昆莫心上。原来,军臣单于设置了二王分治河西,一为休屠王,一为浑邪王。据语言学家考证,休屠是月氏的转音,休屠王就是月氏王;而浑邪是昆莫的转音,浑邪王就是昆莫王。单于明知先前的大月氏之地已为乌孙占据,却任命自己的部下以月氏、乌孙两族王者自居,无疑是对昆莫独立地位的挑战和人格的侮辱。

一气之下,昆莫不再按期朝会匈奴。军臣单于不甘心昔日的臣属与自己平起平坐,便兴兵讨伐。

　　胜利属于敢于牺牲的一方。尽管来犯者气势汹汹,但防守者众志成城,双方各有死伤,来犯者并未占到什么便宜。经此一战,匈奴认为昆莫有神相助,从此打消了与乌孙为敌的念头。

　　不久,一座精美、坚固的城池——赤谷城(今吉尔吉斯伊什提克一带)在伊塞克湖东南部拔地而起,昆莫宣布恢复失国数十年的乌孙。这个新政权东接匈奴,南靠焉耆、龟兹、姑墨、温宿、尉头,西和西北与大宛、康居为邻,统治区纵横5000里。

　　张骞最后说,这是一个与匈奴有仇的国家,也是一个有战斗力的国家,我愿意再次出使西域,说服乌孙与我朝结盟,也算是戴罪立功吧。望着一脸诚恳的张骞,刘彻挥了挥手,表示你可以退朝了,"容朕想想!"

二、张骞二使西域

　　次日,刘彻下诏,任命45岁的张骞为中郎将,率领300人的使团,携带数车金币丝帛与万头牛羊二使西域。因为占据河西的匈奴浑邪王投降,汉已与西域接壤,所以使团顺利到达了乌孙。

　　昆莫在第一时间接见了张骞。如同外交辞令中常说的那样,宾主进行了热情友好的谈话。张骞建议双方联合夹击匈奴,许诺在战后允许乌孙回祁连山旧地居住。但乌孙距匈奴近,大臣皆畏惧匈奴;距汉朝远,不知汉之大小,因而不敢下决心与汉朝结盟,更不愿盲目东归。据理力争已没有任何意义,张骞再一次在宿命面前败下阵来。

　　令张骞稍感安慰的是,昆莫派人送张骞的副使分别访问了大宛、康居、大月氏、大夏、安息、条支、奄蔡、身毒等国。这位副使到达安息帝国时,正值数万安息军队在东北边境集结,准备与邻国接战。当时闹出的笑话是,张骞的副使还以为是安息王特意派大军迎接他们。当副使返回时,自认强大的安息王也派出使节来到汉朝,以便证实汉朝是否像副使介绍的那样广袤而富饶,还将鸵鸟蛋和罗马杂技艺人作为礼物送给了刘彻。

这是一个多么令人鼓舞的景象啊!当元鼎二年(前115)张骞返回长安时,随同张骞返程的,居然有上百名西域国王的使者。据记载,昆莫派数十名使臣携礼陪同,到长安窥探虚实。

宽阔的大道、辉煌的宫殿、如织的人流令乌孙使臣眼界大开,瞠目结舌。其情其景比张骞的描述有过之而无不及。使臣回国后,将观感如实报告了昆莫,使之萌生了与汉朝结盟的强烈欲望。

张骞二次出使西域,虽然未能达到与乌孙合击匈奴的目的,但以艰难困苦为代价,使中原人得到了前所未有的关于西域的丰富知识,使汉朝的声威和汉文化的影响传播到了当时中原人世界观中的西极之地,沟通了一条通向中亚、西亚和南亚乃至欧洲的陆路通道。此后,中亚、西亚、南亚诸国陆续派使节随张骞的副使来到汉朝。与此同时,汉朝商人接踵西行。大量丝绸、瓷器、铜镜、桃、梨、杏、姜、桂、茶、白矾、砂糖、樟脑不断西运。西域的植物苜蓿、葡萄、无花果、安石榴(因产于安国和石国而得名)、胡桃(核桃)、胡麻(芝麻)、胡豆(蚕豆和豌豆)、胡瓜(黄瓜)、胡蒜(大蒜)、芫荽(香菜)、绿豆、波斯草(菠菜)、胡萝卜、番红花、酒杯藤、茴香、葱等进入中原;动物大宛马(波斯草马)、驴、绵羊、犀牛、狮子、大象、安息雀、瘤牛、大狗、沐猴、鹦鹉、鸵鸟、孔雀、黑貂等传入内地;其他物产包括青金石、琉璃、珊瑚、琥珀、象牙、玳瑁、珠玑、犀角源源不断地传入汉地。无怪乎一位诗人感叹:"不是张骞通西域,安能佳种自西来?"

丝路的开通,令刘彻喜不自胜。于是,他拜张骞为大行,负责掌管汉朝各族事务。一年后,博望侯张骞因长年在外奔波而病逝于大行任上。

三、扬州美女

闻听故土东方的汉富甲天下,美女如云,昆莫便派遣使者返回长安,声明取消王号向汉称臣,并以珍贵的西域良马作为聘礼请求和亲。

不久前,刘彻就在一次占卜中得到了"神马当从西北来"的兆示。乌孙良马一到,刘彻立即将它命名为天马,答应了乌孙王永结姻好的要求,并兴致勃勃地作了一首《西极天马歌》:

　　天马徕兮从西极。经万里兮归有德。
　　承灵威兮降外国。涉流沙兮四夷服。

比昭君出塞早了72年的细君出塞的故事拉开了序幕。

其实,细君不是公主,而是一位翁主。她的生父是刘彻之兄刘非的儿子——江都(今江苏扬州)王刘建。刘建私刻玉玺,大造兵器,图谋不轨,后来东窗事发,在元狩二年(前121)自缢身亡,他的妻子也因同谋罪被杀,江都国从此改为广陵郡。父母死时,襁褓中的细君因年幼逃过一劫。元狩六年(前117),广陵王刘胥派人找到了流落民间的刘细君。五岁的细君被送入宫中,和皇家姐妹一起学习典章、音乐、歌舞及其礼仪。

春来如兰,秋去如画。渐渐地,细君不仅出落得雪乳玉腕,丰姿绰约,娇若春花,艳若朝霞,而且出人意料地成长为汉代诗坛和乐坛上一株凄美的修篁。据说,她精通音律,妙解乐理,是乐器琵琶的首创人。琵琶创制的直接原因,是汉武帝"念其行道思慕",让远行千里的细君"作马上之乐"。于是,细君"裁琴、筝、筑、箜篌之属",兼裁各种乐器之长,别创新声,发明了"嘈嘈切切错杂弹,大珠小珠落玉盘"的琵琶。她的诗也远在姐妹之上,她的芳名传遍了京城长安。

元封三年(前108),刘彻决定让芳名昭昭的细君远嫁乌孙,下诏赐封细君为汉江都公主。此前的西汉曾先后七次送宗室之女嫁给外邦,但从未留下这些女子的姓名。如果细君顺利远嫁,将是第一位名传史册的和亲公主。

此时的细君美丽、柔弱而轻盈,如清晨滴着晨露的栀子花,在微风中打开了柔软的花苞,像是呼吸又像是颤抖。将这样一位深宫里的娇花移植到风沙浩渺的西域——承载一个国家的和亲使命,的确有些难为她了。况且,她舍不得繁华绝代的长安,舍不得朝夕唱和的诗友,舍不得锦衣玉食的温馨生活。

但老人们告诉她,命是掌心的纹,肤上的痣,无言以对的神秘。她只有认命。

元封六年(前105),细君在16岁的花季,被刘彻送出了巍峨而繁华的长安,成为一位素昧平生的远方君主的新娘。长安城外,车轮滚滚、翠华摇摇,一支庞大的送亲队伍逶迤西去,随嫁人员多达数百人,既有宫娥彩女、乐工裁缝,也有技艺工匠、护卫武士,陪嫁物饰之丰更是前所未有。

就像晚霞虚幻地把大地染得金碧辉煌一样,应当说,汉朝的送别仪式不可谓不壮观,公主的陪嫁不可谓不丰厚,她的前途不可谓不光明,但细君脸上一直没有现出汉帝期待的灿烂和喜悦,要不诗人为什么感叹"行人刁斗风沙暗,公主琵琶幽怨多"呢?

为了显示汉的威风和恩赐,朝廷对公主远嫁乌孙一事大肆渲染,以至于公主还未启程,周围国家就得到了消息。事实无情地证明,汉朝过度的宣传是多么愚蠢。得到细君启程的消息,匈奴单于赶紧把女儿嫁给了昆莫,被昆莫收为左夫人。细君到达乌孙后,最尊贵的左夫人一位已被占据,她只能屈居右夫人之位。好在正处二八年华的她太漂亮了,乌孙人都称她为"柯木孜公主",意思是"白净美丽得如同马奶酒一样的公主"。

不管怎么说,一开始就不顺利,加上公主不懂胡语,过不惯异族生活,可能也对嫁给年迈的昆莫心存遗憾,她开始以诗歌寄托自己的心志,一不小心吟唱出一首千古铭传的《悲愁歌》(又名《黄鹄歌》):

  吾家嫁我兮天一方,远托异国兮乌孙王。
  穹庐为室兮旃为墙,以肉为食兮酪为浆。
  居常土思兮心内伤,愿为黄鹄兮归故乡。

这是中国历史上的第一首边塞诗。它冲破了"诗言志"的樊篱,给暮气沉沉的诗坛吹进了一股和煦的春风,标志着古代诗歌从"诗言志"向"抒情诗"的回归。80年后,班婕妤的《怨歌行》完成了抒情诗由骚体向五言的转变。耐人寻味的是,抒情诗在汉代的复苏与兴起,是女诗人从中扮演了担纲和旗手的角色。而细君,无疑是披荆斩棘的先锋。

　　细君一度丰盈的日子在陌生的西域骤然瘦弱。于是,她的心如投宿一根寒枝,想到风,风吹她身;想到枝,枝摇她心。

　　对于一位在深宫中长大的嫩苗,我们不能从政治的高度求全责备她。刘彻也很挂念她,不仅令随嫁的工匠为她在夏都——今昭苏草原修建了一座汉式宫殿,而且每隔一年就派使臣带着帷帐锦绣前往探视。

　　不合适的人生活在一起的难度,胜过再找一个。老乌孙王显然深谙此道,因此有意把她改嫁给自己的继承人——孙子岑陬。猎骄靡共有十几个儿子,以中间的一个儿子大禄最强,善于领兵打仗,率领万余军队住在王城以外的地方。猎骄靡的太子早死,太子临死前,向父亲猎骄靡提出了唯一的要求:"必以军须靡为太子。"猎骄靡答应了他,立长孙军须靡为继承人,授予了岑陬之职。大禄大怒,挟持弟兄们联合反叛,积极谋划攻击父亲猎骄靡。为此,猎骄靡分拨给孙子军须靡万余骑兵,到别处驻扎;自己也带领万余骑兵,以应付儿子们的进攻。于是,乌孙国一分为三,在名义上归猎骄靡节制。

　　军须靡不但是王位继承人,而且比老乌孙王年少和英俊多了。但一下子降了两辈,和一位叫自己奶奶的人结婚,这对于深受孔孟之道熏陶的细君来说是难以接受的。于是,她上书汉武帝,用"难为情"之类的理由推辞了老乌孙王的"美意",提出了回归家乡的请求。

　　驿站快马传来了刘彻的亲笔回信,回信规劝细君为了国家大义"从其国俗"。而且,为了有效地卫侍公主,经猎骄靡同意,汉派出数百名士卒在胘(xián)雷(地处伊犁河谷)屯田,这是汉在西域最早的屯田点。

　　细君只有屈尊改嫁。

　　猎骄靡病逝后,孙子军须靡继任。细君和军须靡生有一女,名叫少夫。刚刚生下女儿,细君就因身体虚弱撒手人寰。如烟花般绚烂,却在最美时消失,这就是她生命的写照。

  有人说,细君是久被冷落的罪臣之女,刘彻让她远嫁是对她的信任。这句话放在一般女子身上确有道理,但这位罪臣之女是一位彪炳史册的文学家和音乐家,一位才女的远嫁带给外族的冲击力绝非一般美貌女子可比。君不见,细君出嫁后,不仅赢得了乌孙上下的一片赞誉,而且为这个蛮荒之地送去了东方的文明。从此,这里才有了琵琶、房屋、种植甚至墓冢。

  有人说,她一直对远嫁西域心存幽怨,她心中或许本来就没有什么国家大义。她心中怎么想我们永远难以臆测,退一万步讲,即便是她心存幽怨,即便梦牵故乡,但她的远嫁在客观上促成了乌汉的军事同盟,为汉本始二年(前72)乌汉联军一举击垮匈奴,西域最终纳入中国版图,发挥了保证金和奠基石的作用。基于此,她称得上是中国公主中第一位有记载的民族英雄。

  还有人说,她之所以被历史记住,不是因为她的美丽、她的诗作和她的琵琶,而是她为祖国做出的牺牲。此人就是将细君写入《汉书》的班固。

  至今,美丽的昭苏草原还传颂着细君的故事,他们说:"这里之所以成为新疆最美的草原,是因为有美丽的汉家公主点缀其间。"

四、解忧与肥王

  爱美是人的天性,爱异地美女更是有权有势的男人的天性。军须靡对东方美人情有独钟。因为细君刚刚病逝,军须靡就以维持汉乌亲善为名,请求刘彻再赐一女。

  又一位汉公主闪亮登场。

  新公主名叫解忧,楚王刘戊的孙女,也是一位南国美人。刘戊是汉景帝时期"吴楚七国之乱"的主谋之一,叛乱失败后遭到残酷的惩罚,只有极少数的后代因为"皇恩浩荡"侥幸免死。解忧出生时,祖父刘戊已经自杀30多年。她出生在和细君一样的罪臣之家,没落而暗淡的童年生活,培养和磨炼了她独立而坚强的个性。与柔弱而敏感的细君截然不同的是,解忧不仅生得丰腴健美,英姿飒爽,而且落落大方,胆识过人,娇媚中蕴含着浓浓的英雄情结,具有一副忠君报国的侠肝义胆。

接到军须靡再次和亲的书信,刘彻立刻想到了这位远在徐州的侄女。就这样,19岁的解忧被封为"楚公主",于太初三年(前102)踏上了西去的漫漫途程。

公主也曾悲伤一时,但很快,她就坦然接受了命运的安排,尽管前面是茫茫的草原戈壁,冽冽的寒风冰雪,艰难的异域生活,严峻的战争威胁。渐渐地,这个出生在罪臣之家,小时备受冷落的女子,在西域飘凝成了历史天空中最奇幻的一抹云霞。

初到乌孙的解忧并不顺利,因为她的丈夫军须靡像他祖父一样,也拥有汉匈两位公主。匈奴公主生有一子取名泥靡,而解忧却未能生子。几年下来,汉乌关系毫无进展。

太始四年(前93),军须靡病危,本来想册立自己与匈奴公主所生的儿子泥靡为嗣,无奈泥靡年龄尚小,而季父大禄的儿子翁归靡正值壮年,颇具威望与才智,于是,军须靡以退为进,宣布传位于堂弟,并且在乌孙贵族面前与翁归靡指天立誓:"泥靡长大后,以国归之。"

翁归靡登上昆弥之位后,已经分裂的乌孙再度统一。

因翁归靡看上去又肥又痴,所以乌孙人戏称他为"肥王"。按照风俗,肥王继承了解忧与匈奴公主。也许是性情相投吧,解忧接连为肥王生下了三位王子和两位公主。长子元贵靡被立为嗣子,从而打破了乌孙国继承人皆由匈奴公主所生的惯例;长女弟史嫁给龟兹王绛宾为妻,使得龟兹与汉朝保持亲密关系达一个世纪之久,成为西域都护府最可信赖的根据地,弟史也因此被汉宣帝特别加封为汉家公主;次子万年后来成为莎车王,小儿子大乐官至左大将,次女素光则嫁给乌孙若呼翕(xī,古同"翕")侯为妻。公主家族成为乌孙最为显赫的家族。

这是一个和风劲吹的岁月,肥王对解忧不仅关怀备至,而且言听计从,乌汉双方进入了蜜月期,一度沉寂的丝路也恢复了往日的喧闹。

世间每洒下一缕阳光，就会投下一片阴影。也许对乌孙亲近汉朝心怀不满，也许对匈奴公主受到冷落心有不甘，匈奴壶衍鞮单于终于公开发难，他调遣大军以巴里坤草原为基地，以车师国为跳板，长驱直入攻打乌孙国，并声称得到解忧方才退兵。

面对滚滚而来的匈奴铁骑，赤谷城内人心惶惶，亲匈奴势力趁机煽风点火，翁归靡一时没了主意。

解忧公主从幕后走到前台。她首先说服翁归靡绝不投降，然后派出特使向汉朝紧急求援。

此时的汉朝，比乌孙还乱。从汉昭帝刘弗陵病危到驾崩，朝中大事不断，权臣霍光甚至废掉了在位仅仅27天的刘贺。大臣们在为立谁为新君而焦头烂额且步步惊心，又哪里顾得上解救万里之外的乌孙？

救援乌孙的奏议拖了又拖，更无人响应出兵一事。在这内忧外患的三四年中，解忧公主费尽心机，拉拢利诱了一批首尾两端的匈奴贵族，着力为战马加料催膘，扩充昆弥近卫，奋力抗击匈奴的侵袭，使得匈奴铁骑始终不能进入伊犁河谷。在这段危难的岁月里，她以持如履薄冰心，行勇猛精进事的方式，展现了一代巾帼为夫解忧、为国排难的本色。

汉宣帝刘询即位后，解忧公主与翁归靡再次联袂上书汉宣帝，力陈汉乌联手、夹击匈奴的必要性，并保证出动乌孙最精锐的五万骑兵参加对匈奴的东西夹击。

本始二年（前72），刘询终于下定了决心，派出五员大将率军挺进塞外，迫使匈奴仓皇退走。

随后，翁归靡亲自披挂上阵，西域校尉常惠手持汉朝符节随军而行，五万铁骑千里奔袭，直捣位于巴里坤草原的匈奴右谷蠡王的老巢，"三犁其王庭"，俘虏单于父辈、公主、诸王、都尉、千长、骑将以下四万多人，获得牲口70余万头，可谓是大获全胜。史载，"匈奴遂衰耗，怨乌孙"。常惠还朝后，因功受封长罗侯。这一年是本始三年（前71）。

战后，乌孙威望激增，成为西域诸国的一大偶像：丝路南道的莎车，在老国王死后，把解忧公主入侍长安的次子万年请去做了国王；丝路北道的龟兹王绛宾，辛苦地求娶了解忧公主的长女弟史为王后；东部的车师王乌贵，干脆投奔了乌孙，翁归靡收留他七年后才将他送到长安。至此，乌孙进入极盛时期，拥有居民12万户，63万人，军队也达到创记录的18.8万人。

那可是一种鲜花着锦般的兴盛啊！

五、半路公主与落难公主

为表彰乌孙君臣的战功，刘询派长罗侯常惠带着贵重财物和锦缎，专程赶赴乌孙奖赏立功的贵族与将军。

元康二年（前64），翁归靡通过常惠上书刘询说："愿以汉朝的外孙元贵靡为继承人，让他也娶汉公主，结两重姻亲，断绝与匈奴的关系。愿用马骡各一千匹作为聘礼。"

接到和亲的奏疏，刘询召集公卿们商议此事。东海兰陵（今山东苍山兰陵镇）人、大鸿胪萧望之认为，乌孙远离汉边，如有变故很难保护，还是不答应和亲为好。刘询则认为，乌孙新立大功，如今又主动交好，不能辜负了对方的好意啊。

刘询选定解忧公主的侄女刘相夫为第三位乌孙和亲公主，为她配备了百余人的仆从，并让她进入上林苑学习乌孙语。刘询还亲赴平乐观，会见匈奴使者和外国君长，大演角抵之戏和音乐、歌舞，庆祝汉乌和亲。

神爵二年（前60），万里之外的长安，一支以长罗侯常惠为首的庞大送亲队伍，由300人的乌孙迎亲队伍陪同，满载着金银财帛与生活用具，在刘询写满希望的目光中启程了。

徐徐龟行的和亲队伍刚刚抵达敦煌，西域就传来了肥王翁归靡病逝的噩耗。不久，更坏的消息从西域传来，因为军须靡的儿子泥靡已经成年，所以肥王病逝后，乌孙贵族们按照军须靡临终前与翁归靡的约定，拥立泥靡为昆弥，解忧之子元贵靡的昆弥之梦暂时破灭。

序幕竟然出现了纰漏，以至于正剧无法进行。听说元贵靡没有成为昆弥，常惠上书刘询："愿将少公主暂时留在敦煌，我赶到乌孙,责备不立元贵靡为昆弥之事,回头再接少公主,可否?"一直对和亲持反对意见的萧望之再次进谏汉宣帝说:"乌孙向来在汉朝与匈奴之间摇摆不定,很难坚定地执行与汉朝的盟约。解忧公主去乌孙已40多年,边境也不得安宁,就是明证。如今我们因为元贵靡没有被立为昆弥而唤回少公主相夫,并没有失掉对周边民族的信义,也是汉朝的福气。少公主不唤回,战争就会爆发,徭役就将增加,根源由此而起,请陛下三思!"于是,刘询召回了在敦煌驻足观望的少公主,堂而皇之地取消了这对表兄妹的婚约,"半路公主"刘相夫半是庆幸、半是落寞地回到长安。世间多少事,无言可说,无象可形,只是一朵云儿往来,一缕清风游走。

汉朝抽身而去,尽管避免了一场纠纷甚至战争,却让事态无法阻止地向崩塌的一方滑落。元贵靡的声誉直线下降,解忧也失去了往日的风光,稳固多年的汉乌关系一夜间付之东流。

饱经冷漠的泥靡,对解忧公主垂涎已久。一旦成为昆弥,便立刻向自己的梦中情人求婚。按照风俗,解忧无奈地第三次改嫁给了泥靡。

绝望的爱情让人悲哀,让人恋栈,正如一片碎瓷,在阳光下折射出夺目的光泽,反倒比一件完美的瓷器更有摇曳多姿的魅力。婚后,解忧对泥靡越是冷漠,泥靡对解忧就越加纠缠。泥靡不仅逼迫解忧为他生下了儿子邸靡,而且以十倍的疯狂倒行逆施,因此被称为"狂王"。

尽管同居一室,但解忧与泥靡已经形同陌路。即便是用倍数最高的放大镜,人们也无法在这桩婚姻中再发现一丝丝爱的痕迹,找出一个温柔体贴的原子。而且,在解忧看来,如果听任狂王为非作歹,继续衰落的乌孙必将难以摆脱被匈奴吞并的命运,大汉半个世纪的苦心经营也将付之东流。

这时的解忧已经不是那位足不出户的贵族小姐,而是一位驰骋沙场的草原骑手;她胸中奔涌的已经不是汉族女人的闺中愁绪,而是草原勇士的高亢情怀。时值汉朝派卫司马魏和意、副侯任昌送侍子到乌孙,解忧向两位汉使表达了自己的满腔怨愤,

13

并表示多数乌孙人对狂王不满,除掉狂王并不困难。于是,双方开始紧锣密鼓地策划谋杀计划,准备摆下鸿门宴除掉狂王。

不承想,一流的解忧和汉使却在行动中犯了一个末流甚至不入流的错误,那就是事先安排好的刺客宝剑刺偏,负伤的狂王趁乱逃走。问题是,这次刺杀不同于荆轲刺秦王,而是在刺杀者占优势的情况下精心安排的。这个低级错误实在令人吃惊,至今让人匪夷所思。或许一些看似偶然的事件真的能够改变历史吧。

立时,伊塞克湖南岸铁流滚滚而来,狂王的儿子细沈瘦发兵将解忧和汉使围困在赤谷城内。

在接下来的日子里,公主和城中军民击退了一次又一次的血腥进攻。城墙内众志成城,城墙下血流成河。

日落十分,解忧公主在将士的护卫下,登上沾满鲜血的赤谷城墙,遥望着被如血的残阳染红的美丽的伊塞克湖,泪水蒙上了她的双眼。她对身旁的将士说:"我是这样地爱乌孙!乌孙的太阳是这样地美!"

身旁一位将军感慨道:"公主就是一轮不落的太阳啊!"

从中原文化的坐标看,那是一个桓宽写《盐铁论》、刘向写《说苑》的时代,而在遥远的西域,他们的公主正浴血奋战。

数月之后,西域都护郑吉调集西域诸国兵马赶到赤谷城,方才将细沈瘦赶走。为了顾全大局,刘询派遣中郎将张遵带上良药前往乌孙给狂王疗伤,并赐予了20斤黄金和一匹彩绸。作为刺杀案件主谋,汉使魏和意、任昌被戴上枷锁,从尉犁坐囚车押赴长安斩首。

解忧闻讯,只有泪如雨下。

一场戏演到高潮,想要改变情节已不可能。无论多少人泪流不止,也终究要把结局演完。

六、愚蠢高官与智慧女仆

汉车骑将军长史张翁被刘询派到乌孙,专门负责调查刺杀事件的始末。刘询的本意,是要他稳住泥靡,表面上公事公办,但暗地里要替解忧公主解脱罪责,最好选择适当时机将泥靡干掉,起码也要将大事化小,小事化了。

人是唯一能接受暗示的动物。谁知,张翁不把自己看成"动物",他自认为读过几卷圣贤书,竟然幻想万里之外的乌孙也尊崇"君君臣臣父父子子""嫁鸡随鸡嫁狗随狗"的孔孟之道,认定解忧公主既然嫁给了泥靡就应该忠心不二,因此"大义凛然"地审查起了解忧公主。既然办案者客观公正,案情很快就水落石出,所有人证、物证都指向了解忧,真正的主谋无疑就是解忧,两位汉使只是辅从。于是,张翁板起一副居高临下的面孔,用铁的证据指责解忧"谋杀亲夫"。解忧不服,向张翁叩头,拒绝认罪。张翁居然揪住她的头发破口大骂。

竹可焚不可毁其节,玉可碎不可抹其白。解忧公主含泪上书刘询,痛陈了自己受到张翁审讯与体罚的经过。张翁被押回长安,先是下狱,然后斩首。

而张翁的助手——副使季都,同样没有领会朝廷的"暗示"。季都率领将士前去探视养伤的狂王,警惕性不高的狂王只带十几名随从将季都送出门外。此时下手,极易成功,季都却将这一良机白白错过。回到长安,刘询以"坐视杀死泥靡的大好时机"的罪名,将季都实施了宫刑,成了一个不男不女的人。

处置完这两个部下,刘询也奇怪:朝廷里怎么会有这么多愚蠢透顶的官员?

螳螂捕蝉,黄雀在后。在狂王受伤的时候,肥王与胡妇所生的儿子乌就屠与诸侯逃到北山,扬言匈奴大军将至,所以很多人都归服了他。解忧的刺杀计划流产后,乌就屠却成功地刺杀了泥靡,自立为昆弥。由于担心乌就屠归附匈奴,汉皇命令破羌将军辛武贤领兵1.5万人火速到达敦煌,准备西征乌孙。

恶战一触即发。

西域都护郑吉了解到冯嫽的丈夫与乌就屠关系密切,便把劝说乌就屠投降的重任交给了冯嫽。

和不一样的人在一起,就会有不一样的人生。冯嫽,是解忧远嫁乌孙时的侍女。她不仅知书达礼、机敏过人,而且能言善辩,兼有特殊的语言天才。到达乌孙后,解忧待冯嫽如同姐妹,并将她嫁给了乌孙手掌重兵的右大将。就这样,解忧与冯嫽在王庭内外形成了掎角之势。

接到郑吉的指令,汉朝移植在西域的第二朵玫瑰铿锵登场。

像她的主子解忧一样,这位侍女出身的汉族女子也是一位义薄云天、韬略满胸的不凡女性,冒着被杀头的危险,冯嫽只身来到乌就屠的营帐,凭借着自己的凛然正气和伶牙俐齿,对乌就屠析以时势,晓以利害,硬是使得气焰嚣张的乌就屠低下了头颅。乌就屠战战兢兢地说:"给我保留个小昆弥之号就行了。"

在乌就屠答应投降的前提下,冯嫽回到长安向刘询报告了事件的经过。刘询任命冯嫽为正使,竺次、甘延寿为副使,锦车持节回到西域,全权处置乌孙事件。冯夫人回到乌孙,将乌就屠召到赤谷城长罗侯常惠的官邸,立元贵靡为大昆弥,乌就屠为小昆弥,分别赐给印绶。甘露元年(前53),长罗侯常惠率三校来到赤谷屯田,并负责将乌孙分为大、小昆弥二部,划定了地界,让肥王与解忧所生的元贵靡担任大昆弥,领户六万;让肥王与匈奴公主所生的乌就屠担任小昆弥,领户四万。

经过一双纤纤玉手的点拨,一场错综复杂的恶性事件得到平息。

可以说,刘询派70岁高龄的常惠来到赤谷城屯田,是一步高棋。常惠所率领的三校,按每校1000人计算,赤谷城屯田士卒达3000人;按每人种田20亩左右计量,赤谷城屯田规模应该在五万亩以上。这支力量,足以让乌就屠毛骨悚然,如履薄冰。

岁月载得动志向,却载不动年龄。山头月,迎得云归,还送云别。甘露三年(前51),元贵靡、邸靡病死,元贵靡之子星靡代为大昆弥。在得到刘询的特别恩准后,70高龄的解忧带着三个孙子、孙女与冯夫人一起东返。

秋风吹渭水,落叶满长安。回到京城后,她被安置在上林苑中的蒲陶宫,朝见礼仪与皇亲公主待遇相等。从此,她将回忆浓缩在一个叫"时光"的光盘里,慢慢品读。

两年后,也就是黄龙元年(前49),解忧在长安仙逝。

行笔至此,我的耳边响起唐代诗人常建的《塞下曲》:

玉帛朝回望帝乡,乌孙归去不称王。
天涯静处无征战,兵气销为日月光。

七、外战郅支

就在乌孙大、小昆弥分设前后,草原上的匈奴也发生了空前惨烈的内讧。

先是驻守西域的匈奴日逐王因为没有当上新单于,一气之下率部归顺了汉朝。不久,匈奴境内发生了蝗灾、冻灾、饥荒以及"五单于并立"的内战。经过多轮次火并,最终剩下了南北两个单于。弟弟南单于呼韩邪于甘露二年(前51)向刘询称臣投降。哥哥北单于郅支因担心汉朝与南单于的联合进攻,慌忙夺路西去,将希望的目光投向了乌孙。

郅支单于知道,乌孙国的小昆弥是乌就屠,此人体内有着一半匈奴血统,他不仅掌控着乌孙最强大的军队,而且因为汉朝强立元贵靡为大昆弥,并且偏袒元贵靡的继任者星靡,一直对汉心怀怨恨。于是,郅支亲拟了一封热情洋溢的书信,派出得力信使赶往乌孙,表达了合兵一处、共谋霸业的愿望。

接过书信,乌就屠冷笑数声,招来刀斧手,将郅支的信使砍下脑袋,再将信使的头颅装进木匣送往西域都护府。然后,乌就屠发兵8000进击郅支。在乌就屠看来,郅支是一只丧家之犬,战斗力与强盛时期不可同日而语,如果能够一战擒获,或许能借此赢得汉的倚重,起码也能洗白自己的"胡妇子"身份。

别忘了,郅支毕竟是从尸山血海中走出来的枭雄,经历过无数次战争的历练,身边也聚集了数万铁血精骑,奈何不了汉难道奈何不得乌孙?听说乌孙来攻,郅支单于立刻勒兵上马,列阵出击。接战不久,郅支就将乌就屠击溃。

按说,这是郅支为祖先报仇的大好机遇,但经验丰富的他并未恋战。因为他清楚,如果他乘胜攻入伊犁河,西域都护府联军不久就会前来救援,到那时,他将陷入泥潭难以自拔。于是,他向北攻入乌揭、坚昆和丁零,在坚昆设立了新单于庭,一时间颇有白手起家、搞出一个大匈奴帝国的势头。

偏远而寒冷的坚昆,东距原单于庭7000里,南距车师5000里,周围并无强悍的国家,汉军也鞭长莫及。以此为根据地,北匈奴开始频频出击乌孙。而裂土分治的乌孙,每一次都反击乏力,随时面临着灭顶之灾。

危难时刻,一个偶然事件救了乌孙。

这个偶然事件的导演,就是郅支。初元五年(前44),郅支派出使节到达长安,要求仿效弟弟呼韩邪"内附"汉,同时要求送还入侍长安已达十年的质子、右大将驹于利。汉元帝刘奭很是高兴,不仅设宴款待了北匈奴使者与质子,而且当面答应放质子回到父亲身边。第二天,他召集大臣商议如何护送质子西归。

一上朝,大臣们就为送不送质子回国争吵起来。刘奭一脸不高兴地说:"现在讨论的,不是送不送质子回国的问题,而是如何护送质子回国的问题!"言外之意,我已经当面答应送质子回国,君无戏言,覆水难收啊。

对于如何护送质子回国,大臣们也有着重大的分歧。御史大夫贡禹和博士匡衡感觉到了北匈奴此举的反常,便联合劝谏说:"北匈奴距离汉朝过于遥远,郅支为人又素来奸诈,是否真心归附难以度量,最好的办法是,使者将质子送出塞外便立刻返回,以防对方有诈,遭遇不测。"

然而,已被任命为使者的谷吉却语气坚定地说:"汉与北匈奴有羁縻关系,养其儿子已达十年,德泽十分深厚,质子回国而汉却不派使者相送,如同有子不养,有畜不饲,会让他们弃前恩,立后怨,失去从属之心,这对汉是十分不利的。我既然幸运地被任命为强汉之使,理当秉承皇帝的旨意,前往北匈奴宣谕汉的厚恩。事成,则郅支归附;不成,仅仅是我一人丢掉性命而已。如果对方怀有禽兽之心,无缘无故地杀掉我这个使者,那么他就会背上老少共愤的滔天大罪,必然远遁而去,再也不敢靠近汉边。以一个汉使的性命来换取万千百姓的安宁,国之计,臣之愿也,我愿送质子到达北单于庭。"

话已至此，刘奭只能同意谷吉的建议，由谷吉护送质子前往郅支单于庭。

被注定的意外，不是意外。郅支一见儿子安全返回，便出尔反尔，过河拆桥，在南、北匈奴交界处的南匈奴一边残忍地杀死了汉使谷吉。我们看不到谷吉临死时的表情，对于这种结局他早就预见到了，但他不理解北匈奴为什么真的这样做，他不会后悔冒险前来，也不会低声下气地求饶，他能做的或许只有不停地警告对方杀死自己的严重后果，并高声大骂北匈奴"顽固不化"。看来，这种自以为是的顽固如同一堵石墙，任何试图达成谅解的努力都会碰得粉碎。

须知，人的欲望，包括占有和谋取、追求和获得，是与生俱来的，本无可厚非。但欲望膨胀到无限大，或争名于朝，争利于市；或欲壑难填，无有穷期；或欺世盗名，招摇过市，得则大欣喜，失则大沮丧，神经像淬火一般经受极冷极热的考验，难免要濒临崩溃的边缘，最后落一个身心憔悴、朝不保夕的结果。儿子回来了，那口恶气也出了，郅支心里十分痛快。但最惬意的时候，往往是失败的开始。当平静下来，郅支便意识到闯了大祸，他自知汉朝会联合南匈奴前来报复，于是决定迅速西逃。

郅支西逃的目的地，是锡尔河北岸的康居。此时的康居，南靠大月氏，东南与大宛接壤，东邻乌孙，东北抵坚昆，是一个拥有60万人口、十几万军队的地区强国。郅支到达康居后，与康居王互相娶了对方的女儿。不久，郅支单于就依靠超人的政治手腕控制了康居王。

有了新的资本，郅支再次胆大起来。他先是带领康居与匈奴联军，数次向东攻入乌孙，兵锋几度逼近赤谷城，造成乌孙上下既心惊胆战，又不堪其扰。后来，因大、小昆弥无能，竟然让郅支攻到赤谷城下，大批民众被杀，无数的牲畜被抢走，致使乌孙西部边境空虚如气，"不居者且千里"，犹如对强盗敞开了大门一般。

向东收拾完乌孙，郅支又向南攻击大月氏、大宛、乌戈之属，向西欺负安息,搅得中亚一片血雨腥风,古老的丝绸之路也被他截断。更有甚者,郅支对前来求取谷吉尸体的汉使说:"我所居住的地方异常困厄,正准备再派一个质子入侍长安,投奔强汉呐!"然后,像一个无赖一样盯着汉使冷笑不止。

郅支单于所言,一如我们听到了蚂蚁说地球太小,不够它们做一个翩翩起舞的舞台。

对此,一伙汉人无法忍受了。建昭三年(前36),在郅支杀害谷吉八年之后,副校尉陈汤挟持西域都护甘延寿,以皇帝的名义秘密调发屯垦军和西域联军共4万余人,兵分两路——南路翻越葱岭,穿过大宛国,北路穿过乌孙国,在郅支的老巢郅支城下形成合围。城池很快陷落,无处躲藏的郅支被砍下脑袋。

远在乌孙的大昆弥星靡、小昆弥乌就屠比刘奭还要兴奋,因为汉朝报的是一箭之仇,而乌孙避免的是亡国之祸呀。

但是,外伤尚可以外力医治,可内伤呢?

就在周边国家认为乌孙可以东山再起的时候,它却令人失望地走向了穷途末路。

八、刺杀成瘾

历史链条的某些环节,总由一些既五光十色又啼笑皆非的怪圈组成。我们在为细君和解忧远嫁乌孙津津乐道的同时,不得不面临一个深层次的问题,那就是汉匈争相与乌孙和亲,也为乌孙埋下了内讧的种子。特别是冯夫人与常惠将乌孙分为大小昆弥,从表面上讲避免了矛盾激化,却在客观上造成了乌孙的分裂。

与包括《汉书》在内的许多中国史对冯夫人极尽褒奖不同,我对冯夫人的这一举措一直不以为然。我不是一个男权主义者,不会给她扣上"妇人之见"的帽子,但可以将此定性为一个"短视之举"。因为拥有汉家公主骨血的大昆弥,与拥有匈奴公主骨血的小昆弥,尽管有着共同的父系,却因母亲分别属于两个仇深似海的大国,所以有着与生俱来的对立与仇视,一直貌合神离、势同水火。如今她又人为地将乌孙分成大小二部，这就等于在同父异母的兄弟之间划了一道鸿沟，这道鸿沟将成为这对兄弟及其各自的后人永远仇恨、互不信任的借口。接下来，大的想吃掉小的，小的又不服气大的，哪一方都试图压倒对方进而一统江湖，为了达到目的甚至不惜毁灭心爱的国家。就这样，乌孙渐渐笼罩在了恐怖主义的阴云之下，变成了十步一杀的刺客天堂，陷入了持续内斗的怪圈，王权神授在这里成为天大的笑话，国力渐渐衰减到经不起任何风吹草动的地步。对此，冯夫人难辞其咎。

果然，解忧东归之后，大昆弥星靡为人怯懦，难以服众，乌孙再次发生内乱。

于是，刘奭自然想到了大小昆弥分设的始作俑者冯夫人。"家是你分的，还是有劳你去调停吧！"已经不算年轻的冯夫人只能奉诏西行。你别说，她分家没分好，但处理起纠纷来还是有些手段。史载，她一到乌孙，内乱就戛然而止，星靡系和乌就屠系从此保持了17年的表面和谐。

须知，把国家和平寄托在一个人身上，是无奈的也是可悲的。冯夫人等分家的当事人一死，乌孙就爆发了三次内讧。

第一次是小昆弥被弟弟暗杀事件。乌就屠死后，儿子拊离被汉册立为小昆弥。建始三年（前30），拊离被弟弟日贰所刺杀。弟弟刺杀兄长时，并未意识到长期以来乌孙背后那只无所不能的巨手。闻听自己册立的小昆弥被杀，汉成帝刘骜大怒，立刻派出使者赶到乌孙抓捕幕后黑手。日贰畏惧汉的天威，赶忙逃到康居国避难。汉使抓不到凶手，只能拿日贰的亲信祭刀，然后扶立拊离的儿子安日为小昆弥。与此同时，汉派遣己校尉屯驻姑墨，准备随时发兵擒杀躲在康居的日贰。

汉朝在行动，安日也没闲着。新上台的小昆弥安日尽管年纪不大，但胆识超群、工于心计，大有祖父乌就屠的遗风。他直接策划了一场诈降的好戏，派手下的贵族姑莫匿等三人伪装成叛逃者，成功打入了日贰阵营，最终趁日贰不备，一刀砍下了日贰的首级，不仅报了杀父之仇，而且提升了自身权威，也省却了汉军千里征讨的辛苦,可谓一石三鸟。作为奖赏,西域都护廉褒特别赐给姑莫匿等三人20斤黄金、300匹绸缎。

虽然内讧已平,但也使刺杀变成了政治斗争的常规。鸿嘉四年(前17),刺杀的受益者安日也被降民所刺杀,乌孙各个翖侯趁机争权夺势,小昆弥陷入了空前混乱。汉无奈,要求前西域都护段会宗前往处置乱局。本来已经准备致仕的段会宗,在同僚们"廉颇老矣,尚能饭否"的质疑声中,顾不上鞍马劳顿,毅然前往乌孙,利用自己的声望,经多方调停,终于达成了协议,扶立安日的弟弟末振将为小昆弥。

第二次是小昆弥暗杀大昆弥事件。在小昆弥发生内讧时,大昆弥管辖区却十分平静。原来,新任大昆弥雌栗靡不但继承了父亲星靡的宽厚,而且拥有父亲所不具备的魄力,一直公平、公开、公正地处理各类纠纷,使得大昆弥辖区出现了多年未有的万民一心的局面,连小昆弥的许多部属也自动投奔到雌栗靡帐下。

所谓嫉妒,其实就是用别人的成功折磨自己。小昆弥末振将睡不香了:与其被渐渐蚕食,不如先下手为强。于是,末振将采用了哥哥用过的诈降之计,安排手下贵族乌日领投奔雌栗靡,然后成功地刺杀了雌栗靡。事变发生后,段会宗与西域都护立雌栗靡的叔父、解忧公主三子大乐将军的孙子伊秩靡为大昆弥。对于小昆弥的处罚,仅限于把他在长安的侍子惩罚性地没为官奴婢。这样做,显然是在息事宁人。

殊不知,雌栗靡的威望太高了。据说,雌栗靡生前为人十分宽厚,就连一个名叫难栖的翖侯得罪了他,他都一笑置之,难栖从此对他十分爱戴。得知大昆弥被刺杀,难栖悲痛欲绝,这种悲痛之情渐渐凝结成难以抑制的仇恨,最终促使难栖起了杀心,并将凶手末振将一击致命。

消息传到长安,刘骜既脸上无光,又心中恼火,便传令段会宗征发西域戊已校尉和各国联军,前往赤谷城兴师问罪。

经验丰富的段会宗并没有简单地执行皇帝的诏命,因为他不想把简单问题复杂化,更不想拿部下的生命去做赌注,而是对兴师问罪过程中可能遇到的一切问题做了充分的估计，在多个选项中做出了一个最为冒险但代价最低的选择。

他像以往历次巡视一样，只带上30名精壮弓箭手走进了乌孙赤谷城。然后不动声色地把小昆弥末振将的太子番丘找来，一边和颜悦色地亲切交谈，一边悄悄拔出利剑将他刺死，报了番丘之父暗杀大昆弥之仇。一名乌孙卫士意外逃脱，将番丘被杀的消息传播开来。末振将的侄子——安日之子乌犁靡闻报，立即调遣数千骑兵将段会宗困在城中。

年轻无极限，也没有大脑。年少气盛的乌犁靡一到城下，便破口大骂段会宗是一个只会偷袭的无耻小人，更是一个应该天诛地灭的刽子手，并厉声质问道："欺我乌孙无人邪？"段会宗登上城头，以剑遥指乌犁靡，仰天狂笑之后，方才狠狠地说："如今你率领大军前来杀我，如同拔汉朝一根牛毛一样容易，可是千万不要忘了，大宛、郅支比尔等强大百倍，但我汉军割取他们的人头如探囊取物一般，你是要步他们的后尘吗？"话音未落，城下的乌犁靡已经跪倒，以近乎哀求的口气对段会宗说："末振将叛汉，父债子还，你们杀他的儿子是对的。我等无罪，请勿诛讨。"段会宗回应："好吧，你们不必惊慌，也不要潜逃。"于是，小昆弥的部下感激涕零，解围而去。

元延二年（前11），这段峰回路转、跌宕奇诡的故事传到长安，刘骜喜不自胜，下诏封段会宗为关内侯，赐黄金万两。

第三次是小昆弥的弟弟造反事件。从表面上看，刺杀事件已经平息，但事件的后遗症却在持续发酵，小昆弥的亲属并不服气，末振将的弟弟卑爰疐（zhì）率八万多部众投奔了康居，试图借助康居之力兼并大、小昆弥。

藏起一片树叶，最好的地方是树林。大、小昆弥担心被卑爰疐各个击破，都比之前更加亲密地依附于西域都护。在强大外力的作用下，乌孙与汉居然形成了一只难以下口的铁拳，这是卑爰疐万万想不到的。

时光流逝到元始年间（公元1—5），客居他乡的卑爰疐已坐了十几年冷板凳，银丝染上了双鬓，他那吞并乌孙的梦想已被岁月销蚀得如同秋日落叶。经过再三权衡,他以刺客乌日领的脑袋为见面礼,公开宣布投效汉朝。考虑到他手下拥有大量部众,汉平帝刘衎封他为归义侯。

既然接受了汉的节制,就应该规规矩矩做人,但卑爰疐本性难改,仍恃强凌弱,不断地派兵蹂躏大、小昆弥。在数次警告无效后,西域都护孙建将卑爰疐刺杀。其实,历史上和现实中有很多人就像卑爰疐一样:在庙里敲钟,却惦记着化缘的自由;而外出化缘,又渴望庙里的清净。

在接近半个世纪的时间里,乌孙先后有七名昆弥和贵族死于暗杀。每一个侥幸活过50岁的乌孙贵族,在被恭敬地送入家族墓地之前,都曾亲身经历过至少一次暗杀。这就是分裂后的乌孙。汉西域都护时而安抚,时而镇压,没有经历过一年的太平岁月。

九、加入哈萨克

如果乌孙人因此而埋怨汉朝,那就大错而特错了。因为强盛的汉朝一灭亡,乌孙人就甘尽苦来了。

新始建国五年(13),大小昆弥派遣使者到长安朝贺,大昆弥,是中国的外孙;小昆弥,乃匈奴的外孙。王莽为了示好作乱的北匈奴,特意将小昆弥使者的座次不合常规地排在了大昆弥使者之前,成为令西域各国嗤笑的黑色幽默。王莽此举,使得西域各国更加瞧不起新朝,焉耆王率先发难,攻杀了西域都护但钦,地处极西的乌孙从此淡出了中原王朝的视线。

之后,小昆弥境内出现了一个新国家悦般,它是匈奴、白匈奴和大月氏联合体。只有乌孙西部的大昆弥勉力支撑,苟延残喘。

"灭六国者六国也,非秦也;族秦者秦也,非天下也。"这就是构成中国历史的帝国定律,乌孙也不例外。而且,当一种文明衰落崩溃时,外来蛮族总会适时出现。五世纪初,草原霸主柔然与悦般国开始联手鲸吞西域,水草丰美的乌孙国成为首当其冲的猎物,赤谷城被夷为平地,乌孙残余被迫西逃天山。

太延元年(435),北魏卷入了西域争夺,将柔然的盟友悦般拉拢到了身边,使乌孙人看到了复兴的曙光。于是,乌孙带头派遣使者到北魏朝贡,从而掀起了西域各国脱离柔然入贡北魏的浪潮。时隔两年,北魏太武帝拓跋焘派董琬、高明出使乌孙,将乌孙纳为属邦。转过年头,拓跋焘又派兵深入漠北攻击柔然,不料被柔然挫败,柔然吴提可汗趁势兵犯西域。之前,悦般与乌孙带头反叛柔然而攀附北魏,一度使得柔然威风扫地,如今是秋后算账的时候了。此后十几年,草原帝国柔然先是迫使悦般远走欧洲,然后为苟延残喘的乌孙补上了最后一刀。

乌孙余部被迫翻越天山,南迁到葱岭苍茫的群山中,与当地的塞人杂居,当起了最原始的牧民,显赫一时的乌孙国从此绝迹于史册。柔然西去后,天山以北的乌孙故地被东西突厥瓜分。成吉思汗占领中亚后,残存的乌孙人相继成为蒙古金帐汗国(术赤的封地,后为术赤的次子拔都继承)、白帐汗国(术赤长子斡尔达的封地)、蓝帐汗国术(赤幼子昔班的封地)的臣属。

景泰七年(1456),蓝帐汗国月即别克烈汗和贾尼别克汗率领下属的乌孙、康里、克烈、乃蛮、弘吉剌惕、都拉特、札剌亦儿等部落投奔了东察合台汗国,以楚河和塔拉斯河流域为基地,建立了哈萨克(突厥语意为"脱离,迁徙")汗国,定都土尔克斯坦城。

作为世界火药桶的中亚,绝非一块和平的乐土,哈萨克汗国一出生,就被迫加入了与东察合台汗国、帖木儿帝国及昔班尼汗所属的乌兹别克部落长达30年的群殴。

得益于自己的低调与谦和,哈萨克汗国在夹缝中渐渐坐大,在哈斯木汗统治时期达到了鼎盛,领地东南据有七河流域,南至锡尔河,西达乌拉尔河流域,北到伊施姆河,东北包括巴尔喀什湖以东以南的辽阔区域,人口膨胀到百万以上。

公元16世纪末,哈萨克按血缘关系划分为三个玉兹(突厥语意为"部分、方面")。

大玉兹即乌鲁玉兹,又称大帐、右部,占据着七河流域及楚河、塔拉斯河流域的肥美草原,以乌孙部为主体,由康居国后裔康里、乌孙大禄的后裔都拉特（唐代称咄陆）、撒里乌孙突骑施、突厥可萨、北匈奴悦般国后人阿勒班、札剌亦儿、素宛、千希克勒、恰普拉施特、斯尔格里等构成。

中玉兹即奥尔塔玉兹，又称中帐、左部，冬季驻扎在萨雷苏河和锡尔河中下游，夏季在额尔齐斯河与托博尔河、伊施姆河畔游牧，以葛逻禄的后裔阿尔根部为主体，由克普恰克（东钦察人）、塞种人后裔克尔塞克、别斯塞克、波尔塞克、卡尔塞克部，克烈、乃蛮、篾儿乞惕、弘吉剌惕部等构成。

小玉兹即基希玉兹，又称小帐、西部，以奄蔡（阿兰人）后裔阿里钦为主体，由拜乌勒、艾里木乌勒和节特乌勒构成，冬季在伊别克河、乌拉尔河畔游牧，夏季则迁往阿克提尤别草原。

从以上构成不难看出，此哈萨克非彼乌孙，而是一个地地道道的混血民族。经对昭苏土墩墓、早期天山乌孙组、哈萨克斯坦境内的乌孙头骨、中亚七河地区乌孙头骨的研究，乌孙大多属于短颅型欧洲人种的帕米尔－费尔干类型（也称中亚两河类型）、安德罗诺沃型（原始欧洲人种的一个变种，为中亚铜器时代居民，因发现于俄罗斯安德罗诺沃村的墓地而得名），还有少量的北欧型及地中海与北欧型之间的类型。而现代哈萨克人则属于南西伯利亚类型，也叫图兰人类型，颅形较短，与现代吉尔吉斯人、中世纪突厥人相近。

更意外的是，一位学者认为，如今已经没有纯粹的乌孙人，哈萨克中的"乌孙"部落，来自于蒙古许兀慎部（旭申）。（见刘迎胜著《丝绸之路》，江苏人民出版社2014年版）

但任何的学术争论都无法替代历史，我们的话题还要继续。

十、旷世英豪

康熙十七年（1678），蒙古准噶尔部首领噶尔丹称可汗。恰逢叶尔羌汗国发生内讧，噶尔丹应邀南下，一举攻占了叶尔羌城。

失去了叶尔羌这道屏障，哈萨克汗国彻底暴露在噶尔丹的獠牙之下。雍正元年（1723），准噶尔人征服了大玉兹和中玉兹，小玉兹汗西逃。

在无边暗夜中，一颗新星冉冉升起。他叫阿布赉（lài），原名阿布力曼苏尔，1711年出生在中玉兹贵族家庭，是哈萨克江格尔汗的五世孙，突厥斯坦城总督、"吸血鬼"阿卜赖的孙子。汗国都城陷落那年，他的父亲瓦里战死，12岁的他跟随母亲流亡到希瓦汗国。16岁那年，他独自回到哈萨克草原，先是在大玉兹乌孙部贵族吐列比家放牧，之后又到中玉兹财主帖木儿家当长工。20岁以后，他毅然报名加入了哈萨克骑兵部队。

雍正十一年（1733），阿布力曼苏尔身跨黄色战马，参加了阻击准噶尔人入侵的战斗。准噶尔名将恰尔希接连将几位哈萨克勇士挑落马下，导致哈萨克军团阵脚大乱。见此情景，阿布力曼苏尔怒目圆睁，高喊着"阿卜赖"，跃马横刀冲上前去，一刀将恰尔希斩落马下，哈萨克军团反败为胜。

战后，本方统帅——中玉兹可汗阿布勒班必特既振奋又惊奇，紧紧抱住勇士的肩膀，好奇地询问："你为何高喊阿卜赖？"勇士回答："阿卜赖是我的祖父，我高呼他的名字，是希望他给我力量。"听完勇士的话，统帅更兴奋了，因为他的祖父就是阿卜赖的兄弟。从此，统帅称勇士为兄弟，并推举他担任了自己的副手。一战成名的勇士，从此被称为"阿布赉"。

时隔两年，中玉兹另一位可汗——头克汗之子赛买客去世，阿布赉与阿布勒班必特成为并列的可汗。

乾隆六年（1741），准噶尔汗噶尔丹策零发兵攻入哈萨克草原，一路进击中玉兹，一路进击小玉兹。面对敌强我弱的不利局面，中玉兹决定避其锋芒，由阿布勒班必特汗率部撤退，由阿布赉汗负责殿后。经过一番血战，阿布赉汗甚至斩杀了噶尔丹策零的儿子，仍旧没有摆脱对方的围追堵截，最终力竭被俘。

噶尔丹策零亲自审问了阿布赉。"是不是你杀死了我的儿子？"噶尔丹策零声色俱厉，但阿布赉端凝若山："杀死你儿子的不是我，而是哈萨克人民，我的手只是履行人民的意愿罢了！"噶尔丹策零恼怒地摇摇头，下令把阿布赉打入死牢。

"人可以被消灭,但不能被打败。"带着沉重的枷锁,阿布赉汗被准噶尔人扔进了一间牢房,在那里日复一日地品尝审讯、谩骂与体罚。在无尽的暗夜里,他一遍遍地反刍哈萨克人失败的原因——分裂。是啊,正因为大中小玉兹各自为政,才能被准噶尔人分化瓦解,各个击破。分裂带来灾难,团结就是力量。他暗下决心:若有重见天日的那一天,他一定团结所有哈萨克部落,重建伟大、统一的哈萨克汗国;若有走出牢笼的那一天,他一定带领团结一心的哈萨克,击败并肢解骄横的准噶尔汗国。

乾隆八年(1743)九月五日,一个令哈萨克人奔走相告的日子,被囚禁两年之久的阿布赉汗重见光明。为了他的释放,大玉兹的吐列比带领90人的庞大亲善队伍赶赴准噶尔汗国谈判,送上了无数财宝;中玉兹阿布勒班必特汗不惜宣布臣服准噶尔汗,并把儿子送到伊犁做人质,最终诱使准噶尔汗做出了一个让他们日后后悔不迭的释放决定。

经历了无边的暗夜,才能明白阳光的可贵。品尝了分裂的苦果,才能感悟团结的甘甜。阿布勒班必特汗首先站了出来,以年迈体弱为由,公开表示自己不再称汗,甘愿接受阿布赉的统辖,并号召哈萨克贵族们共同推举阿布赉为三个玉兹共同的可汗。为此,我们应该向阿布勒班必特汗这位急流勇退的头领致敬。既然不能创造历史,那么就把创造历史的机会让给贤者。急流勇退,让出原有的"位置",用另一种方式延续生命的价值,也不失为明智之举,并会一如既往地受到民众的尊重。一如稻谷,离开了风光于田埂的日子,就有了宝藏于仓廪的时光。

上任后的阿布赉,并未急于发动进攻,而是一边派遣使者与准噶尔汗国虚与委蛇,麻痹敌人;一边组织工匠打造兵器,训练兵马。他需要时机,一个一击致命的时机。

乾隆十年(1745),准噶尔汗噶尔丹策零病死,他的嫡长子策妄多济那穆扎勒继位,是为阿占汗。阿占汗是一个浪荡而残暴的少年,因为他过于年轻与轻率,国事暂由姐姐鄂兰巴雅尔把持,姐弟俩常常因为一些鸡毛蒜皮的事争吵不休。显然,这就是哈萨克人东山再起的良机。于是,哈萨克汗国精锐尽出,从四面八方进入准噶尔的领地,狂风扫落叶般收割着蒙古人的脑袋,一块块本属于哈萨克人的草场失而复得。

乾隆十五年(1750)的一天,阿占汗的脸上阴云密布。年少轻狂的他,把战事恶化的责任全部推给了姐姐,并把姐姐关进了牢房。很快,他的姐夫萨英博洛克与噶尔丹策零的庶长子喇嘛达尔扎相勾结,通过军事政变囚禁了阿占汗,并且剜去了他的双目,让他在姐姐没有坐热的牢房里永远品尝黑暗。之后,喇嘛达尔扎成为大汗。准噶尔贵族达瓦齐与辉特部酋长阿睦尔撒纳不服,又怕遭到新汗的暗算,于是投奔阿布赉汗寻求政治避难。

消灭准噶尔,早在阿布赉汗的计划之内,如今前来投靠自己的两个人,无疑是两颗肢解准噶尔的棋子。乾隆十七年(1752),阿布赉汗支持两个避难者出兵,从山间小道偷袭伊犁,袭杀了喇嘛达尔扎,帮助达瓦齐夺取了准噶尔汗位。但事后,阿睦尔撒纳关于平分准噶尔汗国的要求被达瓦齐回绝。一怒之下,阿睦尔撒纳归附了清廷,被封为亲王。乾隆二十年(1755)春,清军兵分两路进攻伊犁,达瓦齐被俘,准噶尔汗国寿终正寝。

盛春五月,准噶尔汗国被灭的消息传入紫禁城,乾隆亲笔撰写了《平定准噶尔勒铭伊犁碑》。金秋十月,乾隆兴致不减,再次亲笔撰写了《平定准噶尔告成太学碑》,勒石于大成殿前。碑文中豪情满怀地说:"准噶尔是役也,定议不过二人,筹事不过一年,行兵不过五月!"(见《新疆图志》卷十"高宗纯皇帝平定准噶尔告成太学碑",东方学会1923年本)言外之意,几乎不费吹灰之力。

事实证明,乾隆的话说得有点早也有点过了。降清的阿睦尔撒纳自恃有功,要挟清封其为大汗。乾隆察觉到了他的野心,下令将他召回内地。在前往热河的路上,阿睦尔撒纳寻机逃回塔尔巴哈台,悍然发起了反对大清的叛乱。

对此,乾隆感觉大失面子,他从此认定准噶尔人根本无法用仁义感化,只有用屠刀说话。乾隆二十二年(1757),清朝远征军兵分数路夹击准噶尔。恰逢天花流行,准噶尔军队自行瓦解,阿睦尔撒纳在逃到俄国后染上天花病死。没有死于天花并坚持游击战的准噶尔人被满洲兵团全部屠杀。哈萨克汗国200年的强大对手准噶尔人，就这样化为无形。

乾隆二十二年(1757)五月，一个山花烂漫的季节，征讨准噶尔残部的大清富德将军到达巴尔喀什湖东部的爱唐苏河，阿布赉汗属部宣布归附清朝。六月，阿布赉汗在爱古斯河畔举行迎接清军仪式，正式归顺清朝。不久，阿布赉汗派出使团前往大清朝觐，乾隆在承德避暑山庄热情接见了远道而来的哈萨克人。

一年后，南邻的浩罕汗国也向清朝投降，成为大清的保护国。

乾隆三十六年(1771)，土尔扈特东归那年，乾隆正式册封阿布赉为汗。哈萨克汗国与安南、朝鲜、暹(xiān)罗、琉球一样，成为大清藩属国。

乾隆四十六年(1781)五月，东方的台湾发生铺天盖地的海啸，数万人葬身巨澜。西域腹地的哈萨克汗国也传出噩耗：阿布赉汗在出征途中因病去世，终年70岁。

从此，"阿布赉"成为哈萨克民族的战斗口号。中国近代哈萨克诗人柯仁深情地吟咏道：

> 保卫，保卫，汗腾格里堡垒，
> 我们喊阿布赉、阿布赉、阿布赉。
> 他是我们的祖宗，
> 他是我们的英雄。
> 他是我们的生命源泉、生命源泉，
> 擎着胜利旗，飘扬在山巅。
> 前进、前进、前进、进，
> 在阿布赉的再生中。
> 齐心协力，创造大同，
> 在阿布赉的再生中。

十一、噩梦醒来是早晨

伟人一去,哈萨克固有的离心力再次爆发,团结统一的哈萨克汗国分裂为多个兀鲁斯(意为"部落领地")。

早就虎视眈眈并装备着火枪大炮的俄罗斯帝国趁机向哈萨克西部边境渗透,英勇无畏的哈萨克骑兵则以马刀、弓箭和血肉相抵抗。这意味着,不论时机是否成熟,不论哈萨克是否分裂,不论谁带兵打仗,拥有热兵器的一方终将稳操胜券。英国诗人希莱尔·贝洛克在1898年总结得恰到好处:无论发生什么,我们有马克沁机枪,而他们没有。西部的小玉兹和中玉兹首先被俄国人占领,小玉兹被划归俄国奥伦堡总督管辖,中玉兹则被划归俄国西伯利亚总督管理。阿布赉汗共有12个妻子,30个儿子,40个女儿。他的长子瓦里被沙皇任命为中玉兹可汗,另一个儿子卡瑟穆被任命为苏丹,瓦里之子钦吉思则被任命为大苏丹、上校。

南部的大玉兹则在19世纪20年代被浩罕汗国所征服。

道光二年(1822),沙皇俄国下达了一纸命令,宣布哈萨克汗国就此结束。消息像暴雪一样覆盖了草原,哈萨克人的民族热情被迅速催醒,反抗沙俄殖民统治的战斗终于爆发。其间,卡瑟穆的孙子——中玉兹汗克涅萨热·卡瑟莫夫脱颖而出。道光二十一年(1841),克涅萨热作为"三姓阿拉什(古称,指三个玉兹)可汗"被部下用白毡抬起,成为草原儿女们一面高扬的旗帜。

道光二十七年(1847)夏,天山被乌云久久笼罩着,像一个危险而又充满诱惑的谜语。克涅萨热被传统盟友吉尔吉斯人出卖,他与亲兄弟那吾鲁兹拜一起,带着不泯的雄心壮烈殉国,历时391年的哈萨克汗国落下帷幕。由此,哈萨克人民开始了长达144年的殖民岁月,巴尔喀什湖东南的七河地区被沙俄占领。

噩梦还在延续。同治三年(1864),俄国人的铁蹄踏上了大玉兹旧地上的浩罕汗国,用摧枯拉朽的枪炮折服了浩罕汗。为了实现永久占领,沙皇将俄罗斯人大量地迁入了哈萨克地区。同时,占领者放出话来:"哈萨克人如果想活命,就赶紧离开这片富庶的土地!"几乎是在刀尖的驱赶下,哈萨克人被迫背井离乡,迁移到人畜难以存活的沙漠地带。

人们只能奋起反抗。浩罕汗国于光绪元年(1875)爆发了反对沙俄奴役的起义。按说,俄国人应该做些让步,最起码也应该软硬兼施吧。但沙皇说,我这里没有自由和平等,只有屠刀和大炮!在扑灭起义之火后,沙皇索性废掉了浩罕汗国,在那里设置了费尔干纳省,隶属于土耳其斯坦总督。哈萨克人被一分为三,分别归三个俄国总督府管辖。

既然停摆的钟表每天都有两次是准时的,那么一个人也没有理由总是倒霉。十月革命后,俄国境内的哈萨克人呼吸到了苏维埃带来的新鲜空气,哈萨克成为苏联的自治共和国。

第二次世界大战爆发后,大量哈萨克人加入了苏联红军,挺进到反抗德国法西斯的第一线,涌现出了一批一往无前的战斗英雄,那个将红旗插上德国国会大厦圆顶的包尔江·玛穆什,就是哈萨克人。哈萨克大草原也成为苏联的大后方,哈萨克男子全部转变为工人,女人和孩子则接过马鞭从事放牧。在苏联所有战备物资中,射向德国军队的每两枚炮弹中的一枚,每十发子弹中的五发,每位战士的皮衣皮帽,都是在哈萨克工厂里制造的。

尽管哈萨克与俄罗斯人并不同源,也没有共同的文化,但还是一度摈弃前嫌,为了人类的生存与自由共同战斗着。

要知道,把语言、风俗、信仰和民族感情毫无联系的部族硬捏到一起是不会长久的。一个世纪后,一位脑瓜上绘着地图的改革家推行了三权分立的民主化改革,实行了多党制,从而导致大一统的苏联局势失控。在公元1991年8月19日苏联老共产党人发动的政变流产后,这位改革家要求苏共中央解散,听凭各共和国共产党决定自己的命运。此语一出,联盟便以雪崩的速度轰然解体。12月13日,中亚五国在土库曼斯坦会晤,哈萨克斯坦从此实现了真正独立。

有伊朗、伊拉克和阿富汗的前车之鉴,他们从一开始就表示了建立一个世俗国家的坚定决心。国家宪法规定:"哈萨克斯坦是民主的、非宗教的、统一的国家"。因为他们早就对伊斯兰教极端组织倡导的苦行僧式生活望而生畏了。试想,如果像阿富汗塔利班时期一样,国民们都变得从来不笑,从来不娱乐,总是威严地板着脸,对任何物质享受和金银财宝都不动心,只是一味地帮助伊斯兰兄弟进行所谓的圣战,那将多么可悲而又恐怖啊。

哈萨克斯坦总面积271.73万平方公里,居世界第九位;总人口1700多万,哈萨克族近700万;新首都阿斯塔纳。

十二、新丝绸之路经济带

一江春水向西流的伊犁河,几乎就是新疆经济、文化向西开放的一个隐喻。

2013年9月7日上午,哈萨克斯坦纳扎尔巴耶夫大学礼堂,到访的中国国家主席习近平在哈萨克斯坦总统纳扎尔巴耶夫陪同下,踏着热烈的掌声信步走上讲台,发表了热情洋溢的演讲,提出了共同建设"丝绸之路经济带"的倡议,展示了中国对欧亚空间进行深度交流与合作的开阔情怀,显示了正在崛起的中国对欧亚战略空间发展与合作的责任感与使命感。

对于习近平的倡议,纳扎尔巴耶夫作出了回应,他不仅赞同习近平建设"丝绸之路经济带"的战略构想,而且表示愿同中方加强经济、交通、人文互联互通,共同构筑新的丝绸之路。

可以说,这是一个传承古丝绸之路精神的创新之举,是一个将"中国梦"和"亚洲梦""欧洲梦"相连接,支持沿线国家改善民生、增加就业、促进经济优势互补、增进多元文明交汇的战略举措,是一个更加开放、更加包容、更强调合作共赢的宏伟蓝图。因此,这一构想与哈萨克斯坦"光明之路"、塔吉克斯坦"能源、交通、粮食兴国"、土库曼斯坦"强盛幸福时代"等国家发展战略高度契合,一经提出,不仅受到了哈萨克斯坦和其他中亚国家,也受到了上海合作组织成员国及观察员国,还受到了联合国、欧盟等国际组织的赞扬与响应。

新丝绸之路经济带,东牵亚太经济圈,西连欧洲经济圈,穿越亚欧十八个国家,腹地贸易额占全球贸易总额近四分之一,总人口达36亿,占全球总人口的51%,占世界GDP总额的27%,被认为是"世界上最长、最具发展潜力的经济大走廊",也是古老的丝路重新焕发生机的历史机遇。2013年,中国和欧洲之间的贸易额高达5591亿美元,但只有不到百分之一的产品通过中亚陆上运输。据估算,从连云港到阿姆斯特丹,如果通过丝绸之路,运输距离可比海运缩短9000多千米,时间缩短一个月,运费节约近四分之一。

正如古代丝绸之路的繁荣不是靠强制命令一样,新丝绸之路的构想也需要合作精神。中国是新丝绸之路经济带的发起国和倡导国,但不可能是唯一的推动国和完成国,这一宏大构想的实现需要沿线各国的共同努力与精诚合作。下一步的关键是着力解决中国与中亚、俄罗斯的铁轨轨矩不统一,经济带沿线基础设施落后、人口密度低等现实问题。当然,最重要的是首先使经济带上升为沿线各国的国家战略。

十三、伊犁将军府

乾隆时代的清,跨过了100岁门槛,步入了一个王朝的中年,成熟而刚硬。平定准噶尔叛乱与和卓叛乱之后,如何有效而恒久地统治流淌着不驯服基因的西域,成为乾隆的一大难题。

"久拖不决总不是办法呀!"于是,在乾隆二十七年(1762)十月,乾隆颁布诏书,设立总统伊犁等处将军,简称伊犁将军,作为派驻西域的最高军事行政长官,统辖全疆和哈萨克各部。也就是说,乾隆推出的,是军政合一、以军事为主的体制。

伊犁将军的管辖范围是,额尔齐斯河、斋桑泊以南、巴尔喀什湖以东以南、天山南北直至帕米尔高原地区。这一区域与汉西域都护府辖区基本一致。

伊犁将军以下,设都统、参赞、办事、领队各级大臣。在军事重地伊犁、塔尔巴哈台、喀什噶尔、乌鲁木齐设立了参赞大臣,在较大的城镇阿克苏、乌什、库车、叶尔羌、辟展(今鄯善县境内)、库尔喀喇乌苏(今乌苏市)设立了办事大臣,在其他城镇如和阗、巴里坤、巴彦岱(今伊宁市巴彦岱镇)、英吉沙尔、古城(今奇台县)设立了领队大臣。

伊犁将军府最初设在规模较小的绥定城,为了适应扩军与固疆的需要,伊犁将军从乾隆二十八年(1763)开始,组织军民建设了一个庞大的军事城池网。它们以伊犁河北岸的惠远城(位于今霍城县惠远乡南七千米)为中心,西有广仁城(今霍城县芦草沟)、瞻德城(今霍城县清水河镇)、拱宸城(今霍城县老县城)、绥定城(今霍城县境内,惠远城西15千米)、塔勒奇城(今霍城县水定镇,绥定城西五千米),东有惠宁城(惠远城东北35千米,今伊宁市巴彦岱镇)、熙春城(位于惠远城与宁远城之间,今伊宁市西城盘子)、宁远城(在今伊宁市境内),形成了八星(卫星城)拱一月(惠远城)的军事格局,史称"伊犁九城"。乾隆三十年(1765),伊犁将军移驻新建的惠远城。

大清驻军分驻防军和换防军两种,驻防军长期驻守此地,官兵可携带家眷;换防军三年或五年一轮换。因天山北路西接强悍的游牧民族哈萨克与布鲁特,北邻步步紧逼的俄罗斯,所以驻防军主要集中在北疆,换防军主要集中在南疆。

北疆驻防军以伊犁、乌鲁木齐为中心。伊犁部分以惠远城为中心,包括伊犁河两岸和博罗塔拉河流域,驻惠远城满营兵4370人,驻惠宁城满营兵2204人,驻伊犁河南岸的锡伯营1018人,驻伊犁河北岸的索伦达呼尔营1018人,驻博乐、温泉一带的察哈尔营1837人,驻昭苏、特克斯一带的厄鲁特营700人,驻瞻德、拱宸、绥定、塔勒奇、惠宁、熙春、广仁等城及塔尔巴哈台为绿营兵(大清在统一全国过程中收编的明军及其他汉兵编成的军队,以绿旗为标志,称为绿营,又称绿旗兵,为大清常备军,士兵可以父死子继)。乌鲁木齐部分由乌鲁木齐都统管辖,驻乌鲁木齐满营兵3500人,绿营马步兵3500人;驻古城满营兵1100人,绿营兵400人;驻巴里坤满营兵1000人,绿营兵2000人;吉木萨尔绿营马步兵900人;玛纳斯协营马步兵1600人;喀喇巴尔噶逊(今达坂城)绿营兵300人;库尔喀喇乌苏和精河各驻绿营马步兵300人。

天山南麓的换防军,派驻喀什噶尔满营兵330人,锡伯营和索伦营各96人,绿营兵625人;派驻英吉沙尔满营兵80人,绿营兵200人;派驻叶尔羌满营兵206人,绿营兵680人;派驻和阗绿营马步兵223人;派驻阿克苏满营兵60人,绿营兵698人;派驻乌什满营兵140人,绿营马步兵505人;派驻库车绿营兵302人;派驻喀喇沙尔(今焉耆)绿营兵600人;派驻吐鲁番满营兵500人,绿营兵600人。另外,在哈密,有驻防军2000人。

伊犁将军府设立初期,南北疆共有驻军3.87人;到嘉靖年间,伊犁各营军人增加到9.83万人。

终清之世,先后担任伊犁将军的共有34人。将军府设立初期影响较大的,有首任伊犁将军明瑞,他不仅主持修建了惠远、宁远、惠宁等城,而且成功组建了满营、绿营、厄鲁特营(由厄鲁特蒙古部组建,主要成分为投降大清的准噶尔蒙古人)、察哈尔营(由察哈尔蒙古部组建,1762—1763年从今河北张家口外分两批迁来,官兵及家眷在6000人左右)、索伦营(由黑龙江的土著民族达斡尔部与鄂温克部组建,1763年从黑龙江迁来,官兵1000人,另有家眷1000余人)、锡伯营(由拓跋鲜卑后裔锡伯族组建,1764年从今辽宁沈阳迁来,官兵与家属共4000余人),"宣国威于边疆,开一代之胜举";二任伊犁将军阿桂,兴建了绥定、塔勒奇二城,还在军屯与民屯上大做文章,对开发伊犁与巩固国防立下了不朽功绩;三任伊犁将军伊勒图,妥善安置了从伏尔加河回归祖国的土尔扈特蒙古各部,在塔尔奇沟口外修筑了一系列城堡,在边防上屡有建树;道光五年(1825)上任的伊犁将军长龄,先后平定了张格尔叛乱与玉素普叛乱,成为分裂势力啃不动的一块硬骨头。

在鸦片战争之前,你几乎找不出一位"狗熊"与"病猫"般的伊犁将军。

十四、虎口索食

但嘉靖之后的大清,酷似老寡妇慈禧,始终哭丧着一张驴脸。

同治九年(1870),尽管中原没有大的战事,但天津所发生的民众焚烧天主教堂、打死外国传教士事件(史称"天津教案"),还是令朝廷左右为难,焦头烂额。直到曾国藩和李鸿章亲自出面,将20名民众杀头,将天津知府与知县撤职,付出了49万两银子的赔款,派出钦差远赴法国赔礼道歉,事件方才勉强平息。

就在大清与法国苦苦周旋之际,被称为"中亚屠夫"的浩罕贵族阿古柏已经攻陷了乌鲁木齐,成为新疆的新主人。第二年,俄军发动突然袭击,赶走了伊犁将军衙门,占领了新疆耕地最为肥沃、人口最为稠密、工商业最为发达的伊犁地区。

事后,它向清朝解释说,因为大清已经无法在那里行使主权,所以基于朋友的道义,暂时代为管理,以免落入叛军之手;一旦新疆叛乱平息,俄国就将双手奉还。在他们看来,大清再也不可能回到新疆,伊犁并入俄国已成定局。

有人把清末的中国看作一口密封的大缸,缸里的物质已经高度霉变,正赶上一群打劫的强盗自西而来,驾着庞大而快捷的轮船,扛着中国人从未见过的火枪,为了争夺缸里的奇珍异宝,他们几枪托就砸开了这口古老的大缸。

要我说,颓废懦弱的大清其实是一块免费的蛋糕,列强们手持钢刀围坐在一起,喜形于色地争相切割。一个老太太和一群头戴红顶子的男人表情麻木,只有一个清吏圆睁着一双老眼,拍案而起。

他叫左宗棠,一位极富正义感与爱国心的湖南人,官衔是陕甘总督。在65岁的多病垂暮之年,他接受了"钦差大臣、督办新疆军务"的重任,率六万湖湘子弟西行,短短一年就扫荡了阿古柏并收复了天山南北的大片国土。

光绪二年(1876),丙子年,属鼠,大清发生了三件喜事:中国第一位驻外使节郭嵩焘派到英国,中国第一条铁路——淞沪铁路全线开通,清军出兵新疆打了一个久违的胜仗。特别是第三件事,令俄国十分惊诧。依它过去所做的承诺,必须无条件地从伊犁撤退。俄国人实在无法拒绝撤退,就要求谈判撤退的条件。好比一个抢占了别人住房的强盗,却在搬出所抢的住房时,要求房主支付看护费。

按照惯例,谈判地点应在两国边界或第三国,但俄国却硬将谈判地点定在自己的首都圣彼得堡。

大清于光绪五年(1879)派遣满洲权贵崇厚前往俄国,这是中国历史上第一次派遣使者到外国首都办理交涉。这位满脑袋糨糊的使者认为,只要收回伊犁就算完成了任务。临行前,他通过占卜得知此行不利。因此,他到达俄国后,很快签订了包括赔款白银280万两,割让霍尔果斯河以西和特克斯河流域五万平方千米土地给俄国,斋桑泊以东重新划界在内的《里瓦几亚条约》。然后,仓促回国。

按照条约,大清只收回了一个伊犁孤城,城西和城南的土地全部丧失,从伊犁到天山南麓必经的特克斯河也被切断。此时的清朝已经略懂国际事务,加上英国暗中出谋划策,于是做出了三个决定:一是拒绝批准这个条约,二是将没有接到训令就擅自回国的崇厚判处死刑(卦象果然应验),三是令左宗棠集结军队准备进攻伊犁。

尽管俄国人不甘示弱,但他们还没有西伯利亚铁路,从国内运兵要浪费很多时间,而且新征服的中亚有同清朝联合反抗的苗头,最后,两个国家重开谈判。这一次,清朝没有再派满洲权贵,而是派出精通英文、擅长外交的汉人曾纪泽为全权代表,与俄国谈判修改崇厚擅订的《里瓦几亚条约》。对于曾纪泽这个名字,读者可能有些陌生,但他的父亲尽人皆知,就是大清名臣曾国藩。由于曾国藩的长子早死,身为次子的曾纪泽已经在两年前曾国藩病故后承袭了一等毅勇侯爵。

曾纪泽抵达俄国后,与俄外交部及驻华公使等前后谈判历时十个月,正式会谈辩论有记录可查者达51次,反复争辩达数十万言。光绪七年(1881),《中俄伊犁条约》(又称《中俄改订条约》《圣彼得堡条约》)终于诞生,与崇厚所签订的条约比较,虽然霍尔果斯河以西两万平方千米的土地割让给了俄国,但乌宗岛山及伊犁南境特克斯河一带均予收回,取消了俄国人在大清境内进行经济活动等条款。不过,赔偿增加到500万两白银。

不管怎么说,新疆总算重新回到祖国的怀抱。"虎口索食"的曾纪泽也得以提升为宗人府府丞、左副都御史,成为与大清首位驻外公使郭嵩焘齐名的外交家。

两年后,自感吃了亏的俄国人再次跟清廷勘定斋桑泊以东的边界,通过《科塔界约》割走了三万平方千米的土地。至此,哈萨克人的生活区域基本被并入俄国版图。大清境内的哈萨克人只剩下中玉兹的克烈部和乃蛮部。

公元1954年,中国在哈萨克聚居区成立了伊犁哈萨克自治州,辖伊犁、塔城、阿勒泰三个地区24个县市。还设立了新疆木垒、巴里坤哈萨克自治县,青海海西蒙古族哈萨克族自治州,甘肃阿克塞哈萨克族自治县。中国哈萨克人至今已达130万。

往事的华幕已然合拢,崭新的世界渐行渐近,我们已经听得到新丝绸之路经济带清脆的足音,感受得到从太平洋西岸风尘仆仆而来的经伊宁市、霍尔果斯市直达阿拉木图的运输车队的轰鸣,看得见它那鸟瞰绵延万里的欧亚大陆的锐利眼睛,以及缓缓张开的青春焕发的翅膀。

乌孙国小传:乌孙,出身于远古欧洲人种,秦末汉初游牧到河西走廊,不久就被月氏击败,残余部落先是依附于匈奴,后来在匈奴扶持下赶走了提前迁徙到伊犁河流域的宿敌月氏,建立了一个名叫乌孙的强国。张骞第二次出使西域,尽管没有说服乌孙与汉朝联合夹击匈奴,却使乌孙了解了汉的强盛,从而促使乌孙首领向汉称臣并且请婚。于是,几位公主先后远嫁乌孙,用美丽的姻缘将东西两个大国维系在了一起,演绎出了一幕幕或凄婉或纯美的爱情故事。

然而,汉、匈争相与乌孙和亲,也为乌孙埋下了分裂的种子。因为拥有汉家公主骨血的大昆弥,与拥有匈奴公主骨血的小昆弥,一直貌合神离、势同水火。就这样,乌孙陷入了互相刺杀与持续内斗的怪圈,国力渐渐衰减到经不起任何风吹草动的地步。南北朝时期,柔然轻轻一推,乌孙便轰然倒下。至于近代的哈萨克,并非乌孙所独建,而是由数十个游牧部落组成的民族联合体。

(节选自《大写西域》,人民文学出版社 2016 年 1 月出版)

玛多,一个人的记忆

陈启文

一、一个人的出现

如果你要去黄河源头,这是你无法绕开的一个地方,玛多。在并不遥远的过去,一个人走到这里,仿佛走到了世界的尽头。若再往黄河上游走,已是一派苍凉肃杀的无人区。一条黄河从源头流到这儿,河水才映现出那荒凉河谷中颤抖的身影。

颤抖源于流水的波动,也是那些走得离黄河最近的人正在一阵一阵颤抖。

如果说玛多给我留下了什么记忆,我只能说,这是一个让我一阵一阵颤抖的地方,一个让我头疼欲裂的地方。我实在不甘心用恶劣甚至十分恶劣来形容这里的自然环境,但对于人类,尤其是我们这些来自高原之外的人,这儿又的确是生存环境最严酷的地区之一。玛多是青海省甚至是全国海拔最高的县境,平均海拔4500米。在这里别提春夏秋冬,一年只有冷暖两季。除了短暂的夏天,一年里的八个月都是冰天雪地,国庆节刚过,院子里的井水就开始结冰,随后便是气温骤降。冷,可以冷到人类生存的极限,最低达-48℃。暖呢,我来这里时,季节已入伏,离大暑也很近了,太阳几乎直射北回归线,然而在北半球热死人的酷暑,这里早晚还冷得要穿毛衣。我在县城玛查里留宿的那个风雨交加之夜,终于体验到了什么是高寒缺氧,每一次呼吸都牵扯得神经一阵阵疼痛,又冷得连棉被也裹不住瑟瑟发抖的身子骨……

这就是我用短暂的一天一夜体验到的玛多,一生一世都不会忘记。如果一个人,将要用三十多年的时间来体验这一切,那又该是怎样铭心蚀骨的记忆?在这如人间绝域的地方,又是什么在如此深深地吸引他?如果说神秘的黄河源让我充满了无穷的想象,我觉得一个人的内心也许比黄河源更神秘。

一个人的出现,让我忽然有些疑惑,这就是我想要找的那个人吗?

他有些迟缓、蹒跚地挪动着脚步,一看就知道这是一个长期在高原上生活的人,焦黑的脸色,青紫的嘴唇,这模样绝对不像一个五十多岁的汉子,仿佛一个历尽沧桑的老人。他看了我一眼,脸上似乎也带着和我一样的疑惑。直到落座、喝茶、抽烟,这每一个细节都进行得非常缓慢又有条不紊,而那双关节突出的手,就像特写一样瞩目。

透过这样一个身影,我遥想着那个血气方刚的小伙子。那是1977年,黄河水利学校又有一批应届生就要毕业了,将要分赴大河上下。这所始建于1929年的学校,被誉为黄河技术干部的摇篮。在莘莘学子中,一个叫谢会贵的学生,从不显山露水,一心埋头于学业,然而在毕业前夕却干出了一桩轰动校园的事情,他向学校递交了一份决心书,"好男儿志在四方,我们应该到最艰苦的地方!"而大河上下最艰苦的地方在哪儿?黄河人都知道,玛多。有人说,社会上最艰苦的行业之一是水利,水利行业最艰苦的地方在黄河,黄河上最艰苦的地方是水文,水文最艰苦的是上游,上游最艰苦的地方在源区,源区最艰苦的地方在玛多。

那年谢会贵刚刚20岁,我也曾想过,20岁,弱冠之年,还是个连胡子都没有长黑的毛头小子呢。他递出那份决心书,兴许是头脑发热一时冲动,又或许是他对玛多有多么艰苦还不大了解吧。但要说谢会贵不了解玛多又有点说不过去。他是青海省贵南县人,那儿也属黄河源区,离玛多并不遥远,玛多是个啥地方,他是从小就听说过的。而他的家乡在黄河源区是海拔最低点,在龙羊峡至共和盆地一带。说来,谢会贵一个农家子,可以说是黄河改变了他的命运。为了修建龙羊峡水库,他们家乡成了库区,被迁移到了"天下黄河贵德清"的贵德县,那可真是一个山清水秀的好地方。而为了妥善安置库区移民就业,政府又将一部分符合条件的移民子弟通过考试、择优录取到黄河水利学校。谢会贵属于老三届的最后一批,1975年高中毕业,原本就打算回乡务农了,却有了这样一个机遇。对于他,这是一次如鲤鱼跳龙门般的人生飞跃,却又因为谢会贵自己的选择,而跌入了一个人间绝域。凡到过青藏高原的人都知道,海拔3000米以下是一个世界,越过海拔4000米是一个世界,越过海拔4000米又是一个世界,也就是所谓生命禁区了。然而,过了30多年后,一个早已过了天命之年的黄河汉子,对自己弱冠之年的选择依然不悔,他的想法远比我的描述要简单得多,"青海是我的家乡,我自己都不去,谁还会去呢?"

  这一去又有多远呢?如果以今天的时速,一条青康公路(214国道)在五六个小时之内就可以把我从西宁送到黄河源头的第一座县城玛查里,而在当年,这条路还是一条在高山深壑、悬崖绝壁间往复穿插的砂石路,又加之高原冻土层的沉降起伏,更有风云莫测的气候,一旦山洪暴发、大雪封山,一条路就断了。而谢会贵要去的玛多,人烟稀少,车也非常少,大多是搭乘去玉树州方向的过路车。谢会贵在西宁等了八天八夜,才终于等到了一班路过玛多的汽车,又在路上走了四天四夜,才抵达了玛多。当那辆一路颠簸、风尘仆仆的汽车把一个小伙子吐出来,就像吐掉一粒枣核,在这空旷得令人绝望的高原上,一个人真的觉得自己就像一粒枣核,突然被抛弃在了一个来路不明的地方。好一会儿,小伙子还傻乎乎地站在那里,这其实是高原反应,脑子缺氧,转得也慢了,但哪怕浑浑噩噩,一眼就看穿了整个县城,一条灰扑扑的土街,两旁散落着几十栋破破烂烂的土坯房,在街道转弯处便是这座县城最高的、最显眼的、标志性建筑,一座两层的电影院。而整个县城才1000多人口,除了县直机关的干部职工、家属和驻军,九成以上都是清一色的藏民。小伙子忽然想到了远在中原古都开封的母校,这县城里所有的人口,加在一起,一幢四五层的教学楼就可全部装下了。而你在这里想问个路,也几乎没有人能听得懂。这些藏胞对汉人很友善,可在那岁月,还极少有汉人到这里来,由于交流太少,汉藏之间语言不通,微笑与手势,在这里,就是人间最好的语言。

小伙子就是在一个藏族大爷的手势指引下,走到了当年县城最偏远的地方,却是离黄河最近的地方,玛多水文站。这里将成为他走出校园后的第一个归宿,对于短暂的人生,这将是他最漫长的一个归宿。黄河有多长,水文有多长。这是黄河水文人挂在嘴边的一句话,还应该加上一句,水文有多长,他们走过来的路就有多长。人生记忆里,最难忘的也许就是那些个第一。是的,这里有太多的第一,这里是黄河源头最上游的一个水文站,人称万里黄河第一站。不用说,这里也是青海省乃至全国海拔最高、条件最艰苦的水文站。但它也是黄河源头最重要的水文站之一。追溯历史,青海省水文事业以1951年首设西宁等五个水文站为开端,最早来这里建站的老一代水文工作者都是从祖国各地奔赴青藏高原的,有的还是从大城市来的。玛多于1955年6月建站,这在黄河水文史上是破天荒的。

那可真是破天荒啊,尽管新中国成立五六年了,在这荒凉河谷里还有嗜血的野兽与流窜的匪徒神出鬼没。一场惨案不久就发生了。那是1957年2月26日清晨,白茫茫的大雪几乎覆盖了天地之间的界线。这样的冰天雪地,是极少有人出门的,但有两个人却必须在早晨八点钟准时出门,他们是玛多水文站建站之初的两位职工。他俩都不是玛多本地人,一个叫李创姓,时年25岁,甘肃永登县人;一个叫王际元,时年24岁,山东寿张县人。那时玛多水文站还在小县城最偏远的黄河沿,两个年轻人扛着沉重的测量仪器和破冰的钢钎在冰天雪地中艰难地跋涉,一人肩上还背着一支七九式步枪,这家伙,还是晚清时训练新军时从西欧引进中国的,和三八式一样,是比较典型的手动步枪。那个年代的水文人竟要背着枪测流,可想而知那时候这里有多么荒僻和凶险。从水文站到观测断面有五六里,而在这种连站着也要拼命喘气的地方,他们扛着那么重的东西走路,每走一步还要在深陷的大雪里用力拔脚。除了他们自己,没有人看见他们是走过来的,一切只是人们后来的猜想。哪怕是猜想,也让我突然之间胸口闷塞,如同窒息一般地难受。我知道,这两个年轻的生命已经走上了一条不归路,但此时他们还一无所知。哪怕有极其不祥的预感,感觉自己正在迫近一个深渊,他们也不会停下脚步。当他们走到测流的断面,一定已疲倦至极。在稍做准备后,他们便开始打冰测流。那沉重的凿冰声一如既往,仿佛要使劲打破天地间那可怕的沉寂。一阵枪声猝然响起,王际元连喊一声也来不及就连同手中紧攥着的钢钎一起倒下了。后来人们才发现,一颗子弹击中了他的左胸,穿透了一颗年轻的心脏。几乎在同时,另一颗子弹也击中了李创姓的胸部,他倒下后,还在白雪覆盖的冰河上往前艰难地爬了十几米,一伙从山沟里冲出的匪徒又追上来在他身上连刺几刀。没有人听见枪声。两个倒在黄河源头的遗体,在那个人所不知的世界,一直静静地躺在一条冰河之上,而冰川之下,静水深流。直到两天后,他们才被人发现,而我在时隔六十多年后描述的情景,是人们根据他们倒下的位置和姿态而猜想的。那渗进冰雪的鲜血像色泽鲜艳、质地莹润、生长极缓慢、不可再生的红珊瑚。

这两位被匪徒残杀的水文人,看似有些偶然和极端,而在他们背后却有着意味更为深长的必然性。这些离黄河最近的水文人,在和平年代他们干的是最危险的事,也可以说是高危职业。每当暴风骤雨降临之际,每个人的第一个条件反射就是找个遮风避雨的地方,他们的第一个条件反射就是在第一时间测出准确的水文数据,而预警机制、抗洪抢险的预案,就靠他们提供的数据作为决策的依据。我不想用坚如磐石来形容他们,他们和我们一样,每个人的生命都非常脆弱。河流往往是最危险的雷击区,但他们必须长时间在电闪雷鸣中测流。而那随时都会夺走他们生命的惊涛骇浪,别说一个人,连一条船都可以席卷而去。但无论怎样险恶,黄河水文人从未退缩。在玛多这被两位水文人的鲜血染红的河谷里,那早出晚归测流的水文人,依然是这河谷里一旦出现就再也不会消失的身影。一个刚刚20岁的小伙子,命定的将要成为这河谷中的一个身影,一个最长久的身影。如果说这就是命运,那也是他自己选择的命运。

尽管在来之前,谢会贵对玛多有多么艰苦他都想过了,也有了十足的心理准备了,然而,对于一个刚刚走出校门的学生娃,玛多的现实还是与想象与心理的反差太大。最强烈的反差还不是一个县城的大小,而是他将要开始的生活、每天都要过的日子。那时候玛多县城没有电,连煤油灯也没有,从生火做饭到煨热自己的身体,只能烧牛粪。把生米煮成熟饭,原本世界上最简单的一件事,在这里却成了天下第一难,别说煮饭炒菜,连水也烧不开,看着那沸腾的开水,最多也不过七八十度。从吃第一碗夹生饭,到喝第一碗温暾水,谢会贵就这样开始了他漫漫无期的高原人生。

对于来这里的每个人,高原反应比生活反差来得更加强烈。谢会贵没有忘记他在玛多度过的第一个夜晚,这也是他将在未来的漫长岁月里度过的所有的夜晚。在那冷得让人瑟瑟发抖的寒夜,一间房里生一个小火炉就是世间唯一的温暖。每个人在睡前都会将炉子烧得通红,但哪怕烤得脸颊和胸膛滚烫,背脊还是一阵阵发凉。隔得一米来远,你就感觉不到这火炉的暖意了。那时候大家睡的是床板,铺的是毛毡和羊皮褥子,但往被褥里一钻,就像钻进了一个冰窟窿。好不容易把被褥焐热了,迷迷糊糊地睡了一会儿,又被从窗缝里、门缝里钻进来的寒风冻醒了。那门窗在睡前明明闩紧了,却还是被狂风吹得吱吱嘎嘎的,偶尔发出哐当一声闷响,像是被吹开的木门撞到了墙上,又像是有什么东西打在了墙上。在这不可名状的恐怖中,隐隐还能听到狼群在荒原上传来的低沉的嚎叫。这一夜不知醒过来多少回,或是冻醒了,或是惊醒了,或是被一口气给憋醒了,又无论你以怎样的方式醒来,那身体贴着褥子,就像一层冰似的冻结在床板上。这也是我在玛多亲身体验过的。所谓高寒缺氧,除了高寒,还有更难以忍受的缺氧。这里的含氧量只有平原的百分之四十,头痛欲裂,心慌胸闷,恶心呕吐,这样形容还只挨着皮毛,那种难受劲实在难以形容,躺在床上,身上就像压着一块大石头,压得你没有气力呼吸了,还得拼了命似的爬一座高山,那种喘息,喘得你连舌头都要吐出来。这时候,每个人都会折磨得直后悔,我就后悔过,实在不该来这个鬼地方,活受罪啊。

谢会贵后悔了吗?我看了看眼前这个一脸黢黑的汉子,他没说出一个悔字,却发出一声叹息,"唉,有时候突然很想家,难以克制地想家!"

这其实也是一种高原反应,更是一种与世隔绝的孤独与寂寞,但对于当年的一个小伙子,还只是刚刚开始。那时候他不是没有想过,如果让他回家当一个农民,至少也能和一家人团聚在一起,等到结婚成家,也能过上老婆孩子热炕头的日子,这寻常的日子,虽说庸常,却也是人间最寻常、最质朴的一种温暖。他脑子里萌生出的这种很单纯的想法,全被老站长看在眼里了。在这里熬过了漫长岁月的老站长,看着这个身子还有些单薄的小伙子,其实也在打心眼里为他着想。谢会贵犹犹豫豫的还没有开口,老站长就主动提出让他回家去住些日子。难道老站长就一点也不担心,小伙子这一走恐怕就再也不会回来了?这个,老站长心里似乎比谁都清楚,一个人勉强留在这里,留得了十天半月、一年半载,但留不了他的一生。在那个年代,一个人既然来到了这里,先就要有在这里熬过一生的准备。

谢会贵没有让老站长失望,他回家待了不到 20 天,又气喘吁吁地出现在水文站大门口。老站长信心十足地看了他一眼,笑着说:"小谢子,回来了?有人说你这一走就不会回来了,我还打赌呢,说你一定会回来!"这半开玩笑的话,让腼腆的谢会贵还有些脸红,他低声说:"我是自愿到玛多来的,我不能打退堂鼓,绝不能当逃兵⋯⋯"

或许是刚刚经历长途奔波,小伙子的声音显得有些低沉疲倦,但老站长一听,心里似乎更有数了,如果说谢会贵在毕业分配时递交了一份决心书,多少还夹杂着一个小伙子心血来潮般的豪言壮语,一份决心书,说穿了不就是一张纸嘛。而此时,谢会贵说出来的每一个字,在阅人阅世的老站长耳里,那都是过了脑子的,前思后想后从心底里吐出的实诚话。这让老站长心底里有了一个笃定的判断,这小伙子一定会在玛多留下来,他这一次回来,比上一次似乎多了点什么,骨子里多了一股初来乍到时还没有的韧劲儿……

二、那股骨子里的韧劲

那股骨子里的韧劲,是很多水文人能够在世界的某个偏僻角落里一生坚守的漫长诠释。很多人可以在瞬间爆发出巨大的热情、惊人的能量,甚至是舍身赴死的英勇,而以如生命一样漫长的坚守,往往比短时间的爆发更能考验一个人顽强意志与耐力。如果没有骨子里的那股韧劲,别说熬过二三十年,你连两三天也受不了。

这些年我一直在大河上下奔波,在荒凉河谷中见得最多的就是水文人。哪怕作为一个旁观者,我也感觉到他们的日子是如此单调乏味。用谢会贵的话说,他们每天要干的事情很简单,就是看水。但要真正干起来,却又非常不简单,量水位、测水量、报水情,他们是为江河把脉的人。水文站一般外人是严禁入内的,我得到了水利部、黄委会的特别许可,才有幸探访过大河上下的数十个水文站,在他们值班室的墙上,都无一例外地贴着一张图,红色的格子上用铅笔细细地画着三条曲线。如果没有他们解释,我是根本看不懂的,这是水位流量关系曲线图,一条曲线代表一年的流速,一条曲线代表一年来河流断面面积,而用流速乘以他们监测的断面面积,就得出一年的流量。这每一条曲线又由365个点构成,每个点都代表了一天测得的数据,每一个数据都要经过初作、初校、复核三道严格的程序。这看似简单的一张图纸,用水文人的话说是"一天一个点,一年一条线",每一个点每一条线都凝聚着水文一线职工日复一日、年复一年的心血。

每天早上八点,无论刮风下雨,天寒地冻,他们必须准时出门,定时巡测。我已经反复描述过玛多的严寒,这里每年八个多月都要烤火,一年四季也离不开火炉。哪怕在大暑天,玛多的早晨也寒冷刺骨。出门前,他们先要穿好皮大衣、毡靴、戴上口罩、皮帽,扎好围巾,然后戴上烤热的皮手套。但有一点,早上出门时他们从不洗脸,脸上一沾水,出门时就结成一层冰壳子了。他们只能用烤热的双手使劲揉搓着冰冷的脸颊。——这就跟猫儿洗脸一样,他们也爱开玩笑,时常拿自己取乐。一出门就骑上自行车,一路猛蹬,潮湿的浓雾在那死气沉沉的河谷里弥漫着,雾中隐约透出水文人暗淡的身影。骑了一半路,一双手差不多就冻僵了。到了断面,俯身一看,那黄河跟明镜儿似的,立马就找出了玛多水文人真实的面孔,那眉毛、口罩、帽檐儿上都结了白花花的一层霜。

黄河流到玛多黄河桥下,从源头那不过一米左右宽的小溪流变成一条宽约70米的大河,在黄河源区没有比这更大的河流了。每次测流之前,他们便开始摩拳擦掌——他们的存在让我对中国式成语有了更接近本义的理解,这绝不是什么"精神振奋,跃跃欲试"的样子,他们必须先把冻得麻木了的双手摩擦发热,让每一个关节都能灵活运转,还得使劲跺着冻僵了的双脚,以此来获得生命的热量。这样,才能投入他们一天的工作。而在当时,所有设备都是最原始的,测流断面,没有测量车,只有一种笨重的捆绑式测流工具——在一根铁制悬杆绑上的测量仪器,水文人把那家伙叫铅鱼,还真像,只是比鱼重得多,而一根几米长甚至十几米长的铁悬杆加上铅鱼的重量,两个人才能使劲抬起来。但玛多站人手少,谢会贵也就只能一个顶俩了。捆绑好悬杆和铅鱼,等他直起身来,油污已沾了一身。操控铅鱼是最沉重也最危险的,这也是谢会贵干得最多、最长久的一个角色。随着他不紧不慢地操控着探入水流的铅鱼,此时的黄河就像受到了神灵的控制,也牵动着谢会贵的每一根神经。在铅鱼发出的电铃声中,开始显示出一个个数据,另一个水文人员蹲在一旁,在膝头摊开的笔记本上快速而准确地记下一个又一个稍纵即逝的数据。一秒,一分,一刻,一个钟头,两个钟头,时间一如单调而有节奏的钟表。时间也是最好的老师,谢会贵干这活干得久了,压根儿就不用看表,他早已有了自己的生物钟。时间和数字,都是最单调、最枯燥的,而水文人的执着,就是从单调里找到意义,从枯燥中发现乐趣。

何时开始测流每天都是定时的,但何时能够测完则是难以把握的,在涨水期测一份流量就要用两三个小时,甚至更长。每到防汛抗旱的关键时刻,有时一天要测量四五次。而一旦洪水暴涨,一条平日里看上去风平浪静的黄河,忽然变得汹涌澎湃,浊浪排空,一不小心,连人带杆就会被浊浪与激流席卷而去。越是危急关头,一个处于龙头位置的水文站越要抢在第一时间测出水位、流量、含沙量等准确完整的洪水资料,为下游的抗洪抢险提供水情数据,也为黄河水资源的调配和水利枢纽提供宝贵的第一手水文数据。此时要掌控那剧烈摆动的铁制悬杆和水中的铅鱼,你咬着牙硬挺是挺不过去的,除了使尽力气,还得深谙这条河流的水性,如此才能驾轻就熟,游刃有余……

每当谢会贵终于把沉重的铅鱼从水底收上来时,这次测流就算告一段落了。但这还只是玛多站监测的第一个断面,也是离县城最近的一个断面,还有两个分别距玛多县城60多公里的监测断面,所谓"分别",是这两个站不在同一个方向,也不在一条路上,想要顺便捎带上根本不可能。关于那条路有多少艰难险阻,这里暂时一笔掠过,而接下来的一切如同重复。这就是他们度过的很普通的一天,而他们从早上出发在夜幕降临时一身泥一身水地回到小站,就表明这一天终于顺利地度过了,一切正常。而高原的天气瞬息万变,正常之日太少,非常之日太多。有时候,刚才还是蓝天白云、明晃晃的大太阳,突如其来一阵风,在这无遮无挡的高原旷野,一刮风便是飞沙走石,顷刻间,狂风便席卷着漫天大雪和冰雹铺天盖地而来。而在这高原绝地,你想找一棵可以搂紧的树干也没有。没有任何树木能在这里生长,在这里唯一能看见的植物只有低矮耐寒的野草,几乎是紧贴着地皮、匍匐在大地上生长。在狂风的猛烈冲击下,这其实也是人类最适合的姿态。这时候你千万别痛苦地支着身子、死劲地顶着风,趴下!赶紧就地趴下!

　　一个人可以趴下,但骨子里那股韧劲儿绝不能趴下。或许就是凭着老站长早就看出来了的、认准了的那股骨子里的韧劲儿,谢会贵在来玛多的短短两年里,就摸清了这一段河流的特性和测验方式,成了站里的骨干。而一个人对水文如此投入,只因他对这条伟大的河流、这份平凡的事业如此热爱,才会如此执着和坚韧地守望下去。一个人可坚忍到什么程度?谢会贵在1979年的冬天验证了自己。在入冬之前,上级就给玛多站下达了一项前所未有的测验任务——冰期试验,谢会贵被选拔为这次试验的骨干。此时,玛多的温度已骤降到了零下四十多摄氏度,河上坚冰厚达1.5米,冰上还铺着一米多深积雪。在人类生存的极限状态下,连走路都连连打晃,谢会贵却要先要扒开积雪,然后打一溜冰孔。打冰,不是有打冰机吗?有,可在这高寒缺氧的地方,人类还在艰难地蠕动,打冰机却早已冻得一动也不动。无论你怎么想办法,就是无法启动。血肉之躯的人类,有时候真是比机器还顽强,谢会贵地二话没说,就挥着一个两米长、20斤重的冰钎,开始一下一下地打冰。在这鬼地方,有劲也使不上,稍一用力就喘息不止,打了一会儿,又浑身发热,他们脱掉了皮袍子,一个冰孔好不容易打透了,已累得满头大汗。打,接着打,要不这汗水都变成冰溜子了。滴水成冰啊!每次,他都要打十几个冰孔,一干就是两三个小时。而一溜冰孔终于打完了,这还只是刚刚开始,每小时还得测一次流。可等你安装流速仪时,冰孔立马又结了一层冰,还得再打一遍,清除冰塞,把打碎的冰块捞干净了,才能把流速仪放进去。在放下流速仪之前,先还得用热水把仪器的运转部分慢慢冲开,从冰洞里放进河流的仪器才能正常运转。

　　那一个冬天的冰期试验,让22岁的谢会贵打出了一个一辈子属于自己的品牌:"玛多打冰机"。要说这是对他的称赞其实还有点低估了他,他不是机器,但他验证了人类比机器更能忍受高寒缺氧的极限。这次打冰测流,也差点儿就让他把这条命交给黄河了。那是在鄂陵湖打冰测流时,一场漫天大雪骤然而至,白茫茫的原野看不清方向。他把一只手举到额头在飞舞的雪花中辨别方向时,隐约听见脚底下响起冰裂声。好在谢会贵那时年轻灵活,反应敏捷,在冰面上疾速得向后滑溜了数米,他才躲过一场灭顶之灾。若稍有迟疑,一头栽进了那冰窟窿里,就没有眼下坐在我面前闷头抽烟的谢会贵了。干水文原本就是一个高危职业,尤其是第一线的水文人,流水无情,危机四伏。1991年1月份,那是玛多历史上气温最低的一个月,低到了-54℃的极端温度。谢会贵和一个叫林伟的同事扛着仪器,踏着冰雪,一步一步艰难地走到测流的断面,在破冰之后,为了将铅鱼深入河底,测到更精确的数据,谢会贵穿着胶皮裤跳入了河水中。那极度严寒的冰水足以穿透胶皮衣裤,让人感到钻心彻骨的寒冷。而除了能感觉到的严寒,还有难以察觉的暗流。谢会贵刚刚在水中放好铅鱼,一股从冰层缝隙里袭来的暗流,像电流一样把谢会贵击倒了,又好在林伟眼疾手快,一把将谢会贵从河里拖了起来,多年后林伟回想起那个瞬间,还下意识地连打了几个寒战,那哪像是捞起来的一个人啊,就像从冰河里拖起来了一根硬邦邦的大冰棍。谢会贵能够活过来,就像死过一次又重生了一次。按说他该休息几天吧,可到了第二天早上八点,这个死过一次的人又像平时一样早已做好了出发的准备,而且又一次走在了最前边……

冬去夏来,河流与时间,在时空中不舍昼夜地流逝着。不知不觉间,玛多水文站已换了七八任站长,那个当年身子单薄、眉宇间还有一股英气的小谢子,渐渐变成了玛查里街上谁都一眼就能认出的谢光头,而他那看起来比实际年龄要大许多的面孔,也让玛多的小娃儿一口一声地叫他老阿爷。岁月不饶人,谢会贵也并非不服老,但无论你叫他什么,"玛多打冰机"依然是不变的身份。每次打冰测流,他总是抢在同事的前头,第一个跳下水。但毕竟上了岁数,又加之长期坚守在高原上,从最初的高原到如今,已落下了一身高原病,尤其是一直折磨他的老胃病,在冰河里受了刺激,立马就发作起来,一旦发作,一张黢黑的脸孔便变得越来越苍白,那些年轻小伙子眼看他就支撑不住了,都争着过来要换下他,但他却死死地握着手里的铁标杆不肯松手,别争了,危险,我能坚持!——这是一个不爱言语的人说得最多的一句话。

　　他也挺实诚地说过,他也不是铁打的,人心也是肉长的,也怕死,如果他死了,老婆孩子怎么办?这些话根本不用去想,句句都是人之常情,人同此心,心同此理,天底下哪一个人不想好好活着呢?可每次他又把最大的危险留给了自己,最大的危险就是生命危险,只因他不想把让那些还没有太多经验的年轻人去冒生命危险。干水文这一行,与河流打交道,还真得有阅历,对这条变幻莫测的河流有长时间的感受。他说:"我同这条河打了三十年交道,对这里的水性、河床的变化规律,我都比别的人了解,一旦遇到了危险情况就可以随机应变。让那些年轻小伙子下去,我在岸上看着,还真不放心啊。"

　　谢会贵不光是打冰测流,多少年来他都是一个人干两个人的活,开车。如果把他开过的车一溜儿连接起来,就是玛多水文站三十多年来的历史,从最初的手扶拖拉机、摩托车、解放牌卡车、跃进客货两用车、北京吉普、切诺基到如今的皮卡,他至少开过七八辆了,从接手每一辆车到把一辆车开到报废,他都无法计算,他在这黄河岸边的一条条山道上跑过多少公里了。这些车,都是玛多水文站各个不同历史阶段的巡测车。黄河源区的路,我已亲身体验过,从玛多到黄河源头玛多,比从玛多到青海省省会西宁还要遥远,遥远的不是空间距离,而是一路上折腾的时间太长了,那路况也实在太差了。黄河源作为国家级保护的核心区域,又加之生态极其脆弱,也不能开山劈石地修路。而一条蜿蜒狭窄的土路,到处都是烂泥坑,陷车是正常的,不陷车才是不正常的。

　　一旦陷车,发动机立马就熄火了,一辆车彻底趴窝了。在高寒山区,车子趴窝的原因,不是发动机缺氧,就是油门打不着火。而在这冷死人的地方,你要把车子重新发动,先得把发动机焐热。而在这呼啸的寒风中,连个火星子也打不燃,更没有可以燃烧的干柴树枝,又拿什么去焐热那冰冷的机器?只有用你的胸膛,你胸膛里的热血散发出的热气。这是谢会贵经常要干的,每次汽车一趴窝,他总是第一个脱下大衣,然后把自己的胸膛紧贴在发动机上。等到发动机终于启动了,车轮还在泥坑里不断打滑,在这大雪覆盖的旷野里,连找个石头垫一下车轮都遍寻不着,还不如干脆把衣服垫在车轮下,这也同样是谢会贵经常要干的。然后,谢会贵几乎是光着膀子在车上猛踩油门,其他人喊着号子使劲推,一辆趴窝的车才像老牛一样气喘吁吁地爬出了烂泥坑。

  那样的遭遇还算是幸运的,还有多少次,一辆车趴窝后,那冰冷的机器连人类的胸膛和热血都焐不热了,只能靠人来推了。在一个风雪肆虐的日子,谢会贵和三个同事去黄河乡热曲断面破冰测流,收工时已是傍晚六点,狂风一直在怒吼。在返回玛多途中,谢会贵最担心的事发生了,在距黄河乡二十来公里的一个坑洼里,由于大雪覆盖了路面没看清楚,汽车猛地颠簸了一下,就深陷在雪泥里。谢会贵一会儿栽到车底下,一会儿又揭开机箱盖,什么法子都试过了,连测流时穿的救生衣都垫在车轮底下了,但那车依然趴在那里。——没办法了!谢会贵说,推吧。四个人在那个被狂风吹得狰狞可怖的雪夜里,又沿原路把一辆车推回黄河乡,推了整整一夜。除了一条回头路,几乎什么也看不清。

三、在人类生存的极限下

  端详着眼前这个像高原岩土般质朴的汉子,我最关注的不是他为何能成为劳模,而是一直在琢磨,一个人在环境的极限状态下如何生存。这个人骨子里无论有多么顽强的韧劲,又怎能在高寒缺氧的生命禁区里长久地坚守?又怎能忍受那漫长乏味的、几乎与世隔绝的生活?这三十多年他是怎样熬过来的?当我脱口问了这样一个愚蠢的问题,他黢黑的脸孔下意识地一抖,又难得地一笑,"你不要问我是怎么度过的,你要问我是怎么活过来的?"

这话让我心里猛地一震,又一抖。时常听黄河人说,在那种人类生存的极限状态下,不要说在黄河上破冰测流,更不要说像谢会贵那样一个人干两个人的活,就是你啥也不干,只要能在那儿能待下来,就是人间奇迹。所谓人间奇迹,只因超越了人类生活的常态,或经历过非人的折磨,或有非同寻常的过人之处。是啊,凡是来过这里的人,哪怕像我这样来这里看看就走的匆匆过客,也深深地感受到了,即使空手空脚站立不动,心脏也承受着数倍于平原地区的负荷。而要长久地待在这里,随时都有生命危险,暴风雪、洪水、泥石流、凶险的道路,听说以前这里还流行过鼠疫,危机四伏,险象环生,要不怎么被称为生命禁区呢。在这离人间最高、离天空最近的地方,人的生命和大自然的生态都显得十分脆弱,生与死的距离也是如此之近,一场寻常的感冒就可能夺走一个人的性命。

　　往事如烟,又历历在目。一位早已习惯于沉默的汉子,对我所有的疑问似乎都觉得没必要回答,只是一支接一支地抽烟。那手指上被烟火燎过的痕迹,是这汉子的又一个特征。我也是个老烟鬼,但没他抽得这么凶。他笑了笑说,这还不是最凶的,尤其是在那些酒后的夜晚,最多的时候他一晚上抽过五六包。他语不惊人,仿佛早已习以为常,这其实也是很多水文人长年养成的习惯。每个水文人,除了难以言说的艰苦,更有难以忍受的孤独与寂寞,这也是我同水文人交心时他们掏心掏肺的倾诉。他们每天从早干到晚,一身泥一身水地回到站房,在那些寂静得可怕的夜晚,没有电,更不要说电视、电脑了,除了偶尔去那唯一的电影院里看看靠柴油机发电的电影,他们几乎无处可去,而待在屋子里也没有任何排遣孤独寂寞的方式。一个月才能收到一次邮件,等到最新一期的日报到了他们手里已是月报,当日的新闻对于他们早已是一个多月前的旧闻。可明明知道这已是旧闻,每个人都抢着看,看了一遍又一遍,直到把一张报纸翻烂了,他们还在把一个个老故事像刚刚发生的事情一样传播。而站里的一台半导体收音机,几乎就是水文站与外界沟通的唯一渠道。除此之外,陪伴他们的只有烈酒和烟火,还有黄河在那黑暗而漫长的时空中隐隐约约传来的流逝声。而水文人又长年累月与河水打交道,每个人都是一身风湿,酒是他们往命里灌的东西,那一点儿闪闪烁烁的微光,则是比烈酒更长久的打发孤寂、挨过长夜的方式。

与世隔绝,说到底还是交通极为不便,而交通不便给他们带来一个更可怕的伤害是吃不上蔬菜。在这高寒缺氧的地方是长不出蔬菜的,从粮食到蔬菜都只能从千里迢迢的西宁运过来,可想而知,在那一个月才能收到一次邮件的年代,哪怕是再新鲜的蔬菜运到这里也都腐烂了,而玛多人唯一能吃到的蔬菜只有冻成了冰疙瘩的冻白菜。谢会贵告诉了我冻白菜的做法,先放在开水中焯,再放在凉水中拔,最后放在油里炒。这样几经折腾,那菜中的人类最需要的维生素就所剩无几了。但哪怕这样的冻白菜,没几天就吃完了,一年大多数时间只是咸菜就馒头、清水煮面条。由于长时间吃不上新鲜蔬菜和水果,别说吃,连见也见不着,有些职工回到了远方的家里,看见了家人买来了水果,脑子里会像高原缺氧一样突然短路,怎么也想不起来这水果叫什么,只好说"那个,那个",其实那都是最平常不过的水果,香蕉、梨子、苹果。你说他们傻吧?他们也觉得自己在高原上待傻了,像是来自另外一个世界。事实上,从玛多回一趟家,在那时也真是遥遥得像两个世界的距离。由于难得回一次家,难得吃上一次蔬菜和水果,谢会贵和他的同事们均患上了不同程度的维生素缺乏症,每个人都早早就脱发谢顶,你再看看他们的指甲,不是凹,就是翘,这就是维生素严重缺乏的症状。

对于我们这些来自高原之外的人,雪域高原是绝美的风景,而对于长久地生活在这里的人,一棵小草、一朵小花、一点儿绿意,在他们眼中都是绝美的风景。有一年春天,谢会贵回家探望生病的老母亲,他是个难得尽孝的孝子,也是一个男儿有泪不轻弹的硬汉子,看到躺在病床上的母亲,他也没掉一滴眼泪,可一眼看见家门口绽放的一朵小花,泪水一下涌了出来,一滴一滴地洒在花瓣上,多少年了,他都忘了世界上还有这么娇艳的色彩。别看谢会贵一副木讷寡言的样子,他心里充满了生活情趣。每年天气转暖的季节，他都会拿出平常采集的草籽，播撒在水文站的小院里，这是玛多水文站最美的风景，也是这雪域高原的一道独特风景。

对于每个人，恋爱结婚，生儿育女，既是人生大事，也是人间常事。但长期奔波于江河、在野外作业的水文人，想要找个对象，特别难，尤其是在玛多这种条件非常艰苦的水文站，非常难。在我走访过的水文人中，像谢会贵这一代，还有他的前辈们，基本上是一头沉，半边户，妻子都是农村户口。哪怕到了现在，我还遇到了很多找不到对象的年轻水文职工，有的谈了六七个对象，到头来都吹了。在黄河源、三江源等青藏高原腹地的水文站，很多人过了而立之年，个人问题依然悬而未决。但这其实不是什么悬念，很多年轻水文人都不约而同地道破了实情，他们谈过的对象，不是对他们人才人品不满意，而是明确提出，只要他们愿从海拔 4000 多米高的地方调到海拔 3000 米以下，这些姑娘都愿意成为他们的新娘。但让我感动而敬佩的，哪怕在今天这样一个物欲横流的年代，也依然有很多年轻人难以割舍他们心爱的水文站，对那些跟他们吹了的姑娘，他们也没有一丝怨艾，而是为她们设身处地，以满心满意的真挚去理解她们，在这样一个生命禁区，又有哪个姑娘能受得了呢，又有哪个姑娘的父母亲愿意把自己的女儿嫁到这里来活受罪呢？在这里，可不只是一般的受苦，随时都有生命危险，一场很普通的感冒，很可能就会夺走一个年轻的生命。

又不能不说，谢会贵同很多水文人相比还真是幸运，他的个人问题几乎毫无悬念，在他来玛多的第三个年头，还不到二十三岁呢，就在玛多县城找上对象了。他对象是县民贸公司的出纳员，单位好，工作好，人更好。在很多人眼里，那真是一桩美满而浪漫的姻缘，有多少小夫妻能像他们一样，有雪域高原为他们祝福，还有黄河为他们证婚。第二年，他们的第一个孩子就降生了，是个小子。可这小子长到五六岁时，由于在玛多唯一能吃到的就是在保存上比较耐久的苹果，他竟然以为天底下唯一的水果就是苹果，只有苹果。这让两口子突然意识到，如果让孩子在这种与世隔绝的环境下长大,那就废掉了。为了让孩子有个能与外面的世界接触的环境,给他找个好的学校。妻子几次向谢会贵提出,想在西宁安个家。还有一些好心的朋友也劝他,老谢呀,你就是再没本事,回西宁卖冰棍,给人家擦皮鞋,也比待在那鬼地方强啊,起码可以照顾孩子生活和学习呀!然而,谢会贵在玛多待得越长,越是不想离开玛多,有人说他简直是呆傻了。妻子眼看大小子都过了上学年龄了,在几经犹豫后忍痛做出了抉择。1992年,妻子与他离婚,带着八岁的大儿子离开了玛多,把一岁的小儿子留给了他。十年夫妻,家破人离,在黄河面前发誓要"执子之手、与子偕老"的谢会贵,又为了黄河只能肝肠寸断地看着妻子携儿远去,妻离子散,原本是人间最不幸的事,转眼便成了他的遭遇。而唯一能够给他消愁的只有往命里灌的烈酒,他一边流泪一边唱着在玛多淘金人中传唱的青海花儿《沙娃泪》:"唉——孟达地方的撒拉人,尕手扶开上了玛多的金场进了,一路上少年(哈)唱不完,不知呀不觉地翻过了日月山,哎——出门人遇上了大黄风,吹起的沙土打给着脸上疼,尕手扶拦下着走不成,你推我拉的麻绳俩拽,哎——连明昼夜地赶路程,一天地一天地远离了家门……"

　　长歌以当哭,那歌声真像哭一样。一段往事诉说到这里,我眼前这位一直木讷寡言的硬汉子,声音有些颤抖,眼眶里已有泪光隐约闪烁。离婚后,他独自带着一岁的小儿子留在了玛多,既当爹、又当妈,从原本在玛多还算温暖幸福的生活一下变得举目无亲,很多人都担心他迈不过这道坎,但他一如既往,每次测流依然是走在最前边一个人,依然是穿着胶皮裤第一个跳下冰河里的人。为了不耽误工作,没过多久,他又忍痛把小儿子送回老家让姐姐照顾,一个团团圆圆的四口之家,在谢会贵三十六岁的本命年,又如同轮回般地转回了原点,他又变成了孑然一身的单身汉。对前妻的离去,谢会贵没有丝毫怨言,而说到两个儿子,他黢黑的脸上充满了愧色。大儿子是前妻带大的,小儿子是姐姐带大的,而身为人父,他连自己的儿子是怎么长大的都不知道,但对这里的水情、河势,他比谁都清楚。

对于有过家的人，或家在外地有家不能回的人，那白天难见人烟、夜晚孤灯冷月的生活，愈加难以忍受。尤其是过年时，一年到头，回家团聚，对于这些水文人，原本是一天数着一天的期盼，而过了十个团圆年的谢会贵，这个年，还真是跟他过不去了。大年夜，去西宁采办年货的同事因大雪封山赶不回来了，一座半埋在雪堆里的水文站，只有谢会贵和卡文明两个光棍汉。卡文明是玛多站唯一的藏族职工，他其实不是光棍汉，但家在外地，一年到头难得回一趟家，跟打光棍差不多。这大过年的，他原本是急着要回家过年的，可由于大雪封山，一条回家的路被老天爷断绝了。这两个民族的兄弟，在这与世隔绝的水文站里，还真是相依为命啊。他们吃不上团圆的饺子，更没有辞旧迎新的鞭炮，只有两条硬邦邦的生羊腿。他们一边喝着老烧锅，一边蘸着盐巴一口一口地啃着生羊肉，那凶狠的样子像狼一样。开始，谢会贵神志还挺清醒，还像大哥一样，对卡文明这个满脸忧伤的藏族兄弟又是劝慰又是开导，可还没等卡文明额头上的愁结解开，他这个大哥自己先哭了，他一哭，卡文明那堵在胸膛里的孤独与郁闷一下如排山倒海，两个汉子紧紧抱在一起放声恸哭，也只有这样的恸哭，才能把堵塞在胸口的那比烈火烧心更强烈的痛苦倾吐出来……

这种在酒后放声恸哭的男人往往是最质朴、最直率的，也是人们常说的真性情吧，这样的人往往又是最豁达的。在谢会贵离婚两年后，朋友们帮他在西宁介绍了一位女友，第一次见面，他就老老实实地告诉她，玛多是个怎样的地方，他又是什么原因离婚的。他的真率、他的朴实，还有他的忠厚，没有让女友退避三舍，在见了一面之后，又有了见第二面的念头。一段姻缘，几乎又毫无悬念地降临了，谢会贵也终于在西宁安了一个家。但他在这个家里待的时间很少，用他妻子半开玩笑半是嗔怨的话说，这个家就像是他的旅店，几个月也难得回来一次，而他真正的家，还是那个青藏高原、黄河源头的玛多水文站。

哪怕老谢一言不发，我也越来越感觉到这个人从未后悔自己的选择。事实上，他不是没有离开玛多的机会，如果他真想离开这里,也许早就离开了,他的人生也许将以另一种方式来书写。在大多数人眼里,那无疑是一种更合乎情理、更有出息方式,然而一个难得的机遇却被他自己断送了。

那是他来玛多的第二年,谢会贵参加了黄委河源查勘队,既是向导,又是测流骨干。1978年7月27日,这是他忘不了的一个日子,也是历史应该铭记的日子。谢会贵对黄河河源玛曲和卡日曲分别进行了测流,对两条河流第一次在同日测得了精确的可比流量,这些数据,为黄委确定黄河正源,也为长期以来一直相持不下的黄河正源之争提供了最直接也最有说服力的实证(实测数据)。而在这次查勘途中,一个致命的意外事件发生了,查勘队长董坚峰的坐骑在幽险的山道上被磕绊了一下,突然受惊了,而在这高山深壑间的山道上,步步惊心,一批狂奔的惊马,随时都会摔进万丈深渊。幸亏谢会贵眼疾手快,他纵马往前一跃,用自己的马拦住了董队长的马,又死死挽住惊马的缰绳,那一场人与马的较劲和角力,让在场所有人都惊呆了,在所有人屏息敛气的死寂中,那惊马仰天发出的一声声嘶鸣在空气中阵阵震荡。当惊马终于被制服了,驯服了,每个人都看见了谢会贵手上那被马缰勒出的一道深深的血痕。这次考察结束时,董坚峰问谢会贵愿不愿到郑州工作。这绝非单纯的感激,董坚峰更看重的还是谢会贵在测流中表现出来的那种专业水平和不畏艰险、十分投入的敬业精神,如果把这样一个人才放在一个更高的平台上,无疑有更大的发展空间。要说一个二十来岁的小伙子,对此一点也不动心那是假的,郑州是黄河水利委员会的大本营,也可谓是黄河之都,一个最底层、第一线的水文人,能从这世界最边缘的角落里调到那中原之中心的大都市,足以用一步登天来形容。但每到这关头,谢会贵立马又想到了他的那份决心书,这是他的诺言,而为了信守自己的诺言,他在送别董坚峰时,婉言谢绝了董队长的好意。其实,只要他改变主意,也还有机会。董坚峰在完成这次考察后不久,就担任了谢会贵母校的党委书记,1982年又担任了黄河水利委员会水文局党委书记、局长。这是黄河水文战线的一把手了,但他一直没有忘记那个甘居水文第一线、最底层的小伙子。谢会贵也从来没有忘怀这位关心自己的领导,却一直没有去找他。

随着谢会贵在玛多待的时间越来越长,年岁越来越大,他自己不想走,上级也几次三番想把他调走。玛多站的顶头上司是西宁水文勘测局,局领导苦口婆心给老谢做思想工作。这个思想工作做得挺有意思,一般做谁的思想工作,是让他到祖国最需要的地方去,而祖国最需要的地方往往就是条件最艰苦的地方,而给谢会贵做思想工作恰恰相反,是要把他从最艰苦的玛多调到那些海拔较低、条件较好的水文站去。不说去西宁,退而求其次,就是回到他移民搬迁的家乡贵德水文站,也是不错的选择。我去贵德看过,那里是"高原小江南",又是省会西宁的后花园,谁都知道,天下黄河贵德清啊!但这个老谢,还真像是在高原上待傻了,说来说去就是那句话,"玛多虽说艰苦,可那儿的环境我早已适应了,情况也熟悉。反正工作总是要有人来做,与其换其他同志来吃苦,还不如我继续在这里干。"这话听着很平实,却暗含着一股子比石头还笃定的倔劲儿,这个老谢,不像是在那高原上待着呢,他仿佛已经将自己的生命与黄河源头的那片高原融为一体了,除非你把他搬下山,他自己绝不会走下山。

他还真是被人搬下山了。那是2003年,谢会贵突发脑血栓,幸亏这时候青康公路的路况好多了,赶到医院时,老谢已经认不得人了。但这个历尽奇险的水文人,又一次让人们见证了生命的奇迹,连大夫也惊叹,这是一个特别顽强的生命。对于谢会贵,这也是他又一次死里逃生。他还在病床上躺着时,来医院里探望的局领导就开始盘算,这次老谢下来了,就不能让他再上去了,就在西宁给他找个清闲点的事儿干干吧。可等到领导再次来医院看望他时,老谢却不见了踪影。接下来便是一个在西宁局闹得上上下下都知道的"寻人事件",而他们要寻找的那个人,又将毫无悬念地出现在那个叫玛多的地方……

四、时空中的一个坐标

在玛多,我也时常听到这样一句话:"40岁前拿命换钱,40岁后拿钱保命。"

几乎无人不知,一个长年累月生活在高寒缺氧的环境中,那伤害的程度足以用对生命的摧残来形容。有人给我透露了一个冷酷的数字,在玛多这地方,人均寿命只有54岁左右。而一个人在高原上待了多年后,哪怕离开了高原,在余下的生命里也将是一个只能靠药物来维持生命的"药罐子"。在青藏高原工作的地方干部,一般干够20年就可以轮换或退休了,而像谢会贵这样一干就是30多年的,还极为罕见。所谓地方干部,这里还得解释一下,这是用黄河人的眼光来看的,水利部黄河水利委员会是中央政府直属机构,而玛多水文站麻雀虽小,却也是黄委会垂直管理的一个最底层的中央直属单位,在他们看来,那些非中央直属单位的干部就是地方干部。但像水文站这样的中央直属单位,又一直处于边缘化的状态。由于他们每天都在与水打交道,很少与人打交道,与地方上、社会上少有接触,社会上对他们的存在也不大关注。他们时常被人们看见,却很少被人们认识,哪怕对他们比较了解的,也只是大致知道他们在河谷里待流,却不一定知道他们每天干的事都与自己的生命财产息息相关。很多人看到这些一脸黢黑、木讷寡言的水文人,第一个感觉就是他们在那荒凉河谷里待傻了,而他们一旦闲下来,也时常长久地发呆。这也是水文人下意识的一种习惯。

由于对他们缺乏了解,很少有人知道,这些最底层的、第一线的水文人工资待遇很低,比那些同在玛多工作的地方干部低多了。如果说一个人年轻力壮时来到高原打拼,就是"四十岁前拿命换钱",这个目标谢会贵过了50岁没有实现,一辈子也难以实现。从刚到玛多水文站每月拿30多块钱工资,到如今,他每月也就能拿到3000多块钱的工资。他一个人干两个人的活,别说拿双倍工资,愣是连一天的出车补助他也没有拿过。如果说这微薄的工资就是他拿命换来的钱,那谢会贵的命、水文人的命也太不值钱了,太廉价了。而"四十岁后拿钱保命",却是谢会贵用生命来验证了的痛苦的现实。他从22岁那年获得了"玛多打冰机"这个响当当的称号,如今这台"打冰机"也日渐磨损老化了,一身的高原病加上水文人的职业病,风湿痛、关节痛、胃痛,还有致命的脑血栓,从30岁之前就开始折磨他,年岁越大越是厉害,无论在玛多水文站还是西宁的家里,那大大小小的药罐子,不是治胃病的,就是治风湿痛、关节痛的,有时候药罐子摆得太多了,他还得在这些药罐子上分门别类贴上标签,一不小心,就吃错了药。

那么,谢会贵又拿自己的生命换来了什么?回首20岁时,他用一张纸把自己送到了这个雪域高原,从此他就认了,一辈子交给玛多了。在接下来的漫长岁月里,他以自己的坚守和全身心的投入,为自己换来了上上下下的夸奖,几乎每一任站长都这样夸奖他,"别看老谢是咱们玛多站资历最老的,可干起活来愣是一点儿也不含糊……"夸奖的话多了,既是不断地重复,也是在不断地强调,而他每次听了也只是憨厚而实诚地一笑。除此之外,他也为自己换来了一大堆荣誉证书,从黄委系统劳模到全国五一劳动奖章获得者,作为一个最底层的水文人,应该说,他已经抵达了人生荣誉的高峰,然而说穿了,同一个人的生命相比,同他一生最宝贵的强壮年岁月相比,这些荣誉证书说穿了也不过是一张纸。而每次在光环闪耀中领奖时,他也只是憨厚而实诚地一笑。如果这一切都是纸,但他还用生命换来了更重要的东西,尽管写在纸上,却绝对不是纸,那是他和他的同事们在玛多测量的数以万计的水文数据。那上面记录了黄河源头各个季节、各种气候、各类不同自然条件下流量、蒸发量、降水量、泥沙量等数据,这每一个高精度的水文数据,都在填补中国乃至世界水文的空白,更是国家防总、黄河防总、黄河水利委员会在防洪减灾、水资源开发利用、流域生态环境保护、水污染监测治理等方面的第一手数据,要说这每一个数据都关乎国计民生,绝对不是我在夸大其词。没有这些数据,水利部黄河水利委员会就不可能打造一条数字黄河,中国第二大长河源头的水文数据将是绝对空白,一条如同巨龙般的黄河,从龙头开始就是个处于失明状态的瞎子。想想也知道,要不,国家怎么会在人类生存的极限下设一个水文站呢?这里根本不具备设站条件,但必须设站!玛多水文站就是黄河的第一只眼,谢会贵就是这只眼睛里的瞳仁……

每当老谢陷入沉默时,我总是下意识地注视着他背后的黄河流域图。若从管理层级看,从水利部、黄河水利委员会、黄河水利委员会水文局、黄河上游水文水资源局到西宁水文水资源勘测局,西宁局已是黄河水文的第五级管理机构,这是一个比县区还低半级的机构,但从其测区范围看,以玛多水文站为龙头,地跨青海、四川、甘肃三省(流域面积14.5万平方公里),除了黄河流域,西宁局还要代管长江流域的四川甘孜水文站。用局长王瑛的话说,"线长,面广,点多。"这些水文监测站点,或在玛多这样的雪域高原,或在人迹罕至的荒滩僻野,或在凶险莫测的深壑长峡之中。而在新中国成立之前,这些站点大多是黄河的盲点,如果没有像谢会贵这样的水文人一代代在这里坚守,这条长河的最上游,将会成为地图上的空白。

对谢会贵这些长年累月坚守在水文一线职工,黄委一直是十分关心的。听谢会贵说,前任黄委主任李国英(现任水利部副部长)、现任黄委主任陈小江都曾到玛多或到他家里来慰问过他。但他们关心的绝不只是一个谢会贵,而是所有的水文人,怎么才能把成千上万的水文一线职工从繁重的工作和艰苦的生存境遇中解放出来?这首先要采用现代科技手段,推进水文测报走向现代化。而灾难有时候也是转机,在1998年长江大水后,尤其是2010年至2011年长江、淮河等流域出现跨流域、跨年份的大旱灾后,中央出台了新中国成立以来第一个关于水利的一号文件,不仅重申了水利关系到防洪安全、供水安全、粮食安全,而且首次把水利提高到"关系到经济安全、生态安全和国家安全"的战略高度。随着国家对水利的投入加大,近年来,黄委会以河源区水文情势变化规律研究为重中之重,对水文水资源监测、预测预报技术进行提质改造,针对不同河段、不同时段的水沙特性和重点,推进和构建相互关联、相互协调、各有侧重、各具特点的黄河上游水文体系。如今,很多水文站可以在巡测车、巡测船上操作着电脑监测流量,还有的实现了水文观测的全自动化,只要坐在监测室内点点鼠标,就可以通过连接设备测出比人力更精准的水文数据。

玛多水文站现在也挂上了玛多巡测站的牌子,那开着一辆越野车来西宁机场接我的,就是现任站长张红兵,一个大高个的西北汉子,还不到40岁,不过看上去他的实际年龄要大。一路上,他车里都放着那首水文人之歌:"我们像繁星一样,镶嵌在共和国蓝图上。山高路远,坚强守望,见证江河的消消涨涨。雨打风吹,一如既往,预测水势的闲闲忙忙。共和国知道水文,祖国腾飞有水文的热和光……"

越是高寒缺氧的地方,越需要水文人的热和光。玛多,依然是黄河水文战线最艰苦的地方,但如今的玛多站与谢会贵那一代人相比已经好了不止一个时代,那漫长的黑夜早已被电灯照亮了,还连接上了卫星电视和宽带网络,这让一个孤悬于青藏高原、黄河源头的小站和世界的距离一下缩短了。而现代科技从来不是抽象的,不是冷冰冰的,许多艰险而繁重的任务,原来必须用人力来完成,如今配备了巡测车和现代化的测流设备,大大减轻了劳动强度,提高了安全性。以前一年到头都要定时监测,现在则以遥测为主,巡测为辅,这既扩大信息收集范围、提高了测报质量,也让长年累月坚守在水文一线的职工由驻守变为巡测,有的河段和时段甚至可以由巡测变为无人值守。而一线水文职工的住房和生活条件也今非昔比,每一个水文站看上去都是那样舒适而温暖,小院里还建起了蔬菜温室大棚,一年四季都能吃上新鲜蔬菜了。而我觉得,最具人性温度的还是制度,在跨入新世纪后,黄河源区水文站就实施了轮休制度,每年11月至次年3月,是黄河上游的冰封期,这些水文一线职工就可以回到远方的家里。

有了这样温暖的人性制度,又有可以替代人力的遥测设备,谢会贵就是不想走,也得走了,要么他真的是个傻子。如今,黄河源区的老一代水文人大多已退休,还有的已离开了人世。对于他们的早逝,让人扼腕叹息,如果不是长期守望在这片高原上,他们也许会活得更长一些。在这样一个生命禁区里坚守,真是在提前预支生命啊。而谢会贵在2009年从玛多调到西宁局时,他已是在这里待的时间最长的,也是当时年岁最大的。若按现在的年龄标准,五十六七岁的老谢其实并不老,还处于春秋鼎盛的壮年呢,但长期生活在高寒缺氧的高原上,他看上去真像一个历尽沧桑的老人了。

一个人,从20岁的憧憬与抵达,到天命之年步履蹒跚地离去,这就是他漫长而简单的人生履历。无论当初的选择是热血沸腾还是心血来潮,他已在人类生存的极限下,以32年的生命和岁月验证了,那就是他矢志不移的选择,那也是他一生中唯一的选择。我有幸抵达了黄河源头的青藏高原,又有幸找到了一个走得离他最近的机会,但他不愿意谈自己,他谈得最多的是那个水文站和他的那些老前辈和同事们,"说啥呢,做得比我好的大有人在。"但黄河可以作证,青藏高原可以作证,一个人在海拔4500米的高原上坚守32年,哪怕再平凡,也足以用崇高来形容。

老谢虽说离开了玛多,但没有离开黄河,没有离开水文,他的魂,就像掉在黄河源头了。没有人比他更牵挂黄河源头的水情和生态变化。从雪线上升、冰川消融,到湖泊湿地的干涸萎缩,到黄河径流量的锐减,这生态不断恶化的灾难,依然像高原反应一样牵扯着他敏感的神经。他第一次在同日测得了玛曲、卡日曲两条源流精确的可比流量,他也眼睁睁地见证了黄河最上游的干流乃至源头从1997年到1999年连续三年跨年度断流的灾难性事实,向人类频频发出警示。而如今,随着黄河源头从过去的无人区变成一个个旅游景点,很多游客又没有生态环保意识,老谢对游人带来的各种污染以及对生态的损害也格外担心。他多么希望有幸来此一游的游客们,能够像那些心有神明的藏胞一样,对这里的每一滴水,对我们这条伟大的母亲河保持一种神圣的敬畏、虔诚和纯粹的信仰。黄河孕育了我们这个民族,她是我们的生命之,每个人在这里抛弃的任何东西,都是对母亲的玷污,也将污染着我们的生命。还有一个让他担心的是,现在虽说有了现代化的测流设备,但在玛多那处于极限状态的地理环境和气候条件下,仪器设备是无法全部代替人力的,它们比人更不适应那里的恶劣环境和气候。事实上,他的担心不是多余的,我听现任站长张红兵说,玛多巡测站现在主要还是靠人工观测……

当我起身告别时,王瑛局长说了一句话:"老谢代表了那个时代的劳模,我们不希望出现第二个谢劳模。"这话乍一听,让我非常惊诧,但他接下来的话又让我立马释然了,"老谢这辈子受苦了,太苦了,再也不能让我们的职工在那里一待就是30多年,这不合适,以人为本,绝不是一句空话,从管理手段、管理机制上,从人性、人情上,都必须以人为本……"

这话让我心里一阵感动,但王局长也给我透露了一个苦衷,由于水文站是国家直属单位,按国家有关规定,特别强调文凭,但那些有文凭的大学生谁愿意到最底层的水文站来啊,干水文这一行,最重要的不是文凭,而是实用人才,如今我们实行轮休、轮岗了,可还是特别需要像老谢这种扎扎实实的、特别坚忍、特别能吃苦的精神……

精神,也许这就是黄河人身上特有的黄河精神吧。是啊,除了精神,你也无法解释这个在生命禁区里的守望的人,还有他们守望着的一切。

对于我,玛多只是一条必然之路上的短暂驿站。我已无从进入一个20岁的小伙子当年抵达的那个玛多县城玛查里,三四十年过去了,我眼中的玛多县城依然像是内地的一个偏远小镇,人口不过3000,很多都是近年来在县城周边安置的生态移民。一条主街实际上就是穿城而过的青康公路,在公路两边延伸出一里多路的两排院落,但以一座水文站为坐标,还是可以看出这个县城比原来大多了,玛多水文站原来坐落在县城边边上,如今已坐落在县城中心。在我离去前,又一次深深凝望,一个仅有五间房的小小院落,它的存在,让我们错杂的内心一下变得简单明了,面对它,一切都会得以逼真地映现。唯愿在我接下来的奔波于大河上下的漫漫长旅上,它的存在如同时空中的一个坐标,一个闭上眼睛也能看见的坐标……

(节选自《大河上下》,原载《清明》2016年第2期)

地平线上的身影

王少勇　陈国栋　马　亮

引　子

当高铁动车疾驰而过，拉近一座座城市间距离的时候；

当载人航天飞船发射升空，沿着轨道飞向茫茫太空的时候；

当宏伟的大桥飞架南北，将昔日天堑变为今日通途的时候；

当丰富的矿藏在荒漠峻岭中被勘探发掘，化为源源动力注入各项建设的时候……

人们可能不会想到，这一切，全都离不开地图，离不开精确的地理坐标，离不开那一组组详细的地理信息数据。人们可能更不会想到，这每一组数据的获得，都意味着不论在荒原，在沙漠，在高山，在大河，一定有人要亲身前往——架起仪器，读取数据，编入档案，画出地图。这些人，一步一步丈量祖国的大地，把汗水和热血洒遍广袤的疆土，完成了一个又一个看似不可能完成的任务，为共和国建设绘下了可靠的"底图"。

国家测绘地理信息局第一大地测量队就是这样一支默默无闻的开路先锋。

只步为尺测经纬，丹心一片绘乾坤。国测一大队成立61年来，一代代测绘队员前赴后继，他们六次登越珠穆朗玛峰，测量出珠峰的精准高程；他们第一次把测绘点布设到南极和珠峰北坳，在世界测绘史上留下了光辉的一页；他们累计完成国家各等级三角测量一万余点,提供各种测量数据5000多万组,得出近半个中国的大地测量控制成果。

61年的时间里,他们背着沉重的仪器装备,28次进驻内蒙古荒原,32次深入西藏无人区,37次踏入新疆腹地,徒步行程总计5700多万公里,相当于绕地球1400多圈!

在北疆的阿勒泰地区,最低温度达到-45℃,可为了保证测量精度,他们操作仪器时不能戴手套;

在天山东部的火焰山下,地表最高温度在70℃以上,他们穿着厚底鞋依然被烫得直蹦,七条汉子在沙漠中一口气喝光20公斤的水;

在平均海拔6000多米的珠峰地区,稀薄的氧气让人才走几步路就喘得厉害,强烈的紫外线灼得队员们一个个又红又黑,层层掉皮;

在中国内陆最低处、海拔负154米的吐鲁番艾丁湖洼地,温高风大,测绘队的一头骆驼被风刮跑,追了100多公里路才找回……

遍布祖国版图上的地理坐标看似平凡,但却需要测绘队员在广袤大地上万里跋涉,精准测量。

这些地平线上的身影,是测绘队员们遍插于大地之上的生命旗帜。

今年是我国首次珠峰高程测量40周年,7月1日,中国共产党建党94周年之际,习近平总书记亲自给国测一大队参加了珠峰测量的六位老同志写来了回信,高度赞扬了他们忠诚与奉献的精神。61年来,国测一大队一代代测绘队员正是用自己的行动乃至生命诠释着"热爱祖国、忠诚事业、艰苦奋斗、无私奉献"的测绘精神,并将这种精神薪火相传,不断焕发出新的耀人光芒。

——

新中国成立初期,第一代测绘人响应祖国号召,投身于如火如荼的社会主义经济建设中,他们凭着对国家和对事业的无限忠诚,凭着强烈的使命感和责任感,凭着朴素而又崇高的理想信念和价值观念,在无比恶劣的自然环境中,艰苦奋斗、无私奉献,甚至不惜牺牲自己的生命,为共和国的发展做出了不可磨灭的贡献。

总书记回信了

2015年7月1日早晨,古城西安阳光明媚,天空清澈如洗。这一天,已退休20年的邵世坤起得很早,他先是在家属院的林荫路上散步,吃过早饭后,还专门擦了擦书柜的玻璃,拿出摆放在里面的几张照片和党组织授予他的各种奖状、奖章端详了一阵。照片上,他还是个年轻的小伙子,意气风发,和队友们一起走南闯北,测量祖国的大好河山。

今天是党的94岁生日啊,邵世坤在心里念着。每年的这一天,他都觉得特殊而神圣。年轻时,他都是在野外庆祝党的生日,无论条件多么艰苦,只要想到自己是一名共产党员,内心就充满力量。退休后,看着祖国一年年发展变化,包括测绘事业在内的各项事业都蓬勃发展,他由衷地感到自豪和欣慰。

邵世坤正回忆着,电话铃声响起。

"喂,邵老啊。"邵世坤听出这声音是国测一大队现任党委书记刘键,声音有些高亢和激动。"邵老啊,告诉你一个天大的喜讯,习近平总书记给你们回信了。"

"什么?"邵世坤有些不敢相信自己的耳朵。

"总书记给你们回信了,就在今天,建党94周年的日子。"刘键重复了一遍,声音甚至因激动而有些颤抖。

挂上电话,即将年满80周岁的邵世坤闭上眼睛,深吸了两口气,让自己平静下来。他慢慢站起身,看着窗外,几朵白云在蓝天飘过,阳光洒在梧桐树上,也透过窗子辉映在他的脸上。

邵世坤很快在陕西省测绘地理信息局见到了薛璋、郁期青、梁保根、张志林、陆福仁。这六位老测绘队员曾一起参加过1975年的珠峰测量,那是我国首次成功测定珠峰高程,距离今年刚好过去40周年。就在一个多月前,国测一大队召开离退休党员组织生活会,六位老同志谈起40年前珠峰测量的话题,感慨万千。40年来,祖国发生了翻天覆地的变化,而今正在向实现中国梦的征程中阔步前进。在这40年里,国测一大队顽强奋斗,开拓创新,登珠峰、下南极、测天量地,足迹遍布祖国东西南北、跨越陆地海洋,为国家建设和发展做出了重要贡献。六位老同志商议,给习近平总书记写封信,汇报国测一大队近年来的发展情况,表达自己作为老党员、老测绘人,对党和国家的满腔热爱,对测绘事业的无限忠诚。

他们在信里写道:"在党和政府的关心培养下,国测一大队成长为一支能打硬仗、打胜仗的英雄团队,大家用青春、热血、智慧和汗水为国家做贡献,有的同志甚至献出了宝贵的生命。敬爱的总书记,我们要自豪地告诉您,国测一大队建队61年来锻炼成长的优良传统正薪火相传。如今,年轻的测绘队员正沿着老一辈测绘人的足迹,继续奔波在崇山峻岭、大漠戈壁、原始森林、江河湖海。他们进驻内蒙古荒原28次、深入西藏无人区32次、踏入新疆腹地37次,徒步行程5700多万公里,相当于绕地球1400多圈;他们完成了南极重力测量、中国地壳运动观测网络建设、西部无人区测图、海岛(礁)测绘、汶川灾后重建测绘,等等。……在纪念我国自主科学测量珠峰高程40周年之际,我们以耄耋之躯向您保证,我们一定牢记党员使命,保持勇攀高峰的精神,为国家富强、民族复兴贡献余热,为传承爱国精神、敬业精神,发挥测绘工作对经济社会的重大作用尽绵薄之力!"

落款的署名是:邵世坤(80岁),薛璋(80岁),梁保根(79岁),张志林(79岁),郁期青(77岁),陆福仁(74岁)。

写这封信时,他们想,总书记日理万机,只要能看到这封信,我们就心满意足了。谁也没想到,总书记会亲笔回信,并且是在"七一"建党节这么有纪念意义的日子里。收到总书记的回信后,国家测绘地理信息局立即在陕西省测绘地理信息局组织召开"纪念建党94周年暨学习贯彻习近平总书记重要指示精神座谈会"。

座谈会上,邵世坤他们看到了总书记的回信:

国测一大队邵世坤等同志:

　　来信收悉。40年前,国测一大队的同志同军测、登山队员一起,勇闯生命禁区,克服艰难险阻,成功实现了中国人对珠峰高度的首次精确测量。你们是这项光荣任务的亲历者、参与者,党和人民没有忘记同志们建立的功勋。你们年事已高,但仍然心系党和人民事业,充分体现了老共产党员的情怀。

　　几十年来,国测一大队以及全国测绘战线一代代测绘队员不畏困苦、不怕牺牲,用汗水乃至生命默默丈量着祖国的壮美河山,为祖国发展、人民幸福作出了突出贡献,事迹感人至深。

　　忠于党、忠于人民、无私奉献,是共产党人的优秀品质。党的事业,人民的事业,是靠千千万万党员的忠诚奉献而不断铸就的。不忘初心,方得始终。全国广大共产党员要始终在党爱党、在党为党,心系人民、情系人民,忠诚一辈子,奉献一辈子,以自己的实际行动,团结带领亿万人民为实现"两个一百年"奋斗目标、实现中华民族伟大复兴的中国梦而共同奋斗。

　　捧着总书记的回信,邵世坤激动万分、热泪盈眶。"不忘初心,方得始终。忠诚一辈子,奉献一辈子。"总书记说得多好啊。邵世坤在心里想,是啊,我们就是把自己的一辈子都献给了党,献给了测绘事业,尽到了自己应尽的力量,我们对得起共产党员的称号,此生问心无愧,无怨无悔。

　　捧着总书记的回信,邵世坤的思绪飞回那激情燃烧的岁月,他和兄弟们奋战在戈壁荒漠、雪域高原,战天斗地,无比豪迈……

激情燃烧的岁月

　　1954年4月,尚未年满19周岁的邵世坤,从解放军测绘学院毕业,来到刚刚成立的总参测绘局第二大地测量队工作,这支队伍即是国测一大队的前身。

20世纪50年代初,新中国百业待兴。而旧中国留下的测绘基础十分薄弱,全国仅有三分之一的地区在20世纪20至40年代进行过精度较低的测绘。并且大地测量成果零星分布,测量基准和坐标系统十分混乱,大多无法利用。当时,大面积的国家基本比例尺地形图测绘工作亟待开展,黄河、长江、淮河等流域水利工程也要求统一、可靠的大地测量控制。

党中央、国务院高度重视测绘工作。1956年,国家测绘局正式成立,周恩来总理亲自点将,调总参测绘局局长陈外欧出任国家测绘局首任局长,要求尽快拿出国家基本图,为国家经济建设提供支撑。1956年10月和1958年3月总参测绘局第二大地测量队和地质部第一大地测量队先后转入国家测绘局,组成了如今的国测一大队。

全国性的大地控制测量,是国测一大队与生俱来的使命。包括国家基础测绘的三角、水准、天文、测距、重力、基线等的布测工作。国家大地测量工作,要按照总体设计,在全国范围内均匀布测大地控制点,组成高精度的控制网,用各种技术手段测定其精确的经度、纬度、海拔高度和重力加速度。每次测量,点位布设必须密集、均匀,不得有疏漏遗缺。高山、森林、湖岛、沙漠、沼泽,一律都要走到测到。

走出校门,邵世坤满怀梦想和激情,投入到祖国的测绘事业中。那是段激情燃烧的岁月,"哪里艰苦哪安家",哪里有需要就到哪里去。那时,测绘工作的艰苦程度是今天的人们难以想象的。测区往往自然环境极其恶劣,高山缺氧、严寒酷暑是家常便饭,测绘装备落后、简陋,队员在野外作业所需的物资运输主要靠骆驼、牦牛、架子车。然而,测绘队员们凭借着满腔的热情和为国献身的决心,承受了常人难以忍耐的艰苦,克服重重困难,打赢了一场又一场硬仗,完成了一项又一项艰巨的测绘任务。他们用自己脚步填补祖国测绘的空白,绘制出一幅幅珍贵的地图,为新中国的建设夯实了坚实的基础,立下了汗马功劳。

每年树叶一绿,邵世坤和队友们就收拾行囊、装备,奔赴测区。他们居无定所、沐风栉雨、风餐露宿,有时一年要转战多个省区。直到西安已经寒风刺骨了,他们才返回家中。

有一年,在新疆巴音布鲁克草原,邵世坤经历了生与死的考验。草原被高耸入云的雪山环绕,山顶终年积雪,高寒缺氧。国测一大队测量小组要攀登到雪山顶上,完成六个方向的观测任务。

包括邵世坤在内的五名测绘队员组成突击队,天不亮,就沿着一条小石沟向山顶爬去。一开始山势还较为平缓,他们走了四五个小时后,坡度突然变陡。抬头望去,山顶高悬在上方,云层笼罩;向下看去,悬崖峭壁,深不见底。沟里全是风化的片状岩石,很容易踩滑,不时有岩石滚落下来。队员们小心翼翼,手脚并用地往上爬,每一步都异常艰难。

邵世坤看见,一只老鹰在旁边的山谷上空盘旋,他们现在的位置比鹰飞的还要高。他的手上已经被锋利的岩石划破了几个口子,内衣被汗浸透,寒风吹来,刺骨地钻痛。

这段300米左右的陡坡,队员了用了近十个小时才爬上去。到了山顶,三名队员完成了任务,赶在天黑前下山去了。这时天色已晚,要同时观测六个方向不可能了,只能等到明天,邵世坤和簿记员武海宽留了下来。

天边的云朵被夕阳烧成红色,太阳慢慢地向地平线落去。邵世坤他们并没有背帐篷上来,只好把点位附近厚厚的积雪铲平,在上面铺一层帆布,作为自己的床铺。突然间,狂风大作,刺骨的寒风卷着冰雪将二人包围。邵世坤心想:不好,这样下去会被冻死的。"海宽,快,我们用雪搭道墙。"两人在冰雪的床铺边,迎着寒风,用积雪堆起了一堵墙,蜷缩在"墙"下,紧紧靠在一起互相取暖。没有被子,每人只有一件羊皮袄。

对邵世坤来说,这样在野外过夜并不少见,他和队友们经常夜里没地方住就找个背风的地方蜷缩起身子凑合一夜,还戏称这样是当了"团长"。可这一次,在这雪山之巅,实在是太冷了。他浑身发抖,上下的牙齿止不住地"打架"。长夜才刚刚开始,可每一分钟都是煎熬。"海宽兄弟,我们一定要挺过去,明天,等太阳出来,我们就暖和了。测完这个点,整个测区剩下的任务就有保障了。"两个人相互鼓着劲,等待黎明的到来。天上的云都被风吹走了,满天繁星闪烁,万物一片寂静。就在这无边的黑暗与寂静中,心脏"扑通扑通"地跳动。终于,漫长的黑夜逝去,天边露出一丝白光,紧接着,火红的太阳从地平线慢慢浮上来,群山被染成金黄色。终于熬过去了,邵世坤和武海宽激动地跳了起来。

可他们没想到的是,这漫漫长夜只是一个开始。测点的六个方向,最长的边有50公里,最短的也有十公里。高山气候多变,时常雨雪交加,云雾缭绕,六个方向很难同时观测到。邵世坤和武海宽不停地向各方眺望,眼巴巴地等待观测时机,只要一有机会,就立刻抢测。老天好像在故意刁难他们,一天过去了,两天过去了,三天过去了……他们所有的食物只剩下一小袋干饼,渴了就抓一把冰雪吃,饿了就啃两口冻饼,脸被寒风吹裂了,嘴角不住地流血。第七天下午,两人已经非常虚弱了,到了身体能承受的极限。武海宽半躺着,表情很痛苦。邵世坤也筋疲力尽了,就在这时,他环顾一周,突然发现六个方向同时露出来了。"海宽,海宽,快,快!"武海宽听见召唤,一下爬起来。他们打起全部精神,精确而又迅速地观测了六个方向。这苦苦等了七天七夜的数据终于获得了。激动的泪水充满了他俩的眼眶。七天七夜啊,像七年那么漫长。"兄弟,我们成功了!这罪受得值了。"邵世坤和武海宽拥抱在一起。

可从山上下来不久,又发生了一件惊险的事情。有一天,邵世坤一个人骑马去执行任务,路过一个蒙古包时,牧民养的七八条狗,闻到了生人的气味,围着他和马就开始疯咬。邵世坤寡不敌众,不一会儿就被狗咬下马来,摔在地上。他奋力跟这些狗搏斗,抓住一只狗的腿就把它甩到远处,不停左挡右突。这时,蒙古包里的牧民听见狗叫跑了出来,喊了两嗓子,七八条狗才停止了攻击。邵世坤坐起身时才发现,身上因为穿着皮夹克没怎么伤到,但是左脚的脚踝被狗狠狠地咬伤了。茫茫大草原,方圆上百公里没有医生,更别说会有狂犬疫苗和血清了。凭着外业经验,他知道如果不及时处理伤口,沾染狗牙毒的地方就会慢慢腐烂,他也会不治而亡。

邵世坤心想:古有关云长中箭毒后,刮骨疗伤,此时此地,我何不一试?于是他取出身上的小刀,一刀一刀地在伤口上刮,肉一层一层地往下掉。疼得他汗水浸透了衣服,头晕眼花,但为了确保伤口不感染,他咬紧牙关一直刮,直到看见白花花的小腿骨才停了下来。后来回到营地,邵世坤在队友的帮助下对伤口进行了消毒,并包扎起来。休息几天后,他又开拔测量去了。

如今回想起这些工作往事,邵世坤内心非常平静。为了祖国的测绘事业,没有什么艰苦是不能忍受的,何况队友们也都是这样做的。在那激情燃烧的岁月,流点汗流点血算什么?测绘人就是这么豪迈。我们的汗水和热血洒在了祖国的大地上,共和国的崛起有我们付出的一份力量。

8848.13米,中国的高度

对于给习近平总书记写信的邵世坤等六位老同志来说,他们人生的制高点是在1975年,在珠穆朗玛峰。

莽莽喜马拉雅山脉的最高处,巍然屹立着世界第一高峰——珠穆朗玛峰。

人类对山峰的认识总是从测量其高度开始,而这"地球之巅"的精确高度到底是多少,在过去却一直是个谜。西方学者曾多次组成探险队来到这里,以求测出珠峰的高程,但由于自然环境险恶等原因,他们始终没有拿出令人信服的结论。

但尽管如此,在20世纪初期相当长的一段时间里,关于珠峰高程较"权威"的说法,却一直为这些外国"探险家""考察队"垄断,甚至在我们的地图上,也只能沿用那并不准确的数据。

中华人民共和国成立后不久,中央人民政府就提出"精确测量珠峰高程,绘制珠峰地区地形图"。珠峰是中国的珠峰,它的高度,怎能让外国人说了算?测量珠峰,这一光荣而艰巨的任务落在了国测一大队肩上。

1966年和1968年国测一大队两次组织队员进入珠峰测区,建立定日到珠峰山麓的大地控制网,并获取珠峰地区大气折光的试验数据。测绘队员经过天文、重力、水准、物理测距、折光试验等各项测量工作,经计算获得珠峰峰顶的雪面高程,这是珠峰第一次有了中国测量的高度。但是由于这次测量没有登顶,峰顶未设觇标,高程没有对外公布。但国测一大队这两次在珠峰地区的布测,为1975年的珠峰高程测量积累了第一手资料。

1975年,经国务院批准,在中国登山队攀登珠峰之际,专门组建一支测量分队,精确测定珠峰高程。这一振奋人心的消息迅速在国测一大队传播开来,大家奔走相告,很多人主动请缨。尽管大家都清楚,珠峰地区是生命禁区,加之装备非常落后,上去的人死亡率达三分之一以上。队里经过挑选,派出了八名精兵强将,他们是邵世坤、薛璋、郁期青、梁保根、张志林、陆福仁、吴泉源、杨春和。其中吴泉源、杨春和两位测绘队员,因积劳成疾现已病故。

八位队员被选中后都非常激动,尽管他们当时大多都已人到中年。可人生能有几回搏,此时不搏更待何时?在他们看来,攀登珠峰,精准测定珠峰高程,是测绘工作者报效祖国,打破一直以来被国外垄断的珠峰勘测数据的良好时机,是时代赋予自己的使命。

4月初,八位队员和全体登山队员一起列队,在珠峰大本营的五星红旗下,举起右手向祖国庄严宣誓。此时,他们心中充满使命感和责任感。一定要成功!哪怕付出再大的代价甚至生命,也要向党和国家交出一份满意的答卷。

珠峰大本营海拔就达5200米,空气含氧量仅相当于内地的60%。人在这里,就算躺着不动,心脏负荷也相当于在内地干重体力活。更何况队员们还要背负沉重的测量设备开展工作。队员们除了用鼻孔呼吸外,还需要用嘴大口大口地喘气,时间一长便会嘴唇溃烂、口腔溃疡、喉咙发炎,就会喝不下水、吃不下饭,痛苦难耐。强烈的高原反应,也常常使队员们感到头痛、心跳加剧，还会导致呕吐，彻夜难眠。由于这里的水在70℃就会烧开，所以煮了的米饭也是夹生饭，多数人因此患上了严重的肠胃病。为了避免感冒引起肺水肿、紫外线爆皮，队员们一连两个月不能洗头、擦脸，更谈不上洗澡了。在海拔6120米高度做珠峰测量大气折光试验时，四名队员患了"高山厌食症"，头痛恶心，四个人八天仅吃掉一斤多大米、一点点炼乳，却坚持每天工作十几个小时。

郁期青和梁保根承担了建立海拔5200米、5500米、6000米和6500米四个重力测量点的任务。在联测最后的6500米重力点时，意外发生了。在海拔6000米以上的高度，空气非常稀薄，每走一步都很艰难，更何况他们还要背着沉重的仪器。可当爬到北坳冰川的边缘时，梁保根突然捂着肚子，疼痛得脸色苍白，黄豆粒大的汗珠瞬间流了出来。看到兄弟情况紧急，郁期青为了保证安全，决定先把仪器放到山上，再搀扶他下山。谁知梁保根怎么也不肯，平时内向少语的他还有点儿急了。"那怎么行，就是死，也要先完成任务。"梁保根几乎是对着郁期青低吼："如果我真的死了，就把我埋在北坳山下。你回去对我媳妇儿讲，让她不要太难过，就说我是为了工作牺牲的。"郁期青禁不住热泪盈眶，看着面前可敬可爱的队友，一时说不出话来。

大约过了半个多小时，梁保根的疼痛稍微有些缓解，他们又艰难地向海拔6500米高地爬去。当任务完成时，太阳也快要下山了。此刻，他们又面临巨大的威胁，如果当晚不能赶回6000米营地，就一定会冻死在路上。返回的途中有两处十几米高的陡坎，一旦失足滚下去，不死也会残废。考虑到梁保根的身体状况，郁期青先把两台仪器分两次送下陡坎，然后再爬上去接他。下陡坎时，两人根本不敢站着，只能蹲下，用屁股一点一点往下蹭，一前一后，相差一米左右的距离。郁期青心想："我必须在前面，万一有什么闪失，我可以为兄弟挡一挡。"就这样冒着生命危险，忍饥挨冻，他们赶回营地时已是后半夜了。当天，他们跋涉了近18个小时。躺在床上，梁保根仍疼痛难忍，缩成了一团。医生检查发现他得了胃痉挛。可他一直强忍着病痛，默默坚持工作,这需要何等的毅力和耐力啊。八天的时间,梁保根体重下降了十几斤,身体骨瘦如柴,双眼明显塌陷。

更大的挑战还在更高处。为了取得7000米以上高海拔地区的重力测量成果,测量分队决定冲上"北坳"——珠峰与章子峰之间的一片奇陡的冰雪峭壁,是从北坡攀登珠峰最艰险的地带之一。这里几乎每年都要发生巨大的冰崩、雪崩,千百吨冰岩和雪块像火山爆发一样喷泻而下,几十公里外都能听到它的轰鸣声。更大的挑战还在更高处。4月9日,郁期青所在的7人突击小组向北坳发起冲击。那天,当寒星还在墨色的天幕上闪烁,郁期青一行已经从营地出发,开始向北坳突击了。

郁期青至今还清晰地记得当时的情形:"抬头看北坳,这哪里是山啊,看不到一块岩石,看不到一点黑色,简直像一垛500多米高的雪墙横挡在我们面前。雪墙最大坡度达70度,而且雪崩频繁,裂缝很多。我们往上攀登,只能按'之'字形斜切,迂回前进。而且越往上,越缺氧,背上的仪器装备也越沉重。"每往上迈一步,都是考验。

这500多米的"路",他们足足走了八个小时。最终,他们艰难登上北坳并完成了重力测量和航测调绘任务,把大地测量的重力点推进到了海拔7050米的新高度。

从北坳下来,郁期青在几天内又登了三座高山,这个连续三次参加了珠峰测量的汉子彻底累垮了。他患上了重感冒,发烧41℃,引发了严重的肺水肿和胸膜炎,昏迷不醒,被紧急送往日喀则野战医院抢救。医院组织多名专家会诊,昼夜输液、特级护理,但他依旧持续高烧,生命垂危。

5月27日下午2时30分,登山队员成功登顶,将标志性的红色觇标耸立在珠峰之巅。国测一大队的测绘队员,在六个交会点上经过三天的连续观测,终于测出珠峰的精确高度:海拔8848.13米。这一结果一经公布,立即得到联合国和世界各国公认,成为教科书上的权威数据。这,也标志着我国的测绘水平进入了世界先进行列。

经过20多天的抢救,郁期青终于苏醒过来。医院的大夫拿来一张报纸,头版头条就是队员们成功登顶并测量珠峰的消息。郁期青激动的眼泪止不住地往下淌。胜利了!我们胜利了!中国测绘人向世界宣布,珠穆朗玛峰从此是中国的高度。

后来,郁期青被转送北京治疗。医生先后从他的胸腔中抽了八次血水。他住院160天才出院,体重从70公斤下降到35公斤,牙齿几乎全掉光了,还留下了胸膜粘连、动脉硬化、静脉曲张等后遗症。那一年,他刚刚36岁。

测绘队员们为了圆满完成测量珠峰的任务,完全将生死置之度外,他们以惊人的毅力和勇气,突破了一个个生命极限,向世界证明了中国的实力,也使自己的人生价值在测量珠峰的过程中得到充分的展现,跨越到了一个新的高度。

南极绘图者

除了世界之巅,国测一大队测绘队员的脚步也踏上了神秘的南极,第一次把测绘点布设到两万公里之外的冰雪极地,制作了中国第一张南极地形图。

1984年11月,我国政府派出南极考察队,首次在南极大陆开展科考、建站活动。国测一大队的工程师刘永诺,同国家测绘局两名同志组成测绘班,随科考队前往南极。

"向阳红十号"船从上海出发,连续航行了35个昼夜才到达南极。科考队员们大多是第一次出海,在波涛汹涌的海上,几乎全都晕船了,不少人吃不下饭,甚至有人连床也下不来。刘永诺却靠着坚强的毅力,不仅很快适应了海上的环境,还经常在伙房帮厨,参与船舱安全检查等,给大家留下了深刻的印象。

刘永诺就是这样一个不怕吃苦、勤奋、热心肠的人。他1962年来到国测一大队参加工作,一边认真钻研业务,一边冲在条件最艰苦的地方。"文革"期间,国家测绘局一度解散,不少人把专业书籍卖光了。但刘永诺坚持复习专业知识,同时开始第二外语的学习,并吸收最新科技如计算机、数理统计等知识。

1977年,国测一大队承担了测量天山山脉最高峰托木尔峰的艰巨任务。刘永诺凭借精湛的业务技术,担任天文、三角测量加强组组长。大部分作业区域在海拔5000米以上,气温在-30℃以下。冰川内,冰裂缝、冰窟窿、冰塔、冰碴比比皆是。面对如此险恶的环境,刘永诺抢来了最艰苦的西冰川测量任务。白天,他带领大家在冰川中奔波,选点、造标志、观测。晚上,队员们因为劳累很快进入了梦乡,刘永诺却仍在-℃30℃至-40℃的冰山上进行天文观测。那时,为了方便测量,队员们就在距离测量点不远的地方搭起小帐篷,在里面吃住。有时夜里突降大雪,越积越厚,队员们一早醒来就被吓一跳,原来帐篷已经被埋在了积雪中。在西冰川,刘永诺和队员们一干就是17天,为之后的登顶观测打下了坚实的基础。当托木尔峰成功登顶并测定高度的消息传到北京后,邓小平同志第一时间签发了贺电。

在南极乔治王岛,刘永诺同样诠释了国测一大队测绘队员艰苦奋斗、无私奉献的精神。刘永诺参加了"长城站"选址测量、实地放样等工作。他和测绘班另外两位队员一起,用不可思议的速度为我国绘出首张南极地形图,并测定北京与长城站的精确距离:17501.9公里。南极长城站的测绘成功,填补了我国极地测绘的空白,为中国测绘发展史翻开了新的篇章。

那时,南极正处于极昼期。乔治王岛虽距离极点还有一段距离,但每天太阳沉入地平线下的时间都很短。所谓晚上,天也不会完全黑下来,天边依然飘浮着绮丽的霞光。在我国第一座南极科考站长城站的建设过程中,科考队员们真正是没日没夜地工作。大家每天工作十几个小时,只要钻进帐篷,很快就能睡着。但一觉未醒,起床的哨声就响了。

乔治王岛天气十分恶劣,帐篷一次又一次被风雪压倒,海浪一次又一次把码头冲垮。风急浪大,小船不能下海,直升机也无法出动,这一切影响了建站进度。但队员们用团结协作、顽强拼搏的精神,硬是把损失掉的时间夺了回来。有的队员受了伤,仍然带伤坚持工作,有的队员晕倒在工作现场,休息一会儿,继续拿起工具。海水、雪水、汗水湿透了衣裳,有时一天烤几次换几次。就这样,科考队的建站工程一天一个样,从登陆奠基,到2月10日长城站全部完工,只用了45天。

刘永诺所在的测绘班,除了参加建站工程和为各项科学考察服务外,主要任务是在选定南极长城站的站址后,运用各种测量手段,测定该站的地理坐标,绘制大比例尺的地形图,为建站作实地放样等。这些任务几乎涉及所有大地测量和地形测量、工程测量知识及计算机软件知识。测绘班的三名队员在极其困难的条件下团结协作,还精心施测,高质量地完成了任务。

刘永诺除了和其他两位队员协作外,还独自承担了陀螺方位角的观测计算、重力和天文的观测计算、长城站主楼的工程放样、主楼的变形观测以及乔治岛的面积计算等工作。面对繁重的任务,刘永诺没有退缩,是啊,他向来都习惯于把重担往自己肩上挑。他每天的睡眠时间只有四五个小时,有时顶多就是打个盹儿。高强度的工作,让他常常忘记吃饭,有时刚吃过饭,却不记得是午饭还是晚饭。可是在工作时,他每一个数字都不马虎,每一项计算都确保精准。就这样,刘永诺出色地完成了全部任务。1985年4月6日,我国首次南极科考庆功授奖大会在北京隆重举行,刘永诺被荣记个人三等功。

如今,刘永诺所建的测量觇标依旧屹立在乔治王岛上,在中国长城站前面,还立着一个方向标,上面写着北京与长城站的精准距离:17501.9公里,指着祖国的方向。

刘永诺后来担任了国测一大队总工程师、副大队长、大队长等职务。1987年5月,他荣获全国总工会颁发的"五一劳动奖章";1989年9月,他又光荣地当选为全国先进工作者。

刘永诺曾总结过,干好测绘工作要过三关。第一关是艰苦奋斗关,吃不了苦就不要干测绘。第二关是思想感情关,接受测绘队员豪放粗犷的性格。第三关是操作技术关,多观察、多琢磨、多请教、多实践,练就一身硬本领。像刘永诺这样的第一代测绘人,用自己的实际行动为后来的年轻测绘队员树立了标杆,做出了表率。

忠骨铸队魂

1976年4月,国测一大队在新疆南湖戈壁执行测量任务。这是年轻测绘队员吴永安的第一次野外作业。在这茫茫的荒漠戈壁中,16年前,他的父亲吴昭璞壮烈牺牲。

爹啊,您到底埋在哪里?这么多坟头,连块墓碑都没有。16年了,难道您的坟,已经被黄沙掩埋?吴永安依照前辈的指引,来到当年父亲埋身之处,却找不到父亲的坟茔。

吴永安提着一桶清水,流着眼泪,往每一个坟头上都洒一点水。在烈日的炙烤下,水几乎刚落地就干了。洒遍之后,吴永安跪在滚烫的大地上放声痛哭。"爹,儿子给您送水来了。您喝吧。现在咱们不缺水了。"

吴永安对于父亲面容的记忆,是从父亲生前仅有的几张工作照上获得的。而对于父亲的声音、父亲的动作、父亲怀抱的温暖,他没有任何记忆。16年前的那个春节,父亲回家探亲,吴永安刚4个月大,还不会叫"爸爸",更不会记得父亲是怎样兴奋地把他抱在怀里,不住地亲他的小脸。父亲只在家里住了几天,过完年,就出野外去了。那是吴永安和父亲唯一的一次相聚,是初遇,也是永别。

那一年,国测一大队承担了国家坐标控制网布测任务。4月底,年仅31岁的吴昭璞,带领一个水准测量小组,来到新疆南湖戈壁腹地。虽叫南湖,可这里和水没有一点关系,有的只是无边无垠的沙漠和被风沙侵蚀得奇形怪状的土堆、石堆。这里酷热、干旱,是一片生命禁区,人称"死亡戈壁"。测量小组向沙漠深处的测量点走去,阳光如白色的火焰般炙烤着万物,脚下的沙石烫得脚底生疼。队员们携带的一箱蜡烛早已融化成了液体,顺着箱子的缝隙往外流淌。

到达测量点后,天已经快黑了,吴昭璞带着队友们搭起了一座帐篷,把仪器设备和资料都安置好。第二天早晨,当吴昭璞早早地起床,去给队友们的水囊灌水时,脑子一下蒙了。怎么会?满满的一桶清水,一滴都不剩了。桶怎么会漏呢?队员们指望着活命的水,就这样悄无声息地渗入沙地中。

吴昭璞知道,在沙漠里断水,意味队员们已经被推到了死神的门前。光从这里走出去,就需要一天多的时间,没有水,在沙漠里走一天,能不能活下去,还要看运气。如果负重的话,谁也走不出去。这里还有这么多仪器、这么多资料,又岂能扔下不管?我是组长,出了这样的事情有我的责任,我留下,让兄弟们走。就这样定了,不能再拖了,拖一分钟,兄弟们距离死亡就近一步。

吴昭璞面对着空空的水桶,很快做出了决定。他把兄弟们都叫过来。"兄弟们,我们的水桶漏了,水全都流光了。我们不能留在这里,只能马上撤出去,再带着清水回来。这样,你们两人一组,确定好路线赶紧往外撤,我留下来看守仪器和资料。"吴昭璞说出了自己的安排。

"这怎么行呢?要走一起走,不能把你一个人留在沙漠里。"几名年轻的队员坚决反对。

"听着,我是组长,这是命令。这么贵重的仪器不能扔在沙漠里,我们又带不出去,再说这边的工作还没完。我在这里等大家,等你们回来,我们再把剩下的工作做完。"吴昭璞表情严肃地说。

在吴昭璞的催促下,队员们极不情愿地离开组长。他们走几步,就回头看看自己的组长,眼里含着泪水,他们知道这意味着什么。吴昭璞望着他们离去的身影,喊道:"兄弟们,保重啊,我等你们回来。"一股热风卷着烫人的沙子迎面吹来,吴昭璞赶紧钻进了帐篷。

三天后,队员们带着清水回来了,却看到了让他们永生难忘的心碎的一幕。他们敬爱的组长,静静地趴在戈壁上,头朝着他们离开的方向,嘴里、鼻孔里全是黄沙,双手深深地插在沙子里。残酷无情的沙漠,用持续高温的烘烤,让他一米七的身躯,干缩到不足一米三。

吴哥,我的好兄弟。你不是说过要等我们回来吗?我们还要一起干活呢。你看,我们带水来了,带了很多水。老天啊,你怎么这么残忍？队员们趴在吴昭璞的遗体旁号啕大哭。

走进帐篷，他们看到，绘图用的墨水被喝干了，牙膏被吃光了。可以想象，这三天，吴昭璞经受了怎样的痛苦和绝望。而所有的仪器和资料都用他那带着汗渍的工作服包裹得完好无损。在生命的最后一刻，吴昭璞仍没忘记保护好这些他看得比生命更重要的宝贝。

那一天，是五一国际劳动节。这位共和国英雄劳动者——年轻的吴昭璞把生命留在了大漠深处。队友们无比悲痛地将他的遗体埋葬，在他的坟头，摆放了一个灌满清水的军用水壶。

而就在吴昭璞牺牲的几个月前，国测一大队刚刚痛失了一名优秀的测绘队员。1959年7月，在执行国家一等三角锁联测任务时，组长宋泽盛带领刘明、常虎来到新疆阿尔泰山中麓，准备开展尖山点的大地控制测量。壁立千仞的尖山，怪石嶙峋，突兀凌空的山顶巨石，有如一把刺天利剑，令人望而生畏，不要说攀登，看一眼都让人心悸。

在宋泽盛的带领下，三名测绘队员身负重物，在光滑陡峭的岩石上爬行，经过一番艰难的攀登，终于到达山顶。连续两个昼夜，他们一边观测、记录，一边计算成果、整理资料。任务完成后，疲惫的测绘队员在尖山顶上，背靠石磴，昏昏入睡，全然忘了近在咫尺的深渊，直到黎明前被一阵冰雹打醒。

随后，他们开始收拾东西下山，年轻队员常虎主动背起了沉重的仪器箱。上山不易，下山更难。尤其是冰雹将地面打得湿漉漉的，石上的苔藓又软又滑。常虎被仪器压得伸着脖子直喘气，额头上的汗珠子不断往下流淌。突然，常虎的脚下一滑，仪器箱撞到了身边的峭壁，整个人被反弹向悬崖一方，眼看就要坠下悬崖。就在这千钧一发之际，宋泽盛大喊一声"小心"，一个箭步上前，双手抓住队友，用尽全力往回拉。常虎被拉了回来，他的生命和宝贵的仪器保住了，可年仅29岁的宋泽盛却因身体失去平衡，跌落深达四五十米的悬崖，壮烈牺牲。国测一大队党委决定，将宋泽盛使用的并用生命保护的那台经纬仪命名为"宋泽盛"号。

在清理宋泽盛的遗物时,队友发现他在山顶上写的一首诗:"测绘战士斗志昂,豪情满怀天下闯。铁鞋踏破重重山,千难万险无阻挡。"

是啊,对国测一大队的测绘队员来说,千难万险也无法阻挡他们向测区迈进的脚步,就算付出生命的代价也在所不辞,这种精神一直传承下来。时光来到1980年夏天,国测一大队在天山深处执行测量任务。测区河流很多,队员们常常要骑马涉水前行,有时冰凉的河水都没到腰部。一天傍晚,队员王方行等人作业归来,骑马横渡巩乃斯河。王方行小心翼翼地策马前行,马蹄踩在河底光滑的鹅卵石上,河水越来越深,水流湍急。眼看离对岸只剩几步路了。突然,马失前蹄,王方行一头栽进了冰冷的河水里,被急流卷走了。队友们急忙顺着河寻找,在两公里外的浅滩上发现了趴在水里的王方行,这时的他耳鼻流血,已停止了呼吸。

队员们在王方行的尸体旁点了一堆篝火,守着他渐渐发凉僵硬的身体,直到天亮。夜风中不时传来野狼的嗥叫,心情沉重的队员们听着,凄厉无比。这一年王方行46岁,依然单身。这次出测前,有人给他介绍一个女朋友,准备年底回去结婚,谁料他竟被无情冰冷的河水夺走了生命。

自国测一大队建队以来,共有46名测绘队员在外业工作时献出了自己宝贵的生命。除此之外,目前全队患有肺气肿、肝炎、关节炎、胃病、心理疾病等与所从事的职业有关的疾病者,占有相当的比例,更有不少人因身体原因提前退休,一些职工英年早逝。

这些英雄的照片和事迹,陈列在大队的荣誉室里,成为国测一大队精神家园的重要组成部分,激励着一代又一代测绘队员。

原国家测绘局副局长黄云康17岁时分配到国测一大队,他来到青海格尔木的测绘队员留守处,踏进院门,首先映入眼帘的是院子里停放着一口棺材——那是技术员杨忠华的遗体。老同志告诉他,杨忠华在格尔木南山工作时,下山运水,从悬崖上摔下英勇牺牲。"我们这支队伍是从解放军转业下来的,一向就有不畏艰苦、不怕牺牲、一往无前的传统。我们每一个活着的同志,都要把烈士生前未完成的工作继续干下去!"追悼会第二天,他们就背上烈士用过的仪器,向荒山野岭出发了。

二

改革开放时期,第二代测绘人接过前辈的接力棒走向测绘一线。他们传承和弘扬了老一辈测绘人的优良传统,在改革的浪潮中坚守、奉献,保持了本色,弘扬了测绘人的优秀品格。

野外测绘工作条件艰苦,老一辈测绘队员吃苦在前、言传身教,"测二代"们耳濡目染,久而久之,甘苦与共、生死相依的集体主义情感在"测二代"中形成了。他们不畏艰险、吃苦耐劳,继续为测绘事业奉献青春、奉献健康甚至生命。

师徒两代珠峰缘

1975年6月的一天早晨,上初中二年级的施仲强被窗外的锣鼓声吵醒。"今天什么日子,大早晨就敲锣打鼓?"他揉着眼睛问。母亲说:"测量珠穆朗玛峰的英雄回来了。"

施仲强噌地一下跳下床,鞋带都没顾得系就往外跑。陕西省测绘局大院里已经人声鼎沸,从小就生活在这里的施仲强,还没见过如此热闹的场景。一辆辆车不停地驶进来,排起了长龙,据说全国各地的测绘单位都有人过来。

锣鼓越敲越响,仿佛全天下的喜事都汇集在这大院里。人们抱着鲜花,爬上卡车,准备去火车站迎接英雄凯旋。施仲强也爬上一辆车。车队缓缓前行,道路两旁站着很多自发等待的市民。

西安火车站平时很少开放的东门,像母亲的双臂般展开,红地毯一直铺到站台。施仲强挤在人群中,眼睛紧盯着火车站出口。

"英雄出来了!"人群一阵欢腾。施仲强看见,他的那几位测绘队员伯伯戴着大红花走了出来。走在最前面的是梁保根、邵世坤两位——让施仲强想不到的是,梁保根这位大英雄今后会成为自己的师傅。

那一年,梁保根39岁。在珠峰上,他和队友们每人身负四五十斤重的仪器,攀悬崖爬冰山,避冰缝躲雪崩,在生命禁区奋战80多天,将测量觇标牢牢矗立于珠峰之巅,为我国首次精确测定了珠穆朗玛峰的海拔高度——8848.13米。看着这些让人敬佩的测绘队员,施仲强仿佛被磁铁吸住一样,测绘梦深深扎根于他心中。他暗下决心:今生一定也要成为测珠峰的大英雄。

十年后,施仲强进入国测一大队,成为一名"第二代"测绘队员。他年少时心目中的大英雄梁保根,手把手教他重力测量。每一个测量点,梁保根都亲自带着他跑到,把多年总结的经验毫无保留地传授给他。时光荏苒,梁保根到了退休年龄。而在师傅的言传身教下,施仲强已经成长为大队的一名技术骨干。

真正成为一名测绘队员后,施仲强发现,测绘工作并不都像测珠峰那样惊天动地,而是平凡的、枯燥的,日复一日年复一年地,一个站点一个站点地测量,容不得任何马虎。每年的大多数时间,施仲强都在野外,和家人聚少离多。

这一年,春天到了,队里来了通知,施仲强所在的分队要去四川、西藏、云南等地执行测绘任务。当时,施仲强的妻子怀有身孕,眼看预产期就要到了。施仲强把即将出野外的消息告诉了妻子,没想到一向都很支持自己工作的妻子竟然哭了起来。"仲强,孩子就要出生了,你能不能先请个假,等孩子生下来再走?你至少看一眼孩子啊!就求你这一次。"妻子哭着请求。

施仲强很难过,感觉心仿佛被揪得生疼。妻子的要求合情合理,一点也不过分。可是,任务已下达,岂能因为家事耽误了工作?再说在国测一大队,又有几个兄弟亲眼看着孩子出生?大家不都是舍小家顾大家吗?我施仲强绝不能搞特殊。

"不是我不想陪你,可国家下达的任务,我怎么能当逃兵呢?希望你能理解,今后我一定加倍补偿你和孩子。"施仲强耐心地安慰妻子,又陪伴了妻子两天,就随队伍出发了。

他们先到四川,又转战西藏。施仲强算着,妻子的预产期越来越近了,心里很是挂念。到底生了吗?大人孩子都平安吗?那时通讯,没有手机,电话也很少见,只能通过写信或发电报。但测绘队员们居无定所,到处迁徙,家人想联系他们时,只能预判着他们下一站会去哪里,将信件或电报发至当地的人民政府,在上面标明:转国测一大队某某队员收。

这天,施仲强和队友们来到昌都,他安顿好之后,就跑到昌都市人民政府,看家里有没有消息来。收发室的同志一查,果然有一份转国测一大队施仲强的电报。施仲强接过电报,心脏狂跳,只见上面写着四个字:母子平安。他激动坏了,自己当爸爸了,他差点就跳起来、叫出来。

施仲强回到驻地,把喜讯告诉队友们,大家都纷纷向他祝贺。一个队友问:"仲强,是男孩还是女孩?"施仲强一愣,对啊,是男孩还是女孩?按理说,"母子平安","子"应该是男孩,但女孩也是孩子啊。大家分析了半天也没个结论。为了搞清楚孩子的性别,施仲强又专门跑到邮局,给家发了个电报:子是男是女。

等施仲强完成任务回家,见到儿子时,小家伙都七八个月大了。现在,这件事情被施仲强当笑话讲。但那时他心里的牵挂和酸楚,我们不难想象。

日月如梭,转眼到了2005年,时隔30年后,国家决定利用新技术新设备再次测定珠峰高程,重任再次落到国测一大队肩上。以第二代测绘人为主力的43名队员向青藏高原进发了。45岁的施仲强被任命为重力测量组组长。既是机缘巧合,也是命中注定,施仲强接过了师傅的"枪",迎来了实现自己年轻时的梦想的机会。

重力小组的任务是从拉萨开始到大本营,再从大本营分别到六个交会点,一共控制测量两百多个点,而且每个点段都要在当天完成并返回起点。施仲强和同事们一个点位一个点位地测量,从拉萨向日喀则逐步推进,一直推进到海拔5300米的珠峰二本营。一天晚上,施仲强决定第二天去测量位于东绒布冰川上的东两点和东三点,那是距离二本营最远的点位。雇工是本地的藏族同胞,听到后都劝阻:"那两个点走过去就得一天,你们根本回不来,太危险了。"但时间紧迫,队员们登顶在即,必须尽快测出结果,施仲强决定拼一下。

　　第二天早上不到 5 点,施仲强和同事刘炜辉就吃过了早饭,坐在凳子上等天亮。天刚蒙蒙亮,他俩就出发了。重力仪器非常娇贵,任何轻微的磕碰都可能让其失准。两人小心翼翼地爬山,海拔慢慢升高到 6000 米以上,一片巨大的冰塔林出现在面前。每座冰塔都有五六层楼那么高,脚下很滑,一不留神就可能连人带仪器滑进冰沟,每走一步都十分艰难。足足用了七个小时,施仲强他们才到达西绒布测量点。完成测量后,俩人抓紧时间啃了几口面包便往回赶。但返回时更加艰难,过大断裂带时要依靠绳索下到五六十米深的冰沟底下,然后一步一步穿越冰河,再背着仪器抓着绳索爬上 100 多米长的断裂山崖,稍不留神就会掉到冰沟底,粉身碎骨。用了两个小时,他们终于越过了大断裂带,下午 6 点,来到中绒布冰川的一个点位测量,完成测量后,施仲强感觉自己筋疲力尽,已经没有力气向前再走一步了。那时,施仲强不知道自己能不能再回到驻地,为了保证仪器和数据安全返回,他让刘炜辉背上仪器先走,但刘炜辉死活不走。施仲强勉强站起来,两腿发软,刚迈出一步,就摔倒在地。恍惚中,仿佛又看到了年少时迎接师傅们凯旋的场景,等了 30 年的梦想,眼看就要实现了,自己怎么能放弃?他咬着牙再次爬了起来。

　　直到晚上 9 点多,施仲强才回到营地,距离他们早上出门已经过去了 16 个小时。施仲强连喝三缸子水,倒在床上不再起来。

　　几天后的 5 月 22 日,登山队员成功登顶,中国人第二次精准测定了珠峰的高度。电视台的记者采访施仲强时,他热泪盈眶,一时说不出话来,从小的梦想,终于在 30 年后实现了。梁保根通过电视直播看到了自己的徒弟,腾地从座椅上站起来鼓起了掌,他说他心里是充满了欣慰和骄傲啊。

　　10 月 9 日,珠峰新高程数据向全世界公布:峰顶岩石面海拔高程为 8844.43 米,测量精度为 ±0.21 米;峰顶冰雪深度 3.50

米。这次珠峰高程复测，国测一大队采用了 GPS 测量、重力场的理论和方法、峰顶冰雪层雷达探测等现代测量技术，结合水准测量、三角高程测量、电磁波测距、高程导线测量等经典测量方法，登上了世界测绘科技的新高峰。8844.43 米，是目前在全世界范围被公认的珠峰高程权威数据。

父子二人测绘情

2005 年 3 月的一天，王新光来到医院和父亲告别。他即将跟随复测珠峰的队伍前往西藏，父亲最近身体不太好，这是他唯一放心不下的。

王新光的父亲是一位老测量队员，一辈子都献给了测绘事业，对珠峰测量更是有着特殊的感情。但当他得知自己的小儿子接到通知，要去测量珠峰高度时，老人家高兴了好几天。他给家里所有人说，要全力以赴支持儿子完成任务。

王新光在病房里陪着父母，把队里的安排讲给他们听。二位老人一边听，一边露出赞许的笑容。告别时，王新光握住父亲的手，父亲微笑着说："那地方冷，你可得注意身体啊！"从父亲的目光中，王新光读到了父亲的期待和嘱托。可他怎么会想到，这句话竟是父亲对自己说的最后一句话。

来到雪域高原，王新光全身心地投入工作中。测量队员要从外围开始，逐步向珠峰推进。在每一个 GPS 观测点上，队员们至少都要坚持 60 小时（找点、上点 12 小时，连续观测 48 小时）。大家的主要食品就是方便面，几乎每一顿饭都是泡着方便面，啃着干饼夹咸菜来充饥。由于高山缺氧、狂风呼啸，想要烧开一锅水简直是件不可能的事情，蒸米饭、煮稀饭更是天方夜谭。

就这样，王新光和队员们顽强地和大自然抗争着，坚持着，一个点一个点地向珠峰大本营推进。他们仅用一个多月的时间就在青藏高原布下了覆盖 30 多万平方公里的监测网。

4 月 13 日，国测一大队的测绘队员们在珠峰大本营建起了中国测量营地。当五星红旗在营地冉冉升起时，每个队员都欣喜无比，纷纷在国旗下合影留念。可就在这一天，王新光的父亲，一名老测绘队员、老共产党员因病逝世。

王新光当时并不知道这一噩耗。他的母亲告诉在家的儿女们：不要将父亲去世的消息传到珠峰地区！她怕王新光听到父亲去世的消息承受不了打击，更怕影响整个珠峰测量队伍的情绪。母亲对王新光的大哥说："新光做的既然是一件好事，就让他把好事做到底，把好事做好，不要让他心里留下遗憾。再说，这也是你父亲的遗愿。"

直到4月21号，王新光才从其他队员的言谈举止中感觉到自己家里出了什么事情，便跑去问大队长岳建利。在证实了自己父亲去世的消息后，他跑进帐篷大哭一场。从小到大父亲没有骂过他也没有打过他，言传身教，把一名测绘队员的勇敢和忠诚传给了他。想到大队里其他老职工去世时，都是自己给穿衣服整容，帮着料理后事，而自己的父亲去世时他却不能在身边，王新光更加伤心。

岳建利让王新光下珠峰，回西安，通知队上再换一个人上来。悲痛中的王新光却坚决反对。他在心里想：测量任务到了紧要关头，这时候换人，至少要耽误几天时间，新来的同志还要重新适应这里的气候和海拔，更重要的是，会影响到整个测量队伍的情绪。作为一名党员，我绝对不能走，父亲在天之灵一定会理解我，家人也一定会理解我。

王新光留了下来，他化悲痛为力量，在极其艰苦的环境中，出色地完成一个个任务。在珠峰测量交会的时候，他紧守着其中一个重要的测绘点。胜利就在眼前，父亲，您看到了吗？您从小就教育我，作为一名测绘队员，怎能不吃苦，怎能不付出，不管遇到什么情况，都要完成任务。如果您是我，也会这样选择吧？父亲，我们胜利了，这是中国人第二次精准测定珠峰高度，您的儿子参加了这光荣的任务，完成了您的一大心愿，您安息吧。

测量珠峰的任务成功完成后，举国欢腾。王新光和几位队友到大本营旁边的绒布寺打电话。这时来了一名游客，他看到王新光和队员们穿着制服，便问："你们是测绘队员吧？"王新光点点头。

"我刚在新闻上看到你们测珠峰的消息,你们为国争光了,真了不起。请接受我的致敬。"那名游客说完,郑重地向王新光他们敬了一个军礼。那一刻,王新光眼睛湿润了。

2005 年 5 月 30 号,珠峰复测的第一批队员回到陕西咸阳机场,一踏上故乡的土地,王新光实在无法控制住自己,抱着前来接他的弟弟痛哭起来。他的大哥将父亲治丧期间的所有音像资料抱到他跟前,对他说:"想父亲的时候可以看看。"王新光拒绝了大哥的好意,他说:"我还是想永远留下父亲那最后的微笑和对自己的说的最后一句话。"

如今,王新光是国测一大队纪委书记、工会主席。谈起这些事情,他十分平静:"我现在所坚持的,都是我的父亲和我的师傅们教导的。记得第一次跟邵世坤师傅出外业时,他没有给我讲大道理,没有说他在珠峰、托峰的英雄事迹,而是平和地说:测绘是个良心活儿,你必须用心、必须热爱,才能干好它。当晚在驻地休息时,师傅在灯下认真地削牙签,一包牙签被师傅削得整整齐齐、一模一样。第二天这整齐划一的牙签被作为测量照准目标,用于我们的观测实习,日后他带出的徒弟都练就了一双火眼金睛。还有一次,师傅带我们去山顶测量,一座 35 米高的铁塔,让我们这些毛头小伙子都心生畏惧。但是快 50 岁的师傅身轻如燕,不一会儿就上到了铁塔顶。老一辈身上那种严谨细致的工作作风,率先垂范的优秀品格让我受益终生。而当我后来成长为大队的中坚力量,带着年轻人出测时,也是这样做的,我想这就是传承吧。"

珠峰上的 50 岁生日

2005 年 5 月 17 日,国测一大队测绘队员高国平在 6500 米营地,度过了自己的 50 岁生日。他是 2005 珠峰高程复测项目中年龄最大的队员,他常说:"珠峰改变了我的人生,带我走上了测绘之路。"

1975 年,高国平参与珠峰测量的 30 年前,20 岁的他在老家——陕西省三原县务农。有一天,他正在玉米地里劳动,村里的大喇叭突然开始反复播放了一条重要新闻:我国的登山测量健儿成功登上珠穆朗玛峰峰顶,精确测量出了世界最高峰的高度为8848.13米。高国平停下来,拿着锄头站在蓝天下,一遍一遍地听。他至今还记得播音员当时激动的声音,更清楚地记得自己激动的心情。那时,他根本不知道什么是"测量",更不会想到自己此后的一生,会与这个词语紧密相连。

过了没几天,陕西测绘局来到三原县农村招工,得到消息后,高国平报名参加了面试,当时他仍然不知道这工作是要去干什么。坐在考官面前,高国平心里有些忐忑,怯怯地问:"测绘是干什么的?"。当考官对他说:"珠峰就是我们测的,我们的工作就是在野外搞测量。"高国平眼睛发亮,站起来挺着胸膛说:"我能行!"他收拾好铺盖就跟着队伍走了。

那一年,高国平正式走上野外测量的道路。30多年来,他平均每年在野外工作的时间超过六个月,几乎走遍了陕西、甘肃、青海、新疆、西藏、宁夏等西部省区的山山水水。他的身上留下了多种伤病,很多老同志渐渐淡出了野外工作岗位,他依然顽强地坚持着。

三十几年如一日的坚持,源自对测绘事业深深的热爱。在高国平的野外工作岁月中,有这样一个小细节。从二十世纪五十年代开始,针对野外测绘工作流动分散、生活单调、消息闭塞的特点,国测一大队就开始不定期地编印《大地简讯》,至今从未间断。即使在改革开放之初,大队经济一度陷入低谷,举债度日,也坚持把《大地简讯》办了下来。《大地简讯》犹如国测一大队的一部编年史,也是野外测绘队员了解政策、交流心得、学习传统、借鉴经验的一个平台。高国平来到国测一大队之后,每一期《大地简讯》他都当宝贝一样收藏着,每年出野外时,他还专门有一个箱子装《大地简讯》。有空时,他就拿出一本翻开看看,虽然每篇文章都已经看过多次,但里面记载的兄弟们的故事和心声,总能带给他无尽的力量。

高国平足迹遍布祖国西部,更是与西藏结下了不解之缘。

他曾经8次进藏,一待就是4个多月。可他一直没机会实现年轻时的梦想——测珠峰。当得知大队承担了珠峰复测任务后,高国平兴奋了好几天。他说:"50岁怎么了?虽然我年龄是有点大,但我干劲一点儿都不小。测量珠峰,我这辈子只有这一次机会了,现在不拼命,什么时候拼命?"

由于具有丰富的高原作业经验,在这次珠峰复测中,他主要负责项目组的生产安排。从藏北到珠峰脚下,一路走来,高国平不但要带领着全体队员完成项目的实施,还要操心大家的吃喝、睡觉、穿衣、吃药。但他指挥若定,不愧为"老"字号的中队长。

2005年4月11日,GPS联测分队、水准测量分队和重力分队的所有队员会师珠峰脚下。此时,珠峰地区狂风大作,刚搭建的帐篷便被风吹翻,队员们只能从远处背来大石头加固帐篷。在海拔5200米的珠峰大本营,高国平带领着队员们齐心协力,硬是将20多吨的物资从车上卸下并搬进帐篷。

为保证测量工作顺利开展,按照计划,队员们还必须在海拔5300米的珠峰二本营建立中转站。高国平一马当先,扛起仪器就走,年轻队员不甘示弱,紧跟其后。队员们扛着仪器和物质,在4公里的山路上徒步往返,仅用了三天时间,就将六七吨的物资从大本营搬到二本营。后来大家才知道,高国平当时痔疮病发,白天爬山不敢大步走,晚上睡觉疼得钻心,翻来覆去难以入眠,为了减轻病痛,他甚至尽可能地不吃饭。可他强忍着剧痛,从不显露出来,凭着多年的管理和高原工作经验,整个珠峰高程测量工作进展有条不紊,有张有弛。

4月17日,在海拔5200米的珠峰测量营地,珠峰高程复测分队党支部召开了第三次共产党员先进性教育学习。这次先进性教育学习被媒体誉为"迄今举行的海拔最高的保持共产党员先进性教育活动。"

高国平在讨论发言时说:"保持共产党员先进性,关键是要在工作中体现出来。我们现在边生产,边自学,工作学习两不误,要的是实实在在的先进性。这次出来近40天了,如果我们参加珠峰复测的所有党员和积极分子都能冲锋在前,起好带头作用,复测工作一定能够做好。"

在珠峰高程复测的 90 多个日日夜夜,在高国平的带领下,全体队员战胜了一个又一个困难。同年,高国平也因表现突出,荣立个人一等功。

再征冰雪极地

2004 年 12 月 24 日,我国第 21 次南极科考队乘坐的"雪龙号"驶近长城站所在的乔治王岛,在长城湾外抛锚。国测一大队 47 岁的工程师张世伟与 33 岁的工程师何志堂正站在甲板上,他们看见,长城站那些独特的红色高脚房耸立在不远处,眼前这一切,竟那么熟悉。20 年前,刘永诺曾在这冰天雪地中洒下了汗水,为长城站的建设立下了汗马功劳。此刻,踏着前辈的足迹,张世伟与何志堂不禁感到亲切和自豪。他俩的任务是前往长城站和中山站进行绝对重力测量和相对重力测量。此次绝对重力测量是我国首次在南极地区进行施测,意义十分重大。

两个月前,张世伟与何志堂登上"雪龙号",从上海出发。在穿越著名的台风多发区——西风带之前,为了确保仪器安全,张世伟与何志堂顾不上休息,再次加固放在二人船舱中的仪器。娇贵的重力仪虽然安放在特制的防震箱里,但他俩还是不放心,将仪器箱底部的海绵由一层增加到三层,上面用粗绳编织的网兜罩住,再盖帆布,牢牢地和舱底甲板固定在一起。

尽管早有思想准备,但西风带的威力还是让大家吃不消。十几米高的巨浪扑向船头,冲刷着甲板,万吨巨轮像一片树叶一样被抛向高高的波峰,紧接着又跌入深深的浪谷。有三次,"雪龙号"被滔天巨浪托起,螺旋桨开始空转,情况十分危急,万幸的是短暂的悬停之后船又回到海中。

接近南极大陆时,陆缘冰平铺在海面上,白茫茫一片,望不到尽头。"雪龙号"开始破冰前行,开足马力撞击冰层,渐渐地冰层越来越厚,考察船只能停船、后退、再撞向冰层,船体剧烈地抖动着,航速由原来的每小时二十几公里下降到一天才行几公里。

历经艰难险阻,终于到达目的地,张世伟与何志堂在和科考队员们一起完成卸运物资、装备等繁重的工作后,顾不上休息,立刻指挥吊车和铲车开始吊装绝对重力测量实验室。房屋建成了,他俩为实验室接通了电源,再加温、抽湿,万事俱备,可以进行绝对重力测量了,然而意想不到的事情却发生了。

绝对重力测量仪是在一个抽成真空的不锈钢圆筒中提升一个测试块,再让测试块自由下落,圆筒里上面和下面有两束纤细的激光,测试块下落时激光会产生干涉,通过激光干涉条纹计算下落距离,同时计算机采集测试块下落此段距离所用的时间,由此测出此地的重力加速度。尽管他们一再加固,但在"雪龙号"破冰时,娇贵的仪器还是受到了震动,所产生的激光在两个激发室内经过上万次的震荡后非常弱小,无法进行测量。

张世伟与何志堂心急如焚,立刻与国内联系,眼看着"雪龙号"将返回中山站,他俩不能一同前往,二人都着急上火,牙龈肿痛,三天三夜睡不着觉。国家测绘局同生产绝对重力仪的美国公司进行联系,对方提供了几套解决方案,张世伟与何志堂依方案进行处理,均不成功。国家测绘局决定让他俩和仪器留在长城站,不随考察船前往中山站,放弃中山站的测量任务,并定下两套方案,一种方案是我队员携仪器前往美国进行维修,另一种方案是邀请美方技术人员携带备用激光管前往长城站处理问题。国家测绘局与国家海洋局同美国、智利多次联系商洽,第一方案被否决,这两个国家都不允许中国人携带高精尖的产品——激光管出入境。国家测绘局与国家海洋局只能不惜一切代价,全力促成第二方案,确保长城站绝对重力测量成功。

在等待美方技术人员的时间里,张世伟与何志堂没闲着,而是在长城站附近进行了十几个点的相对重力测量。二人身背15公斤重的"拉科斯特"重力仪,有时凌晨四点就出发,踏着没膝的积雪,用五六个小时才走到测量点,内衣都被汗水湿透了,凉冰冰地贴在身上。他俩顾不上休息,立刻投入到测量当中,读数、记录,测完后又背上仪器匆匆往回赶,经常一天只吃一顿饭。南极号称是世界的风库,天气十分恶劣,大风刮个不停,二人虽然穿着厚厚的防寒服,还是难以抵挡寒风的袭击,太阳无力地照射着,风像刀子一样割得脸疼。经常是出门时还是风和日丽,回来时却得顶风冒雪。

有一个点在长城湾对面的韩国考察站,必须乘坐橡皮艇横穿14公里的海面才能到达。这里终日风大浪高,就在不久前,韩国队员乘坐的小艇遇风浪翻船,冰冷的海水无情地夺走了一位韩国年轻科学家的生命。恐怖的阴影还未散去,长城站的水手长和水手考虑到安全问题,轻易不愿出艇。张世伟与何志堂为了工作,耐心说服水手,并义无反顾地带头跳上小艇,水手长和水手被他们的行为打动了,协助他俩三次出艇前往韩国站进行测量。最后一次由韩国站返回时,天气变得更糟了,橡皮艇几次差点颠覆,一旦翻船,后果不堪设想。水手长小心驾驶,拼命往回赶,刚一靠岸,11级的大风就接踵而至。

转眼间,春节临近了,长城站张灯结彩。比过年更让两位测绘队员欢喜的是,盼望许久的美方技术人员终于来了,经过紧张的安装和调试,绝对重力仪可以正常工作了。

当全世界华人都沉浸在过年的欢乐气氛中时,张世伟与何志堂投入到紧张的绝对重力测量工作中。

2005年2月8日,大年三十。很多其他国家的科学家都应邀来到长城站"过年",一时间喜气洋洋、热闹非凡。外面下着大雪,寒风呼啸。张世伟与何志堂冒着风雪前往绝对重力测试实验室,连续几个小时紧张地工作,终于完成了任务。随后,时任国测一大队队长的岳建利接到了越洋的报喜电话,并在拜年时把南极绝对重力值顺利测得的喜讯告诉了队里的职工,大家为这份万分难得、意义重大的新年贺礼而心花怒放,举杯相庆。

虽然完成了任务,可张世伟与何志堂并不愿意就此休息等待,他们注意到,负责考察气象的副站长总是在采集数据,完成了常规观测后,他还在进行其他数据采集工作。是啊,千辛万苦来到南极,要利用一切时间让测量数据更丰富、更准确。他们提出一个大胆的想法——再建一个绝对重力点。这意味着工作量将增加一倍,要付出巨大的体力和花费更多的精力。他俩又开始选点、埋设标石、吊装实验室、搬运仪器、进行测量……一切从头做起。当一系列工作完成后,两人虽然非常辛苦,但心里是甜滋滋的,这一工作确保了测量数据的精确和可靠。

2月24日,张世伟与何志堂结束了科考工作,乘坐智利的运输机离开长城站。他们从空中俯瞰长城站,存蓄雪水为长城站提供淡水的天然"水塔"——"西湖"波光粼粼,二人测量过重力的"山海关"挺拔巍峨,长城湾中的"鼓浪屿"秀丽多姿。他们再次由衷地为祖国感到骄傲,为自己能够执行南极测绘任务感到自豪,几个月来吃过的苦、受过的累,如机窗外的云朵般随风飘散。

豪情走大漠

在我国西北部地区,有100多万平方公里的沙漠地带。国测一大队成立61年来,先后37次深入新疆腹地,在广袤的沙漠里留下了一代代测绘人勇敢的足迹,为我国西部开发作出了不可磨灭的贡献。

1987年8月,一中队中队长苏凤岐带领一个小组向新疆北部额尔齐斯河畔的沙漠腹地突击。一望无际的黄褐色沙漠里,沙丘连绵不绝,仿佛世间只剩下蓝天和黄沙。队员们嘴里、鼻子里不停地进沙子,皮肤被太阳炙烤得掉了皮。就这样在沙漠里转了两天,苏凤岐他们才找到一个可以宿营的地方——搭建在一片干枯芦苇丛旁边的三间破烂的羊圈,地上的羊粪有一尺多厚。不过有这样的地方住,已经谢天谢地了。晚上温度降了下来,队员们枕着羊粪,看着满天繁星,竟感到十分惬意。那一夜,大家都睡得很香。

第二天一早,苏凤岐就带上几名测绘队员,背着几十公斤重的器材和水,离开宿营地深入沙漠作业。太阳像一个大火球悬在沙漠上空,地表温度达到60℃,整个沙漠就像一口大锅,煎烤着上面少有的生物。苏凤岐他们在滚烫的沙丘间上上下下,来回奔忙,找点、测量、记录,汗水哗哗地往下淌。干到下午,他们带来的水就被全部喝光了。等到那一片区域的测量工作完成后,天渐渐黑了,苏凤歧赶紧叫上大家往回返。

队员们翻过一个沙丘又是一个沙丘,无边无际,没有尽头。他们停下来想歇口气再走,可一躺下,谁也不想再站起来,口渴得难以忍耐,浑身像着了火。他们脱掉衣服,把身体埋在凉沙中。昏昏沉沉中有人觉得凉沙下边可能有水,便不停地挖起来,手指挖破了,水却一滴没有。有个18岁的队员小邢,他的父亲也是测绘队员,他想起父亲对他说过,有一次被困在沙漠里,靠喝自己的尿走出了沙漠。他便强迫自己小便,把尿液倒进嘴里,其他人却干得连尿也排不出来。绝望的情绪在蔓延。苏凤歧强打起精神,大声说道:"兄弟们,大家别怕。只要有一丝希望,我们也要互相搀扶着走出去,一个都不能少。真要是走不出了,大不了我们就和吴昭璞老前辈一样,为祖国献身!"这豪情万丈的话语,鼓舞了队员们。大家支撑着身体站起来,互相搀扶着往前走。

登上一个个沙丘,可希望却一次次被无边的黑暗吞噬。半夜3点,他们终于看到两个人影,那是赶来送水的工程师徐帮田等二人。大家全都没力气说话了,七个人一口气灌下20公斤水,倒在沙丘上昏睡过去了。第二天下午,他们才回到宿营的羊圈。第三天早晨,他们又步入沙漠,向更远的测绘点走去。

1993年4月,国测一大队三中队来到新疆克拉玛依古尔班通古特沙漠腹地,为油田开发作前期测量工作。

三中队副中队长霍保华和另外三名队员刚抵达测区,一场30年不遇的大风雪袭来。狂风呼啸,似乎随时都能把帐篷吹跑,大雪下了一天一夜,积雪到膝盖那么深。夜里,气温下降到$-35℃$,帐篷里如冰窖般寒冷,人裹上两层被子依然冻得牙齿发抖,根本无法入睡。风雪停了,霍保华他们在雪地里生了堆火,几个人围着火烤了半天,身上才有一丝暖意,趁着热乎劲赶紧钻进帐篷睡觉。天一亮,他们就踩着厚厚的积雪,深一脚浅一脚地去测量点工作。

没过几天,仪器又出现了故障。几名队员紧张地维修,直到凌晨1点多才把仪器修好。时间紧,任务重,霍保华咬了咬牙说："兄弟们,我们走吧,不能再耽误了。"从驻地到最远的作业点十几公里,四人穿着鸭绒衣裤,扛着几十斤重的仪器,照着手电筒出发了。一口气干到凌晨4点,他们才收工。回到驻地时天已经亮了,一看表,8点。足足走了四个小时,谁也没出一滴汗,个个冻得脸发紫。这时,大家已经没力气说话了,每人端着一个缸子,大口大口地喝水。

队员们日复一日地与无比恶劣的自然环境斗争,工作进程没有丝毫拖延,眼看就要圆满完成任务了。这一天,霍保华乘坐沙漠车去一个点测量。在下一个陡坡时,轮胎一滑,车失去控制,一下侧翻了过去。霍保华一头撞在挡风玻璃上,把玻璃都撞碎了,玻璃碴子扎进他的脸和头皮里。一旁的司机昏迷了过去,霍保华呼喊了半天才把他喊醒。司机睁开眼睛,一把抱住霍保华失声痛哭。两个人大难不死。

情绪平复下来,霍保华想起,其他几个队友都在各自的点上等着他同步打开GPS接收机呢,如果他到不了指定的点位,兄弟们就都白跑了。他安置好司机,拨打了救援电话,独自一人背着沉重的设备,忍着伤口的疼痛,一步一步向沙丘走去。当离点位还有大约200米的时候,霍保华实在支撑不住了,摔倒在地。他将身上背负的设备都卸下来,躺在地上大口喘气。阳光无比热烈,天空中有一朵云飘过。霍保华想起了家人,血从他脸上的伤口不停地往外渗。他咬着牙站起来,先拿起一个设备,走到点位放下来,再回来拿第二个。如此折返了几次,才把设备全部搬到点位上,做好了测量准备。

霍保华通过电台与兄弟们取得联系,大家同时打开机器测量。在那个点位,霍保华一直守到天黑。当他拖着沉重的脚步回到驻地时,已是晚上9点。他先询问了司机的情况,得知一切平安后,才找了面小镜子,清理脸上、头上伤口里的玻璃碴子。

三

在我国经济迅猛发展的新的历史时期,第三代测绘人渐渐成为国测一大队的中坚力量。他们传承了光荣传统,始终如一地保持着无畏的担当精神、饱满的工作热情,他们乐于奉献、勇于创新、敢于迎接挑战,赋予了测绘精神新的时代内涵,也不断提升着我国测绘技术水平,拓展着测绘工作服务经济社会发展的领域。

国测一大队现任队长肖学年介绍,国测一大队保持着我国测绘领域的多个唯一:唯一一支仍在从事基线测量的队伍,唯一一支仍在从事重力测量的测绘队伍,唯一一支同时拥有航空重力、相对重力和绝对重力仪器的队伍,唯一一支仍在从事天文测量的队伍……这么多的唯一,离不开传承和坚守,更离不开创新。

被选中的冲顶队员

2005年,国测一大队执行珠峰高程复测任务,队里需要选拔4名登顶测量预备队员,这意味着,凡是被选中的,都极有登顶珠峰的可能。队里决定,登顶队员必须符合两个条件:第一不能是家里的独子,第二是还没婚。因为谁都知道,登顶珠峰的死亡率达三分之一,被选中了,就要做好牺牲的打算。

可谁也没想到,这危险而艰巨的任务,竟有很多年轻队员抢着申请。最终确定了四个人选:任秀波27岁,刘西宁28岁,柏华岗27岁,白天路26岁。他们是国测一大队第三代测绘队员的典型代表。如今十年过去,除了白天路被调离之外,其他三人都已成长为队里的中坚力量,任秀波现任二中队中队长,刘西宁现任生产科科长,柏华岗现任三中队中队长。

当年,任秀波接到命令后,立刻推迟了婚期。他对未婚妻说:"还是等我回来再结婚吧,万一有什么不测,别耽误了你。"未婚妻哭着送他出征:"你无论如何也要回来,我等你!"

在珠峰上,年仅27岁的他把重力测量高度的世界纪录提高到了7790米。可在此之前,他从来没有过登雪山的经历,没想到第一次尝试就是攀登世界第一高峰。

任秀波和几位队友背着近15公斤重的重力仪,穿着厚重的登山靴,带着压缩干粮,一次次艰难地向上攀登。从5200米到5800米,从5800米到6500米,一趟接着一趟地采集重力数据,进行适应性行军。每一次,他都当成是最后一次,每一个高度,他都当成是此生所能到达的最高点。为了能准确读数,任秀波常常顶着七八级的大风,在雪地上一跪就是十几分钟,手脚冻得没有了知觉,腿也麻木了。

4月27日,任秀波成功地把重力测量推进到了7028米。次日,他又和队友一起背着重力仪前往7790米营地作行军适应。当他们行至7500米左右时,遇到了特大暴风雪,情况非常危险,指挥员立即发出了下撤命令。然而,倔强的任秀波却坚持一定要测量到7500米的重力值。因为他不知道还能不能再次到达这样的高度。任秀波用冰镐在60多度的雪坡上刨出一块小平台,为了操作仪器,他只能脱了鸭绒手套,带着薄手套。十几分钟后,手就冻得没有了知觉。他将手用力地砸向冰镐,用来刺激神经,增加血液循环,等手有些知觉了,才赶紧把仪器背好,下撤到7028米营地。

5月21日,登顶测量的前一天,任秀波突然想到自己还不是一名共产党员,万一牺牲了,都没有资格在遗体上盖一面党旗。于是他拿起笔,在7028米的1号营地,写下了海拔最高的入党申请书。把入党申请书装进信封后,他感觉心中充满了力量,脑子里什么都不想了,只有一个字:上。

当天,任秀波冒着风雪艰难抵达了海拔7790米的2号登山营地。当其他队员都因为极度疲劳躺在帐篷里休息时,他却来到帐篷外面,在没有任何供氧设备的情况下,喘着粗气,架起重力仪测量重力值,并用GPS接收机精确测得该点的三维坐标。世界测量史上新的重力测量高度诞生了。

5月22日上午,A组四名专业的登山队员成功登顶,任秀波他们所在的B组失去了登顶的机会,对此,他心中略有遗憾。但红色的觇标已经插在了珠峰之巅,国测一大队胜利完成了复测珠峰高程的任务,任秀波和队友们忘记了所有艰苦,尽情地欢庆。

在这次珠峰复测的过程中,任秀波在6500米营地留守了43天,是所有登山队员中留守时间最长的。6500米营地是所有营地中气候条件最差的一个,被称为死亡营地。在这43天里,除了适应性行军和重力测量,他每天都参与培训藏族队员操作峰顶测量仪器。43天,他没洗过一次脸,每天只靠方便面、饼干等充饥,体重下降了20公斤。由于长时间在高寒、缺氧条件下作业,他留下了严重的后遗症,心脏肥大、脱发、记忆力衰退,直到现在,走路或站立时间长了之后,他冻伤的右脚依然有些麻木。

刘西宁、柏华岗和白天路主要负责对登山队员进行测绘仪器培训,为了给队员们减轻负担,他们把仪器没用的口全部用胶布封住,其余的口用不同颜色标记,使其模式化,假如队员们忘了仪器操作,就靠颜色来分辨。因为在峰顶,由于高寒缺氧,人的智商和反应能力都会大受影响。他们给队员们一段段讲仪器的使用方法,天气好怎么测,天气不好怎么测,设计了很多方案,还将操作流程做成小本本交给登山队员。

柏华岗在珠峰大本营时曾发过一次高烧,烧到38℃多,被送到定日县医院,输了几天液才好。后来,在向7790米攀登的时候,他一点也不逊色,硬是用了八个小时冲了上去。

珠峰复测三年后,2008年,刘西宁又来到珠峰脚下。汶川地震发生后,国家测绘局为了快速、准确掌握汶川地震对青藏板块地形变化的影响,紧急下发通知,要求国测一大队在最短的时间内完成珠峰地区8个点的测量。刘西宁被任命为本次突击队队长。

他们是这样完成这次紧急任务的:四个小组第一天赶到拉萨;第二天赶往日喀则,一个小组直接上点,住帐篷准备观测;第三天三个小组分别到达拉孜、定日、珠峰北三点,准备观测;第四天、第五天所有小组开始观测;第六天搬家换点;第七天、第八天继续观测;第九天检查上交数据,完成任务。

刚到拉萨,就有个别队员出现恶心、头疼等高原反应,刘西宁动员大家:"兄弟们,这次任务紧急,大家忍忍,坚持住,在高原这都是正常现象,不用怕。想想那些辛勤耕耘、艰苦奋斗的测一代和测二代,我们现在所吃的苦算什么。"后来在观测时,有两名队员呕吐、胸闷无法继续工作,刘西宁及时调整小组人数,继续给大家做思想工作,并主动来到海拔最高、条件最艰苦的珠峰北测量点,和大家一起在没有后勤保障、没有任何援助的情况下,克服一切困难,圆满完成了监测任务。

  2012 年 1 月 9 日,我国在太原成功发射民用测绘卫星——资源三号。刘西宁带队前往河北安平县、太行山、黑龙江肇东市、内蒙古托县、陕西泾阳县进行资源三号测绘卫星在轨几何检校和多光谱影像高精度谱段配准。卫星检校受天气影响较大,必须天气晴朗,空气质量高。卫星过顶只有几秒钟,而在方圆几千平方公里范围内布设 30 多个地面靶标的时间也只有三天。因此在资源三号卫星几何检校过程中,刘西宁带着队员们抗严寒、酷暑,和时间赛跑,和天气竞速。在一次次紧张的"战役"中,他们的经验不断丰富起来,水平也不断提高,每次都成功地完成了检校,最终实现了无地面控制点立体定位精度优于 15 米,带控制点平面误差在三米以内,高程误差在两米之内;并且实现了一次铺设,联合开展多部门国内高分卫星联合检校,在国内开了先河。

  如今,测绘的技术手段、装备、理论快速更新,测绘工作服务经济社会发展的方式也发生着改变,国测一大队主动适应时代变化,与时俱进,迎难而上。你看,当年被选中的年轻的冲顶者,如今正带着国测一大队新一代测绘队员,冲向新的顶峰。

"中国人,真了不起"

  2014 年,国测一大队测绘队员张建华被国家测绘地理信息局授予"新时期感动测绘人物"荣誉称号。站在领奖台上和接受记者采访时,张建华平静而谦虚,从外表很难看出,他曾在非洲大陆、珠峰冰川出生入死。

  2006 年,在合同金额约达 70 亿美元的阿尔及利亚东西高速公路建设项目竞标中,中国企业力挫法、美、日、德等国实力强大的承包商,拿下这份令国际同行眼热的订单。国测一大队承揽了项目中的测量部分。阿尔及利亚东西高速公路约927公里,国测一大队承揽了528公里高速公路测量,70多名测量队员在非洲大陆的深山茂林、烂泥沼泽、荆棘丛中苦战了四个多月。张建华就是其中之一。

作为测量站的组长,张建华负责九个标段中最"特殊"的M3和M4两个标段。M3标段长26公里,位于首都阿尔及尔以东的山区,被认为是阿尔及利亚最不安全的区域,进入这一区域需要阿政府专门的批准函。在这里,反政府武装和恐怖分子时常出没,山谷里埋有地雷。张建华就亲眼看见过当地人挖出一枚地雷,近距离地观看这种随时会爆炸的地雷,让张建华不寒而栗。

阿政府批准的在M3标段的工作时间只有五天,时间十分紧迫,队员们争分夺秒,连夜准备,把标石装满车,将仪器设备整理好。第二天一早,队员们打算出门测量,可推门一看傻了眼:外面正下着大雨,雨水中还夹着冰雹。按照常规,这样的天气只能在家休息,但五天时间稍纵即逝,每一天都十分珍贵。张建华果断决定:工作照常进行。

队员们乘坐的越野车在武装军警的护送下,离开阿尔及尔,来到M3标段。张建华带领着大家顶着寒风,冒着大雨,挥着铁锹,一个点一个点地挖坑埋石。虽然天气恶劣,但队员们干起活来一点儿也不马虎,每一个环节都力争做到最好,展现出中国品质。26公里的路线,50多块标石,50多个点的控制测量,张建华和队员们只用五天时间就保质保量完成。分别时,担任护送工作的武装军警提出,要和测绘队员们合影留念。他们对张建华竖起大拇指:"从来没见过在这么恶劣的天气下,像你们这样不顾一切工作的。中国人,真了不起。"

恶劣的天气、紧迫的时间是一方面,随时有可能到来的武装袭击,也让大家绷紧了神经。就在提心吊胆的野外工作即将完成时,发生了一个插曲。张建华和队员们正在埋头测量,突然一声枪响打破了山谷的沉寂。所有人的耳朵和汗毛都竖了起来。

反政府武装？恐怖分子？大家朝枪响的地方望去。只见一名士兵向他们摆手，原来是那名士兵紧张过度，不小心触动了扳机，幸好没伤到人。为了给自己减轻压力，张建华想奢侈一回，给家里打国际长途。当他听到父亲的声音时，所有的惊恐和焦虑都烟消云散，父亲在电话那头说："你们都是为国争光的人，都是做不出亏心事的人，都是运气好的人，灾难和危险是不会降临到你们头上的。"听了父亲的话，张建华内心再次充满力量。

算是幸运，测绘队员们平安地离开了 M3 标段。但这并不是张建华第一次经历生死考验，在此一年前，在珠峰的冰塔林里，他曾与死神擦肩而过。

那是 2005 年 4 月，珠峰复测到了关键时刻，为确保观测万无一失，担任综合交会组大组长的张建华，先后四次上到了峰顶交会中最困难的西绒布观测点。28 日早晨，晴空万里，6 点多钟，张建华就带着单增和索拉两位藏族雇工出发了，这已是他第二次踏勘西绒布点了。

他们从艰险的西绒布北坡绕道来到了西绒布点。中午，当他正在点上作业时，天空骤然黑云密布，狂风大作，气温急剧下降，刹那间整个珠峰被牢牢包裹在风雪之中，能见度只有一两米远，仿佛进入了黑暗的冰雪世界。危险一步步向他们袭来，当时张建华内心只有一个信念：任务还没完成，一定要活着出去！

为了使生存的希望更大，张建华把所带干粮都让给藏族雇工吃，希望他们有更多的力量。但是，此时的张建华明白，其实更大的挑战还在后面，他们返回时必须为下次上点探出一条安全、快捷的路。这条路他在 1998 年就曾经走过，充满了艰险，单是那条十米宽的冰裂缝和一条 30 米长、坡度几乎超过 60 度的悬崖就足以让人望而却步。历尽千难万险，张建华终于给冰裂缝和悬崖处都固定好了攀爬的绳索，他的手套、裤腿上都结满了冰碴，胡子、睫毛上也结出了"冰棍"。

到下午五六点钟的时候，风雪已经弥漫了整个珠峰地区，人们知道张建华没有归来，大本营和二本营所有队员都着急了。有人用对讲机在不停地呼叫，有人用测量仪器中的几十倍的目镜寻找……可他仿佛消失在了茫茫的雪海中,无声无息。

有那么几个瞬间,张建华甚至产生了放弃的念头,他觉得自己不可能活着走出西绒布冰川了。但他内心深处,有种更强大的力量,支撑着他坚持下去。他想到自己已经有两年没有见到远在甘肃的父母了,只要活着,就有机会在年迈的父亲面前尽孝;只要活着,就有机会为患病的母亲治病;只要活着,就能有机会照顾在乡下种地的妻子和刚刚上学的孩子;只要活着,我就还能和队友们拥抱,一起欢笑,一起流泪;只要活着,我就能亲手完成这次测量珠峰的光荣任务。

下午7点多,雪终于停了,张建华他们奇迹般地走出了冰塔林。当看到中绒布冰川的一个点位时,张建华知道自己有生还的希望了,他坐在雪地上,放声大哭。晚上9点多,一路摸爬滚打,张建华终于拖着疲惫的身躯回到了二本营驻地。迎接他的所有队员都流下了激动的泪水。

纵然如此,一个星期后,张建华又第三次穿越中绒布冰塔林,到西绒布交会点进行珠峰高程交会测量。他啃着硬干粮,化雪饮水,坚守点位七天七夜,圆满地完成了测量任务。因在2005年珠穆朗玛峰高程复测项目中成绩突出,张建华被国家测绘局授予二等功,同时他还荣获了"测绘科技进步奖一等奖"。

"感动测绘人物"推选委员会为张建华给出了这样的颁奖辞:"月圆之夜,地球之巅,茫茫风雪掩盖了返回营地的痕迹,可你却只想和红色的觇标偎依在一起,矗立着测绘人至高无上的气魄和担当。你把艰苦留给自己,把孤独留给了妻子。可珠穆朗玛的女神都眷顾你,让你和国测一大队的战友们,带回了8844.43米的灿烂与荣耀。"

张建华现任国测一大队第六中队技术负责人,他善于思考,勤于钻研,利用休息时间编写了许多切合实际的作业及质量控制程序。这些软件已在大队各生产中队得到广泛应用,软件的使用减少了作业流程,降低了出错率,大大提高了生产效率,保证了产品质量,为大队带来了较大的经济效益。特别是"GPS网基线数据质量检核程序"软件,作为大队科技创新项目,已经通过了大队审核并应用于生产。

2012年3月,六中队承担了资源三号卫星太行山长条带控制数据采点的任务。该项目测点数量大,时间紧,交通状况复杂,生产组织难度很大。张建华再次发扬优良传统、攻坚克难,成功解决了无网络RTK的问题,而且首次利用开发的PPP(精密单点定位)技术,确保了GPS观测30分钟以内、15厘米的高精度。最终,在15天内圆满地完成了任务,为国家局卫星中心开展长条带影像几何定位验证精度提供了可靠数据。

张建华无愧于"新时期感动测绘人物"荣誉称号。他用默默的付出和勇敢的气魄,向人们诠释着:"中国人,真了不起","测绘人,真了不起"。

唐古拉山上的坚守

2006年5月底,国测一大队派出九个GPS测量小组,分别奔赴青海、西藏和新疆,开展"第六次地壳运动网络观测"项目。年轻的测绘队员程虎峰和刚刚走出校门的宗峰被安排在青海和西藏接壤处的唐古拉山点位上作业。

上山前,程虎峰和宗峰在格尔木休整了几天,适应高原气候,试图减轻高原反应。但当他俩乘车来到唐古拉山点位时,依然感觉呼吸困难,快走几步或者搬个重物,就脑袋发飘,喘不过气来。两位身强力壮的小伙子从东风卡车上卸下仪器、装备、给养和帐篷后,便一屁股坐在行李卷上大口地喘气。

第一夜,俩人都没睡好。程虎峰听见宗峰在行军床上翻来覆去,宗峰听见程虎峰在旁边辗转反侧。头疼、胸闷、脸发麻,脑袋好像要裂开来似的,他俩恨不得用绳子捆住额头。"人上唐古拉,喊爹又叫妈",这句谚语没坑人啊。

半夜起了大风,把帐篷的帆布吹得鼓鼓荡荡,帐篷的顶剧烈摇晃,狂风呼啸着,有越来越大的趋势。"这样不行!我们得找石头压住帐篷。"程虎峰把宗峰叫起来。他俩钻出帐篷,大风吹得睁不开眼睛,似乎要把人吹走。借着手电筒微弱的光线,他们脚步踉跄地找来几块石头,压在帐篷的四周,总算挺过了一夜。

6月1日,两个小伙子迎来了在唐古拉山的第一个黎明。这是一个无比清新的黎明。太阳的光辉把天边连绵的雪山映成金黄色,无边的草原悠扬地铺展,寒冷的空气中饱含着泥土和野草的清香。俩人精神为之一振,简单吃了点早餐,就向点位走去。

　　他们踩着碎石,一步一喘地爬上帐篷边荒凉的小山,来到点位上。这里,已经建好了一个两米五高的水泥观测墩。程虎峰不由得感慨:自己空手上来都这么累,当年前辈们要将水泥、沙石、钢筋、模型板和水等沉重的材料搬运上来,实在是太了不起了。

　　高原紫外线强烈,只半天工夫,两名测绘队员脸上就被炙烤得火辣辣地发疼发痒。他们看着手中的"点之记",发现上面标记着一条可以取水的小河。当二人兴冲冲地来到河边时,刚才的欢喜转瞬间消失得无影无踪,只见小河已完全干涸。程虎峰试着在河心挖了个小坑,仍然没有一滴水冒出来。这就意味着他俩带来的十桶纯净水,要非常节省地使用,除了正常饮用,还要用它洗漱和淘米洗菜。

　　唐古拉山上的气候,说变就变,刚才还是大晴天,转眼就刮起大风,接着乌云压顶,大雨如注,不一会儿又变成片片雪花,黄豆大的冰雹接踵而至。如是几天下来,面对每天必下的冰雹,两人都习以为常了。宗峰总结出了这里的气象规律:"见风是雨,见云是雪,黄豆冰雹不值钱。"

　　做好了各种测量准备工作之后,程虎峰和宗峰要等待奔赴"五道梁""尼玛""珠穆朗玛峰北"等点位的兄弟们到达开机,同步开始工作。山上没有手机信号,更没有网络,点位离最近的道班和兵站都超过40千米。两个年轻的小伙子仿佛置身于茫茫大海,与世隔绝,就连看到一只乌鸦飞过,都能让他们兴奋半天。漫长而枯燥的等待,两人看书,聊天,探讨问题,用以打发光阴。一天做两顿饭,宗峰负责午餐,程虎峰做晚饭,强烈的高山厌食症困扰着他俩,虽然有饥饿的感觉,但就是吃不下去,有时一顿饭就是一口稀饭,他俩望着饭菜发愁,一点食欲也没有,只能靠年轻和结实的体魄来应付饥饿与厌食的矛盾。

程虎峰想起他到国测一大队之后,听到过的前辈们的故事。老一辈测绘队员们在更艰苦的环境中都能坚持下来,我们一定也可以。晚上,他仰望星空,看到满天的繁星,自己在浩瀚宇宙中如此渺小,此生的价值如何实现?那就是做好本职工作,为测绘事业贡献一份力量。

6月5日,他们期盼已久的观测时刻就要来临了,两人摩拳擦掌,提前一天就用汽油发电机将四块蓄电池全部充满电,早早地睡下了,就等天亮上山安装天线和GPS接收机了。没想到,凌晨1点,他们被狂风的呼啸惊醒。狂风夹带着雨、雪、冰雹直扑下来,帐篷剧烈地抖动着、扭曲着,单薄的帆布根本承受不住这突如其来的冲击,帐篷的中心支撑杆倾斜了。程虎峰一跃而起,双手牢牢扶住冰凉的铁杆,宗峰忙将GPS接收机塞到行军床下,又将笔记本电脑包裹到被子里,保护好。可狂风暴雨越来越凶猛,用大石头压住的帐篷被掀了起来,风、雨、雹粒挟裹着沙石乘虚而入,行李卷儿被淋得透湿。寒风像皮鞭一样,抽打着二人的面颊和身体,两人轮换紧扶着剧烈抖动的帐篷杆,生怕帐篷会坍塌下来。狂风呼啸,沙粒和冰雹四处翻卷,两人虽然近在咫尺,但交流却得大声喊叫。最担心的事情终于发生了,帐篷杆四周加厚的帆布被风雪扯烂了,整个帐篷塌了下来,覆盖在二人身上,冰冷而潮湿,四周一片漆黑,两位年轻人感到筋疲力尽,莫名的恐惧开始紧紧抓住二人的心,在狂怒的大自然面前,他们是那样脆弱和无助。可风暴丝毫没有停歇的意思,整个帐篷,包括他们在内,仿佛随时都可能被风吹走。"宗峰,压住仪器!"程虎峰大声喊着,自己也拼命地用身体护住设备。此刻,他们心里只有一个信念——人在仪器在!

这或许是生命中最漫长的黑夜,在与风暴的搏斗中,两个小伙子耗尽了全部的力气。一个崭新的黎明终于到来了,狂风投降了,撤退了。欣慰的是,所有的仪器都安然无事。他们瘫坐在地上,竟然相视一笑,随后紧紧地拥抱在一起。在这样的笑容面前,肆虐的风暴显得多么无力。借着晨曦的微弱光亮,他们支撑起帐篷,用铁丝捆绑连接撕开的帆布,收拾遍地散乱的物品。

天渐渐亮起来,二人不顾饥寒交迫,来不及晾晒打湿的衣物,背起仪器、电池和天线朝山上爬去。程虎峰将接收机放进了几天前就抬上来、原本用来装灶具的大木箱,再用绳子把木箱牢牢地固定在观测墩位上,宗峰将天线牢固地安装好,打开机器,状况良好。

紧张忙碌的工作,让两人忘掉了疲劳和不适,每天7点20分、12点、17点和22点四次上山记录数据、测量电压、更换电池、传输成果、转动天线……工作有条不紊地进行着。工作让时间充实起来,不再显得那么漫长。

他们带来的火柴在大雨中全被打湿,已无法再生火做饭,只能靠干啃方便面度日。在这高寒缺氧的地方,一周下来,两个壮小伙只吃了40包方便面中的十包,两斤挂面只消耗了四分之一,十斤大米也只用了一小半,带来的鸡蛋、土豆、黄瓜、西红柿和大葱也剩下很多。

6月15日,程虎峰和宗峰与其他点位上的兄弟们共同圆满地完成了任务,踏上归途。在唐古拉山青藏公路线最高点位上,他们为测绘事业坚守了16个昼夜。

2010年,程虎峰因工作需要被调入重力中队。一大队流传这样的话:"重力中队有奔驰,相对重力坐飞机,绝对重力逛南极。"程虎峰觉得,以后的工作环境肯定好了,工作肯定轻松了。可当他参加了中国大陆构造环境监测网络——西藏测区相对重力联测后,他才知道完全不是这样。

程虎峰说,从成都飞往拉萨的路线中,队员们每天都是早上4点多出门,凌晨2点多才能返回驻地。而且每次都要在拉萨贡嘎机场待上四五个小时等候飞机,每个人都有高原反应,有的头疼,有的呕吐。更糟糕的是来回飞机都是满座,没有放置仪器的地方。重力仪不同于其他仪器,不能单独托运,不管是坐汽车,还是乘飞机,必须由队员们抱在怀里。近24小时的往返,腿一直处于麻木的状态。在测区,平均海拔4000米以上,道路坑坑洼洼、崎岖不平,重力测量的队员们平均每天都要乘车行驶

300多公里。没地方吃饭,队员们只能啃着干馍,就着"凉茶"熬过每一天。

经常有人提起他和宗峰当年在唐古拉山上坚守16天的事情,程虎峰总是说:"那不算什么。在国测一大队,没有哪个岗位是轻松的,大家都在默默的付出,无怨无悔。'艰苦奋斗,无私奉献'这八个大字,就是国测一大队的队魂。"

"测绘尖兵"成长记

国测一大队技术研究开发部主任刘站科,是一名80后,正在攻读武汉大学测绘学院的博士。

2009年,他硕士毕业后来到国测一大队工作。用他自己的话说,当初"犹豫不决",甚至"很不情愿"。因为他了解到,国测一大队是一个外业生产单位,常年离家在野外作业,没有美丽整洁的办公室,没有正常的上下班,属于自己的周末甚至国家法定假日都难以保证。他突然感觉到,一切原本勾画好的美好未来都离自己远去。那时,他很害怕来到国测一大队,怕自己忍受不了,坚持不了。

一个偶然的机会,刘站科遇见了时任国测一大队队长的岳建利。岳建利对他说:"国测一大队是一个特殊的集体,是一个非常有感染力、净化力的集体。你要对国测一大队有信心,对自己有信心,无论什么岗位都可以实现自己的理想,要不了多久,你就一定会融入这个集体,成为他们中的一员。"

改变从入队的第一堂课开始。按照传统,每位新员工的第一课就是参观荣誉室。正是这次参观,给了刘站科巨大的震撼,深深触动了他的心灵,让他对测绘人有了新的认识。当他看到46名英烈用青春、生命谱写的悲壮故事;看到老一辈测绘工作者六闯"生命禁区",精确测定珠峰高程的英雄壮举;看到他们建造测量觇标十万多座,提供各种测量数据5000多万组的惊人工作成果;看到他们那美丽工整、比用电脑打印还要精致的手工记簿,刘站科惊呆了,他在心里想:这是怎样的一支队伍啊!是什么支撑他们风餐露宿、居无定所、离妻别子?是什么让他们在面对极其险恶自然环境时,依然能够保持顽强的意志和乐观的勇气?

带着这份震撼,刘站科被派往重庆测区一线,跟着师傅学习野外测量。2009年8月26日,50多岁的刘晓东师傅,带着刘站科和另外一个年轻同事,乘车从重庆江北赶往綦江。途中,因下雨路面湿滑,车辆在刚出隧道下坡时侧翻了。为避免车子冲下深达百米的山沟,司机迫使车子撞向了路边的巨石。当时,刘晓东坐在副驾驶位置上,一头把前挡风玻璃撞得粉碎,半截身子都冲了出去。刘站科和另外一名同事,也被摔得没了意识。GPS接收机箱子、脚架以及二十几块电瓶全压在他们身上。过了许久,他们才苏醒过来。但身体无法动弹,被当地路过的群众,从车子里拽了出来。刘晓东头被撞裂,右肩膀脱臼骨折,刘站科右胳膊骨裂骨折,大腿被碎玻璃划了一个十几厘米的大口子,另一名同事大腿、膝盖都严重受伤。

这时发生的一个场景让刘站科终生难忘。他的师傅刘晓东缓过神来,头上还在流血,右手整个胳膊都不能动弹,垂在地上。他弓着腰,一步一步慢慢挪过来,用可以活动的左手帮两个徒弟把伤口包好,又过去把司机安顿好。然后,他整个人趴在地上,使尽身上最后的力气,从车里把仪器设备一件一件的全部掏了出来,整齐地摆放在安全的地方,这时才动手把满是鲜血的脸用衣服擦了擦,开始给自己包扎。

刘站科他们拦了一辆车,连夜赶往重庆第三军医大学医院。山路颠簸,刘晓东疼得浑身冒汗,把车座都湿透了,但他仍不断微笑着给徒弟们讲笑话。到了医院,刘晓东头部被缝了20多针,一声不吭。直到当两名医生用脚踩住他的上身,用力拉伸他的胳膊,给他脱臼的肩膀复位时,他才终于忍不住,喊了声痛。

那一刻,刘站科哭了。他真切地感受到了国测一大队测绘队员身上那种特有的无畏、坚忍、忠诚与奉献的精神。看着面前的老师傅,看着这个让人肃然起敬的真汉子,刘站科发现了自己的不成熟,内心在慢慢产生变化。

2010年底,刘站科前往厦门北部山区一个观测点下载观测数据。那时,52岁的老队员马忠已经一个人在点位上进行了连续七天七夜的GPS观测。当刘站科走进帐篷,发现垫子上面全是水,被子、衣服都湿透了,而仪器却用防雨布包裹得好好的。马忠告诉他,山里每天傍晚都会下雨,昨天下了场暴雨,帐篷被风刮跑了,他就用被子把仪器包起来,抱着坐了一整夜。说这些时,马忠像是在说吃饭睡觉那样的平常事,没有一句怨言,还微笑着说:"没问题,放心,我能撑得下去"。那一刻,刘站科的眼睛又湿润了。

身边的人和事,一次次感染着刘站科,他意识到,作为一名国测一大队的队员,自己身上有份沉甸甸的责任,那就是守护一大队无数前辈用心血和汗水编织的荣耀,继承和弘扬一大队不朽的精神。

2012年以来,为了适应时代发展,满足测绘对高新技术的需求,国测一大队相继引进了好几套高新技术设备。同时,成立了相应的新技术研究开发部门。新部门的人员全部都是刚参加工作不久的小年青,刘站科成了这个部门的负责人。面对以前从未接触过的航空重力测量系统、机载激光雷达等设备,大家没有别的办法,只有硬着头皮学习。通过三个多月夜以继日的摸索钻研,大家就熟练掌握了设备的关键技术。那段日子,刘站科和同事们总是加班到凌晨,一天也就休息三四个小时。有天他刚进家门,妻子就指着他的额头说:"怎么头发又上去了两指。"刘站科跑到镜子跟前一看,不知什么时候,头发掉得这么厉害,额头都发亮了。

2012年7月22日,机载激光雷达设备运到国测一大队,9月15日便出发去三亚进行试生产并取得了圆满成功。不到两个月的时间,机载激光雷达已初步具备生产能力。当甲方对刘站科及同事们的工作干劲竖起大拇指时,在场的小伙子们都哭了。有谁知道,这段日子他们玩了命地和时间赛跑,每天只睡三个多小时,七天七个架次42小时飞行,仅用十天时间,就把三亚全部任务顺利完成。

2013年7月,机载激光雷达航飞任务在云南昭通开展。赶到昭通的当天,大家没有休息,就立即安装仪器上飞机。第二天早上4点,机长通知说白天是个碧空天,云南天气多变,如果抓不住这次机会,此次任务估计就要等到明年再来做了。听到消息,赵越、郑文科立马整理飞行计划与装备,没有来得及吃任何东西,早上7点半,就随飞机起飞。

由于飞行高度接近4000米,没有加压舱,没有吸氧,加上气流颠簸,赵越和郑文科都晕机了,吐得一塌糊涂,但他们硬是坚持操作仪器,完成了上午的一个飞行架次。飞机着地后,他俩连站都站不稳,一下子躺在地上。刘站科帮他们把饭拿过去吃的时候,他们吃一口就吐,就只喝了一小口水。还没有等休息多久,机长通知,马上飞第二个架次,让准备起飞。刘站科问他俩怎么样,不行的话,就算了,明天再飞。但他们没有迟疑,从地上爬了起来,拿起控制器就往停机坪走去。结果,没走几步,赵越就晕倒了,郑文科也晕得东倒西歪。但他们都连说自己没事,坚持上了飞机,并完成了第二个架次的飞行。等飞机落地时,他们一走下飞机,就倒在地上,回到住处,就打起了吊瓶。这天他们总计飞行11.1个小时。第二天一大早,他们又开始了一天新的飞行。

刘站科的另一位同事王宏宇,2014年11月去唐山执行北京机载激光雷达航飞任务,获取首都地区高精度影像图,为首都建设和京津冀一体化战略服务。临走时,他的妻子已怀孕三个月。王宏宇在任务期间,从没请假回来一次,只在春节时回家休息了几天,正月初八就返回了唐山,直到6月底任务结束才回到西安。由于航空管制等因素,飞机并不是每天都能起飞,但只要能起飞时,就是高强度的飞行作业。在天上,王宏宇经常出现头痛、胸闷、耳鸣等症状。他随身带着塑料袋,有飞行任务时每天都要吐很多次。最可怕的是冬天夜航,地面温度只有零下十几度,天空中的寒冷可想而知,关键是机舱不密封,舱内和舱外温度一样,王宏宇穿着厚厚的羽绒服仍感觉像在冰窖里一样,一飞就是好几个小时啊。任务持续了半年多,王宏宇飞行时间达

240多个小时,相当于一名正式飞行员一年的工作时间。他回到西安不久,自己的孩子就出生了。

刘站科说,到国测一大队六年来,他无时无刻不被一种精神的伟大力量所感染,是这种力量激励着他不断前进,让他的信念更加坚定。他是这样,他身边的年轻队员们又何尝不是这样。在前辈精神的感召下,他们从一名测绘新兵慢慢成长起来,成长为新时期使用新技术手段和仪器设备的"测绘尖兵"。他们正式接过了前辈们手中的火炬,可以骄傲地宣布:我们是国测一大队测绘队员!

后 记

习近平总书记给邵世坤等六位老同志回信后,国土资源部党组立即下发通知,要求全系统认真学习宣传贯彻总书记回信重要精神,号召全系统向国测一大队学习。国土资源系统各单位采取聆听先进事迹报告、召开座谈会、书写学习感想等多种方式,掀起了向国测一大队学习的热潮。

8月31日,国测一大队先进事迹报告会在国土资源部举行,部长姜大明,副部长库热西、张德霖亲切接见了报告团成员。

在聆听了报告团成员讲述的感人事迹后,姜大明部长在讲话中说,国测一大队是一个有着光荣传统和辉煌历史的英雄集体,长期以来一直是国土资源战线一面亮丽的旗帜。向国测一大队学习,就是要学习他们对党忠诚、心系人民的共产党人情怀,就是要学习他们顽强拼搏、勇攀高峰的艰苦奋斗精神,就是要学习他们不怕牺牲、无私奉献的崇高道德境界,就是要学习他们敢于担当、锐意创新的求真务实作风。

不只是国土资源系统,各行各业广大党员干部都认真学习了习近平总书记回信重要精神,纷纷表示要以国测一大队为榜样,真正做到"在党爱党,在党为党","忠诚一辈子,奉献一辈子"。

如今,国测一大队的感人事迹正在他们脚步踏遍的山河大地上传颂,正在感动更多的人,鼓舞更多的人。

"**热爱祖国、忠诚事业、艰苦奋斗、无私奉献**",这 16 个字,深深印刻在国测一大队测绘队员心中,日复一日,年复一年,他们用体温暖化的冰雪书写,他们用献血染红的岩石书写,他们用汗水洒湿的黄沙书写,他们用双脚征服的山峰书写,他们用一个个基站、一条条标尺、一组组数据、一幅幅地图书写。

这是怎样的热爱啊!一步一步地行进,一米一米地丈量,他们像叫自己的亲人一样叫着每一座山每一条河的名字,他们像爱自己的身体一样爱着脚下每一寸土地,祖国大地的每个角落都留下了他们的足迹,再遥远的地平线上也有他们的身影。

这是怎样的忠诚啊!对他们来说,测绘工作是无比光荣而神圣的使命,没有到达不了的点位,没有不能做出的牺牲,人在仪器在,人在资料在,任何一项普通的任务都是军令状,任何一个寻常的数据都值得付出巨大的艰辛,人生的价值只有在事业中才能闪出耀眼的光芒。

这是怎样的奋斗啊!从冰天雪地到热带雨林,从湖泊沼泽到大漠戈壁,从海拔零下几百米到世界之巅,从零下四五十摄氏度到零上四五十摄氏度,在他们眼里,从来就没有什么"生命禁区",他们用惊人的毅力,一次次挑战自身的极限,谱写出一曲曲震撼人心的生命壮歌。

这是怎样的奉献啊!每年绝大多数时间他们都在野外工作,远离家人和安逸的生活,难以听到孩子叫自己一声"爸爸",难以看到妻子穿裙子的样子,极端艰苦的环境让他们中很多人身患多种疾病,甚至英年早逝,却没有一个人流露出一点悔意,说出过一句怨言。

他们的精神,就像插在珠峰峰顶的红色测量觇标,为这个时代树立起一座标杆,这就是中国新时期建设者的精神高度。看着这个标杆,我们不难理解,为什么中国会有震惊世界的发展速度,创造出一个又一个东方奇迹。

他们的身影,一次次出现在遥远的地平线,他们用几十年如一日的坚守,站成了共和国崛起的地平线。我们当然也不会怀疑,在这条地平线上,一定会崛起令世界赞叹的"中国高度",中华民族伟大复兴的"中国梦"一定会实现!

(原载《时代报告·中国报告文学》2016年第2期)

爆炸现场（节选）

何 建 明

1. 警铃响起时

　　天津港大爆炸后，许多人在追问：为什么那个叫瑞海的公司将那么多危险化学品堆放在一个距居民区如此近的地方？背后是否有腐败贪官在插手和经营这家企业？而当那么多消防队员牺牲之后，许多人又在追问他们为什么不能避免"无谓"的死亡，为什么不赶紧躲开爆炸？甚至有人在不停地嘀咕：为什么中国的消防队员那么没知识、指挥官为什么那样"瞎指挥"？

　　关于天津港大爆炸确实有太多的"为什么"！有些"为什么"我跟大家一样，恐怕根本就无法彻底弄清楚。好在国务院事故调查组还在深入调查，最终会作出一些客观的结论。然而，我所要告诉广大读者的是：有些事情并不像公众所质疑的那样简单，比如消防队员和他们的指挥员该不该避开大爆炸，现场指挥是否得当，像这样的问题似乎充满了正义的追问。其实，当我们采访清楚所有基本事实之后，可以用一句简单的话来回答：天津港瑞海公司的大爆炸事故中，消防队员们在现场的行动无可挑剔，甚至从消防队员的角度而言，他们做得极其完美，无论牺牲的还是活着的人，在现场表现得尽心尽职，也尽情尽性。

　　没有在现场的人，可以说得很轻松，可以不负任何责任地"畅想"和"谴责"。但消防队员们不行，他们的任何一个行动都在"命令"和"规程"之中。也就是说,他们接到火警后,所有行动都是"规定"好了的,即使面对百分之百的死亡。像天津港大爆炸这样的现场,能活着回来的简直是万幸,是"意外",是绝对的命大!

无论是那些只有十七八岁的年轻消防队员,还是久经沙场的老消防警官,他们都这样告诉我:一旦接到火警,所有出警的队员,必须在一分钟内完成出警。也就是说,那一分钟内,你无论在睡觉,还是在吃饭、洗澡,即便是上厕所,你都得完成战斗前的一切准备,穿上战斗服,飞奔着登上消防车,奔赴火灾现场……

一分钟,是消防队出警最长的时间。一般消防队只给50秒、55秒时间。也就是说,当突如其来的火警警铃响起的那一刻起,不管你在干什么、身在何处,你必须用短于50秒或60秒的时间,完成一系列规范动作后,带上参与消防战斗的必需装备随车出营区。这就是我们的消防队员!

他们训练有素、钢铁意志、行动迅速、绝不犹豫、视死如归!英勇和牺牲,对他们而言,中间并不间隔任何距离,时刻连在一起,我因此理解了为什么天津港大爆炸中我们的消防队员牺牲得那么惨烈和巨大……

"8·12"大爆炸,到底是谁最早获得的火情,是谁最先报的警?据天津消防总队值班室的"119"火警处电话记录,是一位市民最先拨打了电话,说是滨海新区有"油罐"爆炸了——其实是滨海新区瑞海公司的危险化学品集装箱发生了小爆炸的火情,虽说最初的小爆炸威力并不大,但它引发的火情仍然比一般的火情要大得多,于是就有市民报了警。

时间是2015年8月12日晚上10点50分左右。

"119"火警报警系统是个自动传输系统,还有人工值班,一旦有人报警后,值班人员就会迅速地记录下报警的内容和大致方位,随后由值班指挥员向相关消防队发出命令。

"丁零零——!"几乎是同一时刻,天津公安消防总队的"119"系统应天津港公安局的请求,立即向距滨海新区最近的四个消防中队发出紧急增援的警情和命令。现代化的通信设备保障了下达紧急命令的快速性。在警铃响起的同时,每个消防中队值班室的传真机也自动地将"出警命令"传输给了消防队。

当晚10时55分前,天津公安消防的位于天津滨海新区的八大街消防中队、三大街消防中队、开发区特勤中队和天保大道中队四个中队级消防队接到总队下达的出警命令。

"快快!有火情,立即出发!"消防队员们无一例外地在60秒内将车开出营区,奔赴火场。快十秒八秒最好,但慢于60秒的,总队值班系统实时录像记录在案,将追究责任。这是铁的纪律!

四个消防中队,距火灾发生地最近的当属八大街中队。这一夜值班的是2010年入伍的战士张梦凡。小伙子长得机灵,所以中队干部一直将他放在值班室。值班室是消防队的"指挥首脑部门",虽然平时在中队编入"通讯班",其实真正值班的可能就一两个人。八大街值班就张梦凡一人,他吃住在值班室。"我的腿在一次出警时受过伤,所以中队领导后来就让我守在值班室值班。"张梦凡解释道。

今年中秋节那天(9月26日,距大爆炸一个半月后),我来到他所在的中队采访,小张领我到他当时值班的那间房子内。里面已经破碎不堪,靠窗口放着一张床,这便是张梦凡生活的主要"根据地"。床头依然保持着爆炸那一刻的原状:满床的玻璃碴和碎石块,还有断裂的钢窗条……

"我们中队离爆炸现场约三里路远,当时的冲击波将我们的营房震得七零八落,一片狼藉!"小张随后带着我看了看其他房间。那一刻,我才真切地体会到"8·12"大爆炸的威力:三里路之外的消防中队营房内,所有的天花板基本上全部被掀落,玻璃窗上的玻璃所剩无几,甚至有的钢窗框都变了形。尤其令我吃惊的是中队阅览室内,十来台电脑和书架上的书,不仅洒满一地,且上面覆盖着一层厚厚的尘埃……

"当时随爆炸冲击波一起袭来的什么东西都有,我正在值班室与前方战友用对讲电台联系,突然营房四周像被一股热乎乎的飓风压过来,力量大得你根本站不住,人倒了,天花板落下了,屋里所有的东西乱七八糟地被打翻了,整个房子像一只摇晃的船在海浪中漂荡……我们不知怎么回事,以为是大地震来了!"张梦凡说这话时,双眼仍然布满了恐惧。

"你能回忆一下在接警最初时的情况吗?"我想了解消防队员们在大爆炸那天自始至终的每一个细节。

"好的。"张梦凡从落满尘土的"接警终端"——其实是一台自动传真机(爆炸后已经不能用了)上拿下一份当时的"接警命令单"给我看。

在这份全称为"灭火救援出动命令单"上,清楚无误地写着两个时间:一是天津消防"119"接到报警的时间:"2015-08-12-22:52:18",就是第一个报火警的时间。另一个是天津消防总队向消防灭火中队"下达命令"时间:"2015-08-12-22:54:22"。天津消防接到火情报警后,在两分四秒钟后作出了派部队增援的命令。这时间包括了天津消防总队值班首长了解基本火情后拟定增援方案和战斗部署并下达命令的全过程。从这两分四秒钟的时间可以看出,我们消防系统的战斗行动之快捷、果断,令人敬佩和感叹。

在国家灭火救援最高指挥部——公安部消防局的总值班室里,指挥中心主任尹燕福指着全国灭火指挥系统大屏幕,告诉我:无论在哪个地方出现紧急火情,我们的消防指挥系统都可以在几分钟内向所在地区的消防官兵发布命令,而且这个命令一直从北京通向最基层的消防中队。也就是说,北京的警铃一按,几秒钟几十秒钟内就可以指挥并启动一个地区、一个中队的消防力量奔赴灭火现场。"当然,出动多少兵力、增援多少力量,需要根据实际情况。但我们的指挥系统自上而下、自下而上是畅通无阻的。"尹燕福说。

"天津港大爆炸发生后,当我们从前方基本了解火情后,不到两三个小时,我们就调动了河北、北京、山东等几个省市的消防兵力支援,很快基本控制了火势蔓延。但天津港大爆炸来得突然,现场的火情变化在最初时完全超出了一般火情的发展,所以造成了我们消防队员自新中国成立以来一次伤亡最严重的后果……"尹燕福说到这里,声音有些哽咽。

蘑菇云腾空而起,满天火光映红天津港区,几千辆汽车顷刻间烧成铁疙瘩,数万户居民楼的门窗片甲不留……这是全中国甚至全世界人通过手机和电视所看到的当晚天津大爆炸的现场情景。

此情此景,何等地揪心!那一刻,是天津消防队员们最为悲壮的时刻,也是所有视频上没有留下的印痕,而我的文字正是记录了他们在这一刻的所有表现:

张梦凡在警铃响起的第二三秒钟时,便向战友传递了"出警"的命令。

"上级的'出警铃'响起与部队出动之间是没有间隙的,就是说,我值班室里的警铃响起,我们全中队的战斗员们就要立即投入 55 秒的出发前的战斗准备行动,并把消防车开出营区。这时间内我作为值班员,就是负责把上级命令中的内容交给通讯班长,再由他带着命令交给中队指挥员。具体出动多少辆战斗车、火情在哪儿,上级的'命令单'上都有详细的文字表达。"张梦凡把"8·12"当日的"命令单"拿给我看。当时上级给予中队下达的"火情(灾害)描述"和相关要求是这样写的:

灾害类型:火灾扑救。

灾害等级:一级。

注意事项:请参战官兵携带必备灭火、救援器材,速到现场科学处置并及时上报情况。

注意安全,做好个人防护和现场警戒。

在看这份天津消防总队下达的"出警命令单"时,我脑海里闪出在大爆炸发生后的第二天、第三天里,我在北京连续参加了几个会议,碰在一起大家自然而然地议论起天津港的这场火灾,尤其听说爆炸现场的消防队员巨大的牺牲后,便有很多人慷慨激昂、振振有词地批评消防指挥员,说什么的都有,最多的当数"他们在瞎指挥""不拿战士们的命当回事"云云。虽然我不懂消防,但多少知道火情与消防队员之间的关系:对任何一个消防队员来说,只要一见火情,任务就是往火场上冲,无论火有多大、多危险,他的责任就是灭火和与火情进行殊死搏斗。不能犹豫,分秒必争。所谓的"科学"与"不科学",在那一刻外行人和不在火场的人根本无法比正在战斗着的消防队员们更清楚。

事实证明,天津港大爆炸的现场情况更是如此。争论没用。原始的出警"命令单"上留下的文字可以说明,公安消防指挥员们对当时参战的一线消防队员们不仅有着非常专业的要求,而且特别强调了在灭火现场要"科学处置""注意安全",尤其强调消防队员的"个人防护"。我想读者还应当需要特别留意"命令单"上另外几个字:做好"现场警戒"。这句话的意思是,消防队员除了在现场要确保灭火正常进行外,还有一项特别重要的任务就是,防止火场围观的群众发生危险和火灾的次生灾难。消防队员们每次执行任务都具有双重责任:灭火和保护群众。

"牺牲了那么多可爱的战友,社会上就有人骂我们指挥不力,这是一直以来常常让我们非常难过的事,我们自己又有嘴说不清。事实上,在当时的大爆炸现场,我们的消防队员们一边冒着随时牺牲的危险,一边又在不停地劝阻和驱赶许多在现场围观的群众。试想一下,如果不是我们消防队员用自己的生命在保护围观的群众离火场远一点的话,大爆炸那一瞬间,大家想想还会有多少人失去生命?"天津公安消防总队政委岳喜强很激动地对我说。岳政委的话,让我想象着爆炸现场的一些情景:瑞海公司的院子起火之初,附近的居民和路过的群众,出于好奇和关注,便纷纷朝火场四周靠近与围观,来自不同方向的人数绝不下几百人。

"大家务必不要靠近现场!"
"快往后退!退!"
"呜——"
"呜!呜!!"

23时左右,起火的瑞海公司院内外,已经聚集了相当多的消防车和消防队员。正当各路消防队员准备灭火时,他们的身后和四周也陆陆续续出现了越来越多的围观群众。

"危险！你们不能往前走了！"

现场的消防队员和驻地跃进路派出所（港区的这个派出所与瑞海公司一路之隔）民警不停地将围观者劝阻至警戒线之外，大声喊话："火场危险！往后撤！越远越好！"

"撤！不能在这里围观！快撤！撤——"民警中带队的是当晚正在所里值班的派出所教导员王万强。只见他一边在现场指挥其他民警将警戒线往外拉，一边向围观的人群不停地高喊着。当他回头看到警戒线内仍有非消防战斗员时，便跑步将其拉送到警戒线外。就在他折身再次将离火场较近的那根警戒线往外拉的那一瞬间，动天撼地的第一声大爆炸响起了……十余秒后，又一个更巨大的爆炸响起！王万强在一团火光中消失了……

"我们是在8月30日那天才找到王万强同志遗体的。"10月底的最后一天，我来到天津港公安局所在地，一位局干部告诉我，"当时我们找到万强同志时，见他的尸体已经不成样儿，半个脸没了，上半身也被什么东西给劈掉了……惨不忍睹啊！"

这位王万强的战友颤动着双唇回忆道："大爆炸之后，王万强同志一直处于'失联'状态，我们找了很长时间一直没有发现他的影踪。火灾后的第十天，也就是8月23日那天，王万强的父亲王胜朋先生来到我们局里。他老人家见了我们领导后第一句话就说：'领导啊，我儿子没给你们丢脸吧？'66岁的老天津港人，儿子找不着了，他却对我们说这样的话，你说让人感动还是悲伤？后来老人家一定要到派出所去，说要看看他儿子工作的地方。我们领导陪他去了跃进路派出所。干警们知道他们教导员的父亲来了，便赶紧集合迎接。老人家见了干警们后，说：万强不在了，你们还要把工作干好，我代儿子拜托了……之后，他说要到火场那边去喊喊儿子。那个时候，火场核心区还处在警戒状态，我们只能陪他站在远远的立交桥上往火场那边遥望。老人家当时眼望着还在冒烟的爆炸场地，连声喊着：'万强！爸爸来了！爸爸想带你回去！你在哪里呀——'那一刻，在场的人没有一个不跟着掉眼泪的……

"事故出来后,不少人说我们天津消防水平不行,我们天津港公安更不行,可说句老实话,我们公安的干警和消防队员的水平和战斗力是摆在那儿的,他们在现场的表现没说的!现在我们的领导已经被追责,其实我们心里很委屈。

"大家不知道,其实我们局里的干警当时为了避免更多的围观群众无谓伤亡,何止牺牲了王万强一个好同志!副局长兼消防支队队长陈嘉华牺牲了!分局局长刘峰牺牲了!跃进路派出所所长陈学东至今还在医院躺着,身上缝了77针,一只眼永远没有了……"这位干部说。

有关天津港公安人员的事暂且放一下,让我们还是再回到八大街消防中队的干部战士们接到出警命令后的事吧——

"根据上级指令,我们全中队的战斗力量全部出动,包括了全中队4部消防车。"张梦凡说。

现在我才明白,通常一个消防中队有三部或四部消防车,特勤中队会有五部以上的消防车。这些车辆都各有其责,第一辆车被叫作"第一班车",一般都是指挥车,出警的最高指挥者坐在上面,还有负责通讯、记录和录像等工作的文书一名,其他都是战斗员,三到六人不等;第二辆、第三辆,是供水车或战斗增援车;最后一辆是警戒车加增援车。在灭火现场,各车之间保持一定距离,这得根据现场情况决定,如果现场狭窄拥挤的话,有时几辆车会挤在一起作业。

"8·12"火情出现后,天津消防总队给港区范围内的四个消防中队同时下达了紧急增援令。距火场最近的八大街中队冲在前面。

"那天晚上10点多钟后,中队的有些同志已经上床了,尚未休息的同志看到不远的地方升起了火焰,大家很快知道是火情。就在等待战斗命令时,总队直接按动的警铃响了,我在值班室也同时收到了自动传输过来的'出警命令单'。像往常一样,我把出警单交给了值班室斜对面通讯班的訾青海,我俩平时工作在一起,住得又近,每次出警他是跟在指挥员身边的文书,所以在战斗中前后方的联系也是我们俩,可根本没有想到这一次竟是我们俩的诀别……"尽管已经两个多月过去了,一提起牺牲的战友,张梦凡依然无法控制悲伤的情绪。

"我们现在都不愿意再提起那天的事了!"张梦凡说,如果不是首长提前跟他说我是专门从北京来的作家的话,他和中队那些活下来的战士都不会轻易提起"8·12"大爆炸的事,"简直就像噩梦一样,好端端天天在一起的战友,转眼就没了……我至今还是不相信这是真的!"

国庆节我再去采访时,被爆炸破坏的八大街中队营房基本保持了原状,我看到战士们临时挤住在一楼的两间通铺上休息。中队还有七名战士没有出院,留下的原八大街中队战士暂时不再执行任务,由总队另调来充实力量帮助八大街中队执行日常出警任务。

进入消防队,会深深感觉弥漫着一种悲伤和压抑的气氛。战士们相互之间很少说话,个个表情凝重。"现在我不太去二楼了,一上去就会出现错觉,訾青海、杨钢、成圆、蔡家远……他们都会嘻嘻哈哈地过来跟我说话,我受不了……"张梦凡念叨的这些名字,都是牺牲的战友,与他一样年轻。

"訾青海才20岁,再过20天他就到了退伍期限。'8·12'爆炸的前一天,我俩还在商量他留下来当士官的事呢!我对他说,你留下来吧,还有谁比你条件更好的呢?訾青海要个头有个头,各项工作都出色,又特别听话,电脑玩得好,尤其是电脑上画画特厉害!中队长、指导员都非常喜欢他,每次出警总带着他。这回也一样,结果他和中队长、指导员都没有回来……我受不了!受不了!"张梦凡突然将头压在桌上,失声痛哭,哭得异常悲伤,令人无法安慰。

啊,大爆炸给这些年轻的战士们留下的心理阴影何时才能消失?我焦虑地想。

"抱歉。"片刻,张梦凡抬起头,用袖子擦脸拭泪,"我们中队出动了四部车,26名战斗员,除了几个在家站岗的和炊事员外,就是我了。我是值班员,必须坚守岗位,负责与前方联络并及时掌握情况,同时还要把上级的指令传达到前方……"

"他们离开营区后你跟他们联系过吗?"我问。

"联系过的。一路上我一直没中断过与指导员、中队长的联系。因为我们要掌握火情的准确位置和具体情况,所以我一直在跟那个报警的人联系,但没有打通对方的手机。这前后也就半个来小时,当时我就坐在值班室通讯台前的椅子上,突然感觉窗外一片热浪压过来,赶紧一边喊着'危险!大家快往外面跑',一边带着手持电台冲向楼下。就在这时大爆炸开始了,随即又是一个更大的爆炸声。"张梦凡的眼睛变得溜圆,仿佛爆炸现场又出现在他眼前。"走到楼下往火场那边一看,天哪!一团蘑菇云高高地在升起,而且天都是亮的……当时我的心一下就凉了,我知道我的战友必定凶多吉少,于是就赶紧拿起电台和手机跟前方联系,但谁也联系不上……

"这种事我从来没有碰到过,真的吓坏了。但好像那个时候又特别胆大,我清楚这时中队留下来的战斗员就我一个人了!我应该挺住,应该坚守岗位,应该把中队撑起来呀!"一个1993年出生、当兵仅五年的张梦凡,竟然在最关键的时刻会有这样的想法,令人敬佩!这叫什么?叫担当。勇敢的担当。是责任,一个战士的责任。

大爆炸让中国消防队的一代年轻人突然成熟了起来!

然而,令张梦凡没有想到的是,正在他为前方的战友生命万分担忧时,营房外突然拥来几百名周边的群众,他们惊恐万状地跑着过来,寻求张梦凡及营房站岗的消防战士的保护。张梦凡有些感动了:最紧急关头,老百姓信任的还是消防队员、子弟兵。百姓认为,此刻警营才是安全和可以安身的地方。

"大家不要紧张,要注意安全!注意秩序!"张梦凡觉得自己的责任一下子大得需要他挺直腰板站出来,"就在这时,一个只穿着内衣的年轻女子,突然拉住我的胳膊,一边哭一边乞求我保护她,我感觉她浑身在发抖,抖得特别厉害,甚至有些失去理智地死拉着我不放,好像离开了我她就有危险似的。无论我怎么劝说、解释,她就是不放,且越说越激动,又哭又闹,我一时真是不知所措。我看到现场的群众,都被大爆炸吓坏了……好一阵后,我才把缠着我的那位女士安置在一个草坪上,让另外几个稍稍镇静些的群众代为照顾。我又赶紧回到营房。那个时候我们的营房已经不像样了,到处都是横七竖八的被震碎的玻璃、拧断的钢条和掉落一地的天花板,总之乱成一片。就在这时,我的手机响了,一看是三班车司机王大力打来的,赶紧接,只听他说:'我现在找不着回去的路了,找不着……'就挂掉了。第二个电话是前方车也就是第一辆车的司机潘友航打来的,他断断续续地说:'我受伤了,伤得很重,一身血……'就再也没有了声音。当时我急得拼命喊啊！可就是没有人再回答我、没有人应我。我看着空荡荡又乱七八糟的营房,想哭又觉得嗓子里像被啥东西堵住了。但脑子的意识没有糊涂,我当时只想一件事:寻找到前方的战友,了解他们在前方到底发生了什么,他们现在是活着还是……"

之后的几十个小时内,张梦凡独自一人坚守在八大街那幢千疮百孔的消防中队营房,等待着大爆炸现场那些战友们的生与死的每一个消息——只有他了,营房内站岗的烧饭的战士甚至连家属院的大人和小孩子都往火场去寻找他们的战友和亲人去了……

这是离大爆炸现场三里多远的一个消防队的情形。大爆炸现场的情形又是怎样呢?

2.逃生者讲述火情现场

在增援的四个消防队中,八大街中队因为路近,所以他们是第一个到达火灾现场,故而也是距爆炸核心区最近的几个消防中队之一。

我问那些从爆炸现场死里逃生的受伤战士们还记不记得大爆炸前的现场情形时,几乎没有一个人能回答上来。

为什么?"他们绝大多数是被强大的爆炸声'震'失了记

忆！"医生这样告诉我。

"能恢复吗？"

"要看具体情况。轻者，有可能。重者，一般不太容易了。"医生回答。

而我知道，凡是在爆炸现场的人，似乎无一例外地双耳被震得穿孔。这样的伤病者仅恢复听觉就需要两三个月，通常完全康复需要一年半载，有的则永远失去正常听力。

杨光是八大街中队排长，是仅存的一名干部，另外三名干部全部牺牲在现场。

"当时我们中队出动了四部消防车，第一辆指挥车由代理中队长梁仕磊负责；第二辆车是供水作战车，另一位排长唐子懿在车上；第三辆是水源引导车，指导员李洪喜在这辆车上；我在最后的抢险救援车上，负责后面的警戒和随时准备救护伤员等工作。因为每辆车分工不同，一般情况下几辆车之间前后有一百多米的距离，这一天情况也跟平时差不多。抵达现场时，我估测了一下，大约我那辆车的位置距离着火中心点有200米，与中队长的第一辆指挥车相隔一百来米。中间还有我们中队的第二、第三辆战斗供水车。"杨光个头不高，但是位十分精干的小伙子，"我是在读大学时当的兵，后来又上了消防专业学校，所以有些解放军的战术功夫在这次大爆炸时用上了，因此身体恢复得还算可以。"

杨光在中队的最后一辆车上，但这并不能说明他的车就比前面几辆消防车安全，那个在大爆炸第二天就在媒体上广为流传的"刚子"就跟他在一辆车上。"刚子"叫杨钢，是杨光的兵，四班车的消防战斗员——战士们叫第四辆车为"四班车"。

"刚子是我们四班车的司机，那一天是他在开车。"杨光是几个还能记忆得起大爆炸前情形的消防队员之一。

"到达现场后，我观察了一下火场的火势，觉得这个火有点不太对劲，因为现场有不少围观群众在嚷嚷说是油罐爆炸了。可我在消防学校学过，如果是油罐爆炸是有征兆的。但这一次喷出的火焰跟油罐爆炸燃出的烟火不一样，冒的烟是白色的，火光也特别地亮,还伴着声音——噼里啪啦的响声。就在这个时候,我听前一辆车上的指导员在喊:'三班车寻找水源,抢救车在后面警戒……'我看到他说完就自个儿往火场方向走去。于是我就命令车上的人下来执行警戒任务,将周边围观的群众驱赶到警戒线之外。这个时候,车上的杨钢正在倒车,准备将我们的消防车停在合适的位置。从我们到达现场,到第一声爆炸,前后也就是二十来分钟……"杨光说。

杨光他们的消防车在全中队最后面,我想知道更前面的三辆车的情况。

"孩子你在第一辆车上?"坐在我面前的小伙子实在太年轻了,所以我便这样称呼他。

"嗯。"他叫刘钰清,河南周口人。

"你今年多大?"

"九六年生的。"他低着头回答,一脸腼腆。

难怪,周岁才18岁。看着他头上、脸上尚未愈合的伤疤,我非常心疼。

"当时你们的车距离火场有多远?"

"四五十米吧。"

"那时火灾现场有人吗?"

"有。已经有人了,是地方消防队的,还有公安民警……"小伙子说。

"你车上的中队长那个时候在做什么?你看到了吗?"

"他……他比我们先下车,下车后他就往着火的前面走去,訾青海好像跟在他身后。"刘钰清又摇摇头,说,"我记得不是很清楚,医生说我双耳穿孔了,很多事情记不得了。隐隐约约记得我们的车先停在距火场很近处,也就四五十米的地方。后来班长突然命令我们车子往后撤,一直撤到了距火场一百米左右的地方。这是中队长下的命令。"

"他自己跟着车往后撤了吗?"

"没有。他还是在前面……这个我记得。"刘钰清的双眼认真地盯着我,他确认这是他看到中队长的最后一个身影。

"就在我往后走的时候,突然第一声大爆炸就在头顶炸开了……"刘钰清说,"当时我的头盔一下就被飓风似的热浪掀没了,我身不由己地像被啥力量往前推了一段,是反火场的方向。我一眼看到路边有一辆装运集装箱的大车子,就一个箭步钻到了车底下。当时满脸被尘土蒙住了,还有火星烧似的,心想不能这样憋死在车底下呀!所以又从车底下钻出来了,好像双脚刚刚站稳,突然又听见身后比第一次大好多的响声,之后我感觉双脚从地面上飞了起来,后来就再也不知道怎么回事了……

"也不知等了多久,待我醒来时,发现身边我自己中队的战友一个也没了,倒是有另外一个消防中队的一位战友,后来才知道他叫赵长亮,伤得很严重,倒在地上,死拉着我的腰带,让我救救他。其实当时我们谁也看不清谁,脸都是黑的,身上的衣服还在烧,不敢抬头,满天都在下'火雨',吓死人了!一团团'火'飞过来,有的砸在地上能刨出个坑……"刘钰清说,"我赶紧拉起那个三大街中队的战友往外走,可就是拉不动。后来硬把他搭在肩上,我们就这样一拐一拐地往爆炸火场的相反方向走,不知走了多久,实在走不动了,恍惚中有人把我们背上了皮卡车。再醒来时就已经是几天后的事了。"

"你所在第一班车上除了你和中队长梁仕磊外,还有谁?"这辆车最靠前,每一位消防队员的生命最令人揪心。我想知道他们的命运。

"还有……还有驾驶员潘友航,班长毛青……其他的我想不起来了。"怎么可能呢?一个班的人天天在一起咋会想不起来?但刘钰清很吃力的样子让我相信小伙子真的有些想不起来了。

"好了,好了,别想了。我问问其他人吧。"我抚摸着小伙子的头,很是心疼——经历大爆炸后的这些年轻的消防队员的记忆都不同程度地受到伤害,需要很长时间恢复。而我这一次到八大街采访的时间是国庆节,距"8·12"已经48天了,或许还要一个48天他们才能基本好转。

"还应该有李鹏升、徐帅、訾青海、成圆,这辆车上总共七个人,三人牺牲了,还有两位在医院里没回呢!"后来是排长杨光拿着一个小本本指着原先留下的"中队花名册",才帮我理清了我想知道的。杨光其实也一直处在"点不清"状态,我几次尝试问他能不能说明白全中队到底谁牺牲了、谁还在医院时,他始终没有给我说清楚。看着通铺上坐着的这些活着的小伙子,我既为他们庆幸,同时内心总隐隐作痛……

现在,又一位小伙子站在我面前。

"你叫什么名字?"

"叶京春。"

"嗯?你是北京人?"名字中的"京"字使我特意这样问。

"不是。跟刘钰清是老乡,都是河南周口的。"

"那你们是一年兵?"

"对。2013年入伍的。"

"那你跟北京有什么关系?你的名字里有个京字。"

"是。我是在北京出生的。"叶京春比刘钰清似乎嘴巴灵活一些,说,"我出生时,爸妈都在北京打工。"

"明白了!"我点头,"那天的事你还记得些什么?"

小伙子点头。"我在二班车上,就是第二辆车。我和蔡家远一起铺水带……"

"就是灭火的那种帆布带?"

"对。"叶京春说,"我们一到达现场,就负责铺设供水带。我和蔡家远一共铺了十圈,每圈20米,正好铺完。从火场那边往回走,这时候就响起了第一次大爆炸……"

小伙子的话停了下来,低下头。我看看他,又看看安静地坐在一边的其他几位消防队员,他们也都低着头,我感觉我问的话有些刺痛了他们的心……

"事情虽然过去几十天了,但大家还是不想回忆当时的情景。"排长杨光拍拍叶京春,问,"行吗?跟何主席说说吧!"

叶京春重新微微抬了一下头,眼睛盯着桌子,说:"当时我不知怎的一下被推倒在地,等反应过来,一摸脸,全是血。回头一看,好像跟火场之间隔着一辆车,心想要不是那辆车挡着,不知被甩出多远。正在想着的时候,身后又响起一个大得没法形容的爆炸声……等再醒来的时候,发现自己被冲到了路边的一辆大卡车底下。我拼命地喊蔡家远和同一车的唐排长,还有陈剑、周倜……但没有一个人回答。当时四周都在掉火球,我赶紧用衣服裹住头,因为我发现头盔没了。耳边尽是嗡嗡的声音,听不清到底是什么声音。后来才知道是耳膜穿孔了。在车底下待了一会儿,觉得也很危险,就爬了出来。这时看到车底下还有一个人,他的脸上在燃烧,烧煳了!我赶紧把自己身上的衣服脱下来,给他扑灭火。他好像也是消防队员,但根本看不清是谁了,他伤得特别重,身子的前面都是火星,其实我自己也烧得不成样了。当时看到战友烧成那个样,像是忘了我也是伤员。我费了好大劲才把那个重伤员从车子底下拖出来。他根本不能走了,我使劲挽着他,一步一步往火场的相反方向走。但没走多少步,我觉得实在走不动了。而且现场十分危险,火球飞来飞去。我的眼睛灼烫得像烤着了,找不到正确的方向,我怕这样下去会再次伤着身边的这位战友,于是见脚下是草坪,就估摸这个地方安全些,便将他放下了。我对他说:'放心,我马上去找人来救你啊!'我自己就开始跌跌撞撞往外走……"

采访了一大圈,我才搞明白那个被叶京春从车底下拖出来的重伤员是三大街消防中队的云南少数民族战士岩强。

岩强能活着,简直是个奇迹。他的故事我们在后面说。现在来说叶京春。

"我凭着感觉往外走了一段后,遇上同样受伤的特勤中队的王林和刘荣龙,因为跟王林是河南老乡,所以知道是他俩,他们伤得也不轻,尤其是刘荣龙,眼睛看不到了。我们几个就相互搀扶着往外走,那时啥都不想,老实说,只想两件事:一是赶快离开火场,怕再来大爆炸。二是希望自己的战友比自己好,能一样侥幸活下来……

"可是,一个多星期后,我刚刚能看手机时,看到的第一条消息却是我的战友蔡家远牺牲了……"叶京春拭泪,颤抖着嘴唇说,"我不相信这是真的,因为我俩在爆炸现场一直是肩并肩地在一起铺水带,我不知道他怎么就被炸没了……"

天津消防开发支队的领导后来告诉我,他们在搜寻到蔡家远的尸体时,发现他身上没有什么伤,完全是被强大的爆炸气浪活活震死的。

太可怕了!

叶京春的父母在大爆炸的第二天中午就赶到了天津——从北京到天津滨海新区平时开车两个小时,那天叶京春的父母才用了一小时十多分钟。

在医院里,当有人指指躺在重症病床上、头部被白纱布包得严严实实的处在昏迷之中的伤员说,这是你们的儿子时,叶京春的父母流着眼泪直摇头。

"爸、妈,是我呀!"数天后,叶京春醒来,模模糊糊感到床前站着两个人,他吃力地想睁开眼,可剧烈的疼痛让他只能睁开一条极小的缝……这回他看清了。

"爸、妈……"

"是我们的儿子!"父母又哭又喊起来,那是幸福和庆幸的欢呼声。

然而,儿子叶京春丝毫没有高兴的神情,反倒一天比一天悲伤,因为之后的每天里,他都能听到自己战友牺牲的消息,以及诸多令人揪心的、一直处在"失联"状态的消防队员。

八大街中队的指导员李洪喜在第三辆车上。除了在后一辆车的杨光所说,现场听到李洪喜下达那声命令之后,看到他继续往前面的火场前进的身影外,再也没有人能够说得清他们中队最高指导官牺牲时的情形。

我找到了与李洪喜同在第三辆消防车上的湖南籍战士肖旭。

又是一个太年轻的战士!"哪年兵?"我问。

"去年。"

也就是说,到大爆炸时,他才刚刚满一年兵龄。

"你们李指导员当时是跟你坐一辆车吗?"

"是。"

"还记得你最后一眼看到他在现场做什么?"

年轻的战士想了想,摇头:"我们车是负责供水的,我是战斗员,每人身上扛两卷水带。一到现场,我的任务就是铺设水带……"

我有15年军龄,也当过新兵。要做好新兵,其他的什么都不用去想,只想把"首长"交代的任务一丝不苟地完成便是。我因此理解眼前的小战士肖旭。

我以为小战士不可能提供"有用"的素材,但我错了。小战士讲的现场一幕,令人惊心动魄,胜过任何精心设计的好莱坞大片的情景:

"我记得到现场后,只看到有交警在现场,他们好像在劝阻那些围观的群众。我下车后就背着水带,按照平时训练的要求,一直往第一辆战斗车那边铺去,感觉越往里走,空气越热,估计距着火的地方也就几十米远。铺完背的水带后,我就往回走,快到我们的车——第三辆车时,后面突然传来一声巨响,我就像被谁猛地用力推了一下,跟跄几步,摔倒在地。还没等明白过来,只听我的班长杨建佳在大喊:'赶紧跑!'我也不知发生了啥事,爬起来就往火场的相反方向拼命跑,好像才跑了十几步,跑到路边有草地的地方,突然后面'轰'的一声巨响,像天裂开似的震响,感觉自己的身体一下被从地上掀了起来,等再摔下来时,见身边全是树,有的树在烧,还有路边的汽车也在烧,地上也有东西在烧……总之感觉整个地、整个天都点着了似的。我用手一摸,摸到了一只头盔,也不知是不是我的,就赶紧往头上一扣,却发现脖子上的系带已经断了。看着天上飞来飞去的火球,我害怕了,心想,刚才没死,这会儿横飞来一个啥东西肯定还是活不了,于是就摇摇晃晃地支撑起来。刚跑几步,又听身边噼里啪啦爆个不断,好像也是爆炸声,是爆炸,当时除了两声大爆炸外,手榴弹一样的小爆炸其实一直没有停过。我就又趴下。就这样,跑跑趴趴,一路跌跌撞撞往外走。跑的时候往两边看看,到处全是横七竖八的集装箱壳,有的被烧红了,有的叠在一起,翻滚着,特别吓人。一看这情景,我就赶紧往回走。这时看到我同车的班长杨建佳和一个支队干部,他们也都受伤了。那个支队干部伤得很重,眼睛已不能认路。也不知咋回事,走着走着,那个支队干部走丢了。我跟班长喊了好一会儿也没有回音。我只好跟班长两个人往外走,结果发现走错了,走进了一片集装箱堆里去了。这可怎么办?我使出吃奶的力气,上到了一个集装箱上,往四周一望:到处一片火海……我想这下坏大了!要死在这里面了!朦朦胧胧的烟火间,我看到有人也在往我这个方向走,于是就喊:'不要往这边走了!方向不对!别走了!'我见他们停下来了,就从集装箱上跳了下来,这一跳不要紧,我发现自己的脚疼得要命,原来我一只脚上的靴子掉了,脚底心又被灼伤了。再一看,怎么杨班长没了?我赶紧喊:'班长!''班长!'但没有人回答我。当时我真想哭了,但哭有啥用?于是只好独自一个人找路,找啊找,终于从倒塌的集装箱堆里找回了原来的路。这个时候我又遇见了另外两个消防战友,一个重伤,一个眼睛烫伤了。重伤的根本不能走路,我就和那个眼睛灼伤的扶着他往外走。我们谁也看不清谁,还没有来得及相互问一声是哪个中队的,身边就来了辆车子,我们赶紧截下来,将重伤员塞上车。开始那个车的驾驶员不让上人。我说这位重伤员快不行了,人家才动了恻隐之心。我当时看到,车上确实也很难再装人了,好几位伤员在上面,有的头和脚还搁在车窗外,而且不停地在流血,那个惨状我一直忘不掉……"

肖旭说到这里,止住了话。一双眼睛盯着天花板,眼珠一动不动。我无法想象留在这位年轻消防队员心底的那一幕有多可怕、多恐惧!

我知道,当时在大爆炸现场,这样的车有很多很多,他们多数是天津市民自发驾车赶来抢救受伤的消防员、群众……

"我后来听说,那个被我和另外一名战友送上那辆汽车的那个重伤员叫岩强,是三大街中队的。"又一个人提到了"岩强"这个名字。

"刚来到消防队时,我有些遗憾:因为我们虽然穿的是武警军装,可并不是扛钢枪的战士,而是拿水枪的消防兵。后来慢慢才知道,拿水枪其实也是为人民服务,一样光荣……"望着天花板的肖旭,独白似的喃喃道。

我看到他的脸颊上,淌下两行热泪。这一刻,我也热泪盈眶。

7. 岩强,复活的"烧焦人"

你绝对没有见过一张已经没有了鼻子、没有了表皮,自然更不会有眉毛什么的人脸……但云南佤族姑娘见到了这样一张脸,而且这张脸偏偏是她新婚才半年的丈夫的。

她无法相信,更不敢去辨认。但她必须去辨认,也必须去把这张脸拾起来重新修复。啊,多么惨烈!多么令人揪心与绞肠的伤痛啊!

"你看看,这是当时的他……"姑娘从手机里找出当时她年轻丈夫躺在担架上准备进手术室时的一张照片。

"天哪!"我看了一眼,就赶紧别过头。真不敢看……竟然烧成这个样!

什么样?脸型特征都没有了,如同一张"黑板"——人怎能忍受如此巨大的创伤,竟然还活了过来!

这便是前面许多消防战友提及的那个岩强。

我进他的重症房间之前并不知道他会烧伤成这个样子,只听天津消防队的官兵经常提到"岩强",说他是此次大爆炸中活下来的伤员中伤势最严重的。"他的双手烧掉了,现在的两只手是靠植入自己的肚子中长出来的……就是移植的。"他们这样对我说。

医学真伟大!我想一想就觉得很不可思议。然而,一个活生生的从死亡中走出来的人就在我面前。快50天了,他的脸部除了一双瞳仁在闪动外,仍然没形——人工做的鼻子也没有长出,想想,一个平面的肉体上,只有一双红红的人眼在闪动地看着你,你会是怎样的反应?

随我一起进病房采访的小范吓得跑了。但我必须留下来,并且需要与岩强好好聊聊……可他还不能多说话,只有那双红红的眼珠闪动地看着我。他躺在病榻上,全身仍然是赤条条的,多数地方则用白纱布绑着。"他的下身已经炭化了……"他的战友在我进岩强的重症室前就曾悄悄告诉我。

我有些不明白。"就是男人的蛋蛋已经没了。"人家补了一句。

"什么?"当时我听后立即停下脚步。因为内心突然涌起巨大的波澜:这以后怎么生活呢?

没有人回答我。

在天津消防部队,似乎这并不是太严重的问题,活下来的人比什么都强,这是大家的共同心态。

我走进岩强的重症室后,似乎也开始接受这一认识。

毫无疑问,岩强是我有生以来看到的烧伤最严重的一位。其实,如果不是采访天津港大爆炸事件,我就根本没见过什么烧伤者,而这回偏偏还遇到了烧伤最严重的人。

所有的感觉便是心疼。心疼这位年轻的云南佤族小伙子。同时也为他庆幸——能活下来比什么都强。

"当时我也是这样想的。尤其听说他的战友牺牲了一大批时,我觉得无论他被烧成啥样,只要还能有一口气、看一眼我,我就心满意足了。"一旁站着的岩强妻子这样说。

我感到不可想象的是,这位美丽而年轻的姑娘——其实她也还是新娘,竟然一直挂着满脸灿烂的笑容,且那种笑容是彻彻底底、完完全全发自内心的幸福笑容。

我被这笑容强烈地感染了,也就不再惧怕,特别想近距离地与岩强交流——我知道他还不能说话,可他的眼神告诉我他完全能够理解和听得清我们在说什么。我问他是否还记得大爆炸时的情形时,他摇头。我又问他,全身烧成这个样知不知疼时,他也摇头。我再问他你妻子为啥到了你这儿时,他点点头。我接着问他：你知不知自己有一个世界上最最美丽、最最善良的妻子时，他竟然重重地点点头。

"哈哈……"岩强的妻子是位特别开朗的云南佤族姑娘。她笑倒在一旁的陪病床头，床边坐着的是岩强的岳母和姑娘的姐姐。她们都是过来陪护的。这几位纯朴的云南佤族女人，竟然幸福开心地搂抱在一起欢笑，初冬的病房里顿时格外温暖。我知道，在她们眼里，岩强已经是一个完整的生命，回到了她们中间。

"这就足够了！"在我采访时，这五个字在姑娘的嘴里至少重复说过四五次。

多好的百姓！她们的亲人伤成这般模样却没有一句埋怨政府、埋怨他人的话语！似乎还心存感激……

"真的，我看到他一天比一天好起来，我就很满足了！"姑娘脸上的灿烂笑容没有半点是掩饰的，是那种从心底里透出的幸福笑容。我完全被她的那种豁达和幸福所感染，再也没有对伤得如此重的岩强有任何恐惧感了。想不到的是，我发现曾经吓得退出病房的小范也不知什么时候又重新进来，正用手机给我们拍照呢！

"我叫叶芬，我们是初中同学……"落落大方的姑娘竟然自我介绍起她与岩强的"恋爱史"来：他2005年出来当兵，那时我已经在上职高。2008年他回家探亲，我知道他的情况，但我们没有联系。第二年初他不知从谁那儿把我的QQ号拿到了，就给我发信息。我那时在重庆一个娱乐公司打工。当时QQ上我不知他是谁，就问。他说是老同学，这个时候我才知道是岩强。虽然我们几年没见，但感到他当兵后很有男子汉气质，讲话谈道理不像地方上那些男孩子没谱，我就一下觉得当兵的就是不一样，靠得住。于是这一年我就趁工作休假时到天津来看他，而且以后每年都来。每次来总很开心，因为他在部队表现特好，一直是先进，我们就这样慢慢谁也离不开谁了，一直到今年春节我们办了结婚手续……

叶芬像倒水似的把与岩强的几年恋情讲给了我听。我注意到只有一双眼睛会表达感情的岩强,此刻双眸睁得圆溜溜的,灯光下可以看出那泛出的闪亮泪花。

岩强和家人其实并不太清楚岩强当时在爆炸现场是如何死里逃生的。我听他的战友讲,第二次大爆炸之后,当时有几拨同样受重伤的战友见过"满身是火"的岩强——我从几个曾经救援过他的消防队员口中听过同一种描述,最后我分析得出结论:前后共有四拨约六七个人曾帮助过岩强从爆炸现场脱离危险。除了前面已经提到的几位外,还有一位叫陈高强的列兵,他可能是最早帮助岩强把着火的衣服脱下来,又给他把脸上的火扑灭的人。

"他大叫过一次,但后来就再没有声音了,不说话了。"八大街中队的叶京春可能是第二个在爆炸现场与身负重伤的岩强接触的消防队员。叶京春见到岩强的时候,岩强的脸已经完全没了形,"黑里有点红,像刚从窑里出来不久的炭……"叶京春的描述足够令人惊悚。

岩强自然不知自己是如何被抬进医院的。

"像他这样的极度烧伤者,存活率极低。这位消防队员是例外。"负责治疗岩强的武警医院主治医生告诉我,"可以说,我们是集中了国家最权威的专家和最好的资源才把他从死亡线上救回来的。"

岩强绝对是位幸运的生还者。在我采访的前十天,他仍然是"可能救不活"的最后一名天津消防队员。而在这之前的几十天里,仅他岩强一人,动用的医学院士、烧伤专家和移植专家就不下20名。即便如此,在每一个阶段的治疗中,每位专家都不敢拍板保证让被大爆炸"烧焦"了的消防队员存活下来。然而他活了下来,而且活得一天比一天好。

这样的奇迹连医学院士都不敢相信。可它就发生在天津港大爆炸的事件中。我想从医院方面打听点关于救治岩强的相关细节,可医院的大夫一两句话就把我打发了:"那个烧焦了的云南小伙子?算他命大吧!"

"能说得详细一点吗?"我希望有机会也表扬一下这所武警医院在这场特大灾难中为拯救消防队员及其他伤员的优秀的医务工作者。人家却这样回答我:"还有很多人没有救活过来,所以我们不想提啥功劳了……"

　　顿时我默然。久久不知如何把对医院方面的采访进行下去,故后来甚至放弃了这一块的调查专访。

　　大爆炸留给太多人伤痛。于是,能够死里逃生者就变得更加珍贵。岩强是所有死里逃生者中最幸福的一个,因为他伤得比任何一位活下来的人都严重,而那些与他烧得同样严重、兴许还轻不少的人都没能活下来。我知道有的消防队员从现场被救出后送到医院时还能说话,还有意识,甚至还帮助过其他伤员联系家人,但最后却自己永远地离开了人世,有的消防队员从现场送到医院的当天死了,有的是过了两三天后不行了,也有的是经历十几天的抢救仍然没能活下来。

　　相比之下,"烧焦"了的岩强确实命大。

　　这也让我终于明白了为何岩强留下终身残疾,妻子叶芬及其家人仍然那么感到幸福!

　　有一条活生生的人命在,有一个能够看着这个世界的人在,有一位英雄的丈夫和光荣的儿子能够在身边,这就足够了——叶芬和岩强的母亲都向我表达了这份最真切的幸福。

　　在旁人眼里,躺在重症室床头的岩强也许仍然有些恐怖,更不用说敢多看一眼现场拉回来时、治疗初期的"烧焦"的岩强的容貌,但他的年轻而漂亮的妻子叶芬似乎根本没有意识到这些。她打开手机,落落大方地向我展示了她与"烧焦"后的丈夫第一次"见面"时所拍下的照片——反正我只草草地扫了一眼就再也不敢看了,可是那个"没有了脸"的岩强的惨状则永远地烙在了我的脑海里,如果不是小伙子现在好好地活了下来,我也许会对美丽活泼的佤族姑娘叶芬说:删了它!

　　现在我用不着这样做,而且悄悄地把她手机里的这张"烧焦"的岩强的照片复制到了我的手机里……

　　"进医院后他一直处在休克状态,医生也不让我见他,而且当时他们非常明确地要求我随时为他准备后事……"只有说到这个细节时，我发现叶芬变得沉重起来。

"你怎么知道他出事了？"我问。

"大爆炸第二天清晨我就知道了。"她说，"头天晚上，也就是12号晚上，我们俩聊天聊到大约10点半。后来我就睡着了。第二天天津港大爆炸的事传开了，我一看是他工作的地方，知道凶多吉少，就赶紧打他手机，但一直联系不上。他在天津有不少朋友和战友，平时我知道他与他们之间有QQ交往。那天清晨对我来说，就好像一下钻进了噩梦之中。我拼命地与天津方面他的朋友与战友联系，不知怎么搞的，当时大家好像都在忙，忙得顾不了我打听的事。等了有一两个小时，终于有一个岩强的战友给了我一个联系电话，是岩强部队里的一个联系电话。从那个电话里我知道了岩强已经被送到了医院。一听他被送到了医院，我当时既害怕又有些欣慰，害怕是他肯定伤得不轻，有些欣慰是毕竟他人还在、找到了，并没有像其他消防队员一直'失联'……你问那个时候我啥心情，怎么说呢？一颗心就像被铁钩子吊挂了起来，不知疼是啥了，嗓子常常被一团团火堵住了，说不出话。"

叶芬说到这儿，停顿了片刻。我看她的嗓子突然又好像很干……连喝了几口矿泉水后，她又接着说，"我当时问电话那头：'岩强他伤势严重不严重？'人家就对我说：'你过来了再说。'这一下让我的心又悬了起来，心想：绝对不是啥好事。他们好像瞒着我，是不是他……我不敢往下想。一分钟也不想再耽误了，我当即就在网上订了飞机票。13日下午3点多钟的飞机，下午5点多钟到天津。岩强的战友和一位天津的朋友到机场接了我。随后我们直奔医院，但医院方面不让我见他，无论我怎么求他们，就是不让我见。当我看到有些消防队员的家属马上能进病房与亲人相见时，我好羡慕好羡慕！我也见到了好几位牺牲了的消防队员的亲人，他们被接到医院的太平间去认领自己的丈夫或儿子……那情景，我想哭又哭不出来，不哭又胸口疼得像刀割似的。医院又根本不让我见，传出的只语片言和岩强战友们的表情告诉我:我的他……"叶芬转身用手指指半躺着的岩强,继而说,"随时可能离我而去……"

美丽的她,第一次在我面前低下了头。当她再次抬起脸时,我清晰地看到她的双眼噙满了泪水。其实,当时还有一个细节叶芬并不完全清楚:岩强进医院的第一天就已经把气管切断了,完全靠医疗设备维系呼吸和进些医疗营养补给。

"对不起。"但她是笑的,有些勉强的笑。

"那几天我不知自己是怎么过来的。"她继续回忆,"天天跑到医院等啊等,打听啊打听……但没有一个人能够准确地告诉我他到底严重到什么程度。终于在第四天,也就是16号那天,说要给他动手术。动手术之前,有两位医生在部队同志陪伴下,跟我说,岩强伤势非常严重,现在必须马上对他的脑部进行手术,情况并不乐观,让我要有思想准备。我从他们的表情上看得出,岩强的生命仍然处在极其危险时期,随时可能发生变化。当时我不知哪儿来的勇气,立即拉住医生的胳膊说:求求你们救活他!一定要救活他!我们才结婚半年呀!求求你们啦!我第一次哭出了声,在医院的走廊里,许多人看到了。我也顾不了那些。后来我被人拉到一个地方休息去了。过了不一会儿,听说马上要手术了,我突然提出,希望在岩强进手术室之前让我看一眼他,因为这一眼我必须看。当时有几个想法:一是我到天津已经几天了,都没有见过他,所以我一定要看看他到底伤到啥份儿上。二是我内心确实害怕这是最后一次与他见面。第三个最重要,我要让生命垂危的丈夫知道,他的妻子就在他身边,等着他呢!想给他一份力量,活下来的力量!后来我的要求获得了批准,他们告诉我,只能在重症病房推出来到七楼的手术室中途的电梯口,让我看一眼。当时我觉得这个机会好像等了几十年,比等着结婚还要激动和紧张,因为我知道我是在等一条命,一条连着我一生幸福与悲惨的命……医生告诉我,绝对不能接近他,必须远远地看着他。现在想想太残酷了,我等了那么多天,快把头发都等白了,却不让我近近地看他一眼,在他耳边跟他说一句:我在你身边,你不会死的,你一定能够活下来的,因为你不能甩下我一个人不管的！我当时准备了好多好多话想对他说,想在他进手术室前跟他说,说我爱他,说我自从有了他之后是多么幸福,说跟他这样勇敢的消防战士结婚后自己在外面再也不怕被欺负了……后来我真的看到他了,大约在七米之外的地方,看到他被医生推着进电梯。那一眼我永远永远地刻在了脑海里,那个模样的他,我根本不认识！他连一点儿样子都没有,是一团白纱布裹包着的、躯体一半露在外面的、被烧得如同黑炭似的他……不知用啥来形容,虽然我知道他一定伤得非常厉害和严重,但真的看到他时,我完全呆了,根本不相信人会被烧成这个样……"

叶芬有些气塞,不得不停下话来。

少顷,她又说:"我知道医生不可能给我多少时间,你想想,推进电梯的时间才有几秒钟嘛！我事先准备好了手机,我早想好了,不管什么情况,我一定要留下他受伤的照片,尤其是他进手术室前的照片,万一……当时确实考虑到了他的'万一'。我看到他出现的第一眼后,立即按下了手机上的'照相'键,随后不管三七二十一地向他大喊一声:'岩强……我等你！'我得谢谢医生,他们似乎有意留出了我喊这五个字的时间。"

此时的叶芬已泪水满面。我感觉自己的采访本上也掉了一滴泪水——那是从我自己的眼睛里落下的。

"从8月13日下午约莫六七点钟到医院后,我就没有一天离开过,天天等着岩强,每天都在为他祈祷,祈祷他能够重新好端端地回到我身边。"叶芬胸脯起伏,似乎心头压得太久太重。现在终于能够把这些负重一吐为快。

"可我等得好苦呀！"她的眼泪又出来了,"眼看着别的伤员一个一个出院,唯独我的爱人——岩强他不仅不能出院,就连一个好点儿的消息都不容易听到。医生每一次来告诉我的都是:'又要动手术了,要作好思想准备啊！'你想想,我啥心情？每次我好像都希望医生再给他动手术,可又不希望再折磨他……前后他做了十多次手术,而且都是危险的大手术！我的头发都快愁白了。"叶芬执意要从她一头秀发中找出几缕银丝。

这是多么痛苦的煎熬!

"一直到9月30日他才正式从重症室里搬出来,这个时候我心头的大石头才真正落下了……"叶芬破涕为笑,重新恢复了她那灿烂的笑容。

一场大爆炸,带给了像叶芬一样的女人们多少痛楚啊!她们都是消防队员的妻子,或母亲,或姐妹,或是热恋之中的人儿。

叶芬告诉我,岩强的生命力特强,"真的像岩石一样强大。我不知道他家人给他起的名字就给了他这个命!"叶芬挺会联想。

病房里时不时传出欢声笑语,这也是我绝对想象不到的。

"烧焦人"岩强彻底复活了!身体的下半身也已康复,他的复活,填满了他妻子和家人心中的幸福,也为中国烧伤病学科创造了一个新的奇迹。当然,多少也像前面的40天后才苏醒过来的张超方一样,给天津港大爆炸这场灾难增添了一份安慰。

12. 火线"绝密行动"

冯警官的话一出,我连连倒抽了几口冷气。

他这样说:"派出所被大爆炸轰得粉碎,但外人不知,当时我们全所的武器,也就是说我们的枪支弹药处在无人保管之中……这是太危险的事!当我们在现场抢救战友刚刚清醒过来时,又突然想到了枪支弹药。枪支弹药是我们的'第二生命',甚至有时比第一生命还重要。尤其像突如其来的失控现场和意外事故期间,比如这次爆炸现场,完全没法控制,如果有坏人趁机抢劫我们的武器,该是多大的危险!"

天哪,这可是大事!我立即意识到这一意外的"意外"如果一旦泄露到社会上,将使天津雪上加霜,同时面临又一个"大爆炸"……

这事,绝对不能发生!

绝对不能发生的硝烟仍弥漫在新区爆炸现场!

"有多少枪支弹药?"我紧张地问冯警官。

"21把手枪,350多发子弹……"他说。

上帝!倘若这些武器被不法之徒、被恐怖分子拿走了该是何等危险!必须立即坚决地夺回。中央和公安部门对此极度重视,而且不能泄露一点儿消息。

爆炸现场完全失控,谁能保证不出意外?

时间!时间就是保障!

时间!时间就是生命!这生命关乎的有可能比大爆炸本身还要严重,它一旦被坏人利用的话,其后果超过危险品爆炸本身。毕竟,瑞海危险品爆炸多少有些非人为的直接因素,而武器丢失所造成的破坏则是另一码事,它带给我们的危险就不仅仅是天津地区了!最可能是北京,可能是最热闹的王府井……倘若如此,人民怎能还会有原谅谁的理由?

"我们都感到了责任的重大!而且这样的事以前从未遇见过,如何处置确实非同寻常。"冯警官说,"13日后,爆炸现场全部转交给了部队,我们想进去也得经过事故指挥部批准呢!"

情况紧急又特殊。抢救枪支弹药的行动得到了批准,并"必须严格保密"进行。这是中央和公安部特别给跃进路派出所冯宝军等几个尚能战斗的民警下达的绝密命令。

"任务落在我身上,因为我是所里枪支弹药的保管者。"冯警官说,"经上级批准,我带着治安支队副队长王跃和邵东英警官执行现场任务,其他人在我们后面接应。"

"当时我们遇上一个随时可能的考验:枪械柜和弹药柜随时爆炸……"冯警官说。

"为了确保安全,同时还必须清楚每一把枪、每一颗子弹,明白无误地知道它们的最后结果。最理想的行动效果是:一点不差地将枪支弹药全部抢救出来!"领导向冯警官等强调了这一点。

"可是爆炸现场的情况并不是我们所能人为控制得了的。13日,甚至到了十六七日,现场的各种小爆炸就从来没有停止过。说是小爆炸,其实威力也是相当大的,能把汽车翻跟斗,能把集装箱爆出几米远的,时常有。"冯警官回忆道,"老实说,当时谁也不可能打包票说我们的枪械柜、弹药柜不随时爆炸,或者可能在前面的爆炸时就早已爆开了……"

"务必争分夺秒弄清现场情况,确保枪支弹药绝对安全是首要。"绝密行动从 14 日清晨开始,冯警官一行"特别行动队"冒着随时丧失生命的危险,再次向浓烟滚滚、爆炸不断、毒气熏鼻的爆炸核心区进发。

"到 14 日凌晨时分,其实爆炸现场的环境是最差的,因为 12 日晚上爆炸后释放出的毒气和各种燃烧物所产生的种种有毒气体交织在一起,置身其中者,每一分钟都非常之艰难,更何况我们还要深入破坏最严重的废墟中去寻找抢救对象。"冯警官说,他和战友前后费了一个多小时时间,才抵达和摸清了安放枪械和弹药的柜子位置。

"还好,当时我在废墟堆里看到枪柜和弹药柜没飞走,只是枪柜被烧熔了——还好,柜门锁着。这时我心里的石头才落了地……"冯警官说。

"弹药柜比较完整,可上了锁。必须先把钥匙找到才行呀!"冯警官又遇到一道难题。平时钥匙与弹药柜是分离的,他把钥匙放在自己的一个铁柜里。铁柜现在在哪儿?房子里没有,于是他在周围找。最后在一堆废墟里找到了那个铁柜和里面的弹药柜钥匙。

"354 发子弹,一发不缺!"冯警官打开子弹柜,激动地在现场一一清点完毕后,给领导如实报告。

"好!马上把枪支也给弄出来!"领导十分满意,但并没有给"特别行动队"丝毫的喘气时间。

枪柜外壳完全熔化变形了。怎么办?

"现场请求支援!""请求支援!"冯警官等立即向上级领导求援。很快,一群全副武装的军人和消防队员抬着"家伙"赶到冯警官他们的战斗地点。

"哧——"电切割机的火枪闪着蓝色荧光,对准那只变形了的枪械柜"四面出击"……14日8点10分左右,在爆炸现场,一群警官、现役军人、消防队员,手里传递着一支支锃亮的手枪。

"一、二、三……十……二十、二十一!"

"一把不缺!一把不少!"

冯警官激动地拥抱了现场帮助他完成"绝密任务"的每一个战友:他知道,他们都是冒着生命危险在帮助他,与他一起并肩战斗。

14.最后的安魂曲

人死不可复活。所有悲伤与痛楚必须接受。这也是人类得以继续生存的本性。

现在的天津港区,有几个地方设置了"8·12"爆炸遇难烈士墓地,几乎每天都有人到墓地献花与烧纸,以祭奠那些在这场大爆炸中牺牲的消防队员和无辜死去的群众。我不知道那些埋在地底下的灵魂可否安宁?他们是否也与我们一样一直在诅咒那些造成爆炸事故的罪人?

人的生与死,很多时候就在刹那之间。人的生与死,又在很多时候或光芒四射,或毫无声息。生命如此差异,灵魂可否获得同样的安宁呢?

那个嘈杂而纷乱的爆炸现场,那些英勇奋战又突然牺牲的消防队员能在结束年轻的生命之后,其灵魂获得一丝安宁,这是大爆炸现场遇到的又一场特殊的困难与困境……

这样的工作从某种意义上讲,远比扑灭一场火灾还要难上几倍,甚至几十倍。

人死不可能复活。人死后所有的悲伤都留给了活着的人。活着的人要面临比自己更年轻的生命,尤其是自己的后代们突然不辞而别地永久离去,该是何等地悲痛欲绝!

镜头一:

只差一周便满22岁的甄宇航烈士遗体告别前的一幕让所有参加仪式的人泪流满面——其母侯永芳跪在地上,一双布满老茧的手颤抖着为即将永别的儿子点燃蜡烛:"航航,妈妈想死你了!""妈妈以后怎么来看你呢?""妈妈想跟你去……"想到儿子那个沉默的深夜来电,那个连呼吸都听不到的电话,却是儿子用尽所有的力气,向妈妈做出最后的呼唤和诀别。

镜头二:

医院工作人员从太平间将江泽国的遗体拉出来,准备往殡仪馆送时,车子突然被两位年轻的消防队员拦住:"不许走!""你们不能把我们的教导员拉走!不能!"

"这是上面要求这么做的,再说医院也是迫不得已,太平间里已经放不下死人了。"拉尸体的人说。

"求求你们了!求求你们晚一天拉走,我们想多陪陪教导员……"两个消防队员竟然扑通跪在地上。

现场,围观的数十个人默然流泪。最后达成"协议":让这两位消防队员、江泽国的战友随殡葬车将烈士护送到殡仪馆。

镜头三:

烈士郭俊瑶的遗体告别时,只有他的姐姐在场。部队领导问她为啥烈士的父母没有来,他们不是与你一起从老家赶来的吗?烈士的姐姐泣不成声道:前天一家人到殡仪馆"认尸"时,弟弟的那张烧黑的脸让他们全家有些"认不出",所以从那一刻起,烈士的父亲就"不太认人"了。母亲则每天夜里都睁着眼不闭,问她怎么啦?母亲对女儿说:眼前总有一群孩子,脸都是黑的,有时也能看到儿子闪过,但儿子笑笑就走了,不说一句话……

听完这些话,数十名消防官兵早已泣不成声。

我的兄弟,我的战友,你们的灵魂是否安宁,将是我为你做的最后一件事、一件比我自己什么事都重要的事!

从爆炸之后,第一批伤亡者被从现场抬出来开始,许多人做着与陈晓龙同样的事:辨认死者,安排后事。

"以前做过这样的事吗?"我问这位安静地坐在我面前的少校警官、消防支队作战指挥中心主任。

"没有。从来没有过。"陈晓龙回答。

真是天再大,也就一个圆。一问,陈晓龙的父母曾在我工作过的廊坊武警学院待过,当他报出其父母名字时,我仍旧能记忆出一些模糊的印象——30余年了,往事如烟,我们的记忆削弱多了,但"战友"二字从不模糊。

陈晓龙是大学生入伍的青年消防警官。有过七年的基层工作经历,当过消防中队的排长、副中队长、中队长、指导员。大爆炸的前一年,陈晓龙才从基层调到支队作战指挥中心任主任。

"8·12"那天不是我值班。陈晓龙说,刚睡下,大约在11点,突然听到响声,因为我家就在距事故现场三四公里的地方。第一响声,楼房小晃;但第二响声时,楼房晃得厉害。我就从床上跳起来,往外一看,已经火光冲天——在我家的北边。凭经验,我知道这不是一般的火灾,肯定是什么东西引发的大爆炸!于是便给天保消防中队值班室打去电话,问是不是出警了。那边回答我:出警了,但现在联系不上。我估计火情十分严重,便立即下楼,见下面已经聚了很多人,大家都在议论纷纷。就在这时,我收到了支队值班室电话,说瑞海危险品仓库着大火,你离得近,立即去现场看看情况。我就马上驾车赶往爆炸现场,不到12点就到了那里。现场火情太恐怖,方圆三四公里左右全是火,还有天上落下的东西也都在燃烧……我立即向支队首长汇报,并接到命令,要求我立即侦察和搜寻我们的消防队员。于是我就往现场爆炸核心区走,当时只穿了普通的衣服。刚往里走,就感觉空气的温度特高,烤在脸上很痛。显然是进不了真正的爆炸点,但可以看到靠在外面的几辆被炸毁的消防车,也能看到一些活着的人正在往外撤,样子都很可怜,浑身血淋衣破,脸都是黑的,一看便知是高温火熏的。再想往里进就不行了,只好后撤。这时与我们的政委和参谋长会合,现场简短一合计,我们作了简单分工:参谋长负责搜救,我在现场接应,政委全面指挥并同上级保持联系。但当时又感觉十分奇怪:一方面时间过得非常紧急,另一方面又觉得自己不知干啥。身边来来去去的车子和人特别多,都在说赶紧把伤员送到医院去,送到最近的泰达医院。那当口,我好像才找到了自己在大爆炸之后的"救援岗位"——去为自己牺牲的战友完成最后的旅程……陈晓龙说。

这一任务对陈晓龙来说,也许他这一生不可能再有了。"任务如此特殊,特殊到现在我都回不过神来。"他说。

陈晓龙的任务是什么?不复杂,去确认那些牺牲的战友。在到支队工作之前,他就在天保消防中队当了七年"长官"——从排长一直到指导员,熟悉每一个战士的情况。"你最了解中队的情况,你负责这一块。"支队政委这样交代陈晓龙。

大爆炸之后,一项异常特殊的工作便是辨认伤员和死者。天津港大爆炸破坏力巨大,伤员和死者的辨认成了非常困难的事:他们几乎是清一色的"黑脸",大火熏的;他们几乎都是血肉模糊,是冲击波伤害的;如果是牺牲者,面目更不易辨认,断头少臂算好的,最严重的遇难者或什么都没有了,或只剩白骨一堆,轻者也是面目全非……谁是谁,谁会是谁,辨认死伤者成了爆炸事故后一项紧迫而艰巨的任务。因为这个时候大批亲属从四面八方赶来,每日滚动的新闻发布会需要及时公布死者名单和人数,都需要现场对死者的辨认,而且必须准确无误。

作为消防支队作战指挥中心主任的陈晓龙,现在的任务是辨认牺牲的战友,一项从未接受过的"战斗任务"。

到泰达医院的时间大约 3 点钟,那个时候的泰达医院处在半瘫痪状态:伤员已经无处安放,医生都找不到,在抢救室的人手不够,不在抢救室的恐慌者正在逃亡途中,后来许多人折回医院重新投入战斗。因为距爆炸地最近,泰达医院在 13 日的凌晨几小时里,一片混乱其实也在情理之中。

"快快,他已经不行了!"送伤员的人拼命喊着。

"不行了还往急诊室送啊?"医院的人嚷嚷道。

"不往急诊室送往哪儿送?"

"那边——太平间!"

"那、那他就这样……走了?"

这样的争执,这样的沉默,在当时的泰达医院和其他医院很多。

陈晓龙在最初的时间里,看到了自己支队的两名伤员进了重症室。这个时候泰达医院已经不收伤员了,而医院门外拥来的伤员越来越多。"赶紧往其他医院送吧!"陈晓龙就是在这种"感召"下从泰达医院到了塘沽医院。在那个地方他找到了自己老单位的三名伤员。

"陈主任,放心吧,我们在这儿看护呢!"已经有支队的其他同志在医院陪护着伤员。这让陈晓龙有一丝欣慰地意识到部队指挥协调的能力。

"晓龙,我们那些牺牲的战友的亲属有的已经到了,有的正在路上,得把所有牺牲的同志找到,并且不要让他们的亲人看到后特别难过啊!这项任务交给你了,务必完成好!"支队领导命令道。

"请首长放心。坚决完成好任务!"

以前陈晓龙并没有接受过这样的任务,也不知道它到底是一项怎样的任务。

死人会在何处?死人在医院里一般都放置在太平间。

太平间是个怎样的地方?太平间是生者与死者相隔最近的地方,可又让生者感觉那么遥远、那么陌生。陈晓龙再回到泰达医院、医生们告诉他要认死者就到太平间时的第一感觉便是如此。

这是13日凌晨五六点的时候。陈晓龙听说泰达医院的太平间里已经放了几具尸体,便赶紧往那地方走。一推门,一股冷气袭来,让他的心一颤。再细看里面,摆放着六七具尸体,有的满身是血,有的连衣服都没有了……其容貌更不敢细看。

陈晓龙的目光首先停留在那具还穿着迷彩服的尸体上,这一定是我们的消防队员。

是的,是我们的人。陈晓龙第一眼就认出。再细看,他看到死者满脸都是玻璃碴,伴着的是仍未凝固的鲜血。

是田宝健!陈晓龙认出了死者。这是他带的新兵,他熟悉的兵。陈晓龙的眼泪就在眼眶里打转儿,但没有流出来。

为了确认自己的辨认没有错,他伸手去摸尸体的外衣口袋,找到了一部手机。一试,还能用。陈晓龙用这部手机拨了一下自己的号码,通了……手机上显示的三个字正是"田宝健"。

手机的主人永远不会接电话了。

陈晓龙凄然默立在年轻战友的面前,一时脑子空白。后来,他轻轻地从自己的口袋里掏出几张干净的纸,慢慢地把田宝健的脸擦了擦,可这一擦,让陈晓龙的泪水一下控制不住了。"呜呜……好兄弟,你怎么伤得那么重啊?啊,我连给你擦都不能擦呀!呜呜,好兄弟……"陈晓龙感到异常悲伤的是在他给战友擦脸的时候,发现那张年轻的、仍然留存一丝温度的脸上尽是玻璃碴子,无法擦洗,一擦就会划破更多的地方……

陈晓龙的心犹如刀割。当他走出太平间时,觉得整个世界变了,变得都是痛。

还没有从悲伤中缓过气来,天保中队的司务长过来向陈晓龙报告:"又有一个同志牺牲了,医院方面说是我们中队的,叫袁海……"

陈晓龙有些迟疑:"袁海?"

"是2014年的新兵。"

陈晓龙点点头:他是去年8月离开天保中队的,那时2014年新兵刚刚下中队,所以他对袁海没啥印象。

"走,去看看他。"

陈晓龙再次进了太平间。才一会儿工夫,太平间已经多了好几具尸体,有些尸满为患了!"就是他。"司务长指着其中的一具尸体说。

陈晓龙一看,眉头不由紧锁:新兵袁海死得比田宝健还要惨,脸已经成了一团完全模糊的黑疙瘩……为了确认自己战友的真实身份,陈晓龙轻轻地翻动了一下尸体,看到了死者胸前的"保税"二字。又将尸体翻了个个儿,后背战斗服上的四个大字更加醒目:"保税消防"。

"马上向支队首长报告。"陈晓龙长叹一声后,对身边的司务长说。

时间已至13日上午。这个时候整个天津、整个大爆炸现场，都处在一片混乱而又有一定的秩序之中。根据中央领导指示精神，大爆炸现场总指挥部下达了一道又一道命令和指示，其中包括对"失联者"的确认和死者甄别工作。大批专业人员和志愿者被调集到一线，消防部队更是为了接待数以千计的伤员与死者的家属，分派了多路人员负责善后事宜。

"这项工作的难度完全超出了我们的想象。"一位消防干部这样对我说，她说她从13日凌晨3点被叫到单位后，一直到29日才有机会回自己的家一次。"没日没夜地陪着那些牺牲的战友的家属……你不能有片刻和稍稍的马虎，要不不知会出现啥情况，那是谁也担当不起的呀！"

是的，我知道，许多消防战士的父母来了后，一听自己的孩子牺牲了，不是当场昏倒就是几天犯糊涂，分秒离不开人陪护。天津消防遇到了前所未有的一项特殊的"灭火战斗"任务——抚慰那些失去亲人的家属们的心灵伤痛。而这，尽快寻找和确认牺牲者，并让家属在看到自己死去的亲人的第一眼时不那么悲恸欲绝，是当时的重中之重的任务，从某种意义讲，可能比当时扑灭爆炸现场残留的火情还要紧急和重要。

陈晓龙的感觉便是如此。他觉得自己的责任重如泰山，不敢有半点含糊。"因为那个时候，死者家属的心是碎的，即使小心翼翼去抚慰，也会触到他们的最伤痛处。"他说。

但意外的事情总是在最乱的时候出现。田宝健烈士的家属来了，来后的第一件事就是想尽快看到自己的亲人。那个时候迟一分钟就可能让家属的情绪出现异常。见到田宝健的家属时，部队的领导都暗暗捏了一把汗：妈呀，怎么一下来了二三十个亲属呀！

"晓龙，你那边好了没有？可不可以让家属到太平间看烈士了？"领导打电话问陈晓龙。

"应该可以吧。我跟医院方面联系一下，你们等我的回话。"合上手机，陈晓龙就往泰达医院的太平间走。

"天哪!我们的人到哪儿去了呀?"陈晓龙一进太平间,立即跳了起来:原来安放田宝健的尸体柜里换成另一个人了!他迅速翻遍了所有尸体柜,却仍然没有找到自己的战友,本来是冰冷的太平间,可陈晓龙顿时全身急出了一身汗……

"我们是奉市里的命令:医院里的尸体放不下了,统统往各殡仪馆运……"太平间的工作人员说。

"你是说,都运到其他地方去了?知道我们的人运到哪个殡仪馆吗?"陈晓龙只感觉自己的身子又顿时从热变成了冷,甚至浑身有些打战。

"这个我们不知道。"

天哪!我怎么向田宝健的家属交代?怎么向部队领导汇报呀?

"怎么回事?准备好了没有?田宝健的亲属们情绪很激动,他们马上想看到自己的亲人……"那边,善后组的人催命似的在电话里跟陈晓龙这样说。

"报告:田宝健丢了,找不到了……"陈晓龙只得如实汇报。

"啥?丢了?怎么丢的?"责问声能把陈晓龙的耳朵震聋。

无奈,陈晓龙只能一五一十地如实道来。

"赶紧想一切办法把田宝健给我找到!"部队领导用异常严厉的口气命令道。

"是。"

陈晓龙满头大汗地赶到汉沽殡仪馆,但人家不让他进去:上级有令,现在不能随便看尸体。要等公安部门来做 DNA 检测。

"死者家属已经来了,想见一下总可以吧!"陈晓龙急了。

"那也不行。我们请示同意后方可。"

"那求求你们帮忙请示一下吧!"陈晓龙想发火又觉得没用,只得忍气等待。

同一时间里,消防总队领导也在发动其他官兵在其余的天津爆炸附近各殡仪馆寻找,结果大出意外:没有田宝健。

会到哪儿去了呢?陈晓龙一边等一边在思忖。晚上 6 点左右,陈晓龙被告知可以进塘沽殡仪馆停尸间了。

阿弥陀佛！人找到了。

"那你就赶紧准备吧，我们陪家属到你那儿估计个把小时时间……"善后组告诉陈晓龙，意思是他们一会儿陪着田宝健的二十多位亲属到殡仪馆。

"活要见人，死要见尸"，牺牲者亲属的急切心情，完全可以理解。但苦了在殡仪馆的陈晓龙：战友牺牲留下的面目太惨太难看，怎么办？

"求求你们了！马上帮助整一下容吧！"从不求人的陈晓龙，现在突然觉得自己唯一能够做的就是"求人"。

整容师来了，并且立即上手。

陈晓龙却不踏实：他要看着他们如何完美地缝合他所熟悉的战友的容貌……但，这是极其痛苦的过程：整容师在自己已经没有温度与生命的战友脸上、身上，用刀、用针剪裁与缝合，那针针刀刀仿佛都扎在陈晓龙自己心尖上。他感到痛，痛得喘不过气，然而他又必须坚强地、不动声色地站在整容师的身后、站在战友的面前……

整个整容时间比预期晚了两个小时，因为烈士被炸伤和灼烫的地方太多、太严重。

"可以了吧？"当晚9点多，累得汗水淋淋的整容师直起身，道。

陈晓龙再一次细细地察看了一眼他熟悉而似乎又陌生的战友田宝健一眼，神圣而又肯定地点了点头。等整容师走后，他又将事先准备好的一床崭新的被子盖在了他亲爱的战友的身上……

"我的儿啊……""我的亲亲啊……"停尸间向家属打开的那一瞬，撼天裂地的恸哭与哀号声，是陈晓龙所不曾想到的。不是以前没有见过死人，也不是没有见过亲人与死者相见的场面，然而陈晓龙觉得这一次这样的场景和悲恸，是他前所未见。

他的心和灵魂被震荡了，甚至有些出窍的感觉。

多么悲惨的世界！无法接受的现实！对每个被大爆炸夺去亲人生命的家属而言,难道不是这样吗？

陈晓龙默默地背过脸,拭泪不止。

这仅仅是开始。被大爆炸夺去生命的消防队员达100多位,共和国消防史上从未有过的一次壮烈。

我知道,大爆炸善后工作中像担任陈晓龙这样任务的有一批人,他们多数与陈晓龙一样,从未接受过如此特殊的任务。

"害怕,真的很害怕。"开发支队防火处监督科副科长张建辉接受了同样的任务,最初他在打开尸柜时都不敢看,"我既害怕这一眼看到的是自己熟悉的战友,又怕认错了人……"

找来的认尸者都是临时抽调的那些对自己单位比较熟悉的"老兵"。即便如此,许多情况下仍然有种种"意外":有的尸体被现场的水和其他物质所腐蚀,变得浮肿,甚至严重腐烂,完全变了形,一碰就一股臭水臭气袭来……你即使忍不住,也得靠近去慢慢通过细节确认死者的身份。有时一具尸体,要翻来覆去几次移动其身子才能最后确认。张建辉说,他就遇到一个烈士的遗体在两个地方,最后费尽工夫才"组合"到一起,并最终确认了身份。

陈晓龙遇到的难题大出一般人想象——

"说说,到底是怎么回事？"听说烈士王琪被送到医院确认死亡后,竟然又"失踪"了！我不能不追问这事。

"是这样。"陈晓龙说,"因为王琪被送到医院时已经属于烧得炭化一类的了,就是只剩骨的那种……"陈晓龙停顿片刻后说,"这样的烈士从爆炸现场送到医院后一般就直接拉到了太平间。王琪就是这样的。因此烈士的身份也很快被确定,并且列入了向社会公布的'伤亡'名单上。爆炸后的前一两天,医院等各个方面都比较乱,所以造成伤员和死者常常对不上号及'失踪'的情况。王琪烈士的情况基本上是这样:他的牺牲当时在搜索现场已经确认,后来遗体拉到医院后,我们得到的信息是说拉到塘沽殡仪馆了。既然烈士安置有着落了,我们也就把他的事暂且放一放,忙着处置其他人去了。但过了两三天,他家里的人来了,说要看烈士,那我们就赶紧准备呀!结果到塘沽殡仪馆一看,竟然没有王琪!那个殡仪馆比较大,当时放了许多尸体,我一个个尸柜拉出来察看,看了一次又一次,结果仍然没有王琪,这是怎么回事?烈士放在殡仪馆的停尸间里'失踪'了,你说怪不怪?领导一听就着急起来,说陈晓龙你咋搞的?赶快给我找出来!人家亲属大老远赶到天津来,我们怎么交代嘛!可不是呀,当时我真有点发愣了,加上连续几天几夜不是在这个医院的太平间忙乎,就是在那个殡仪馆张罗,天天跟一张张根本不认识的死人脸打照面……啥心情你们想象得出。但这都不要紧,好像那个时候我们都变了人似的,一切都是为了烈士,一切都为了处置好爆炸事故的善后工作。作为消防支队的一线干部,我自然不例外。但我跟其他人还有不一样的地方:我是负责牺牲者的最后事宜,就是他们在火化前的所有安放与处置,比如接待他们的亲属察看尸体、开追悼会、遗体告别、火化和骨灰处理等等。我没有想到的是,竟然出现了死人'失踪'的事!没办法,找啊!我就开始到天津市区可能存放爆炸事故中的死者的所有殡仪馆,去一个一个找,整整找了两天,竟然还是没有找到!"

"真出怪事了?"我的心跟着悬了起来,简直像谜一般。

陈晓龙摇摇头,说:"是我们把塘沽殡仪馆和塘沽殡仪服务站这两个地方搞错了。"

"我们只知道塘沽殡仪馆,却不知它下面还有一个塘沽殡仪服务站的小单位,而王琪则被放在了这个殡仪服务站。"陈晓龙说。

原来如此!

"当我们弄明白这两个单位的情况后,就赶紧到塘沽殡仪服务站去找王琪。结果你想咋了?"

"又会有什么情况?"

"我去后竟然又没找到!"

陈晓龙的话令我目瞪口呆:"你开玩笑吧?"

"是。确实开始还是没找到……"他说。

"真的是连环疑案?"我怀疑这太传奇的故事了!

"是这样。"陈晓龙一脸严肃,"塘沽殡仪服务站不大,停尸间的冰柜也不多,我第一次一个个察看后真的没有找到,第二次又查了一遍还是没有找到。再去问服务站的值班人,他们说,都在这里,就这些,如果没有就是没有了!这不太奇怪了嘛!明明是记录在这个服务站的,为啥就没有了呢?我们不得不作细致的调查,向服务站的所有工作人员调查从13日早晨开始进出这个殡仪站的所有死者的记录,结果证明:王琪没有出服务站,还在里面。那为什么我们找不到呢?就在我们谁也弄不明白到底是怎么回事时,一位服务站的工作人员突然想起来了,说那天有一尸体拉来后,发现特别高大,一般的尸柜放不下,就把他搁到了旁边的一个平时不放尸的大柜里……我一听就赶紧冲进停尸间,直奔那个大尸柜。果真,这回终于见到了我的战友——王琪……"

天!烈士王琪原来是这样"失踪"的!

陈晓龙说:"王琪本来就身体高大,牺牲时又双手高举过头顶,所以他的骨架会比一般的死者高出不少,因此就有了上面的'失踪'……"

真是难为陈晓龙了!

我听天津港公安局的事故现场搜索组同志说过,他们在爆炸现场后来见到的在最核心区牺牲的消防队员形状,基本上都是双手举过了头的姿势……我请教专家,他们告诉我:这种姿势证明,爆炸的火焰袭来的那一刻,牺牲者会下意识地举起手想"挡"火,于是就有了这个动作。

好惨啊!那些牺牲的消防队员!

陈晓龙的难事不仅仅是烈士的奇怪"失踪",他的另外两位年轻战友庞题与宁宇,牺牲得特别惨烈,当前方搜寻他们的战友确认是这两位战友时,发现其面目全无,化至白骨……这样的死者如何让亲属来辨认呢?而亲人的辨认是必需的,否则可能出现的另种意外会让事态变得更加复杂——安抚死者家属就是对牺牲的烈士们的灵魂的最好抚慰。

"就是没有人了也要给'造'出个真人来!"领导说了,领导说这话非常坚决,丝毫没有余地。

"人"真能"造"出来?

得感谢现代科技与医学。"人"真的能"造"出来。大爆炸的许多烈士最后的模样就是"造"出来的。

"某某和某某烈士的遗体就是这样'造'出来的……因为当时要开第一个烈士遗体告别仪式,他俩又是确认的牺牲者,但已经找不到他们的真身了,我们只能采取'造'了……"陈晓龙经历过这样的过程。

"上面请了北京、上海的专家,也有天津的。他们都是高手,用3D先打印个身体模型,再对着照片进行塑造。"陈晓龙说,"整个过程非常复杂,有一位烈士花了整一夜工夫才塑造完。一般我们都得站在旁边守着,主要是负责看专家们塑得像不像,因为照片上的人跟真人还是有一定差别。我们熟悉战友的模样和平时的表情,尤其像我当过他们的中队长、指导员,平时他们休息的时候我们要进他们的宿舍查铺,所以他们睡后的模样我们也熟悉。"

"唉,谁能想得到连这样积累的一些工作经历,现在都用上了。"陈晓龙悲切地长叹一声,说。

"即便如此,意外还是不断。"他说,"那天专家们给某某'造'好后,都收工走了。我再去看看'战友'时,发现坏大了:专家给'他'整的是火化妆……这哪行呀!家属来一看,说不像、不是,那可就坏大事了!"

我不明白陈晓龙说的是什么意思。

"火化妆一般都比较浓些,不像真实的死人。而我们牺牲战友的亲人们,第一次或者开始见的几次都应该是死后的真容。真容接近于平时死者的容貌,所以尽量不用火化妆,这在殡仪馆是有讲究的。"陈晓龙解释后,我才明白过来。

"碰到这种情况你可怎么办呢?让专家回来重新整容?"

我问。

"来不及了。人家专家忙了一整夜,又听说去执行另外的任务了。我根本叫不回他们……"陈晓龙说。

"天!你怎么办呢?"

"唉,没有办法。我自己干吧!"陈晓龙又是一声长叹。

真是无法想象。一个年轻少校警官,竟然还要做一件他从未做过的事——为死者整容。

"那是我战友,当时我心头想的只是如何不让他的亲属见他时怀疑'他'是假的,否则可就不好收场了!"陈晓龙说得非常严肃,"什么事都可以马虎一点,'人'的事绝不能马虎。"

"你干过化妆没有?"我真为陈晓龙捏把汗。

"连擦脸油我都极少用,哪干过化妆!"陈晓龙说。

看我直摇头,陈晓龙自个儿苦笑了一下,说:"没有别的办法,我只好把殡仪馆的一位师傅叫来,请他一起帮忙。人家毕竟干过简单的死容化妆,比我强一些。所以我们两人最后配合着把这事整完了……"

"咋整的?"我觉得不可思议。

陈晓龙:"那师傅画这边脸,我就跟着他画另一边脸,淡妆嘛,毕竟人家专家的3D模子放在那儿,大体不会太走样,所以加上我们的又一番化妆,基本上就可以了。不过说实话,烈士的家属进殡仪馆瞅见烈士的那一刻,我的心跟着快要蹦出来,直听到他母亲那一通撕心裂肺的'我的儿啊'哭喊声出来,我的心才从半空落了下来……"

> Grant the meternal rest, O Lord,
> And may perpetual light shine on them.
> Thou, O God, art praised in Sion,
> And unto Thee shall the vow
> Be performed in Jerusalem.
> Hear my prayer, unto Thee shall all
> Flesh come.
> Grant them eternal rest, O Lord, and

May perpetual light shine on them.

那天,陈晓龙为战友抹上最后一笔红印,又整了整烈士笔挺的警服,用车子推着烈士出停尸房的那一刻,一曲他既熟悉又陌生的《安魂曲》顿时响起……莫扎特那低沉浑厚的低音曲,弥漫了整个殡仪馆,气氛庄严而肃穆,所有在场的人低头哀伤。烈士亲属不可抑制的哭号和战友与同事的低泣声伴在一起,使得告别仪式无比凄怆与悲痛。

这场告别仪式,让陈晓龙感到极其压抑。

"换!换个乐曲!"陈晓龙建议殡仪馆工作人员。

"《安魂曲》是世界名曲,还有啥能替代它的?"人家提出。

"那你听听这个!"陈晓龙没有说话,他知道自己的战友已经准备好了。

"放!"

顿时,在新一场的烈士告别仪式上,一曲悲伤中带着高亢的新"安魂曲"响起在陈晓龙和那些前来悼念战友的消防官兵及天津各界市民的耳边——

  送战友　踏征程
  默默无语两眼泪
  耳边响起驼铃声
  路漫漫　雾茫茫
  革命生涯常分手
  一样分别两样情
  战友啊战友
  亲爱的弟兄
  当心夜半北风寒
  一路多保重
  ……
  战友啊战友
  亲爱的弟兄
  待到春风传佳讯

我们再相逢

那一刻,在殡仪馆停尸室和医院太平间坚持了12个日夜的陈晓龙,再也无法控制压抑在心底的悲怆与激动,一边默默地一遍遍吟唱着这首《驼铃》,一边高高地将右手举到耳旁向躺在鲜花丛中的烈士们行军礼……他希望这些天里自己的努力与陪护,是对牺牲的战友最好的道别与安魂。

(节选自《爆炸现场》,人民文学出版社2016年2月出版)

马里亚纳海沟:中国人来了!

许 晨

一 "蓝色海洋·你我同行"

　　一曲优美昂扬的旋律奏响了,其间伴随着一阵阵大海的波涛声和一声声海鸥的鸣叫,宽大而清晰的背景天幕上,一层层翻卷着浪花的蓝色海水扑面而来。正中央冉冉升起一个圆圆的白月亮,越来越大,越来越亮,渐渐变成一个硕大的蔚蓝色的星球,上面最醒目的是太平洋、大西洋、印度洋、北冰洋和南冰洋等五大洋。这就是我们人类的家园——地球。

　　七位身着一袭白色连衣裙的年轻姑娘,轻轻移动着莲花步,缓缓飘到舞台前面,宛如从天上下凡的七仙女,翩翩起舞,神采飞扬,向着这颗蓝色星球欢呼歌唱,立时把在场的人们带进了浩瀚而丰富的蓝色世界里。哦!这是开场大歌舞《与蓝色同行》,正在气势磅礴地上演……

　　2012年6月8日下午,世界海洋日暨全国海洋宣传日主场活动——"蓝色海洋·你我同行"中外优秀海洋影片巡展首映礼暨年度海洋人物颁奖仪式,在北京隆重举行。同名系列活动在全国沿海各地同步开展。本次活动的主题是"海洋与可持续发展",由国家海洋局、中国海洋石油总公司、保护国际基金会共同主办。主场特邀著名节目主持人李艾、曹涤非担纲主持,隆重揭晓2011年度海洋人物,为广大观众推荐五部中外优秀海洋影片,并授予影视明星朱军、陈红、蔡国庆"海洋公益形象大使"称号。

海洋,生命的起源,人类的母亲。就像每年我们会过母亲节一样,联合国也专门设立了世界海洋日。1992年,加拿大首次在里约热内卢举办的"地球高峰会议"上提出了这个概念。联合国大会采纳,起初将每年的7月18日定为世界海洋日。2009年,联合国将世界海洋日的主题确立为"我们的海洋,我们的责任",并将日期调整到每年的6月8日。

我们中国是从2008年7月18日开始启动"全国海洋宣传日"的。活动主题为"海洋与奥运",主场设在青岛。2009年,活动主题为"海洋中国60年",主场设在珠海。自2010年起,全国海洋宣传日与联合国同步,改期为每年的6月8日,并更名为"世界海洋日暨全国海洋宣传日"。活动主题为"关爱海洋,我们一起行动",主场设在天津。2011年,活动主题为"辛亥百年海洋振兴",主场设在大连。2012年,也就是现在进行的世界海洋日暨全国海洋宣传日主题是"海洋可持续发展",主场设在北京。

激昂的音乐响彻大厅,全场一片欢腾。主持人曹涤非介绍说:"现在请国家海洋局刘赐贵局长致欢迎辞。"

身穿整洁西装,佩戴喜庆红色领带的刘赐贵局长站在话筒前,用带有福建口音的普通话讲道:

"首先,我代表国家海洋局向专程出席本次活动的'全国海洋宣传日'组委会的所有成员单位、有关国际组织、社会各界来宾、长期奋战在海洋工作第一线的代表和新闻媒体的朋友们表示热烈的欢迎并致以诚挚的谢意!

"6月8日是联合国确定的世界海洋日,也是我们的全国海洋宣传日。举办中外优秀海洋影片巡展首映礼暨2011年度海洋人物颁奖仪式,目的就是要繁荣和发展我国的海洋文化,大力宣传海洋先进人物,广泛普及海洋知识,努力营造全社会关注海洋、爱护海洋的浓厚氛围。海洋是人类赖以生存和发展的环境和宝贵资源。开发海洋、利用海洋,是当今世界沿海各国的战略选择。保护海洋、珍爱海洋,已经成为人类社会的共同责任。

"我国是陆海兼备的大国,海岸线漫长,管辖海域广阔,海洋资源丰富。近年来,我国积极实施海洋发展战略,海洋产业持续快速发展,海洋综合管理能力稳步提升,海洋生态环境保护得到加强,海洋科技支撑与防灾减灾水平显著提高,维护海洋权益的力度不断加大,海洋在国民经济和社会发展中的地位日益提高,作用日益凸显。当前,备受瞩目的'蛟龙'号载人潜水器搭乘着'向阳红09'船航行在太平洋上,向着7000米的深度空间发起冲击;中国第五次北极科学考察队乘坐'雪龙'号破冰船即将从青岛启航;中国海监船舶正在南海执行维权执法任务。所有这些,都表明海洋事关国家的发展,事关民族的兴衰,事关百姓的安康。海洋,这片神秘湛蓝的家园,需要你我携手同行,共同守护。

"蓝色孕育梦想,海洋承载希望。我相信,只要我们同心同德,携手前行,海洋一定会更加美丽,更加和谐,把我国建设成为海洋强国的宏伟目标就一定能够实现。谢谢大家!"

"说得太好了!谢谢刘局长。"两位主持人做手势请刘赐贵局长留步,同时邀请台下的贵宾上台,"接下来,让我们共同见证一个庄重而神奇的时刻。请各位领导为我们共同启动此次《蓝色海洋·你我同行》的神奇之旅。"

几位嘉宾站在一起,共同按动了身前的蓝色水晶球式按钮。刹那间,音乐大作,灯光闪烁,一个个有关海洋的画面陆续呈现在大屏幕上,世界海洋日暨全国海洋宣传日活动正式启动了。

全场安静下来之后,主持人李艾继续说道:"感谢我们尊贵的领导和嘉宾为我们开启中外优秀海洋影片巡展首映礼的美丽旅程。看完这组片花相信您会和我一样由衷地发出赞叹,在我们赞美大海的同时,更加对那些与大海结下深厚之缘的海洋人物产生好奇和敬意。从2010年开始,世界海洋日暨全国海洋宣传日活动组委会决定:在每年的世界海洋日评选'年度海洋人物',以表彰那些奋战在海洋工作的各个领域的突出贡献者。此前,受组委会委托,人民网与众多媒体共同开展了'2011年度海洋人物'的评选活动,共有10人获得了'2011年度海洋人物'的荣誉。

"下面我荣幸地为大家介绍今天的第一组——两位可敬的海洋人物,其中一位是积极投身海洋文化事业,并取得了卓越成绩的纪录片编导、知名女歌手;而另一位则是取得了辉煌成就的'蛟龙'号载人深潜器的设计者之一。好,下面请看VCR,让我们进一步了解他们。"

现场大屏幕上播放了海洋人物的介绍短片。引发了全体来宾浓厚的兴趣。特别是介绍了《走向海洋》制片人陈红之后,视频上出现了正在太平洋上海试的"蛟龙"号载人潜水器,以及海试副总指挥、"蛟龙"号副总设计师、702所副所长崔维成的画面。解说词响起:

"19年前,在英国完成博士后学业的崔维成,在祖国的召唤下,毅然回国,投身深海科研事业。作为我国船舶与海洋工程结构力学的著名专家和'蛟龙'号载人深潜器的第一副总设计师,与许多科学家一起,为实现国人探寻深海奥秘的梦想做出了巨大贡献。2011年,我国'蛟龙'号载人深潜器创造了5188米的新纪录。该纪录已成为与载人航天、探月工程、千万亿次高性能计算机并列的重大科技成就。他心系民族,胸怀碧海,用一腔热血描绘出祖国深海探索事业的绚丽画卷,他就是,2011年度海洋人物崔维成。"

全场响起了春雷般的掌声。主持人李艾不失时机地说道:"掌声有请代替崔维成领奖的中国船舶科学研究中心副总工程师、'蛟龙'号总设计师,2009年度海洋人物徐芑南上台。在这里要说明一下的是,此时崔维成正与'蛟龙'号载人潜水器7000米级海上试验队的队员一起,奔赴马里亚纳海沟执行7000米级海试任务,未能亲自到现场领奖,让我们一起期待他们凯旋,为我们的海洋发展事业写下新的篇章。今天徐芑南老师带来了一封崔老师的感言书。"

"蛟龙"号总设计师、曾获得2009年海洋人物的徐芑南,从衣袋里掏出一张稿纸,说:"我受崔维成同志的委托,宣读他的获奖感言如下:我非常感谢活动组织部门以及广大网民的嘉奖和支持,我将在从事海洋高技术装备研发的同时,也积极宣传海洋环保的知识和意识,为真正造福人类做出我自己应有的贡献,谢谢大家!"

　　远在波翻浪涌的太平洋马里亚纳海沟海域的"蛟龙"号海试队,以及今天会议上的主角之一——2011年中国海洋人物崔维成,你们看到、听到了海洋日开幕式上的盛况吗?

　　自从2009年以来,为表彰海洋杰出代表人物,体现国家对现代海洋意识和价值观的培养和引导,提升海洋的公众影响力,增强全民海洋意识,国家海洋局携手人民网开展一年一度的海洋人物评选,这一年评选上一年的,在这年海洋日上公布。

　　这是国家和人民对于为海洋事业做出突出贡献的人与单位,给予的高度评价和光荣称号。毫无疑问,"蛟龙"号载人潜水器研发和海试团队,以他们"严谨求实、团结拼搏、无私奉献、勇攀高峰"的载人深潜精神,及奋发努力创造的探索海底世界的辉煌成就,深深打动了广大网民和专家评委的心弦。几乎每一届,他们都有缘分享这份荣耀。

　　2009年,"蛟龙"号总设计师徐芑南获得"年度海洋人物"荣誉称号,主持人介绍说:"他是我国深潜技术的开拓者和著名专家之一,60年代主持与创建了我国最大深海模拟试验设备群和潜水器耐压壳稳性试验技术;80年代创造性地为我国自行研制了多型载人潜水器和水下机器人,是业内公认的载人深潜之领路人。为我国深潜技术、载人、无人多种潜水器设计、建造、应用以及海洋和深潜器工程的发展作出了突出的贡献。2009年率队创造了中国载人深潜1000米记录,圆满完成试验任务。"

　　2010年,中国载人深潜海试团队获得"年度海洋人物"荣誉称号。解说词说明:"这是一支勇于挑战压力的队伍,这是一个不断刷新深度的团队。狭窄空间,高度重压,他们创造了世界奇迹;深潜五洋,历时八载,他们将中国制造烙印在寂寥深邃的海洋。他们便是由全国100多名科技人员、潜航员和船舶技术保障人员组成的中国载人深潜海试团队。"

那么,到了 2011 年,就隆重上演了我们前面所描绘的一幕。

早在颁奖前五天,也就是 2012 年 6 月 3 日,崔维成和他的战友们,"蛟龙"号海试队乘着英雄的试验母船"向阳红 09"船,从江阴苏南码头出发,准备冲击 7000 米级的深度。如果从 2002 年立项"7000 米级载人潜水器"算起,到 2012 年前往太平洋真正突破 7000 米大关,整整十个年头了。古人曾有诗云:十年磨一剑,霜刃未曾试。那么今天就是试试"蛟龙"号能否达到设计要求了!也是看看中国人的载人深潜事业能否跃上世界领域高峰了!

所以,有关方面对这次海试异常关注、重视,甚而谨慎得有些苛求了。

就在 2011 年 8 月,"蛟龙"号胜利完成 5000 米级海试任务归来之后,对于在 2012 年是否有必要继续进行 7000 米级海试,曾经发生了一场不大不小的争论。有些过去十分支持这个项目的领导者,以及个别学者,认为应该见好就收,找出一些理由反对继续海上试验。说来也不奇怪,仁者见仁,智者见智,目的都是为了工作,只是考虑问题的出发点不同,得出的结论也就大相径庭。

2011 年 11 月 8 日,海试领导小组在北京召开了第六次工作会议,对"蛟龙"号 5000 米级海试进行了总结。一致认为:"蛟龙"号 5000 米级海试工作取得圆满成功,为最终 7000 米海试打通了道路,是党中央国务院高度重视,各有关部门大力支持,"蛟龙"号研制、海试及保障队伍全体人员共同努力的结果,是我国海洋科技发展史上一座新的里程碑。应该一鼓作气试验下去,达到 7000 米深度,实现"蛟龙"号载人潜水器的原定设计目标。

然而,有关部门的个别领导和专家学者,却萌生了"就此打住、见好就收,不必再进行 7000 米海试"的想法。甚至在庆祝 5000 米成功的欢迎会上,一边敬酒祝贺,一边悄悄散布差不多的言论:"行了,该踩一踩刹车了⋯⋯"

他们的主要论据是:世界平均海洋深度不超过4000米,而大部分矿藏和生物也是存在于这个水深,其他国家的载人深潜器大多在6000米左右。我们试验达到5000米,够用了!再说,越往下潜难度越大、风险也越大,7000设计应该保留一定安全系数。而且试验经费也无法保证。综合情况来看,没必要去冒那个风险,到此为止为宜。

为了证明这个观点正确,他们还专门召开了一个专家会议。邀请技术专家咨询组成员和有关高校、研究院所的学者前来参加论证。会上,主持人首先发言,强调了种种客观理由,试图先入为主,将"无须再进行7000米海试"的结论灌输下去,甚至还拿出一份事先准备好的报告,希望大家签字同意。

不料,许多参会人员极不认同这种意见,纷纷当场站出来表示反对,说:

"我们的'蛟龙'号设计就是7000米级的,现在还没有达到这个深度,不能算成功。如果说安全系数,那是设计师们在设计阶段已经考虑了的因素,已经打足了安全裕度。应该继续试验下去。这个字我们不能签!"

"是啊,通过这几年的海试,已经摸索出来一条行之有效的试验路子,眼看就要成功了,半途而废太可惜了。再说5000米并没有完全满足需要,只有潜深7000米,才能到达全球99.8%的海底。"

由于多数专家不同意主持者的看法,不愿签字,这次会议不欢而散,可主持者仍然向上级部门做了反映,几乎形成了一种"不必冒险再试"的声音。作为组织实施这个863高科技重大专项的国家海洋局、中国大洋协会,十分清楚"试验到底"的重要性和必要性,得知有些人有不同意见之后,立即做出反应,向有关部门呼吁应该继续实施7000级米海试,出以公心,据理力争。

除上述种种理由之外,还有重要一条:尽管将来海底科考多在4000米左右,但我们已向国际社会公布了这是"7000载人潜水器"项目,如果连试验都没做,将没有任何说服力。科学就是科学,来不得半点虚假。中国人说话是算数的,我们要一个实打实、硬碰硬的试验结果。目前来看,"蛟龙"号海试团队严谨求实,高效运作,效果十分显著,安全是有保障的。

言之有据,无论是从国家利益还是科学精神上面,都应该善始善终地完成"蛟龙"号的所有试验项目。有关领导部门经过研讨论证,给予了大力支持,彻底否决了"见好就收、停止试验"的意见,及时发出了号令:全力以赴,将海试进行到底!

二 7000米级第一潜

同样的地点,同样的场景,同样的心情……

公元2012年6月3日上午9时,国家海洋局、中国大洋协会在江苏省江阴市苏南国际码头隆重举行"蛟龙号载人潜水器7000米级海试启航仪式"。这次的目标海区,是西北太平洋的马里亚纳海沟海域。因为那里的海水最深处达到了11000多米,为地球第四极,完全能够适应"蛟龙"号7000米级的设计深度。

从2009年1000米级海试算起,这已经是海试队第四次在这里整装待发、远航大洋了。今天的苏南国际码头与前几次一样,披上了节日的盛装,彩旗招展、鼓乐喧天。一面硕大的长方形海洋图案背景板上,书写着几行鲜红的大字:

"蛟龙"号载人潜水器7000米级海试启航仪式
国家海洋局　中国大洋协会
2012年6月3日

仪式依然由海试领导小组组长、王飞副局长主持。国家海洋局刘赐贵局长、科技部王伟中副部长、江苏省徐鸣副省长和中船重工集团钱建平副总经理相继发表了祝辞,共同为中国邮政和国家海洋局联合设立的"蛟龙号深海邮局"揭牌。中国邮政特聘请"蛟龙"号载人潜水器设计者之一、"蛟龙"号深潜部门长叶聪担任"深海邮局"首任名誉局长。

中国邮政集团副总经理张荣林介绍:"'蛟龙'号深海邮局有虚实两个邮局,虚拟邮局设在位于海底7000米深的载人潜水器舱体内,地面实体邮局设在青岛市崂山区邮政局金家岭邮政支局,目前主要开办国际国内函件寄递和集邮业务,邮政编码是266066。今后将根据实际条件逐步扩大业务范围,为社会各界提供全方位的邮政服务,进一步满足广大人民群众的精神文化需求,共享我国海洋事业发展成果。"

此外,还有两名特殊的男女少年嘉宾——来自北京市汇文第一小学的少先队员代表。这所学校是北京市的首批科技示范校,有着140多年的历史积淀。学校于1984年与国家海洋局建立了大手拉小手的合作关系,从此对学生开始了极地科普知识的教育,至今已坚持了30年。科技老师张凯亮还申请参加了南北极科学考察。如今,"蛟龙"号载人潜水器象征着海洋事业的新高峰,在小学生中间引起了浓厚的探索深海的兴趣。得知今天海试队启航去冲击7000米深度,小学生们非常兴奋,课余之间纷纷叠起了五角星,写上他们的祝福心愿,放进祝愿瓶里,同时集体写了一封信,专门派代表赶到江阴苏南码头上,参加启航仪式。

这是我们祖国的未来,这是海洋事业的希望!当王飞副局长宣布:"下面请北京市汇文第一小学学生代表发言。"立时响起了一片更加热烈的掌声。身穿白色校服、系着红领巾的一男一女两名小学生走到台前,向大家行了标准的少先队礼,而后以明朗激昂的童声宣读了全校师生《给海试队员的一封信》,并把装满祝愿星的大玻璃瓶,一同转交给"蛟龙"号海试队。

接下来,科技部副部长王伟中向海试队授"蛟龙号海试队"队旗。海试现场总指挥刘峰接过旗帜,用力挥舞着,整个会场一片鲜红,犹如万里朝霞升起在天空。他代表海试队表示:

"今天,'蛟龙'号海试团队96名队员再一次聚集在这里,接受祖国和人民的检阅。96股来自祖国五湖四海的力量,再一次拧成一股绳,朝着蔚蓝的大海,向着深邃的海底世界,迈出中国载人深潜事业更加坚实的一步。从1000米、3000米、5000米到今天,每一位参试队员都得到了锻炼,收获了经验,锻造出技术精湛、作风过硬、团结协作、不畏艰险的海试作风。今天的参试队员,信心更加充足,斗志更加昂扬,必将战胜一切困难,书写祖国载人深潜新的辉煌!"

随后,刘赐贵局长庄严宣布:"'蛟龙'号载人潜水器7000米级海试启航!"

9时40分,"向阳红09"船在两艘拖轮帮助下徐徐离开码头,顺长江而下,船上90多名海试队员其中包括新华社、中央电视台、《科技日报》、《中国海洋报》等几名随船采访的记者,身穿统一蓝色海试服,站在船舷边,不停地挥手。岸上渐渐远离的人们,一齐挥舞着小旗子,送上了深深的祝福。

为什么这次启航不同以往?因为"蛟龙"号要冲击设计极限深度、冲击这个星球上的第四极……

经过八天乘风破浪的航行,"向阳红09"船搭载着"蛟龙"号和海试队抵达预定海域。马里亚纳海沟,世界海洋最深的地方,中国人来了!

2012年6月15日,一场热带风暴刚刚离开这片海域,风平浪静,是一个适合"蛟龙"号下潜的好天气。试验母船后甲板上,红白相间威风凛凛的"蛟龙"号安卧在轨道车上,精神抖擞,容光焕发,做好了5000米成功之后,首次迎接新考验的准备。今天,是它进行7000米级第一潜的日子。

说实话,两位带队人——总指挥刘峰和临时党委书记刘心成的心情忐忑不安:海试队太需要首战的胜利了,这将极大提升海试团队乃至全国人民的信心,为下一步试验奠定坚实基础;同时感到,去年5000米海试后,702所、声学所、沈阳自动化所等单位对潜水器纵倾调节、液压、电力配电等十大系统26个项目进行了技术完善,增加了GPS定位功能,包括载人舱以外的所有压力罐、水密件、电缆、穿舱件等都拆开了,检修后重新安装。在太平洋最深处做试验,潜水器各项设备能经得住考验吗?

7时15分,全体人员在餐厅集合,进行7000米级海试第一次下潜动员。刘峰首先说:"为了今天,我们等待了很久,全国人民、上级领导和我们的亲人们都在关注着海试。我们要牢记重托,慎重操作,搞好协同,遇到问题不慌不乱,要相信自己,要相信团队,一定圆满顺利地完成首潜任务!"

刘心成接着讲话:"全体队员要认真贯彻落实总指挥的要求。一是牢记海试领导小组和国家海洋局领导慰问讲话精神,做到工作细之又细、实之又实;二是第一次下潜有很多未知数,要有清醒认识,不求无故障,只求沉着冷静、正确处置;三是各部门、各岗位要密切协同,用我们集体的智慧和力量,夺取首战的胜利!"

最后,总指挥刘峰提高嗓音:"同志们,有信心吗?!"

"有!"队员们一声大吼,震动了海天。

"好!各就各位!"

三名试航员英姿飒爽地走来了。他们是即将迎来转为正式党员的首席潜航员叶聪、"蛟龙"号副总设计师、刚刚获得"2011年度海洋人物"称号的崔维成和中科院声学所、"80后"工程师杨波。已经连续四年的海试生涯,使他们积累了丰富的经验和体会。在大家祝福和欢送的目光下,他们自信地挥挥手,依次下到了载人球舱内。

船艉高大的A形架下,水面支持系统的操作员、国家深海基地的李德威,在副总指挥余建勋、部门长于凯本的指导下,双手端着操作盘一丝不苟地操作着。硕大沉重的A架起重臂在他的控制下,如同母亲温柔的双臂,轻轻且有力地抱起"蛟龙"号,从后甲板缓缓移向海面。12分钟后,它安然入水,在"蛙人"的帮助下,解脱了最后一缕束缚,随着一声"水面检查完毕,一切正常,请求下潜!"的报告。得到指挥部批准,"蛟龙"号注水下潜了。

100米、500米、1000米……潜水器以每分钟40米左右的速度自由落体,向深海进发。刘心成书记代表现场指挥部做了新闻发言人,不断向随船报道的新华社记者罗沙,中央电视台记者周旋、孙艳，科技日报记者陈瑜，中国海洋报记者赵建东等人介绍情况。

8时37分，"蛟龙"号到达3000米。母船指挥部里，人们看着同步传来各种信息的"'蛟龙'号水面显控系统"，听着试航员与控制室清晰的水声通信，显得轻松而愉悦。总指挥刘峰对记者感慨地说："想当年，'蛟龙'号初出茅庐，潜到这个深度，我们已经激动得跳起来了。如今，已经习以为常了。"

又过了一个小时，"蛟龙"号打破了去年创造的下潜5188米的纪录，达到了5285米。刘峰与刘心成站起来，带头鼓掌。10时11分，主驾驶叶聪报告："'向九''向九'，我是'蛟龙'。现在到达6200米，一切正常，我们准备抛载第一组压载铁。"

这就是说，"蛟龙"号到达预定位置，正在实现水上悬停，开展试验作业。就在这时，数字通信系统突然出现故障，母船与潜水器联系中断了！如果发生在第一年海试时，人们会惊慌失措，无法继续试验，试航员只能立即抛载上浮。今非昔比，水声通信保障组在朱敏研究员带领下，胸有成竹，沉着应战，马上切换为模拟通信模式，保证联络畅通不影响试验。再迅速查明故障，予以排除。

随后，潜水器在试航员操作下，降低了速度，缓缓下行，几分钟后，安全抵达6671米，一个新纪录诞生了！指挥部里的人们喜笑颜开，互相击掌庆贺。10时44分，试航员们完成了开启水下灯光和摄像机，手动操控航行，通过机械手采取水样等项目，抛载另一组压载铁上浮。

三个多小时后，14时34分，"蛟龙"号跃出海面，被蛙人小组和水面支持人员安全接回母船。三位勇敢的试航员出舱，照例受到英雄般的欢迎。虽说这7000米级海试第一潜，并没有达到设计深度，但对"蛟龙"号一年来的维修保养，特别是对解决问题的能力做了检验，迈出了坚实的第一步。现场指挥部副总指挥崔维成高兴地说："通过这一次下潜，我们对完成7000米海试更有信心了！"

成功打响第一炮，全队士气大增！海试现场指挥部和临时

党委给予了高度评价,连夜发出通报表扬:

　　……在7000米级海试第一次下潜试验中,由崔维成、叶聪和杨波组成的试航员小组担负当尖兵、打头阵的艰巨任务。崔维成作为海试副总指挥和潜水器本体第一副总师,坚持在每个新的下潜深度时率先下潜,他担负右试航员任务,详细记录了舱内所有的操作、潜水器运行的重要数据和特征以及部分设备故障现象。他沉着冷静,把握住了试验进行的方向,不断给外两位试航员鼓励加油,体现了临时党委和现场指挥部提出的"共产党员要让党旗在海试岗位闪光"的要求。中试航员叶聪负责潜水器的操纵,他认真准备、周密计划、谨慎驾驶、精心操纵,按照预案正确处置各种情况,为首战胜利做出了突出贡献。左试航员杨波克服晕船困扰,集中精力,一丝不苟,凭着他娴熟的专业技术素质和操作技能,认真检查、调试、测试声学设备功能和性能,按计划完成了所有规定的试验内容。

　　海试临时党委和现场指挥部号召全体参试人员学习他们敢于斗争、敢于胜利的奋斗精神和一丝不苟、精益求精的科学态度。以后试验任务十分艰巨,前进的道路上充满困难,需要全体参试队员继续发扬载人深潜精神,牢记使命和责任,为夺取7000米级海试胜利而奋斗!

三　"蛟龙"守护神

　　佛经记载:每个人一生下来就有位佛或菩萨在守护您,所生之日与有缘之佛结缘,被称为生肖守护神,也叫"本命佛"!也就是说,人之初性本善,在今后的人生历程中,一心积德行好,冥冥中会有神灵保佑逢凶化吉,转危为安的。

　　如果说我们的国宝"蛟龙"号也有守护神的话,那就是载人潜水器的维护团队!本次海试首潜成功之后,前后方的人们都在欢呼雀跃、拍手称快的时候,海试队中有几个人却眉头微锁,高兴不起来。他们就是负责潜水器维护保养的工程技术人员。

深海不是一片平坦温柔的"乐土",黑暗的环境里潜藏着不可知的杀机。就在第一潜取得胜利的同时,我们可爱的"蛟龙"受伤了,它在与庞大的"海神"搏斗中,被其"扔出的三叉戟"划伤了自己的"耳朵"和"腿脚"——水声数字通信系统、两只推进器出现了故障。

晚上,指挥部会议决定对首潜出现的水声数字通信系统水面电缆泄露导致数字通信中断、前左和后下两个推进器故障,以及主液压源补偿误报警、可调压载系统(VB)在6600米附近排注水时有异常响声等四个故障进行攻关,要求必须在18号再次深潜试验前排除。相比而言,由于推进器已经使用了四年,这次又是在大深度水压下,故障较难解决。

海试队员们连夜投入排故战斗。

声学部门的研究员朱敏,带领张东升、徐立军、刘烨瑶,还有下潜后仍在晕船的杨波,集中攻关。最后确认通信中断的原因,是接近声学吊舱根部附近电缆上摩擦出一个小孔,致使海水进去造成接地短路。他们截去100米声学电缆,重新接入,经过20小时硫化,第二天下午测试已经正常了。

潜水器维护部门在胡震副总师的带领下,分成两个小组:一组是专攻电气控制的杨申申、程斐、王磊,一组是精于机械液压的汤国伟、姜磊、沈允生和胡晓函、邱中梁,也是紧急行动起来,进行伤情探测、维修。

经过一番周密检查,找到了两只推进器的病源,需要拆卸下来修复。"胡司令"一挥手,大家七手八脚一块上,很快,中部的一只便拆下来了。可是尾部的那只位置较高,且周围没有可供攀缘的脚手架,加之母船在海浪中不断摇晃,一时犹如"老虎吃天,无处下口"。困难挡不住英雄的海试团队。他们想方设法架上塔梯、绑上安全带,采用多人扶持、联合作业的方式,硬是在晃动的露天"厂房"中完成了拆卸。

紧接着,胡震指挥着再次分工,电气控制组以杨申申为首,修复驱动器过载的推进器;机械液压组以汤国伟为首,修复漏水的推进器。一直干到深夜11点多,人人累得直不起腰来了。胡副总师身先士卒,既是指挥员,又是战斗员,始终工作在第一线,这时实在不忍心了,敲敲架子说:"今天就到这儿吧,没完的活儿明天再干!"

第二天——6月16日,按中国人的习惯,应该是六六大顺的一天。事实正是如此。队员们早早吃完早饭就来到了操作间,紧张有序地忙碌起来。

电气组的杨申申、程斐和王磊拿着两只万用表分头测量,表笔上下穿梭,对推进器驱动段每条线路的通断进行检测。只听着万用表不时地发出信号的检测音,他们像精细的钢琴调音师一样,洗耳恭听,很快找到了故障点,修复更换了损毁的元件。

机械液压组的故障严重一些,胡震一直紧盯着,汤国伟、姜磊等人全力以赴。由于加油孔狭小,注油非常缓慢,大家一边工作一边开动脑筋,献计献策,建议用针筒代替加油工具进行加油。果然大显奇效,大大加快了清洗和填充补偿的进度。

干到中午,胜利在望。卫星电话又传来了国内的好消息:就在这一天,北京时间18时37分,我国神舟九号飞船在甘肃酒泉成功发射升空。哈!这可真是一个带有必然性的巧合:中国载人航天工程和中国载人深潜工程,就在同一个六月里双管齐下,并蒂开花。在这个喜讯的鼓舞下,潜水器维护部门一鼓作气,完成受损推进器的修复组装后,又举一反三,更换了其他推进器上的抱箍。从早上8时到晚上8时,整整历时12小时,使潜水器恢复到正常状态,为组织第二次下潜试验奠定了基础。

"好了!收工!"随着"胡司令"的一声招呼,人们直起腰来,擦着布满汗水的脸庞,开心地笑了……

写到这里,我情不自禁又想起了跟随"蛟龙"号出海的情景。对于潜水器维护部门的辛勤工作,深有体会和感慨,也曾在日记里记录下当时的感受——

每当"蛟龙"号从深海泛着水花、跃出水面,披着一身湿淋淋的"战袍"返回到母船之后,总有那么一群身穿工装、头戴安全帽、手拿各种工具的人员迅速围上来,分头攀上脚手架工作台,打开座舱、机舱、电池舱,从头至尾、由里到外,仔仔细细、认认真真地巡视着、检查着……

这使我想起了当年我在空军服役时的情景:飞行员驾驶战机胜利返航了,机械师、雷达师等地勤人员一拥而上,检修保养,加油装弹,很快一洗它的满身征尘和疲惫,重振雄风等待新的出征。人们亲切地称这些机务战士为战鹰的"保姆"和"医生"。而今,探海的"蛟龙"号潜水器,同样有这样一些呕心沥血保护安全和健康的"保姆医生"。因为她是深入数千米深海工作的高科技装备,应该说比飞机维护更加严格、精密和艰辛。

记不清那是第几个潜次了,晚饭过后很长一段时间了,我来到后甲板上吹吹风、透透气。突然发现工作台上下灯火通明、亮如白昼,几名潜水器本体部门的工作人员正在紧张地忙碌着。副总指挥叶聪移动着健壮的身躯,有条不紊地调度指挥着。他是中船重工集团702所的设计师之一,又是国内第一批深潜试航员,年纪不大却已是深海"蛟龙"的元老。海试结束之后,他又连续两年随船出海,接替他的老领导崔维成副所长和胡震副总师,出任潜水器部门副总指挥、潜水器维护部门长,负责组织协调各研发单位维护潜水器、培训新人,准备移交深海基地业务化运营。每次下潜作业或检修,他都是重任在肩。今天发生了什么事呢?

经过细心了解,我明白了:下午"蛟龙"号顺利完成又一次科考任务,下潜至3600多米,获取了许多海绵、海胆和锰结核、富钴结壳矿物等样品,拍摄了一些清晰的海底地形、地质,以及生物群照片和录像,安全返回到母船。各专业维护人员照例围上前来,先是用淡水冲洗干净潜水器身上的海水,听取潜航员汇报,而后按部就班地一项项检查、充电补氧。当查看到某个仪表盘时,702所的工程师汤国伟、胡晓函等人发现油位下降较多,感觉有些异常,进一步打开腹部机舱,看到浮力块上有油迹,啊,密封件有漏油点!如果更换新件,工作量很大,需要"开膛破肚",把浮力块一块一块地拆卸下来,擦洗干净,更换新的密封件,再一块一块地装回去。即使在陆地车间里,至少需要一个工作日才能完成。可这是在风大浪高的海上啊,船体摇摆不平,再说明天一早还要准备下潜科考,时间上很紧张了。或者赶快报告指挥部,要求撤销明天的潜次计划,何时修好何时再下潜。

关键时刻,大家的目光投向了领头人叶聪。他略一沉吟,说:天气要变了,潜次计划一定要抓紧进行。我马上报告总指挥,咱们连夜干,维护好潜水器,决不能影响了下潜任务,更不能带着故障下水。就这样,晚饭过后,其他队员都在休息娱乐的时候,他们又冲上了没有硝烟的战场。虽说潜水器部门来自几个单位,可在科考队一直遵循"只有岗位,没有单位"的理念,团结协作像一家人一样,有了任务毫无二话,一齐上手。不用说本所杨申申、胡晓函了,就连中科院沈阳自动化所祝普强、声学所的刘烨瑶和国家深海基地李宝刚、高翔等人也都来了。一时间,整个工作区灯火辉煌,上下左右,你来我往,拆卸浮力块的、吊装零部件的、测试密封圈的,用他们的话说是,不是一个人也不是一个部门在战斗,上演了一出挑灯夜战维护"蛟龙"的激情大戏。

我不由得赞叹不已,连忙回屋拿来照相机,"啪啪"地打开闪光灯,记录下这激动人心的一幕。正巧负责电力方面的工程师杨申申走过来,礼貌地与我打招呼:许老师,你还没休息啊?没有呢,你们连夜加班,太辛苦了!他笑笑说:这不算什么。海试期间经常这样,潜水器试验暴露了问题,晚上抓紧寻找故障点抢修,有时一干就是一个通宵,天亮了不耽误下潜。啊?那不是连轴转了,身体受得了吗?嗨,不知为什么,那时也不觉得累,就是想赶快解决问题。等到潜航员下海了,我们才轮换着躺一会儿。身材瘦长的小杨参加过连续四年的海试,由于工作出色曾受到临时党委通报表彰。我从他那疲惫而坚定的面容里,看到了他们当年经历的沸腾的日日夜夜……

如今随着"蛟龙"号海试成功,转入了试验性应用阶段,可那种"团结协作、拼搏奉献"的载人深潜精神永久地传承下来。我眼前的"向九"船上的这个灯火通明的不眠夜,就是最典型的例证。尽管胡震主任因事没有上船,接替他负责这块工作的叶聪,还有杨申申、祝普强、刘烨瑶等人都毫无例外地兢兢业业,勤勤恳恳,有了故障不过夜,时刻保证"蛟龙"号整装待发。当晚他们一直干到凌晨4点多,直到做好了下潜的一切准备,才稍稍打了个盹。早晨7点,总指挥一声:各就各位! 他们又精神抖擞地出现在自己的岗位上。

记得我在空军服役时,曾专门写过一首歌咏地勤战士的小诗,其中有这样几句:停机坪,战鹰的卧房,我给你洗礼、梳妆。你守护着祖国的天空,我守护着你的健康。虽然我不能与你一起出征,可我的心时刻伴随你翱翔。上天、入海,同一个道理。我想,用它来形容"蛟龙"号的维护保养团队,也是十分恰当和生动的。青春似火献深海,愿做"蛟龙"守护神……

各路人马乘胜追击,接连干了两天一夜,捷报频传。蛟龙首潜中暴露的四个问题全部解决。根据气象预报:6月18日试验区浪高两米,处于海试限制条件的上限。指挥部例会决定:早晨5时30分,各位成员一起到驾驶室观看海况,如果气象条件许可,7点钟进行第二次下潜试验。

为了节约油料,试验母船在每次试验结束就停掉主机,顺洋流漂泊,一晚上能够漂移20多海里。早晨再开启主机航渡到下潜点。时间到了,总指挥刘峰、书记刘心成、办公室主任李向阳、船长陈存本、气象预报员苏博等人,都不约而同地来到了驾驶台。看到海面上风浪小了许多,再研究气象资料,认为海况尚可,决定执行下潜计划。

6时整,陈存本船长在船上反复广播:"指挥部决定:今天7时进行7000米级第二次下潜试验,有关人员起床。6时30分早饭。"

其实,不等他广播,各部门人员都惦记着今天的海试,早早起来观察海况,感觉有戏,已经分头准备起来了。与此同时,媒体的电波也发向海内外了:我国载人潜水器"蛟龙"号,将于6月18日进行第二次冲击7000米下潜试验。

一时间,箭在弦上了。

不料就在这时,有人发现潜水器下方高度计传感器附近,液压油泄漏了,甚而越来越急,呈多条线状向下流。坏了!一个不祥之兆笼罩在大家心头:今天的下潜可能要泡汤!可是记者已经公布第二次海试的消息了,如何收场?!水面支持系统赶快启动轨道小车,载着维护人员迅速打开下部浮力块,胡震副总师带人钻下去仔细观察:是主液压源控制前左推力器转向的液压管破裂所致。

怎么办?又是一个下不下的难题。准备执行今天潜次的于杭教授,对赶过来的刘峰和刘心成说:"如果今天一定要下,也可以,但是前面两个推力器转向功能失效,并且导致液压管破裂原因不明,有隐患。"

"带着故障下潜肯定不行。至于能不能很快排除再试验,咱们马上开个指挥部会议,分析一下具体情况,拿出具体措施。"两位领导者意见一致。

这时,中央电视台随行记者孙艳走来说:"中央人民广播电台来电话了,说刚看到科技日报网上消息,'蛟龙'号刚刚发现漏油,原定试验可能有变化,而电台已发布了今天第二次下潜的消息,到底还能不能进行?"

刘峰和刘心成简单一商量,说:"我们先开个会,统一思想和口径,然后召开现场新闻通气会。"

很快,潜水器本体总师组会议就在后甲板上召开了,刘峰主持,于杭、崔维成、胡震、叶聪、侯德永、李向阳等人参加了,刘心成在场旁听。经过讨论,大家一致认为应从实际出发,不能因外界关注就带故障下潜,必须找到漏油原因并解决。随后,指挥部宣布取消今天下潜计划,由崔维成、叶聪召开现场新闻通气会说明情况,这既反映了试验的艰辛及不可预见性,又诠释了海试队严谨求实的奋斗精神。

紧接着,胡震带领顾秋亮、张建平师傅立即拆开潜水器下部浮力块和轻外壳,液压工程师邱中梁、汤国伟不顾液压油往下流,钻进去查故障,不一会儿,他们的工作服都被油浸透了。查明了原因是软管老化,决定全部更换五条油路的十几条软管,同时更换主液压源油位补偿器的传感器。

更换软管后需要补充液压油。前提是必须把油路内空气全部排干净，因为空气是可以压缩的，如果油路有空气，"蛟龙"号到了几千米水下将带来危险。这种工作非常需要时间，慢慢排气，排完后再复装轻外壳和浮力块，又是一直忙到晚上八点多钟，才全部修复就绪。

这就是海试团队的光荣传统，从不靠侥幸，故障不过夜，全力以赴，精心维护，使我们的"蛟龙"号下潜前完全处于身体健康、生龙活虎的状态……

四　历史性的对接

全中国乃至世界瞩目的一天终于到来了！

公元2012年6月24日，在浩瀚的西北太平洋马里亚纳海沟海域，东经141度58.50分、北纬10度59.50分，中国"蛟龙"号载人潜水器开始正式冲击7000米深度。早晨6时30分，大雨如注，海浪翻飞，现场指挥部和临时党委在功勋卓著的试验母船——"向阳红09"船值勤甲板上，冒雨举行试航员出征仪式。

夜幕还没有完全退去，明晃晃的甲板大灯亮如白昼，一条写有"中国载人潜水器7000米海试试航员出征仪式"大红横幅格外光彩夺目。从2002年立项起，直至如今2012年第四年海试，这句"7000米载人潜水器"早已耳熟能详了，经过了种种风风雨雨、坎坎坷坷，闯过了一道道难关，终于将在今天成为现实了！

指挥部和临时党委的所有成员，身穿蓝色的海试队服，头戴安全帽，整齐列队，久久注视着那横幅上的十几个大字，感慨万千，神情激动。三位重任在肩的试航员："蛟龙"号主任设计师、首席试航员叶聪、中科院沈阳自动化研究所副研究员刘开周、中科院声学研究所副研究员杨波，站在队前，左胸前的五星红旗标志分外醒目，映照着他们年轻的脸庞一片红光。

仪式由刘心成书记主持。

刘峰总指挥脸色凝重而坚毅，向即将第一次冲击7000米（第49潜次）深度的三位试航员做了简短动员，随即一挥手：

"现在我宣布,试航员出发!"

现场指挥部、临时党委成员与他们一一握手、紧紧拥抱,此时没有了言语,只是用手在背上重重拍了几下。这是重托,也是祝愿。

三位试航员健步登上维护平台依次进舱。主驾驶叶聪最后一个进去,特意回身招了一下手,显示出一定要完成任务的信心和决心。雨虽然很大,但所有送行人员没有撤离现场,各个岗位继续按照部署开展工作,人们的衣服淋透了,内心里却充满了阳光。

7时整,指挥部宣布"各就各位"。轨道车移动、拆除限位销、挂主缆、起吊、A架外摆、挂龙头缆、布放入水、解主吊缆等动作一气呵成。潜水器逐渐漂离母船尾部。不远处,"海洋六号"船在担负警戒任务。

自从5000米海试开始,新闻媒体公开报道"蛟龙"号情况以来,为了统一口径,海试队建立了新闻发布制度,由临时党委书记刘心成代表现场指挥部做发言人。现在,他第一次向随船采访的媒体记者权威发布:"蛟龙号7时29分入水,7时33分建立声学数字通信,现在正以每分钟41米的速度下潜,潜水器设备正常,试航员状态良好。"

现场指挥部屏幕上的数据不断跳动着:1000、2000、6000米,随着深度的增加,刘心成的心情更加凝重:漂洋过海,虽万险仍向前,迎"玛娃"台风而不畏,遇"古超"气旋尤奋勇。可变压载、推力器等遭遇深海高压低温几次受挫,团队逆境而上,挑战极限,一路拼杀。哽咽、泪水、走麦城交替出现,鲜花、贺信、掌声一路同行。当想到……他不敢多想,也没有时间多想了。10时05分,刘峰总指挥提醒道:"老兄,该做第二次权威发布了。"

"好,"刘心成核对了一下数据,清了清嗓子,对记者们说:"'蛟龙'号于10时04分下潜到6000米深度,目前以每分钟35米速度下潜。潜航员叶聪报告设备正常,人员状态良好。"

指挥部鸦雀无声。大家目不转睛,紧紧地盯着显示屏,有人还不时地揉揉眼睛,唯恐看不清闪烁变化的数字:6900米、6935

米、6970 米……10 时 55 分,"7005 米"跳出画面,指挥部一片欢腾,掌声久久不息。这是共和国,不,是全世界搭载三人深潜的新纪录诞生！刘峰与刘心成情不自禁站起来,双手紧紧握在了一起,久久没有松开。

总指挥眼睛又一次湿润了,而临时党委书记则强打精神、抑制住心中的激动,因为中央电视台正在视频连线直播,他要时刻发布新闻,让公众看到"蛟龙"号海试团队敢于斗争、勇获全胜的精神风貌。而恰恰就在这一天,正在太空中遨游的我国"神九"飞船,即将实现与此前发射的太空舱"天宫一号"手控对接。如果同一天成功,那将是中国人创造的"上天入海"的两大奇迹！

激动人心的一刻说来就来了！

11 时 25 分——北京时间 2012 年 6 月 24 日 9 时 07 分,深海中传来了主驾驶叶聪的报告声:"向九！向九！'蛟龙'号于北京时间 2012 年 6 月 24 日 9 时 07 分,下潜到马里亚纳海沟 7020 米深度,成功坐底。潜航员叶聪、刘开周、杨波祝愿景海鹏、刘旺、刘洋三位航天员与天宫一号对接顺利！祝愿我国载人航天、载人深潜事业取得辉煌成就！"

好啊！这是中华民族昂首挺胸的时刻,这是炎黄子孙扬眉吐气的一天！47 年前的 1965 年 5 月,新中国的开国领袖毛泽东主席曾在一首词里展望的梦想:可上九天揽月,可下五洋捉鳖,谈笑凯歌还。如今,竟在今天变成了现实,全国人民、世界华人,乃至五大洲的朋友们怎能不欣喜若狂、无比振奋呢！

刘心成激动得声音有些颤抖:"大家都听到了,我就不用再发布了。刚才,我们的'蛟龙'号创造了历史！"

现场的新华社、中央电视台、科技日报、中国海洋报记者谁也没有抬头,只是会意地点点头,双手飞快地敲打着面前笔记本电脑的键盘,在第一时间将这一重磅新闻发布出去。

更加令人称奇的是:当晚中央电视台新闻联播,在报道"蛟龙"号深潜 7000 米和神九与天宫一号手控交会对接成功的消息时,有一段航天员祝福潜航员的报道:只见航天员景海鹏、刘旺、

刘洋身穿蓝色航天服,胸前印有同样鲜红的国旗标志,飘浮在天宫一号轨道舱内,由指挥长景海鹏代表三人一字一顿地说:

"我们三位航天员向在太平洋下潜7020米深度的深潜员叶聪、刘开周、杨波表示祝贺,祝愿我国载人深潜事业取得辉煌成就!"

由此,中国两大高科技新成就随着电波传遍全世界。每一个黄皮肤、黑头发的中国人无不感到由衷的自豪!原来,经过中央电视台与北京航天指挥控制中心联系,潜航员的祝福被及时送到远在太空飞行的神舟九号飞船上。景海鹏等三名航天员,心领神会,也在第一时间做了回应,传回地面的指控中心和中央电视台。

这是历史性的对接!在7020米海底的中国潜航员与远在太空的中国航天员互致祝福、互相激励,意义非同寻常,影响波及世界。极大地鼓舞了国人的精神和士气,提升了国家形象和地位,令全球友好甚而不友好的人都刮目相看!

那么,这绝妙的值得大书特书的一笔是刻意所为呢,还是纯属巧合?事后,曾有许多人就此一事问询海试队。实事求是地说:既不是刻意,也并非巧合,而是勤劳智慧勇敢的中国人,在中国共产党的坚强领导下,艰苦奋斗、团结拼搏到今天的一个必然成果!

自从"蛟龙"号来到马里亚纳海域实施7000米级第一潜之后,海试团队又在6月19日由唐嘉陵、于杭、张东升小组执潜,进行了7000米级海试第二次下潜试验。最大下潜深度6965.25米,完成了近底巡航、均衡、定深航行、灯光调试、摄像及海底微地形地貌测量、三次坐底、沉积物取样、水样取样、布放标志物等作业。标志物上印着"中国载人深潜 '蛟龙'号 第47次下潜"字样。坐底地点与计划完全吻合,说明了"蛟龙"号水下导航、定位能力十分优秀。

然而,这也给外界带来一些不解和疑问:为什么"蛟龙"号都到了6960多米,就差几十米了,不去冲击7000米深度呢?难道是潜水器出了问题,还是海底不适合继续下潜?一时间众说纷纭,莫衷一是。总之是认为错过了一个一步到位的好机会,令人遗憾和惋惜。

实际上,这是根据国家海洋局和科技部批复的"'蛟龙'号载人潜水器7000米级海试方案",稳扎稳打,有意而为之。为了打消人们的疑虑,现场指挥部决定举行一个媒体通气会,说明详情,以释悬念。

会议在向九船会议室举行,由新闻发言人刘心成书记主持。刘峰总指挥首先通报了第三次下潜计划,而后解释说:"为什么没有直接潜到7000米?主要有三个原因:一是海试领导小组批准的下潜计划是4+2,即四个有效潜次,两个备用潜次,按照5000米、6000米、7000米顺序进行,前三个潜次都不过7000米,我们完全按照计划执行;二是在6000米深度有200多个项目需要测试、试验或验证,第二次下潜时可调压载系统和高度计就出现故障,未能通过测试;三是7000米下潜前需要与北京协调好,可能上级会有一些安排,必须要有计划,协调进行。目前来看,如无特殊情况,我们准备在6月25日第四次下潜时,冲击7000米……"

接着,刘心成补充道:"特别是第二次下潜到6965米后,国内各种渠道不断质疑,综合起来有三个方面:一是替我们没有达到7000米深度感到惋惜;二是埋怨为什么不到7000米?三是认为试验可能不顺利。这些议论说明社会对试验非常关注,对中国载人深潜事业非常关心,也说明我们的宣传工作还没有完全到位。'严谨求实'是中国载人深潜精神,我们不但这样说,更是这样做。海试不仅仅是一个深度,而是扎扎实实,一步一个脚印,发现问题及时解决,以便将来更好地应用。为了排除可调压载系统海水泵控制电路板故障,电力与配电小组工作到凌晨3点,这就是拼搏奉献。我们的团队绝对不允许试验结束了,问题没有暴露而潜伏下来。这些年,我们都是本着这样的科学态度一路走来的。明天的试验还是重复第二次下潜试验的内容,包括对可调压载系统和高度计排故后的验证,深度还不超过

7000米,所以请媒体的朋友们把海试团队严谨求实的负责精神和科学态度解读给广大公众。"

第二天的6月22日,由傅文韬、于杭、叶聪小组执潜,实施了"蛟龙"号7000米第三次下潜试验。最大下潜深度6963米,成果更加丰富。海底作业三个多小时,六次坐底,获得三个沉积物和三个水样、两个黑色块状结核和一个生物(透明状海参),拍摄到海底生物,完成了本潜次复核可调压载注排水功能、推进器功能,打开成像声呐、多普勒测速仪、避碰声呐、灯光、摄像机,观察工作情况等试验计划。进一步验证了"蛟龙"号在深海中的优异表现。

试航小组返回甲板前,傅文韬通过甚高频呼叫海洋二所的海洋环境科学家刘诚刚准备一个盆。现场指挥部的人们顿时兴奋起来:看来这回抓住深海生物了!不约而同地奔向了后甲板。轨道车复位后,大家竞相往采样篮方向拥去,把记者们都挤到外边了。刘诚刚拿了一个样品盘,小心翼翼地戴上橡胶手套,在很多人扶持下,一只脚踩在轨道车上,另一只脚悬空,小心翼翼地从生物采样篮中取出一只透明状海参,大家赶快举起样品盆。刘诚刚一边放入盆中,一边说了一句:"需要加海水。"

"来了,海水来啦!"众人一阵呼应。原来准备给试航员的礼物——两桶海水,早已摆在潜水器准备间门口了。

当这只大木盆放在大舱盖上后,呼啦啦,一下子围上来很多人,都想看一看太平洋海底的海参什么样子,连拿着台标话筒、扛着摄像机的中央电视台记者都被挤在外边。刘心成不愧新闻发言人,立即说:"请大家先让一让,让记者们先拍照、摄像,发消息吧!"

"对对……"大家笑着自觉地向后闪身。中央电视台的孙艳、高淼,新华社的罗沙、科技日报陈瑜、中国海洋报赵建东一拥而上,啪啪地拍了个够。

而后,大家一波一波地在大舱盖周围尽情地观赏、拍照。刘诚刚拿出事先准备好的板尺,量那只透明状海参,足有15厘米长。随潜的于教授说:"它缩小了,在海底是很大的,要是这么小,机械手根本抓不着。"

"指挥部只知道你们在水下发现很多海参、虾等生物,可是还不知道你们已经取到了这么珍贵的生物样品。"刘峰感叹道。

"呵呵,这是我故意不让他们说的,给大家一个惊喜。我们在水下发现了这个海参,大家就不约而同地说一定把它抓上来,傅文韬操作机械手,叶聪在一旁指点,终于抓住了。我们又怕它跑掉,傅文韬一直用机械手压着生物采样篮的盖子……"

除此而外,他们在海底还采到两个结核状物体,形状不规则,有点像锰结核,具体什么物质尚待进一步研究。根据一般原理,结核状物质只有在海盆地才有,但在马里亚纳海沟发现了,这在世界上还是首次,具有极大的学术价值。瞧,虽说这次仍然没有突破7000米深度,但检验了潜水器的各项功能,还采集到非常珍贵的生物和矿物样品,完全可以说也是一个丰硕的潜次。

同时,国家海洋局刘赐贵局长通过视频与现场指挥部交谈。其中刘局长特别说道:"今天的下潜很顺利,向你们再次表示祝贺。有一个事情与你们商量,原来准备在6月25日下潜7000米深度,这一天是星期一,大家都在上班。如果能在24日做,起到的社会宣传效果会更好,当然要以现场情况为准,如果准备来不及就不要勉强,还是要安全第一。"

刘峰看了看旁边的刘心成,答道:"好的刘局长,我们研究一下,争取提前一天。"

由此可见,第一个提出放在6月24日突破7000米的,是国家海洋局的领导们。当然他们还没想到能有通信手段与太空对话。而远离祖国的海试队,看不到电视新闻,也没有手机网络信号,只是通过北海分局信息中心发给船上的国内新闻摘要,知道我国在6月16日成功发射神九载人飞船了,其他一无所知。加上海试任务非常紧张,天天都是工作日,没有星期几的概念,也无心思关注其他事情。

当晚指挥部会议上,总指挥刘峰传达了刘局长讲话精神,要求大家实事求是,看看到底能不能把第一次下潜7000米深度的时间,提前一天实施?

负责潜水器本体的副总指挥崔维成首先发言:"我觉得可以。虽然目前可调压载有些故障,但只是影响到上浮速度,对其他试验项目没有影响。"

专家咨询组组长于教授接着说:"从技术角度分析,可调压载故障不影响其他试验。目前'蛟龙'号各项设备表现良好,从全局考虑,我同意24日进行7000米下潜。"

与会人员纷纷表示赞同。最后刘峰说:"那好,我们就按照24日下潜7000米的时间节点来准备!"

会后,现场指挥部将新方案上报北京,得到批准后,立即通告全队人员。就在这天晚上10点多钟,随船采访的新华社记者罗沙跑到刘心成房间,欣喜而神秘地说:"刘书记,我们社里刚传来一个消息:神九与天宫一号太空手操对接也是在6月24日,跟咱们冲击7000米在一天。"

刘心成顿时眼睛一亮,心说:这太巧了!

他接着说:"我看可以运作一个深海潜航员与太空航天员对话的场景,那将特别有意义。""我看行,走,找总指挥说说去。"他们立马到刘峰房间。

刘峰听后也觉得是个好事:"这个想法不错,但直接对话恐怕要首先解决声学通讯问题。小罗,你赶紧把朱敏叫来商量商量。"

朱敏是"蛟龙"号声学系统负责人,更是声学专家,闻言思忖了一下说:"潜航员与母船通话是水声通信,而地面与航天员通话是无线电通信,体制不一样,直接对话在技术上有难度。不过,可以通过航天中心'中转'来实现。"

年轻的罗沙当即表示:新华社、央视都可以承担中转角色。事情就这样确定下来。大家分头准备。

6月24日那天,叶聪怀揣着三位潜航员对三位航天员的祝福辞下潜,到达深海7020米时,他就是通过水声通信将照片和语音传输到向九船现场指挥部,央视小组全过程直接视频连线到中央电视台,又被转送到北京航天指挥控制中心,再由他们传送至太空的神舟九号飞船。

不久，同样的办法传回三位航天员在太空对深潜员的祝福。双方深受鼓舞。这些视频都在第一时间播报给全国人民，乃至全世界，起到了极大的振奋和轰动效应，成为一个永恒的里程碑式的历史佳话。

世界怎么能不在这一刻震动呢！甚至有西方媒体不无夸张地说，"从太空到海底对于中国人来说已经是透明的了！"显然话中仍然带有冷战思维的色彩，有揣测也有些不安。明明一个科研项目，明明是中国作为海洋大国肩负起了推动世界海洋科技发展的责任，得到的却是无端的猜忌。但这些，丝毫不能影响中国人以自己的方式庆贺这一丰硕的科技成果、庆贺这一海天科技发展史上重要时刻。

茫茫太空、幽幽深海，中国人来了！

这个时刻，身在北京海试陆基保障中心的刘赐贵局长通过视频连线，与马里亚纳海沟 7020 米深度坐底的"蛟龙"号试航员通话了。

他欣悦而激动地说："叶聪、刘开周、杨波，你们好！首先我代表国家海洋局和海试领导小组，对你们成功下潜到 7020 米深度表示热烈祝贺！我们一直在关注下潜过程，感到激动和自豪。通过媒体报道，全国人民都在关注你们。希望你们再接再厉，在下一步的试验中取得更大成绩，确保海试圆满成功！"

叶聪代表三位试航员回答："我们在 7020 米的海底，听到刘局长的讲话很清晰，感到很亲切。我们在坐底期间进行了布放标志物、取水样、照相、录像等作业。三位试航员状态非常好。我们为'蛟龙'号感到骄傲。感谢各位领导和关心、支持深潜事业的朋友们！"

通话也是"中转"直接实现的：北京的音视频通过卫星传输至向九船指挥部，朱敏研究员在喇叭前放置一个话筒，将音频调制成水声信号发送给"蛟龙"号，然后再还原成声音，音频转换的质量和效果都很好。

"蛟龙"号在水下进行两次坐底，取得两个非保压水样和一个保压水样,布放了标志物。返航途中进行了可调压载系统复核,注排水功能正常,完成了预定试验任务,于17时26分浮出水面,18时12分回收至母船。试航员出舱时,展示了带到马里亚纳海沟的国旗,让记者们充分拍摄。

接着,在值勤甲板举行了隆重热烈的欢迎仪式。横幅已经更换为"中国载人潜水器下潜7000米试航员凯旋仪式"。刘心成书记主持。叶聪代表刘开周、杨波大声报告:"我们三位试航员完成第49潜次试验任务,成功下潜到7020米深度,安全顺利返航,向你报到!"

刘峰总指挥说:"你们辛苦了,欢迎你们,感谢你们!"

刘心成宣布:"向英雄的试航员们献花!"

科技日报女记者陈瑜穿着连衣裙,手捧鲜艳的绢花,在一片响亮的掌声中,分别献给三位试航员并与他们拥抱。向九船陈崇明政委把已经打开保险的香槟酒递给试航员。他们拔出瓶塞,奋力摇动,酒花喷薄而出,洒向队员们,洒向海天之间。

18时49分,身在北京的刘赐贵局长通过视频连线,宣读了党和国家领导人第一时间发来的贺信。

"蛟龙"号载人潜水器各参研单位,全体参试人员:

  欣闻"蛟龙"号载人潜水器成功到达7000米水深,实现了深海技术发展的新突破和重大跨越,这标志着我国海底载人科学研究和资源勘探能力达到国际领先水平,意义十分重大,谨向参加"蛟龙"号研制和海试的所有人员,表示热烈祝贺和诚挚问候。希望你们再接再厉,严谨求实,拼搏奉献,圆满完成各项海试任务,为我国建设海洋强国和创新型国家不断作出新贡献。

    中共中央政治局常委、国务院副总理 李克强

               2012年6月24日

"蛟龙"号载人潜水器海试现场指挥部,并各参研单位,全体海试队员:

  欣闻"蛟龙"号载人潜水器海试成功突破7000米水

深,谨致热烈祝贺和亲切慰问。你们的业绩和精神是对我国科技界的巨大鼓舞,为科技界增光,使国人倍感骄傲,感谢你们做出的巨大贡献。希望你们再接再厉,团结协作,克服困难,全面完成7000米级海试各项任务,为探索深海科学奥秘做出更大贡献,期盼你们凯旋。

中共中央政治局委员、国务委员 刘延东
2012年6月24日

电视直播,加之随船采访媒体的连篇报道,使"蛟龙"号突破7000米的试验迅速传遍全国、全世界。除了中央领导人的贺信之外,各单位各部门和社会各界的贺信贺电雪片似的纷至沓来。

从6月24到26日,计有共青团中央、中华全国总工会、上海市、天津市、青岛市、厦门市、珠海市、深圳市、福建省、浙江省、江苏省、广东省、海南省、科技部、国土资源部、外交部、中国科学院、中船重工集团以及各参试单位,可见"蛟龙深海"与"神舟飞天"一样,举国上下一片欢腾。

叶聪、杨波、刘开周三位试航员一夜之间,名扬神州大地及海内外。尽管此前四年内已有数人乘载"蛟龙"号成功下潜深海,但真正突破7000米深度是一个节点、一个里程碑。多少年过去了,人们说起"蛟龙"号,往往会想起到达7000米的一瞬间。当然,选择他们三人完成这个光荣的历史使命,也是指挥部有意为之的。叶聪是中船重工702所高级工程师,"蛟龙"号本体组主任设计师之一,首席试航员;杨波是中科院声学研究所副研究员,"蛟龙"号水声通信系统设计师之一,试航员;刘开周是中科院沈阳自动化研究所副研究员,"蛟龙"号控制系统设计师之一,试航员。他们来自研制中国载人潜水器的三个主力单位,具有特别的意义。这就像战争年代胜利者举行入城式一样,由最有代表性的部队打头阵、率先开进,享受人们的赞美与欢呼。

三位试航员表现出色,不辱使命,也是整个"蛟龙"号团队的代表与象征。

五　世界纪录:7062米!

乘胜追击,再下一城。

2012年6月27日,天气晴好,海面平稳。经过了三天的休整,"蛟龙"号焕然一新,又跃跃欲试了。海试队决定实施本年度第五次、也是总第五十次下潜试验,继续固化7000米成绩,并进一步验证潜水器的各项功能。

本潜次由总指挥顾问于杭教授带领,国家海洋局北海分局潜航员傅文韬、唐嘉陵轮流作为主驾驶,计划再创新纪录。7时05分,指挥部发出"各就各位"的号令,7时18分,"蛟龙"号布放入水,开始注水下潜,7时34分钟,母船与"蛟龙"号建立声学数字通信,以每分钟41米速度潜向深海。

各随船媒体仍是现场报道。刘心成继续担任新闻发布人:10时10分,"蛟龙"号经过2小时40分钟,下潜到6000米深度,潜航员报告人员正常,设备正常。10时45分下潜到7009米深度,"蛟龙"号第一次成功坐底。

11时20分,国家海洋局刘赐贵局长、王飞副局长通过视频,与正在组织"蛟龙"号第50次下潜试验的现场指挥部、临时党委有关领导进行座谈,重点是充分利用现场媒体记者的有利条件,加强对"蛟龙"号海试及深海装备发展需求的宣传议题。北京方面有大洋办主任、海试领导小组副组长金建才、"蛟龙"号载人潜水器总设计师徐芑南等人参加。

这已是惯例:除1000米级海试时,徐老夫妇坚决深入现场外,后因年老体弱不宜随船出海了。但每年海试时,大洋办金主任总会把他们夫妇请到北京,坐镇国家海洋局八楼大洋办陆基保障中心,观看视频,随时提供技术指导。

试验母船上参会人员有现场指挥部、临时党委成员,并特邀随船记者们参加。刘赐贵局长十分重视宣传文化工作,坚决支持现场直播,有好说好,有不足说不足,实事求是最能令人信服。他一一与在场每位记者打招呼、问候,进而坦诚地说:"再次感谢记者们从现场传回来的好消息,你们做了大量工作。我们要把'蛟龙'号潜水器的作用、性能、先进性说足,以提振士气,为国争光。

"'蛟龙'号今后的任务会很繁重,要成为海底勘探科考的永久装备。目前我们对海底的认知度还不够,不入虎穴焉得虎子?必须下到大洋深处去。'蛟龙'号是我们自主设计、自主知识产权、集成创新的产品,还有不少的技术和零部件是从国外进来的,今后还会有'蛟龙'号系列产品,向其他领域拓展,像海底旅游、潜水等。需要我们对潜水器的所有技术和产品的完全掌握,将来要转给大洋协会和深海基地,就需要我们有产业化综合配套,还任重道远。

"要通过新闻媒体讲透彻,在现场有利条件下,要马上做这些事情,首先由专家向记者讲准确,变成记者的现场感悟,用媒体记者自己的语言来报道。不要仅关注下潜的最大深度,要做深层次挖掘报道,今后讲和现在讲效果是不一样的。'向阳红09'船是老船,我们需要造工作船,不要让'蛟龙'号成为阶段性的成果,要成为系列性的产品,要有长远的考虑,让社会都知道,这也就是我今天为什么要与每一位记者都打招呼的主要原因……"

语重心长,推心置腹。在场人员特别是每位记者都深受触动。

主持会议的王飞副局长最后说:"刘赐贵局长对大洋工作和海试十分重视,每次下潜都通过视频进行座谈,探讨大洋工作如何科学发展的问题。这是对我们大洋工作者尤其是对参试人员的鼓励和支持。通过与海试现场视频沟通也是海试工作的一种创新。我们要按照计划和要求,扎扎实实把本次海试工作完成好。"

座谈会结束,刘赐贵局长、王飞副局长还有其他工作,就下楼到自己办公室去了,留下大洋办金建才主任等人在陆基保障中心继续观看海试。突然,这时发生了一件意想不到的事情,几乎搅动了整个试验母船和海洋局大楼,海试现场还好说,远在万里之遥的北京,不明就里,通讯不便,着实受到了震惊……

这究竟是怎么回事呢?且听笔者慢慢道来——

当天 11 时 47 分,"蛟龙"号近底巡航移动位置,第二次在 7059 米深度上坐底,进行一系列试验。半个多小时后,具体时间是在 12 时 37 分钟,试验母船与"蛟龙"号的通信联络中断了!

"'蛟龙'、'蛟龙','向九'呼叫、'向九'呼叫……"

"'蛟龙'、'蛟龙',我是'向九',你在哪里,情况怎样?请速回复,请速回复……"

声学控制室一直不停而焦急地呼叫着,却听不到一点反馈回音,无论是声音通信还是文字图片传输,都没有一点消息。指挥部决定立即布放 6971 应急水声电话通信系统,开启另一套通信手段。

但是,仍然没有回答。"蛟龙"号犹如人间蒸发了一样,无声无息……

刘峰和刘心成两位领导者非常着急,不时地跑到声学控制室去看看。其实在现场指挥部里已经显示得非常清楚,出去走走只不过掩饰一下他们焦虑的心情罢了。情况十分不妙。"蛟龙"号已经下潜到 7000 米的海底了,外表压力达到了 700 个大气压,每平方米承受着 7000 吨压力。尽管在设计上留有一定安全系数,但这是"蛟龙"号首次试验潜入这么大的深度,万一发生不测,那将是不堪设想的巨大损失。

现场指挥部里鸦雀无声,只有声学控制室里深潜部门长胡震一遍遍地呼叫:"'蛟龙'、'蛟龙',向九呼叫、向九呼叫!请回答、请回答……"呼叫声不停地回荡在母船上,显得那样忧心如焚和无奈无助。时间在一分一秒地过去,10 分钟、20 分钟……当年在 50 米试验时,曾下水失联五分钟,大家都吓得不行,如今是 7000 米啊,又是这么长时间,想想就不寒而栗。

不知道是哪位记者,用自带的通信设备把这一意外情况传到了北京、传到了大洋办陆基保障中心。金建才主任听后手脚一阵冰凉，感到事态严重，立即下楼告知了王飞副局长。啊?!作为一名"老海洋"，王飞也是倒抽一口冷气，神色骤变。他们丝毫不敢怠慢，马上来到了刘赐贵局长办公室报告情况。

"不要慌，再好好观察分析一下。"刘局长不愧有大将风度，泰山崩于前而不形于色，可心里还是发紧，"你们先上去与前方保持联系，我就来。"

两位海试领导小组正副组长，肩头上陡然增加了沉重的压力，快步上楼来到陆基保障中心会议室，面对着大屏幕，一边请总设计师徐芑南分析情况，一边紧急呼叫太平洋上的海试队，询问究竟发生了什么事？"蛟龙"号联系上没有？

依然没有回音，但有一个情况引起了大家的注意：虽然通信中断，但通过母船超短基线可以跟踪到"蛟龙"号，清楚地看到载人潜水器的活动轨迹。这说明"蛟龙"号上的超短基线还在发射声波信号，其设备应该处于正常状态。而这一设备是由舱内供电的，现场指挥部立刻得出结论：舱内供电正常！水声系统换能器也按预设的时间间隔传回"嗞嗞"的声音，那么面对指挥部的呼叫，试航员们为什么不应答呢？莫非是生命支持系统出了差错？舱内人都昏迷了？

在北京的徐芑南总师密切观察后，安慰说："请领导们不必太着急，这条线一直在动，我认为潜水器本体没问题，可能是通讯系统出了故障。"

"但愿如此！"王飞、金建才还是一脸凝重。

正说着，刘赐贵局长上楼来了。就在这时，前方奇迹出现了，水声通讯机突然响起来："'向九'、'向九'，我是'蛟龙'，我是'蛟龙'，一切正常……"

主驾驶傅文韬的声音传来了。试验母船上刘峰、刘心成、崔维成、胡震，还有现场指挥部和声学控制室所有人员，包括记者们几乎同时激动地跳了起来。谢天谢地，总算没有发生不测事件！

那么，这是怎么啦？原来，两个年轻的潜航员傅文韬和唐嘉陵在"蛟龙"号坐底后，发现前方有一只大海参，决定互相配合抓取这个样品。机械手沉重而僵硬，而海参湿润光滑，一次次抓住，又一次次滑脱。他们丝毫不放弃，聚精会神，终于成功抓到手，放入采样篮并盖好盖子。正当他们坐下来喘口气时，突然发现与母船通话的话筒不知道什么时候掉落在地板上，压住了语音通话的按钮。坏了！立马意识到问题的严重性——通信中断，大家肯定非常着急……

在通信功能设计上，"蛟龙"号每64秒钟会自动将有关信息打包通过声波发往母船声控室，母船收到再解译显示在各个显示屏上。由于数字与语音都是通过同一套声学设备，所以在设计上有一个"语音通话优先"原则，也就是说语音通话开启，其他一切都不能使用。当话筒掉落后，被他们身体压到按钮，触发了语音通话通道，结果数字传输关闭。语音通话接通了，可又没有进行语音通话，致使母船呼叫传不下去，"蛟龙"号信息传不上来。直至13时17分，通信中断了整整40分钟。后来，大家把这一过程叫做"黑色40分"，造成了一场不大不小的虚惊！

北京保障中心里，刘赐贵局长刚走进会议室，还没说上一句话，一切就"多云转晴"了。王飞副局长半开玩笑半认真地说："好啊，还是你刘局长面子大，你要是早点上来，也许就早没事了！"

"是嘛，没事就好。不过，他们回来后应该'严厉'批评一下，这可不是好玩的，快把我们的局长吓出毛病来了。呵呵……"

通过这个意外事件，也提醒研发团队需要改进"蛟龙"号话筒的设计，以便杜绝此事再次发生。

有惊无险，"蛟龙"号继续下潜试验，在7062米的深度上坐底并开展相关作业。按照潜航员傅文韬的心愿：最大下潜深度应为7091米。因为2012年是中国共产党成立91年纪念日，具有划时代意义的党的十八大定于这年11月召开，而小傅已经被选为出席十八大的基层党员代表了。他多么想用这样一个"7091"的数字表达庆祝心情啊！可这片海底最深处只有7062米，虽然稍有遗憾，但已经是中国载人深潜的新纪录了。这是神州儿女引以为傲的中国深度!

15时15分,"蛟龙"号完成了本潜次所有试验项目,开始抛载上浮。

中国深度:7062米!后来,有网友质疑"世界纪录"的提法,说早在20世纪50年代瑞典人皮卡德就下潜到10000米左右,前几年美国人、大片《泰坦尼克号》的导演卡梅隆也曾在马里亚纳海沟潜深11000米,怎么能说"蛟龙"号潜到最深呢?

实际上,这些网友只知其一,不知其二。国际深潜界是以同类型潜器做比较的,就像竞技体育中的赛艇比赛一样,有单人双桨,双人双桨、有舵手和无舵手的,各有各的规则和名次。上面所说的瑞典和美国人都只是两人或一人下潜到11000米,但不能开展任何巡航作业,只是为了探险试验,如同坐电梯一样,潜到预定深度再返回海面。而"蛟龙"号是可乘载三人、下潜到7000米开展科学考察的潜水器。

目前全球同类型三名乘员的,只有日本的"深海6500"号,最深下潜到6500米。俄罗斯的"和平号"、法国的"鹦鹉螺"号和美国的"阿尔文"号大都潜到4500—6000米。

毫无疑问,从这个意义上说,我们的"蛟龙"号就是创造了世界纪录!

六 十年磨一剑

清晨,天还没有大亮,"向阳红09"船尾部作业区灯火通明,各岗位人员已经开始忙碌了:潜水器准备部门进行通电检试;声学部门已经完成吊舱与声阵的链接,随时可以布放;水面支持系统人员启动液压站预热系统……

"蛟龙"号又一个潜次即将开始。这是7000米级海试的最后一潜,更是"蛟龙"号四年海试的收官之作。现场指挥部要求各部门认真检查维护,特别是对"蛟龙"号可调压载系统存在问题进行研究改进,确保最后一次下潜顺利通过验收。

从总编号算起,应为第51个潜次,由叶聪担任主驾驶、崔维成、张东升分别任左右试航员。7 时 12 分"蛟龙"号入水,11 分钟后开始注水下潜,10 时 30 分在 6900 米深度进行了可调压载注排水试验,11 时 02 分到达 7008 米,11 时在 7015 米深度坐底,然后移动位置,12 时在 7035 米深度再次坐底,12 时 50 分抛载上浮,17 时返回母船。下潜时间 588 分钟。"蛟龙"号进行了三次定向和一次定高近底航行,多次坐底,最大下潜深度 7035 米,在 6900 米深度进行可调压载注排水验证正常。全程无故障。

至此,"蛟龙"号连续四年的海试圆满完成。如果从 2002 年立项到 2012 年海试成功算起,中国 7000 米载人潜水器横空出世,恰巧整整历经了十个年头。国人常常用"十年磨一剑",来比喻做成一件大事的艰辛历程。这句话来自唐代诗人贾岛的五言绝句《剑客》:"十年磨一剑,霜刃未曾试。今日把示君,谁有不平事?"豪爽之气,溢于字里行间。"十年磨一剑",表明此剑凝聚剑客多年心力,非同一般。"霜刃未曾试",表现剑刃寒光闪烁,锋利无比,但却未曾试过它的锋芒。虽说"未曾试",而跃跃欲试之意已流于言外。

海试大功告成之后,"向阳红 09"船立即载负着"蛟龙"号海试队胜利返航。航渡中,临时党委和现场指挥部部署进行海试工作总结。从总体情况、专家验收,到思想政治、各部门保障等等,全方位全层面深入细致地梳理 7000 米级海试,以及"蛟龙"号研发试验过程,拿出一个响当当、硬邦邦的海试结论来。

凯旋,与出征的心情和气氛大不相同,就连太平洋的风浪也温柔了许多。深蓝色的海水一波连着一波,泛起了朵朵白亮亮的浪花,如同给英雄的中国海试队献上的鲜花。一条条调皮的海豚浮现在船舷边上,好像是前来迎接的伴游者。迎面遇上的过往货轮,相互之间拉响了汽笛,似乎是向远航归来的人们致敬。

海试队员们难得如此轻松与悠闲,一边享受着战斗过后的愉悦,一边沉浸在回味之中。首先,现场指挥部总指挥刘峰代表"蛟龙"号海试队,根据中国 21 世纪议程管理中心与中国大洋协会办公室签订的《"蛟龙"号载人潜水器作业技术改进及5000米—7000米海上试验课题任务书》、科技部批准的《"蛟龙"号载人潜水器7000米级海试实施方案》以及国家海洋局《关于执行"蛟龙"号载人潜水器7000米级海试任务的通知》要求,总结归纳了完成"蛟龙"号7000米级海试任务的情况。

临时党委书记刘心成代表全体委员,深入思考、认真梳理党委工作。海试临时党委受命于国家海洋局党组,在连续四年海试的战斗洗礼当中,形成了海试现场的领导核心,确立"以确保海试领导小组指示的贯彻执行、确保现场指挥部决策的实现为重点"工作指导方针,探索适合海试特点的党建和思想政治工作,团结带领全体参试人员为祖国的载人深潜事业拼搏奉献,为7000米海试任务的圆满完成提供了坚强有力的思想和组织保证。

这些产生在海试归来途中、原汁原味的思考与总结,凝结着"蛟龙"号海试团队数年来多少心血汗水啊!它比一些记者或作家生花妙笔更真实、更精确、更有说服力。透过简洁精练的语言和数字,背后埋藏着无数个生动感人、精彩纷呈的故事……

严谨求实、团结协作的科学态度,在这项史无先例的中国7000米级载人深潜事业中,激发了各个研发单位巨大的能量,形成了一个攻无不克战无不胜的海试团队。形式多样、坚强有力的思想政治工作对统一大家的思想,鼓舞奋斗意志起到了重要保证作用,树立起敢打必胜的坚强信心。

在"蛟龙"号50米阶段敢于第一个下潜的是于杭、叶聪和唐嘉陵小组,驾驶"蛟龙"号下潜38米,迈开了中国载人潜水器深潜第一步;

第一次敢于突破世界同类型潜水器最大下潜深度的是叶聪、崔维成、杨波小组,他们敢为人先,7000米海试第一次下潜深度就达到6671米,为下潜7000米奠定了基础;

第一次超过7000米的是叶聪、杨波、刘开周小组,他们敢于担当,驾驶"蛟龙"号首次到达7020米;

下潜深度最大的是于杭、傅文韬、唐嘉陵小组,他们创造了"蛟龙"号下潜7062米的同类型潜水器世界纪录。

海试期间先后有九位队员的亲人离世,自己仍以大局为重,不离开工作岗位。还有人刚度蜜月,有人推迟婚期,有人妻子生孩子,有人父母住院,有人子女中考、高考。大家都能以深潜事业为重,毫无怨言地默默奉献在试验现场。这些动人心弦的事例,在前面的章节中均有介绍,此处不再赘述。仅举一例,可以清晰地看出海试队员们的奉献与甘苦。

在2012年的第35期、36期《海试快报》上,发表了两大版彩色照片,前期是16位活泼可爱的婴幼儿照片,有的拿着玩具在快乐玩耍,有的瞪着明亮的大眼睛喜笑颜开,还有的吐着小舌头幸福地攀爬。哈!他们有一个共同的名字"海试宝宝"。而在后一期,则在对应位置刊登了他们的父亲、祖父或外祖父的照片。大家一目了然,会心地笑了……

这就是在四年海试期间,海试队员家中诞生的下一代!其中,绝大部分做父亲的为了祖国的"蛟龙",没有陪伴在亲人身边。从某种意义上说:这些可爱的小家伙儿,一出生就为中国载人深潜事业做出了自己的贡献。为此,快报编者配发了一段感人至深的按语:

> 四年的海试,在世界载人深潜的历史上绝无仅有,而就在我们用心、用行动见证这一历史时刻的同时,我们中的部分人也经历了人生中最为美好、也最为难忘的时刻。
>
> 有人在此期间荣为人父,有人在此期间喜获子孙。他们中的一些人,在妻子分娩的时候坚守岗位,在孩子刚出生的时候远离家人。他们是全家的主心骨,更是海试团队的脊梁。他们用不断刷新的深度向家人表达了他们的衷肠,他们用自己实际行动向世人展示了中国的载人深潜精神。四年的海试饱含了他们辛勤的汗水,凝聚了他们无穷的智慧,更留下了他们思念的眼神。
>
> 历史不会忘记光荣的"蛟龙"号海试团队在马里亚纳海沟镌刻的丰碑;"蛟龙"号的后人永将见证你们留给中华

民族的灿烂光辉。

经过半个月的航行,7月14日晚上,"向阳红09"船顺利行驶到了自己的母港,青岛团岛锚地。为了庆祝"蛟龙"号载人潜水器全部海试成功,国家有关部门决定海试团队,包括一身征尘的"蛟龙"号,暂不返回江苏江阴,直接来到青岛奥运帆基地码头,举行盛大的欢迎大会,以及"公众开放日",邀请市民参观劳苦功高的中国"蛟龙"!

在等待正式进港期间,现场指挥部、临时党委决定在团岛锚地举行集体会餐,洗却风尘,为自己喝彩。这里也是国家海洋局北海分局的大本营,自然要尽地主之谊。入关联检一结束,大洋技术保障中心吉国主任就送来几桶新鲜的青岛扎啤,海监一支队崔晓军支队长也送来了蔬菜、西瓜……

晚上6点钟,会餐开始,刘峰总指挥主持。他满怀豪情地站在桌前,简要讲述了今晚聚餐的意义,情深意长,声音不大却句句打动人心。最后他说:"现在请我们的'司令'代表临时党委和指挥部讲话。"

在一片热烈的掌声中,刘心成站起来,抑制住心中的激动说:"我的弟兄姊妹们,请大家记住今天——2012年7月14日,是我们征战马里亚纳海沟,圆满完成'蛟龙'号7000米海试任务凯旋的日子。在40多个日日夜夜里,大家同舟共济,拼搏奉献,完成了一件共和国了不起的大事,我们可以说上对得起国家,下对得起子孙,中间对得起我们自己。今生再有今天这些人的聚会恐怕很难,但是海洋事业还会为我们其中的部分人相聚提供机会。祝大家身体健康,家庭幸福,干杯!"

大家不约而同地爆发出"嗷嗷"的呼喊声,此起彼伏,足足有两分钟,不少人憋得满脸通红。这是激情的迸发、压抑的释放,更是友谊的表达、感情的碰撞。呼喊声是那么奔放,那么自然,那么豪迈。身临其境的每个人都会受到感染、受到震撼……

七 向祖国和人民汇报

海试最后一道程序:科技部下发了海洋高字〔2012〕41号《关于成立"蛟龙"号载人潜水器7000米级海上试验现场验收专家组的通知》,由海试现场专家组对"蛟龙"号海试相关考核项目和技术指标进行逐条验收。

现场专家验收组组长于杭教授受科技部特聘,组织有关专家,依据《"蛟龙"号载人潜水器作业技术改进及5000米—7000米海上试验课题任务书》(以下简称《课题任务书》),并参照《863计划海洋技术领域海洋仪器设备第三方独立检验通用规程》,认真细致地进行了现场验收工作,提出了权威性的验收结论:

一、海试团队全面执行了《课题任务书》要求的各项任务,试验充分,结果可信,成果可靠,三大任务类六个组成部分共313个子项目完全满足验收要求,总评98.5分。

二、海试团队在全部完成《课题任务书》所规定的任务外,还增加了一系列潜水器的试验以及海底的科研作业项目……其中个别试验和作业内容,比如对国产推力器的试验、针对7000米深度的生物所进行的抗衡诱饵布放试验、对海底微地形地貌的测量,对于未来的技术攻关以及深海科学研究具有十分重要的价值和意义。

三、与国际上其他大深度潜水器在其最大设计深度的海试相比,此次海试在其试验的重复性和充分性方面已明显超越了前者。我们的证据表明,"蛟龙"号载人潜水器在其最大设计深度安全可靠,并拥有投入应用所需要的实际作业能力。它不仅超越了国际上三人重载作业潜水器的最大使用深度,实现了它们所具备的功能,而且在某些方面,比如声学通信以及自动化控制等方面拥有明显的优势……

同时,"蛟龙"号专家咨询组在青岛召开会议。一致同意海试现场验收专家组的意见和结论,高度评价了"蛟龙"号海试团队的工作。认为:他们坚持了严谨求实的中国载人深潜精神,在六年的研发及四年的技术改进和海试作业期间,通过多方协同、持续投入、不断积累,最终实现了我国深海高技术的重大突破,使我国载人深潜的能力进入了世界领先行列。

  这是真正的十年磨一剑,横空出世,震惊寰球。

  其中,还有一项令国人引以为傲的纪录:迄今为止,全世界曾经下潜入海超过7000米深度的共有11人,包括前面所说的瑞典人皮卡德、美国人沃什和卡梅隆,其他八位全是中国人!

  公元2012年7月16日上午,美丽的海滨城市——青岛市奥帆基地码头上,一面面彩旗迎风飘扬,一只只大红灯笼升上天空,头扎英雄巾、身穿红黄相间民族服装的锣鼓队敲得震天价响。临时搭起的主席台上铺着迎接贵宾的红色地毯,蔚蓝色的大背景板上写着:"蛟龙"号载人潜水器7000米级海试凯旋欢迎仪式。戴着红领巾的少先队员,捧着鲜花的男女青年,高举着照相机摄像机的新闻记者,早早等候在这里,翘首以待准备靠泊的"向阳红09"船……

  这是一场隆重而特别的欢迎仪式。往年,"蛟龙"号海试返航归来,均是从东海长江口进入驶达江阴码头,而后卸载"蛟龙"号运回无锡702所基地。因为,将来交付应用的国家深海基地正在青岛建设中,潜水器还是由制造厂家保养,每次出航时,再由母船来到这里接载。而这一次不同了,因是7000米海试全部胜利完成,标志着我国"863计划"中的又一项高科技装备圆满成功了。国家有关部门决定在青岛举行隆重欢迎仪式,向全国乃至全世界公开展示。

  9时许,"向阳红09"船悬挂满旗,右舷拉起"衷心感谢祖国和人民对载人潜水器海试团队的关怀"大红横幅,在两条拖船协助下,缓缓驶来,稳稳停靠在青岛奥帆中心码头。全体队员身着蓝色的海试队统一服装,胸前绣着鲜红的国旗和深潜标志,精神抖擞地在救生甲板列队站坡,接受祖国和人民的检阅。刹那间,整个奥帆码头上一片欢腾,礼炮轰响,鼓乐齐鸣,民间的舞龙队、海军的军乐团搅动了海天……

欢迎仪式由国家海洋局、中国大洋协会和青岛市人民政府主办,科技部部长万钢、副部长王伟中,国土资源部部长徐绍史、副部长汪民,国家海洋局局长刘赐贵、副局长张宏声、王飞、王宏,山东省委书记姜异康、省长姜大明、副省长孙伟,江苏省副省长徐鸣,中国科学院纪检书记李志刚,中船重工集团副总经理钱建平,山东省委常委、青岛市委书记李群,省委常委、秘书长雷建国,副省长贾万志,省政协副主席王志民,青岛市市长张新起,海军北海舰队副司令员杜希平将军等领导人,以及1000多市民群众欢聚一堂、迎接勇士。

90名海试队员(船上留有6名值勤者)在总指挥刘峰和党委书记刘心成带领下,依次走下舷梯,领导们在舷梯口一一与大家握手。而后,队员们迈着矫健步伐走到主席台前列队,八名下潜7000米的试航员站在最前边。刘峰总指挥向前一步面对麦克风大声报告:"我是海试现场总指挥刘峰,代表海试队全体队员报告:'蛟龙'号载人潜水器海试队圆满完成7000米海试任务,安全、胜利返航了!"

"好——"欢迎队伍响起一片叫好声、鼓掌声。90名中学生手捧鲜花跑上来,向90名海试队员献花。

时任中共中央政治局常委、国务院副总理李克强发来了贺信。时任国土资源部部长徐绍史代为宣读:

"蛟龙"号载人潜水器各参研单位,全体参试人员:

欣悉"蛟龙"号载人潜水器7000米级海试任务取得圆满成功,胜利归来,谨代表党中央、国务院向参加"蛟龙"号研制人员、海试队员和海试保障人员,表示热烈的祝贺和亲切的慰问!

"蛟龙"号载人潜水器研制和海试成功,实现了我国深海装备和深海技术的重大进步,是我国建设创新型国家的新成就,对于促进海洋科技发展,提升认识海洋、保护海洋、开发海洋的能力,推动我国从海洋大国向海洋强国迈进,将产生重大而深远的影响。

人类对海洋的探索永无止境,希望你们继续大力弘扬科学求实、团结协作、顽强拼搏的优良传统,不断攀登我国载人深潜事业的新高峰,为建设创新型海洋强国做出新的更大贡献!

全国政协副主席、科技部万钢部长讲话:

"蛟龙"号的研制和海试成功长达十年,证明了在党中央、国务院的关心和各有关部门的通力协作下,我们完全有信心、有能力在关键技术领域实现跨越式的发展。"蛟龙"号的成功是我国深海科技发展的一个新的起点,但是未来的路程还很长,任务将更加艰巨。希望"蛟龙"号深海潜水器整个团队以更加饱满的精神投入新的征程,在我国建设海洋强国的伟大历史进程中再建新功、再创辉煌。

国家海洋局局长刘赐贵,山东省委常委、副省长孙伟,江苏省副省长徐鸣分别代表各有关单位致辞。山东省委书记姜异康、科技部副部长王伟中、青岛市市委书记李群、中船重工副总经理钱建平等有关领导同志向中国海洋大学、青岛理工大学等学校赠送"蛟龙"号取自马里亚纳海沟7062米深度的海水水样。山东省省长姜大明、国土部副部长汪民、青岛市市长张新起等有关领导同志共同按动一个大圆球,为"蛟龙"号纪念邮封、明信片启动首发式。

随后,举行了"'蛟龙'号公众开放日"活动,与会人员、市民群众依次走上"向阳红 09"船参观"蛟龙"号,欢声震天,喜不自胜。

当天中午,在青岛市富丽堂皇的五星级酒店里,举办了盛大的欢迎庆祝宴会。96 名"蛟龙"号海试队员全部参加,受到了英雄般的接待……

八 国家深海基地

如此盛大的欢迎仪式为什么在青岛举行?

青岛是我国著名的海滨旅游和港口城市,也是一座被誉为

"中国品牌之都""世界啤酒之城"的国际化城市。红瓦绿树,碧海蓝天,名闻遐迩。2008年,作为北京奥运会的伙伴城市,青岛成功举办了第29届奥运会帆船比赛。位于市南区"五四广场"附近的奥林匹克帆船比赛中心,汇聚了全世界的目光。

2011年1月,国务院批准山东半岛蓝色经济区规划,青岛市作为其核心区域和龙头城市彰显重要。海洋科技、海洋经济、海洋文化日益繁荣。特别是筹建中的国家深海基地管理中心,即未来"蛟龙"号永久的家乡,就设在青岛蓝色硅谷区的鳌山湾。在这里举办欢迎"蛟龙"号凯旋的仪式,意义更深、影响更大。

至此,国家深海基地浮出"水面"……

早在十年前"7000米级载人潜水器"立项之初,作为负责顶层设计、通盘考虑的总体组刘峰组长,就结合国内科研体制的优点和弊端,从分工合作、突出实用的目标出发,深入谋划具体运作模式。简而言之,他们把整个项目做了细化,分成四个大系统,一是潜水器本体系统,由中船重工702所负责。二是水面支持系统,由中船重工701所和北海分局负责。三是潜航员培训系统,由大洋办负责协调。四是应用系统,即潜水器研制成功后,负责管理维护、组织应用。每个系统之间的衔接,组合,由总体组去协调。其内部又分成若干个分系统。

前三个系统均有具体团队设计、研制和组织,唯独第四个——应用系统尚无对口单位。这也是目前科研体制上值得思考和重视的地方:一个科研项目上马了,大多只在研制上下功夫,缺乏考虑成功之后如何应用,谁来管理?往往费尽心力拿出了成果,甚而也获奖了,却后续推广实用抑或走向市场跟不上,只好束之高阁,造成不应有的浪费。刘峰他们从一开始就注意将来如何发挥作用,补上这个重要环节。

潜水器总体组未雨绸缪,下棋看五步,一边组织协调各个系统开展工作,一边积极探讨将来业务化运营问题。2004年9月,他们联络邀请全国20多家海洋机构的有关专家,在北京深入座谈讨论载人潜水器成功后,怎样更好地体现其功能,为我国深海事业做出贡献。大家深切感受到：过去谁研发谁管护，而这个研制单位并非只有这一个任务，其他项目一来，就会顾此失彼。

最后得出一个结论：应该设立一个专门机构进行管理、维护，即国家深海基地。它的定位既不是原始研发潜水器，也不是进行海底科学研究，而是一个多功能、全开放的国家级公共平台，负责驾驭、管护深海装备，面向全国科研院所、公司企业，甚而国际深潜界合作。谁有需求谁来申请，一次探海多方共赢……

会后，刘峰综合大家的意见，及时起草了一份《关于建立国家深海基地的请示报告》，充分说明了上述理由。经过国家海洋局、国土资源部慎重而细致的调查研究，反复征求中编办、外交部、发改委、科技部和财政部等相关部门的意见，得到了理解、支持和会签。2006年12月以国土资发〔2006〕290号文上报国务院。

正值深化改革、精兵简政之机，国务院总理温家宝兼任中编办主任，严格把关，压缩事业编制机构，但对这份报告格外重视，组织力量复核论证，认为定位准确，意义深远，有利于发展海洋事业。2007年1月，国务院总理温家宝和分管副总理曾培炎，分别对《国土资源部关于建立国家深海基地的请示》作出指示：同意建立国家深海基地。

消息传出，各个海滨城市闻风而动，纷纷要求这个机构在本地建设。上海最先响应，理由是载人潜水器由设在无锡的702所研发总装，距离上海最近，便于维修保养。此外，广东省深圳市、海南省的三亚市也敞开了胸怀。她们濒临南海，水深、面积均为我国四大海洋第一，更能施展身手。

然而，最为积极的还是山东省青岛市。这个位于胶东半岛的黄海明珠，风景秀丽、民风淳朴，经济发达，是全国沿海开放城市和经济单列市之一，刚刚与北京联合成功申办了第29届奥运会，承办其中的帆船比赛。现在，市委、市政府又做出决定：争取国家深海基地落户青岛。时任市长的夏耕，亲自带领工作人员赶赴国家海洋局,先找到大洋办总体组组长刘峰,再请他陪同去见当时的海洋局局长王曙光,言辞恳切、理由充分:"总之一句话,就像我们申办奥运会帆船比赛一样,给青岛一个机会,还一个高质量的深海基地。"

"很好!"王局长十分赞赏这种态度,但还需要综合考虑:"感谢青岛市委市政府和人民群众的厚爱。这样吧,我们派人考察一下再定。"

实际上,各地各有千秋,做出在何处建设深海基地的决策不太容易。为此,海洋局组织有关专家,前往几个海滨城市详细考察,全面分析,反复权衡,专家论证会得出的结论是:青岛地理位置优越,处于我国海岸线中间地带,台风影响较少,且岸边多是花岗岩地质,便于建设港口。她还是海洋科研机构最集中的城市,最有利于服务于我国的深海科研事业的发展,有利于科研人员研究交流。同时,这里的领导和各界十分欢迎,出台了一系列优惠政策。国家海洋局最后确定:国家深海基地选址青岛。

2007年4月14日,国家海洋局在青岛召开了国家深海基地建设领导小组成立暨第一次工作会议。会议由海洋局副局长、大洋办理事长王飞主持,来自青岛市政府和有关部门的领导出席。会上传达了国务院关于建立国家深海基地的批示精神,宣布了国家深海基地建设领导小组组成人员,王飞任组长,成员有张元福(时任青岛市副市长)、张利民、李春先、洪福忠、翁立新、雷波、王志远、刘保华、刘峰。下设筹建办公室(简称筹建办),作为领导小组的办事机构,负责国家深海基地建设的日常事务。筹建办主任由刘峰担任。

会议讨论了国家海洋局和青岛市共同推进基地建设的有关事宜,考察了深海基地预选址。为了寻找一个安全可靠、经济方便的临海建设地点,刘峰等具体工作人员可是费了不少心思。他们在青岛市有关人员热情引领下,一连看了六七个地方:东海岸的崂山区、沙子口、北边的红岛、西海岸的胶南、黄岛等等。

正是春寒料峭、乍暖还寒的时候,考察组一行冒着清冷的海风,沿着胶州湾的海边山石地,深一脚浅一脚,看地形,量水深,了解海况地质,以及渔村社情。综合多方面因素,选中了青岛市区东北部的即墨市鳌山卫镇向阳庄村。这里属于鳌山湾,海域广阔,两座小山向前伸出,形成一个天然挡风坝,水深在七米以上,周围村庄较少,拆迁工作简单好做。同时,这里也是青岛市规划中的高新区及蓝色硅谷核心区,国家海洋第一研究所、海洋地质研究所、山东大学青岛分校等单位均将入驻,科研力量集中,政策优惠。

选址完成,一切按部就班地迅疾展开。这年6月18日,国家深海基地建设领导小组批准成立了建设专家组,主任任务是根据总体规划,开展细化建设方案的研讨、编制。成员包括有关专家:王纲杰、蔡永洁、董国海、刘正元、吴世迎、陆会胜等人,并具体研究部署了建设方案的编写工作。

当然,最为积极有力配合工作的,还是青岛市委市政府和人民群众。自从国家批复确定之后,他们立即行动起来,专门成立了青岛市深海基地建设协调组,由一位副市长任组长,列为全市重点工程之一,并且提出了一个激动人心的口号:全力以赴,就像当年山东人民支前一样,支持国家深海基地的建设。

当"蛟龙"号载人潜水器在2010年成功实施了3000米级海试、首次将国旗插在南海海底之后,科技部和国家海洋局联合在北京召开了新闻发布会,向全世界公开宣布了中国正在研制7000米级载人潜水器的消息,同时说明将建设国家深海基地。

不久,在筹建组基础上,成立了国家深海基地管理中心,为国家海洋局直属的部委正司级事业单位。一直为"蛟龙"号尽心竭力的刘峰,在率领团队于2012年7月圆满完成"蛟龙"号海试任务后,即接受国家海洋局党组的委派,于2012年8月出任国家深海基地管理中心主任,刘保华为党委书记。

深海基地主要用于深海和大洋资源的勘探、调查、深海观测,深海大型装备的维护、设备改造,以及对7000米级载人潜水器——"蛟龙"号的维护、维修、保障以及对潜航员的选拔培训和管理等。建设内容具体包括综合科研办公区、维修保障区、码头作业区、学术交流与科普教育区、港口导航及大洋通信岸台天线区、VHF(指频带为30—300MHz的无线电电波)水声通信设施区、科研仪器试验区和生活服务区八个功能分区。

2013年6月,国家发展改革委员会正式批复项目初步设计方案,占地390亩,用海62.7公顷,核定项目总建筑面积为26233平方米;核定项目总投资为51244万元;同时,国家海洋局与青岛市政府签订了关于共同推进国家深海基地管理中心建设与发展的协议。

协议确定:为全面贯彻落实党的十八大提出的"建设海洋强国"的战略部署以及国务院关于《山东半岛蓝色经济区发展规划》的批复精神,推动深海技术进步与成果转化,促进国家深海事业发展,并为青岛市蓝色经济可持续发展以及"蓝色硅谷"核心区建设提供技术支撑与服务,国家海洋局与青岛市政府,就共同推进深海中心建设与发展达成一致意见,由国家海洋局负责国家深海基地项目的立项、规划设计等前期工作,履行部门基建审批程序,支持青岛市政府对国家深海基地项目实施代建。

国家海洋局副局长王飞在签约仪式上讲话:"多年来,青岛市政府对国家深海基地建设以及我国海洋事业的发展给予了大力支持,在此我代表国家海洋局表示感谢。此次共同推进深海中心的建设与发展协议的签订,标志着我国深海事业进入新的发展阶段。建成后的深海中心将为我国海洋科学研究、资源调查提供服务,并为我国海洋事业发展、建设海洋强国贡献力量。"

青岛市副市长徐振溪代表青岛市政府表示:"国家海洋局长期以来对青岛市社会和经济发展,做出了突出贡献,我们也是深表谢意。青岛市将深海中心建设纳入青岛社会与经济发展的总体规划,作为发展蓝色经济、实现蓝色跨越的重点工程,并支持深海人才引进工程,提供优惠政策和便利条件。"

深海基地项目在国内史无前例,总建筑面积24526平方米,一期总投资为4.95亿元,将分两期建设,第一期完成包括码头、厂房和实验室等在内的基本设施建设,具备业务化运行能力;第二期完成深海潜水器工作母船在内的全部基础建设并投入业务化运行。这是继俄罗斯、美国、法国和日本之后,世界上第五个深海技术支撑基地,将建成面向全国具有多功能、全开放的国家级公共服务平台,对维护中国的海洋安全和海洋权益具有长远战略意义。

国家深海基地不仅是"蛟龙"号载人潜水器的业务化运营单位,也是中国潜航员选拔和培训基地。截至2012年7月,中国只有三名潜航员,分别是"蛟龙"号载人潜水器主任设计师叶聪,首批自主选拔、培养的唐嘉陵和傅文韬。2013年又在全国选拔了第二批六名潜航学员,四男两女。他们的名字是陈云赛、齐海滨、杨一帆、刘晓辉、张奕(女)、赵晟娅(女)。

为了高效、快速建设好深海基地,双方商定采取代建交钥匙模式:青岛市公务局负责具体组织招投标和施工环境,青岛建安建设集团有限公司进行施工,深海基地管理中心基建处负责监督、检查。首期经费需要六千万,国家财政一时不能完全到位,全由青岛市全额垫付。

尤其是从城区到基地建设现场,需要铺设一条运输大道,负责这片辖区的青岛即墨市委市政府立即组织人力物力,征地拆迁,昼夜施工。当时,一位村民的果园正处在路线规划中间,得知国家重点工程急需修路,二话没说,就先挥起斧头砍起树来。有人问他:"老人家,你不问问赔你多少钱?"

"问啥。多少都不能留着,咱总不能让几棵树挡了国家的路啊!"

很快,一条宽阔平坦的柏油公路修成了,直通国家深海基地的海边,简直就是一条专用公路,全由当地政府无偿修建。

2013年冬天,我在基地管理中心办公室贾颖陪同下,乘车沿着这条公路来到了国家深海基地建设现场。只见各种运输车、搅拌车你来我往,一片火热的建设气氛。正在这里值班的基建处副处长张长垒一边指点方位,一边介绍着项目情况。

"你看,那里是码头,灯塔,挡浪坝,潜水器保养厂房。这边是中心办公区,专家公寓等设施。现在都在抓紧施工,预计一年后就能让'蛟龙'号入驻。"

"真好!"我看着北面是苍松翠柏覆盖的山峦,南面是碧波万顷的大海,一个现代化的深海基地正在崛起,心旷神怡:"这里风景太好了,将来不仅仅是管理深海装备的基地,也是开展海洋科普教育和游览观光的胜地啊!"

2015年3月17日,国家深海基地一期工程竣工,正式启用。刚刚执行完2014—2015年"蛟龙"号试验性应用航次(中国大洋第35航次)第二、三航段科考任务的"蛟龙"号载人潜水器,乘载着"向阳红09"工作母船返回青岛,稳稳靠泊即墨鳌山湾国家深海基地码头,从此就在这里"安家"了……

(节选自《第四极》,青岛出版社、作家出版社2016年4月出版)

见证:中国乡村红色群落传奇(节选)

铁 流 纪红建

引子 寻找建国前农村老党员

在山东鲁东南,有一个叫莒县的地方,过去隶属临沂,后归为日照,日照因古有"日出之光先照"之说而得名,莒县是革命老区,新中国成立之初,莒县人口不足40万,建国前老党员就近两万人,如果与官方公布的1949年10月全国党员人数448万对比,莒县建国前党员人数最多时,占了当时全国党员总数的近0.4%。对于一个小县而言,这已是个不小的比例了。

据统计,2014年莒县在世的建国前老党员有1058人,年龄最大的已经103岁,最小的也已年逾八旬,平均年龄87.2岁。到2015年年底,就只有813人了,仅一年时间,就走了245人,占23%。这些建国前老党员,是中国革命历史的见证人,是中国共产党的牢固基石,将来,他们终将会离开我们,这个数字也终将消失,可他们的本色和精神将是不朽的!

在莒县一隅,有一座建国前老党员纪念馆,名为"本色纪念馆",那里馆藏着一张张入党申请书,由于年代久远,这些申请书变得像老党员们一样沧桑,上面的字迹已经模糊了,纸面也泛出了微黄,在"入党动机"一栏,有的是:为了有块地;有的是:为了填饱肚子;还有的是:为了不打光棍。字字于心,句句朴实。这些老党员,大都是1940年前后入的党,他们默默恪守当年入党时的诺言,用生命守护着共产党员的本色。陈列室里呈现的一帧帧大幅老党员照片,主人公皆是乡野老翁、老妪。这些照片,大都是小城摄影师马成俊抓拍的,镜头里的人物一个个饱经风霜,面如刀削斧凿一般。他们不修边幅,灰头土脸,胡子拉碴,有的衣衫陈旧,污渍斑斑,甚至还有些脏兮兮的。在田间乡野,他们不被人注目,平凡得如大地上的一粒尘埃。可就是他们,背后却皆有着不凡的经历和催人泪下的往事,他们无欲无求,心底干净得如一面明镜。这座全国唯一的建国前老党员纪念馆,从某种意义上说,它更是一座平民的丰碑。来这里参观的人,先是感叹,后是惊愕,在农村、在我们身边,竟然还有这么一个群体,这样一群人?这些年,我们是否忽略和遗忘了他们?!

最早发现并报道莒县建国前老党员群体的,是山东电视台一个栏目组的一个女编导。那是2007年的事情了,那个女编导来莒县采访,回泉城后和同事聊起莒县老党员来,哭得一把鼻涕一把泪的。老党员的故事感动了大家,这帮年轻的电视人决定给莒县建国前老党员做一个专题片,并在当地找了个摄影师配合。农村建国前老党员大都生活在山村僻壤,言谈都是当地土话,半个月下来,那摄影师已经筋疲力尽,最后逃之夭夭。女编导又托朋友求到马成俊,马成俊是小县有名的摄影师,自己还开了家照相馆,生意红红火火。当时,马成俊恰有些空闲,就道:好吧,俺跟着玩几天。这一玩,马成俊玩住了。面对着一位位耄耋老人,倾听着他们的尘封往事,马成俊的心震颤了,当抓拍瞬间为"咱爹咱妈"摁下快门的时候,他的泪水一次次模糊了视线。

电视台栏目组的人走后,马成俊坐不住了,他很想找人倾诉一下,心想也许能为这些可敬的老人做成个什么事。于是,他来到了县委大院。那天下午,机关人员快下班了,马成俊和组织部部长讲起了老党员的故事。他讲到大山里的一位母亲,为了让八路军的孩子活下来,最后饿死了自己的亲骨肉,他和栏目组的人去采访这位老人的时候,就给老人带了箱奶,还有一点水果,老人就感动地拉着他们的手放不下,连声说着:党组织没忘了俺,党组织没忘了。说起为八路养孩子的事,老人流泪了,可她说一点不后悔,说现在要是来了鬼子,她还会这么做。看看老人家里的摆设,日子也好不到哪里去。他们问她有什么要求,老人说,现在的日子怪好怪好的,俺可知足了。栏目组走的时候,她走不动了,非得让儿子送他们,还反复嘱咐他们说,党需要俺的时候,就言语一声,俺还组织妇女缝军衣,纳军鞋!马成俊说着,泪就下来了,那位部长眼眶也湿润了,先是喝水掩饰自己,后来哽咽,再后来终于抑制不住,竟放声大哭。马成俊见部长哭得伤心,一下子慌了神:部长,你看看,俺怎么把您弄哭了呢。见办公桌上有纸巾,马成俊马上给部长递过去。部长不好意思了,抹了把眼泪道:你不是也哭了吗?说完这,部长一拍桌子道:这些年,咱们忽视这些老党员了,咱们对不起这些老人。话毕,马上就召集了一个挖掘农村建国前老党员事迹的紧急会议。

　　很快,莒县就开启了寻找建国前农村老党员之旅,摄影师马成俊全程跟踪拍摄,几年下来,他和一位组织干部孙全功竟跑烂了几双鞋。马成俊在小城也算是个人物,在文化行业干得有声有色,算是事业有成。一个人有了点财富,就不觉得膨胀起来,自感腰也茁壮了,言谈也硬气了,有一些时日,马成俊也和小城的老板们比起了阔气,座驾换了一辆又一辆,一辆比一辆高贵显赫,有时喝多了也大发感慨:俺也有钱,怎么活得气一点都不顺了?这是不是都是钱闹的呀?不行,俺得周游列国去,都说风光无限好,俺到国外开开眼界去,有钱就得大把大把地花,要不对不起自己这辈子!

　　可自从马成俊和老党员有了感情,他三天两头往老党员家跑,很多老党员都把他当成了儿子,老党员家的红白喜事,他都去义务拍摄。老马长得慈眉善目,没开口,笑就在脸上了,老翁老妪都喜欢和他说东道西,一口一个儿子地叫着。老马的媳妇乐了,道:你这几年下来,可认了不少爹妈!冬天他去了,有的老妇正在捅火炉子,见他来了,老妇扔下炉钩子就迎上来:俺儿子来了呀!可喜死俺了。边说着,那满是炉灰的手就亲热地摸在了马成俊的脸上,老马的脸一下子成了大花脸。有的老妇拉着马成俊的手说起往事,说着说着就泪涕横流,老人用手抹一把,再握着马成俊的手继续说。

马成俊开始时不时地塞给老人一些钱,那孙全功见了也忍不住拿出一些。后来马成俊每次出发,都装着一包子钱散发,孙全功受不了了,他对马成俊道:老马,你是小土豪,俺是挣工资的,俺可学不了你了。马成俊道:以后就俺给算了,过去俺有点钱烧得慌,自己都不知姓什么了,给老人花些,俺踏实了,也不癫狂了!

马成俊手下徒弟不少,大家见他不务正业了,都有些着急,二徒弟敢讲话,他对老马道:师傅,您别老去种别人的田,荒了自己的地呀!马成俊眼一瞪:你收拾一下,走!二徒弟蒙了:师傅,俺也就说说,你就不让俺干了?马成俊笑了:你跟俺去给老党员拍照去。二徒弟几天跟下来,向师傅竖起了大拇指:师傅,俺支持你!马成俊见老党员的精神作用这么大,就让几个徒弟轮流跟着走访。后来,这些年轻人都热心慈善公益,成了小城的铁杆志愿者。

马成俊告诉我们说,咱觉得咱有钱了,咱觉得咱高大了,可跟这些朴实的老党员比,咱就渺小了。在跟踪拍摄一段时间后,俺就深入进去了。俺就跟这些老党员有感情了,他们流泪,俺也流泪,他们笑,俺也笑。有的老党员老淌鼻涕,俺在拍摄前就会给他擦擦鼻子,擦擦泪;有的老党员衣着不整,满身灰尘和油渍,散发出难闻的气味,俺在拍摄前就用毛巾给他擦擦,整理整理衣服。有人问俺,你就不嫌脏吗?俺说,俺从内心尊重他们了,把他们当作了自己的老父老母了,就一点也不觉得他们脏了。这几年,俺成天往村里跑,给老党员拍摄。俺不光耽误挣钱,还往里投了钱,这七八年下来,至少投入了二十来万。开始,一些朋友和同行都不理解,他们对俺说,你商人一个,挣钱的,往外拿钱,买卖都不做了,领着员工天天到处胡窜(指到处走的意思),还得自己搭上油钱,值得吗?俺说,俺和老党员打起交道来,气也顺了,心也静了,也不斗富比阔了,你说值不值?值得!这是俺一辈子干得最值得的事!

马营起义

在莒县,受进步思想影响,投诚起义的部队还有很多,莫正民起义就不得不提。

莫正民是莒县莫家崖头(今属五莲县)人,出身穷苦,读书不多,颇有组织才能。那时,王尽美的长子王乃征和进步青年王东年、王遇民等人在家乡莒县北杏村(今属诸城市)从事革命活动,后来又成立了党支部,组建抗日武装。就在这时,莫正民带着十几个武装人员来到了北杏村。他本来在张步云部当连长,因为不满张投降日寇,便离开了张部。北杏村党支部认为莫正民是个比较理想的争取对象,便决定与他合作,组建抗日武装。于是,以莫为首的一支抗日游击队在莒县北部崛起,莫正民有勇有谋,也有号召力,很快就兼并了周围的一些零散小武装,队伍从当初的几十人很快发展到两千来人。也因为此,这支部队的成分也复杂起来。虽然大部分都是农民,但里面也有不少地主武装和土匪。当时,莫正民就曾要求加入中国共产党,但党组织认为他出身于旧军队,需经长期考验,就先发展他为中华民族解放先锋队成员。

莫正民的部队后来成立了政治部,召集了一部分青年学生,做抗日救国的宣传政治工作。当年在政治部工作的刘震后来回忆道:莫正民部队司令部移驻石崮后之后,政治部在石崮后的南菜园设置办公地点,我们天天在那里写标语、印传单、排演小剧,学唱抗战歌曲,并四处赶集演讲,演出《放下你的鞭子》等小剧。莫正民对这个政治部很是信任,言听计从。一方面是依靠这些青年学生高举着抗日的旗帜,装潢门面,再就是他要抗日,也只能从这些人当中获得一些抗战的情况和一些抗战的道理。

约在1938年六七月间,国民党69军新6师北上,进驻莒县城,敌人退走。这给莫正民部队带来很大震动。原来这些抗日游击部队,都是揭竿而起,独立为王,上面并无归属。现在国民党中央军深入敌后,大军压境,这些无所归属的游击部队,就必须表明态度,何去何从？要立即做出抉择。根据当时形势,如果不是编入八路军,就得投靠中央军。这时八路军四支队在沂水一带活动,在前些时,莫正民政治部曾经派人向八路军四支队联系,未得结果。于是,莫正民只得派人向新6师高树勋部队联系,后被高编为独立第2旅。

1939年冬国民党掀起反共高潮,高树勋得到要求清除所有共产党员的密令。莫正民得到这个消息后,设法掩护了自己队伍里的一些共产党员安全撤离。事后因担心被高树勋发觉后对自己不利,并且部队大部分为鲁东南籍士兵,临近年底,想家开小差的增多了,莫正民他们商议决定率部返回鲁东南。于是,他们以召开军事会议的名义控制了高树勋派在莫部的亲信,带队伍脱离高树勋返回鲁东南。

高树勋发现后,暴跳如雷,他怎能轻易放过莫部？他急急派出得力副官张一民(中共地下党员)前去游说。而这时,莫正民部在急速撤离中过八路军某部防区被阻,莫对副官张一民道:后追前堵,老子今天就此起义！你亲自去和八路军联系！副官领命而去。八路军张营长怀疑有诈,将张一民扣押,并下令莫部无条件缴械投降,莫正民被八路军迎头泼了盆凉水,就像霜打的茄子一样,有些蔫了,他道:老子是起义的,决不投降！那张营长也是张飞脾气,没联系到上级,当晚就发动了攻势,莫正民红了眼,也毫不示弱,双方几个回合,各有伤亡。那张营长吼道:这莫部,就是些乌合之众,我就不相信包不了他们的饺子！莫正民见八路军个个猛虎一般,只得避其锋芒,溜之大吉了。

一夜之间,莫正民成了高树勋和八路军的共矢之的。走投无路的莫正民试图向日军借道返回鲁南,结果在赴日营谈判时被日军扣押,莫部被迫投降。他本人也被日军送往兖州软禁,其部下士兵全部远遣充作劳工。1940年4月,他答应日本人要他回乡组织"反共自卫团"的条件,得以释放。回乡后,他很快就组织了一千多人的"反共自卫团"。第二年三月,他率部投靠国民党51军。不久后,与他有矛盾的许树声打算降日,企图借助于日军的力量消灭莫部。莫正民听到这个消息后,为保存实力,征服许树声,抢先降日。

莫正民也算是一条好汉,岂能与日军为伍,他表面应付日军,暗地里与八路军建立了联系,并接受了共产党对他的三点要求:日军"扫荡"要事先将准确情报送给共产党;不得扰乱根据地和杀害根据地人民;共产党派人到莫部设联络点。这期间,莫正民为八路军做了不少好事,自己又日渐羽翼丰满。这中间,八路军把扣押的副官张一民放了回来,莫正民对八路军又心生了一些好感。

后来,莫正民又担任了莒县伪县大队的大队长,麾下35个中队,4000多人,他大权在握,开始有点飘飘然了,八路军拉他,日军也紧紧不放。在患得患失中,莫正民有时也与八路军对着干。1944年春,八路军突然向莒县南部的夏庄一个据点发起猛攻,报销了莫正民驻扎在这里的一个大队。莫正民非常恼怒,说八路军不仁义,翻脸不认人,你们打了我,那我也不能示弱。他向滨海军区发出通牒,限三天内撤走军区在莫部的人员,否则不能保证其安全。滨海军区有关领导给了莫正民严厉训诫。莫正民的第三大队是顽固派,出头鸟,滨海军区司令员陈士榘决定敲定三大队。陈士榘在会上道:拔掉这个刺,对周围的敌顽会产生很大的震慑,同时也敲打教育一下莫正民,莫正民这个人是个人才,万不得已咱们不能动他!陈士榘一声令下,八路军一部对莫正民的三大队发起攻击,不到一个小时,八路军就报销了三大队,莫正民当时正和手下人喝酒,听到这个消息时,浑身一抖,手中的酒杯一下子掉在了地上,他沉默良久道:八路军不是动不了我,是在给我机会呀!在现实与矛盾中,莫正民认识渐渐提高,态度大有好转,特别是见八路军放了他的得力干将刘振亚后,更是感动不已。

然而这个关口,敌人的政治攻势也没放松。他们造谣说,前不久投奔八路军的王道被杀了,他的部队也被整掉了。莫正民又提心吊胆起来。于是,八路军乘莫正民副官长张一民来联络的机会,让王道同他会面并交流。谣言不攻自破。张一民回去后,立即把这个消息告诉了莫正民,末了,他对莫正民说:队长,这些年你都看到了,共产党才是一心为民的,八路军才是真正的正义之师啊!我们千万不要再失去这千载难逢的好机会。莫正民点了点头:是啊!这都怪我,再这样下去,后人还不一定怎么骂我呢,从今以后,跟着共产党跟定了。我姓莫的抗日走在王道后面,但一定要办得比他还漂亮。

1944年11月,八路军决定攻打莒县县城,并要求莫正民做内应。14日下午6时,莫正民毅然下达起义的命令。于是,八路军攻城与莫正民起义同时开始。八路军穿上莫部的军服混进城,用炸药包炸掉了日军炮楼。爆炸声起,八路军在莫正民部队的引导下,从打开的城门冲进城。两天后,莒城解放,时任山东军区司令员的罗荣桓立即把这一喜讯报告给了远在延安的毛泽东。26日,《解放日报》发表了题为"山东新的胜利"的社论,社论指出:解放莒城是解放区军民今年以来收复的第二十三座城市,是山东我军解放的第八座城市,是山东我军秋季攻势之后最大的胜利。莒县的解放,不仅是山东区辉煌的胜利,也是敌后我军的大胜利之一。

随后,山东军区首长罗荣桓、黎玉和萧华致电莫及所属官兵,对莫正民给予了很高的评价。在一个暖暖的冬日,滨海军区为起义官兵召开了盛大的欢迎会,莫正民激动得满面红光,拍着胸脯表了决心。不久,莫部被改编为山东军区独立第2旅,莫任旅长。1945年5月,中共滨海军区党委批准莫正民为特别党员。翌年8月,中共山东军区党委批准他为候补党员,半年后,转为中共正式党员。

抗战胜利后,莫正民随罗荣桓部开赴东北,在东北解放战场上,莫正民也是表现出色,屡建奇功。1952年初,全国大裁军,莫正民所在的辽宁军区解放1团也在裁军之列。当时,很多官兵不想脱军装,解放1团的人反应尤为强烈,莫正民的老首长对他格外偏爱,觉得莫正民到地方可惜了,在部队上能有更大的用武之地,就决定把莫正民调往别处任用。莫正民当然想继续留在队伍上,但见部下都嚷嚷着想留,觉得自己不带头,裁军的任务就难做。那一晚,他先是在房里走个不停,后就坐在椅子上一言不发。警卫员催他休息,他也低头不语,到了深夜,莫正民才上了炕。警卫员示意他脱了军装睡,莫正民沉沉地道:当年咱们打仗的时候,晚上睡觉也是军装在身,俺就穿着军装再过最后一夜吧。说完,像个孩子一样不好意思地笑了笑,想再说什么,却一下子哽住了,双眼里已经是满满的泪水。莫正民怕让警卫员看到,赶忙扭身躺了下去。第二天早上,莫正民第一个脱下了军装,特意换上了一身便装,老部下们看了,都知道了莫正民的用意,都不再牢骚满腹。

很快,莫正民就到了东北农场管理局,成了该局秘书处处长。后来,莫正民听说萨尔图牧场一段时间没人愿意去当领导,就向领导请缨前往。局长摇摇头道:你是老功臣,怎好意思让你去受这份罪?莫正民道:再苦再累的地方总得有人去,职工都能待,咱们干部为啥就不能去?北大荒天气多变,气候恶劣,登高远望,不见炊烟,妻子听说他要到荒野去,泪水迸涌而出,她哽咽着道:你凭着机关不坐,偏要去逞能!1953年7月,已经39岁的莫正民义无反顾地去了北大荒,担任了北大荒的萨尔图牧场场长。为了表示他的决心,同时也给北大荒的干部职工吃一粒定心丸,他把妻子也带去了。在萨尔图牧场,莫正民在场长任上一干就是七年。他们吃的是高粱米、玉米面,常常多日难见副食,莫正民带着干部职工经过几年苦干,农场大变模样,莫正民离开萨尔图时,牧场已经成为全国四大畜牧基地之一和国家重要种畜基地。

1960年,莫正民调任黑龙江省农业机械化学院副院长,全家人算是结束了数年的牧民生活,一家老小可谓是欢欣鼓舞。可好景不长,莫正民又动了心思,当时他听说红色草原农垦局一直不景气,又坐不住了,他再次请缨上阵。这次全家一下子炸窝了,妻子哭,孩子闹。莫正民行伍出身,还保留着在军队的风格,在家里是一言九鼎,对妻子和孩子们的抗议无动于衷,妻子见此招不行，带着孩子们离家出走了。领导劝莫正民放弃这个念头，莫正民大眼一瞪道：当年打仗枪林弹雨都过来了，还怕老娘儿们哭哭啼啼的，很快就过去了。1962年的一天，莫正民到了红色草原农垦局，成了此农垦局的局长。妻子儿女哪拗得过去，没几天，妻子带着大大小小一家子去了北大荒。莫正民见了，哈哈一笑：看，还是俺胜利了，胜利永远在正确的一方嘛。妻子又气又笑，道：你以为俺们同意你的做法？俺们是不忍心你一个人在北大荒受罪，俺们陪你一起受。

在农垦局，莫正民的办公室是牛棚改建的，大家开始叫他牛棚局长，后来，他和职工一块儿下地，一块儿排队打饭，还时不时地和职工拉家常、掰手腕，大家就改称他为老莫了。莫正民平日里对周围人大都是笑脸相迎，很少见他发火，可后来一次他动了雷霆之怒。大跃进年代，当时到处都在刮浮夸风，有领导道：咱们上报数字也应该放放卫星。莫正民坚决不同意，他道：是多少就是多少，咱们不搞浮夸那一套！可有人竟瞒着他报了一次，莫正民大动肝火，在全体干部职工会上差点骂了娘，桌子拍得咚咚响。职工私下里说，老莫并不是没有脾气呀，发起火来也是惊天动地的。莫正民不搞虚夸，在省里参加地委书记会议的时候受到了批判，莫正民也开了炮。领导为此找他谈话，他也毫不妥协，他拍着胸脯说：你们可以派人到农场调查，俺莫正民用党性担保！后来，他专门邀请上级机关的人来农场查看，证实了牧场报的数字准确，产量属实。

20世纪60年代末，在那场人人皆知的大运动中，莫正民也未能幸免。为了保护那位在浮夸风中虚报产量的部下，莫正民自己把"过错"承担了下来。除此之外，他还把本来不属于自己的"过错"和"罪责"，都一一揽到自己怀里，让很多人逃过了关押和批斗。一些职工看在眼里，疼在心里。在一个夏天的夜晚，刚刚挨过批判的莫正民疲惫地走在一条小道上，他发现有个黑影一直尾随在身后，莫正民苦笑地摇了摇头，他走到河边停下了，站在那里很久都没有动。跟着他的那个黑影突然说话了：莫局长，您千万要想开些呀，没有过不去的火焰山。那个黑影说着跑了过来,一把拉住了莫正民的衣襟。莫正民见是老职工张强,一下子愣住了。张强不好意思地说:我怕您想不开,这些日子一直都偷偷跟着您,您可别怪我呀。莫正民听了,双眼湿润了,他紧紧握着张强的手,摇了又摇,很长时间都没有松开。

1969年春,莫正民的厄运结束。刚解放的第二天,他就找到领导要工作,他急急地找到老领导说:俺已经有段时间没给党工作了,俺吃着党的饭,不给党工作心里难受呀。老领导看着一脸沧桑的莫正民,感慨万千道:这段时间你受苦了,这段时间你没工作不是你的错,先好好休养休养。莫正民一听急了,说道:俺身体好着呢,要是打仗了,在战场上照样冲锋陷阵!俺不能这样闲着呀,让俺到食堂打扫卫生都行!老领导动情了,眼睛里也闪着泪花,他拍着莫正民的肩膀,一下,两下……

莫正民虽为正厅级干部,可日子过得恓惶和拮据。20世纪80年代初,老家人到东北去看他,回来后大为感慨:他那是过的什么日子呀,俺看了看,除了破床,其他就是两张破桌子,几把椅子,咱们家乡人都觉得他当大官了,了不得,可看那样子,连个庄稼人都不如。真是不见不知道,见了吓一跳呀!

莫正民抗战胜利时从老家征战到东北,已经三十年有余,早年战事、工作繁忙,他无暇回家乡,可到了晚年,他思乡日甚。多少个日子,他凝望着家乡的方向,泪流满面。他常对妻子念叨:将来有一天,咱们全家都回家乡看看,全家,一个不落。说这话的时候,莫正民目光灼灼,脸上洋溢着一种浓浓的幸福,这是游子思乡时的幸福啊!可因为家中经济紧张,竟然久久未能成行。1983年4月,随着日子的好转,莫正民终于做出了回故乡的决定,一连几日,一家人都在做着回家的准备,归心似箭。莫正民有些坐立不安了,以往,家庭琐事他从不过问,是名副其实的甩手掌柜,这一次,从行装到小小的糖果他都一一过问。他对孩子道:俺小时候的伙伴也和俺一样老了,要买酥糖,到嘴里就化的那一种。到了出发的前夜,他还给孩子们讲老家的山山水水、一草一木,讲到小时候怎么掏鸟窝时,他哈哈大笑。

在一个暖暖的春日,一家人要启程了,莫正民高声吟道:慈母手中线,游子身上衣。临别密密缝,意恐迟迟归。谁言寸草心,报得三春晖。俺老莫这个游子回家啦!回家啦!莫正民心情难抑,泪流满面,没走几步,一头倒在了地上。莫正民被送进了医院,经诊断,是脑溢血。莫正民从此一病不起,不久就去世了。

就在莫正民去世几个月后,子女们带着他的骨灰回到了家乡五莲县汪湖镇莫家崖头村,他们捧着骨灰围着小村转了三圈,嘴里齐声喊着:爸爸,我们回来了,您看看吧,我们回来了……

村里人点燃了一挂挂鞭炮,爆竹声声,男女老少都在迎接着这位多年未能回家的游子。

永远的机枪手

辞别董永明,我们又访老革命孙柱。孙柱是陵阳镇杨家址坊村人,年龄比董永明大,94岁,个头不比董永明小,性格和董永明一样耿直,腰板还挺直,吃起饭来还跟年轻人一样快。他当过八路军,参加过莒县战役、四平战役、辽沈战役、平津战役、抗美援朝……可谓是南征北战,身经百战,屡建战功。

孙柱最开始参加的是马营。为什么选择参加这支游击队伍呢?孙柱说,那时日本鬼子来到莒县,人们看到日本鬼子就吓得慌,不仅不敢对抗,就连头也不敢抬。俺看着不治了,参加抗日队伍去吧,省得害怕,俺就这么想的。俺大概是初秋去的,去的时候谷子那么高了,还没挂穗子。那时马营还没有军装,头两年俺们就穿着便装。冬天穿上棉袄,很普通的棉袄,蓝色、红色的都有,穿着不冷就行呗!去了就扛上了枪,这么高的小枪,开始参加一些小型战役,阻击敌人,打游击嘛。那时候马营力量还不大,一条破枪几颗子弹,也就吓唬吓唬鬼子,他们出来扫荡的时候去堵堵他们,让他们知道咱还有人,就是起这么一个作用。后来马营编到滨海军分区,成了团了,那就真正打仗了。

马营那个队伍,有不少是地主出身,而且都是大地主,可人家还是参加了共产党,像马骅、马醒悟他们都是共产党。马营威望很高,一方面组织抗日,一方面对群众好,受到群众的拥护。俺那时候小,不懂什么大道理,光知道共产党是为穷人服务的,解放穷人的。咱是贫农,俺能不维护共产党吗?所以他们叫俺怎么干,俺就怎么干,死心塌地地跟着他们干。俺当时觉得排长怪好的,人家学习好,人也好。最后成立正式队伍后,他又当了连长。后来他介绍俺入党,俺觉得很好,就很积极地参加了。可惜这个连长在寨里河家后的那个小庄里打仗时牺牲了,当时俺还难受了好些天。

我们问孙柱,大爷,您当了几年兵?孙柱说,连来带去的,从1938年到1952年,共14年,1952年转业回来的,刚在朝鲜打完了美国鬼子。我们说,你在部队当过连长,那可是一线指挥官呀!孙柱一笑说:了了(很小)的小官,就是个兵头。

解放莒县,攻打县城时,6团是主力。孙柱没参加这次战斗,至今,他还觉得遗憾。孙柱说,怪遗憾的,那时俺正在受训呢。学什么呢?开始咱团里没有重机枪,后来来了一挺,叫马克沁重机枪。俺那时正当班长,上边来命令说,叫俺去学习,俺刚去没多久,老6团就打莒县的鬼子了,俺着急呀,想回来一起上前线。但上头不让,说人家4团5团都有重机枪了,6团还没有,你要待在那里好好学习,把技术学好了,再来好好打鬼子。归队后,团里就成立了重机枪班,俺当第一任班长,后来成立重机枪排,俺又到了重机枪排,再后来成立重机枪连,又到了重机枪连。俺虽然没文化吧,但咱忠实,玩重机枪的技术还中,首长就一直让我管着重机枪。

机枪手,一直是孙柱不变的身份。当战士时,是重机枪手;当班长时,是机枪班班长;当排长时,是重机枪排排长;当连长时,是机枪连连长。我们问,您在部队时也是神枪手吧?孙柱笑了笑,谦虚地说,咱称不上神枪手,反正重机枪八九不离十,具体打死多少鬼子,那个咱看不着,反正敌人攻击一个地方,咱只要有一挺重机枪,敌人就别想着从那个地方上来。

伤疤,是战争和历史给他的留念。那是四战四平时留下的,头是被弹片炸的,胳膊和腿是枪打的,身体里还有多少块碎弹片,他自己说不清,谁也说不清。孙柱说,1947年7月的那次四平战役时,俺带着全连战士往上冲,在离敌碉堡不远处,遇到了射击,像雨点一样的射击。俺还没来得及趴下,就射到俺身上了,俺一看,左胳膊和腿都流血了。当时情况紧急,俺又是连长,根本顾不上包扎,俺爬起来,带着全连继续向前冲,终于攻下了四平。

全国解放后,他却离开了部队,光荣退伍。我们有点不解,一连之长,怎么就退伍回乡了呢?孙柱说,因为残疾!那时候叫退役转业嘛,不光俺这样的,再高级别的干部也是一样,俺那一帮营级干部好几个,一起转业的。再说咱们这些干部年纪大了,也不能适应那个时候的战争了。

回到家时,孙柱已经是31岁的大龄青年了。但战功显赫的他,很快就赢得了姑娘的芳心,组建了家庭。随后,他带头参加互助合作组,与乡亲们同劳作,抓生产。孙柱说,刚回家时,咱还帮助搞副业搞什么营生,比较听上级的。以后慢慢叫俺当干部什么的,叫当当就是了,当了几次干部,当过支部副书记,副社长,也干过保管,但没当好。我们问,为什么?孙柱说,咱没那个脾气,当兵的脾气和那些人不一样,拉不上呱,当了几年就下来了。开始还行,到了公社,到了合作社后,一些当干部的手就不大老实了,吃公家的,喝公家的,咱看着就恶心。实在是看不惯,咱就跟他们拍桌子。咱听共产党的教育,贪污、腐败、浪费、胡花,咱们一样都不能干,要不然跟他们搭不上块?俺跟他们吵,吵了也白搭,人家越弄越厉害。俺心里不服,不服有什么用,慢慢退缩,不当干部就是了,眼不见心不烦。现在反腐败反得很厉害嘛!习近平这领导真不孬,大的干部拿下不少,说办就办,这很好。但全国有多少这样的人啊,只怕拿下的也只是百分之一千分之一。苍蝇和蚊子都得拿,不拿不行啊,再不拿,俺们就要亡党亡国了。当年烈士的血也白流了。你说说,现在生活好了,咋就都不务正业了呢?!咋就没有精气神了呢?咋就一门心思想着享受了呢?!俺现在有时也喜欢看神话剧,看着看着俺就想,什么时候那些烈士一夜之间都活过来该多好,把贪官污吏杀个干净！将来俺到了那边,俺去集合他们！

说完这些,孙柱抚着他那长白的胡须,对着未来,若有所思。

胸前挂满勋章的老兵

他小矮个儿,还瘦瘦的,但却是个能打仗、善打仗的老兵。

这个老兵叫许世彬,莒县城阳街道大许庄村人。我们来到大许庄村时,老兵已经过世三年了。可大家一提起这个老兵,就眉飞色舞,敬佩不已。

许世彬弟兄四个,还有一个妹妹。他是老三。那时,由于家里穷,他父母就像其他不少庄户人家一样,带着五个孩子闯了东北。后来,日本鬼子侵略了东北,他们回到了老家。带着五个孩子去的,回来的时候,却少了一个,少了老大。怎么少的?传言很多。有的说是在东北撞上了流氓,有的说参加了抗日联军叫日本鬼子给杀了,反正是活不见人死不见尸,没有确切的信儿。回到老家,情况也没好到哪儿去,依然是贫穷,依然是被地主欺负。为了活命,兄弟几个只得去卖壮丁。先是老三被卖了壮丁,老三走了,家里还是没吃的,老四又不得不卖了壮丁。老四没有逃脱军人战死沙场的命运,但老三,即许世彬,却创造了战争奇迹。他从抗日战争打到抗美援朝,打了16年仗,大大小小的战役参加了三百多次,除了耳朵被震聋,居然没挨过一枪一弹。遗憾的是,兄弟俩自从踏进战场后,就再也没见过面。

许衍收也觉得不可思议,不仅是奇迹,更有点神奇和玄乎。许衍收是许世彬最小的孩子,上头还有三个姐姐,他是父亲唯一的儿子,今年49岁,他出生时,父亲已经从部队回来十年了。打小,许衍收就爱听父亲讲故事,讲打仗的故事,听一遍还不行,还要两遍三遍地听,听得他热血沸腾,烂熟于胸。于是,许衍收向我们讲述他父亲的故事时,是那样绘声绘色,滔滔不绝。

许衍收说,俺父亲一生最爱的就是打仗,打过日本鬼子,打过国民党,也打过美国鬼子,扎扎实实打了十六年仗,除了耳朵被震聋,身上居然没让子弹蹭过,就连跳弹皮子也没崩着。俺父亲自己聋,老是怕别人听不着,所以他说话也像打仗似的,吼得脸红脖子粗,俺父亲还和俺讲过一个故事,不知是真还是假。他说,当时他与一个战友,一个坐这块石头上,一个坐那块石头上,抱着枪,拉着呱。拉着拉着,落下一颗炮弹,正好落在他俩中间。但没响,是颗"臭弹",要不就完蛋了。俺父亲当兵十六年,在中国战场上立个人战功七次,在朝鲜战场上立战功七次,一共立了十四次战功。俺父亲话不多,有点沉默寡言,老了什么都不爱,就爱说战场上的故事,更是把他那些个勋章看得跟命根子一样重要,他一生淡泊名利,对钱看得很淡,最不喜欢的就是当官。他虽然不喜欢当官,却爱仗义执言,看到当官的做得不对,他敢发言,敢提建议,不怕得罪人。

1940年,人家地主用一布袋子粮食,把俺父亲卖了壮丁。俺父亲先是在国民党的部队里当兵,也是抗战,打日本鬼子。那时人很迷信,他看着日本鬼子每个人身上挂了个小铜佛,镀金的,就以为有了那个铜佛就可以得到平安。一次,他们炸毁了日本鬼子一辆火车,他冲上去就把那个火车司机身上的那个小铜佛拽下来藏了起来。以后只要一打仗,他就会把那个小铜佛像装在布袋里。有了这个小铜佛像,他感觉得到了神灵的保佑,向鬼子阵地冲锋时,光听着子弹从耳朵、脚底下飞,就是打不着他。每次打完仗,他都要把小铜佛像拿出来看一看。一看,小铜佛像浑身是"汗"(热气),他就小心地给它擦"汗"。后来,投奔共产党部队,他便把这个小铜佛像交了公。俺父亲是1945年投诚到八路军队伍的。为什么要投诚?俺父亲看着他那个国民党部队政策太刺毛(差)了,十分不满,就决定离开。

那天,许世彬弄了一支步枪,几个手榴弹,一二百发子弹,悄悄地离开国民党部队,往八路军部队跑,是山东军区独立旅。跑出来的时候,他还穿着国民党军的衣服。"要是被国民党军逮着就毁了!"想到这,许世彬有点着急了。正着急时,他看到一个老百姓在那儿锄地。许世彬对那个老百姓说,大爷,俺跟你把衣裳换了吧!那个老百姓说,俺不要,俺不敢要,你那样的衣裳,俺要是穿着，就毁了。许世彬说，大爷，对不起了，你不换不行，你非得穿上，要不然俺就跑不了了。许世彬逼着那个老百姓把衣裳换了，然后抱着枪，背着手榴弹跑了。到1949年的时候，山东军区独立旅编入了陈毅的部队，即27军81师22团。

许衍收说，俺父亲参加淮海战役的情况，俺想不着了，但他打上海和参加抗美援朝的情况，俺听得最多，印象最深。炸坦克、送炸药包、放手榴弹，他都非常厉害。

1949年5月中旬的一天，解放上海的战役。敌人的一个碉堡久攻不下，许多前去爆破的战友都牺牲了，战斗一时陷入僵局。许衍收说，当时国民党军占领着那条大街，他们不允许老百姓灭灯，更不允许供电公司停电。因为有灯照着，能看清楚情况呗。虽然俺父亲他们离碉堡只有50多米，但只要你炸不开这个碉堡，就白搭。派人去爆破，都是有去无回，50多米的街道上，牺牲的人铺得满地都是。这时，俺父亲站了出来，对连长说，连长，你别再派人了，俺去。俺父亲小矮个儿，排在队伍的最后边。连长说，你快别提前上去送死了，轮着你还早。俺父亲说，不，俺去。连长说，许世彬，你有什么好办法？说说看。俺父亲说，连长，你想想看，前边抱炸药包去炸碉堡的，都是抱着五六十斤的炸药往上冲，很沉，加上街上的灯都很亮，敌人都看得清清楚楚，人家使机枪，你能撑住呀？你看，死了多少战友。你下个命令，要咱们全连的人把所有的裹腿布全解下来，再接起来，结成一根长绳子，拴在俺腰上，等到俺跑到碉堡附近，敌人打不着的时候，再把炸药用绳子拉过来。连长一听，一拍脑袋说，好办法啊，许世彬。绳子接好后，俺父亲把一头的绳子往腰上一拴，另一头由战友拉好，待俺父亲快到碉堡后，再拴上炸药。

这个时候，俺父亲猛地往前一跑，跑出十多米，"啪"地就趴下了。开始敌人还不知道咋回事，没反应过来，等到敌人机枪扫射的时候，他已经趴到死尸堆里了，没扫着。过了好一会儿，等到碉堡里的敌人没啥动静了，俺父亲又突然往前跑，又是几十米。敌人还没反应过来，他已经趴到了碉堡下面的死角处。战友已经把炸药拴好了，他就在那儿一把把地拽，三拽两拽就过去了。虽然俺父亲机巧、灵活,但把炸药包拽过去后,他没有点燃就跑,而是等到炸药包快响的时候,他"呼"地就蹿了出去,接着炸药包也响了。你提前跑的话,人家还照样打他。他就是算着那个时间了。正是用这个办法,俺父亲成功炸掉了敌人的那个碉堡,不仅荣立了二等功,还火线加入共产党,破例放了他七天假,允许他在上海转转。

1951年,许世彬又跟随部队奔赴朝鲜,参加抗美援朝战争。许衍收说,这年5月,在朝鲜新兴里战役中,俺父亲所在的部队叫敌人打哗啦了,打散了。他带领的那个班也与大部队失去了联系,他就领着这个班往回撤,得回去找部队呀,打散了嘛。他这个班,还跟着一个朝鲜的翻译官,是个朝鲜人,跟着他们一块儿往回撤。正走在路上,听着不远处有人喊"救命""增援",是用朝鲜语在喊。喊话的是朝鲜的一个女炮兵连,因为当时朝鲜男的基本很少了,这是由女大学生组成的一个连,他们没有战斗经验,被美军的几辆装甲车包围了。朝鲜女炮兵连打得相当狼狈,随时都可能被消灭。她们看到附近有志愿军,才吆喝"增援"的。俺父亲说,那咱得增援。战友一听,就生气。他们说,咱的部队已经打散了,本身咱就是逃兵,你碰着打仗的,你又去增援,那不是找死吗?谁增援咱?再说,咱身上武器弹药就剩这么点,你怎么打?俺父亲说,你们不打可以,但你们要把身上所有剩下的武器弹药给俺放下,放下后,你们往前走,在安全的地方等着俺。最后,战友们卸下武器,交给了俺父亲,走了。俺父亲自己肩上扛着一门无后坐力的炮,那个炮腿也没有了,光剩下筒子,支也支不下了,每放上一发炮弹,都要夹在胳肢窝里开炮。他就提溜着这些炮弹,拿着这个炮筒子,往朝鲜女炮兵连那里靠。到了一定的射程范围内,他放上一发炮弹,就开火了,俺父亲有这本事,也不用什么镜子瞄,就打中了,敌人损耗了一辆战车。第二发炮弹,又打中了。接着第三发、第四发、第五发、第六发,都打中了。俺父亲是他们团里有名的神炮手,几乎是百发百中。敌人发现这边火力很猛,就调过火力对付他。但当他们把火力调过来时,俺父亲不知道跑哪儿去了。那些女炮兵趁机撤了。这个时候,俺父亲班的那些人想想不对,怎么能把班长扔到那里不管了呢,都是战友呀!他们又调头跑了回来,跑着跑着,就看到了俺父亲。战友说,你还活着呀?寻思着你回不来了。在这个时候,朝鲜的那些女炮兵也过来了,说,救命恩人,你们属于哪个部队的,得说说。当时俺父亲还说,说那个干什么,俺也没觉得是怎么回事,咱各人走各人的,俺们还要找部队呢。人家说,那不行。俺父亲这个班里不是还跟着一个朝鲜的翻译官吗,他就站出来说,是某某某部队的,他如实说了。俺父亲他们找上部队以后,待了一个月,人家朝鲜的一个文工团就来俺父亲部队慰问了,还给俺父亲带了一枚朝鲜的勋章,说是要亲眼见到这个中国英雄。当时俺父亲在前线,部队里通知他,说你得回去,人家朝鲜人民军来了一个慰问团,要求见你。你说俺父亲怎么说?他说,俺不去,那个还慰问什么?咱当兵不就是来打仗的吗,还用得着慰问?俺天天在外面打仗,光慰问都慰问不过来呀!但部队里打电话的那个人说,人家说不是那么回事,你救了人家那么多人,人家必须亲自感谢你。俺父亲说,你让他们慰问就行了,俺不回。部队里打电话的那个人说,人家还得给你钱和勋章呢。俺父亲说,钱不要,勋章可以收下,你们帮俺收一下吧。部队里打电话的那个人说,不行啊,人家必须亲自找到你,亲自给你颁奖。俺父亲说,好吧,那俺就回。俺父亲回来后,光把荣誉接下了,钱没要。他说,部队管吃管穿,不需要钱,要钱干什么用,不要钱。荣誉是勋章,金日成勋章。那个勋章有一个副本,副本上盖着金日成与康良玉的手戳,康良玉是当时朝鲜国防部的部长。后来,一些领导拿起金日成勋章一看,就知道这个营生来之不易,不是谁想有就可以有的,旁的纪念章,只要参加了战争的都有一个,唯独这个勋章不是随便人人都有的。就是说,中国人民志愿军在朝鲜挣到这个勋章的极少极少,没有一定的代价肯定挣不到。

许世彬炮打得准,不仅全团有名,全师也是响当当的,只要有重大任务,师长都会直接点他的名。许衍收说,一次,俺父亲部队前边有一个碉堡,阻止了志愿军前行的道路,死了很多人,炮兵用钢炮去打，都打不了。这是朝鲜的什么战役，俺想不着了，反正它那个山叫"阎王鼻子"。这个地方就像一个鼻梁似的，两旁都是无底深渊，只有一条小路通往山顶，美国鬼子就在山顶上建了很坚固的碉堡，里面安了很多架机枪，不停地往外扫，上多少死多少。咱志愿军攻了很长时间，死的人也很多，多到什么程度呢？就是这条小路都没法走了，都是尸体，要往上走，得往两边扒拉着尸体才能往上走。

  俺父亲本身就是炮兵，攻破碉堡这样的任务，属于步兵干的。但他看不下去了，忍不住，他要上。人家不让他上，是炮连里不允许的，说冲锋这一块不该咱事的。俺父亲急得直砸拳头，拳头砸在石头上，鲜血直流。最后实在没办法了，损失的人太多了，不能再拖了，上级也有了指示，再拿不下的话，就要受军法处分了。于是，师部派人上炮兵营来，问谁叫许世彬。连长指着俺父亲说，他就是许世彬。师部的人说，就是他，师长点的名。俺父亲就去了。一到那里，师部的人就问他，要多少人配合他。俺父亲看了看后，说，人去多了也得搁（牺牲）上，没法走，俺自己就可以了。于是，他背着一门无后坐力炮，向前冲。那个炮是中间开炮，后头喷火，杀伤力很强，专门打坦克。战友用炮火掩护了一段距离后，他就从尸体空里往前爬。一个人的目标小，再加上旁的地方还有正面和敌人攻击的，所以敌人的注意力也没那么集中。爬着爬着，就爬得很近了，但他再也不敢往前爬了，再往前爬，可能就被发现了，就毁了。再说，远了还怕打不准呢，打不准，那他也回不来了。俺父亲连着发了三发炮弹，都是从机枪眼里打进去的，那碉堡当场就炸翻个了。咱们的部队也吹起了冲锋号，发起了攻击。这次俺父亲又立了一个二等功。

  又一次，俺父亲所在的部队接到命令，要炸掉一座桥。还是俺父亲上去的，最后桥炸了，可俺父亲也被爆炸的气浪冲了出去，等他醒来时，已经躺在战地医院的病床上了。一醒来，他就问护士，俺怎么躺在这里了？俺的战友呢？桥炸掉没有？美国鬼子消灭没有？护士说，你顺利完成任务了。俺父亲光看着护士张嘴，就是听不到她说啥，这下俺父亲知道自己耳朵被震聋了，治了不到两天，他就闹着要回前线。医生说，不行，你不仅耳朵震聋了，还震成了脑震荡，绝对不可能再上战场了。这次，俺父亲被鉴定为二等一级残疾。在医院休养期间，由于前方战斗很紧张，兵员还是很缺，部队领导动员伤好的人员，尽量再回前线打仗，不能参战的，都要回国，也不用待在医院里了。俺父亲第一个报名，他说，俺报名。领导一找医生了解，医生说，他不可能回去参战了，只能回家，他脑震荡，是脑子的问题，什么时候犯也不知道，那个不能除根，再说他耳朵也不好使了。俺父亲不干，生气地说，俺感觉很好，谁说俺不能打仗了，再说，俺回去干什么，俺家里还不知道有没有人呢，俺出来当兵就是打仗的，俺不打仗，旁的没活干，俺必须回去。部队领导也没办法，最后说，你硬想回去打仗，你就回吧。于是，俺父亲又回到了前线。

俺父亲虽然耳朵不好使了，但他还是眼明手快，非常敏捷。一次，俺父亲所在的师，有一个团被美国鬼子包围了，基本上都牺牲了，师长想去救这个团，却想不出办法来，也没有人敢接这个任务。这时，俺父亲来到了指挥部，他对师长说，俺去，俺有办法。师长说，你有什么办法？俺父亲说，你就给俺组织七八十个人，多了俺不要，就要七八十个，但必须挑军事素质好的，能爬山的。师长说，尽着你挑吧，团以下的尽着你挑，不管是团长营长连长排长，还是战士。俺父亲说这些时，俺还不太理解，不可能人家当官的尽你去挑。但俺父亲说，那个时候了，不看官大官小了，只分军事素质的高低，军事素质不好，你官再大，去了也是送死。俺父亲组织了70多个人，由他统一指挥。他们从后山崖上拽着绳子攀了上去。美国鬼子觉得身后是峭壁悬崖，志愿军上不来，不可能上来，除非他们长了翅膀。但他们就是上来了，70多个人，一上去，就朝美军开了火，天降神兵，那美军一下子炸了窝，咱们的人趁机就突围了。

或许有人会问，许世彬战功显赫，组织上怎么没提他当干部呢？其实不是组织上没提他，是他不干。许衍收说，这个问题很多人问过，说你父亲那么会打仗，怎么没混个一官半职的呢？俺父亲在部队期间，组织上多次要提他当干部，他都不干。他说，俺除了会打仗,其他什么都不会。俺父亲没上过学,小时候家里穷成那样了,哪有钱读书呀,一个字也不认得,后期认得一部分字,那也是在部队里学的。不打仗的时候,连队要组织上课,就叫他上去讲打仗的故事。连队干部还说,要提干当干部,你光会打仗还不行,你还得有口才,还得会上课。俺父亲一听要讲就头疼,他对连队干部说,俺没上过学,俺不会拉(说),俺不当干部。一次,在朝鲜战场上,部队领导非要提他当干部,他不干,腰里绑上手榴弹,跑到山上去了,说你们要俺当干部,俺就把自己炸死。后来,连长骑马去追上他,把他弄回来。连长说,你为什么这个样?你打仗都没死,非要把自己炸死,亏不亏啊?俺父亲说,你们非逼俺当干部,俺干不了干部,俺不当干部,俺只要能打仗就行了。连长说,好吧,你打你的仗,不叫你当干部了。俺父亲真是把当官看得很淡,俺曾经说他,你战场上代理过排长、连长、营长,怎么就当不了干部?他说:关键时刻那可不一样,正打着指挥员牺牲了,俺就得马上补缺,那没得说的,可平时俺就不行了。

1955年,许世彬复员。他是有战功的人,有战功,部队当然不会忘记了,准备把他分配到青岛市纺织厂。在当时,这是个令人羡慕的单位,可他却主动放弃了。他说,俺当了16年兵,天天是吹号出操、吹号开饭、吹号睡觉,再去上厂子,还是吹号上班、吹号下班,俺治不了了,俺要回家,回家种地。现在国家穷,俺回家后,绝对不向国家伸手要钱。部队领导说,你打了这么多仗,立了这么多功,不安排个工作就亏了。俺父亲说,亏什么呀,俺没搭上命,就喜得不得了了。于是他回到了阔别十七年的故乡。

许衍收说,俺父亲是18岁出去的,回来时35岁了。开始俺奶奶都不认识他了,就问他:你是谁家的儿啊?俺父亲抹了把眼泪道,娘啊,俺是您的儿呀。俺奶奶一下子就愣住了,俺的儿?俺瞅瞅是不是俺的儿,你可别哄俺。俺奶奶近前细细端详,可不是吗,就是俺的儿。俺奶奶抱着俺父亲一下子就哭了,儿呀,俺还以为你死在外头了呢,你这些年咋就不吱一声呢?可把俺心苦坏了。

俺父亲这么大了,还光棍一条,家里急,他也急,开始俺父亲寻思着，自己年龄大了，怕是找不着媳妇了。让俺父亲没想到的是，他回到家，还有一个28岁的黄花大闺女在等着他呢，那就是俺母亲。俺母亲比俺父亲高，长得也不赖，刚见面的时候，俺父亲对她说，俺耳朵震聋了，如今这两个耳朵就是个摆设，用处不大了。俺娘说，你是为了革命聋的，俺不嫌弃。一来二去，俺父亲就和俺娘结婚了。这一辈子，她就与俺父亲拉得来。

俺父亲在朝鲜战场上震聋了耳朵，是二等一级残疾，按当时国家政策，每年可补助一百六十块钱。可俺父亲就是不去领，他说，咱国家穷，俺当兵不是为了享受，俺不占国家便宜。复员回来的头十年，俺父亲硬是没上民政上落实，更没支（领）钱。

回到家乡，许世彬就投入农村建设之中。两年后，他就当上了大许庄村支部书记。坐在我们面前的许家进，今年七十岁，在大许庄村有些威望，哪家有红白喜事，都是他主事。他告诉我们说，许世彬当支部书记时，他还是个小学生，但对那时的情景却记忆深刻。他说，在许世彬的带领下，1957年村里搞初级社转高级社，1958年正式转高级社，接着搞大兵团作战，吃食堂。也就是这个时候，许世彬开始带领群众修水库，先是修的峤山水库，后来又参与仕阳水库建设。在仕阳水库拦河坝底清淤时，正好是腊月里，刮着东北风，飘着雪花，谁也不敢下。许世彬当时就穿着一条棉裤，也没有春秋裤，袜子也没得穿。他把裤腿一挽，把鞋一扔，说，这点冷比俺在朝鲜战场时差远了。说完，他就"扑通"跳下去了。看着他下去了，旁的民工也都跟着下去了，就像下饺子一样。把水库修起后，他就在俺庄兼任食堂主任，当时村村办食堂，村民家里都不开伙了，全吃大锅饭，那些年，正遇上三年自然灾害，全国性的粮食短缺和饥荒。很多人饿得不行了，上级好歹救济了那么一点地瓜干子，就在食堂里磨了，弄成糊糊汤，一个人几勺子，那么分着。

许家进说，俺记得很清楚，那天下午，许世彬父亲饿得不治了，但还有口气儿，他张着口说，给俺点营生喝吧。这时，许世彬正在食堂给大家分食物，有人跑来告诉他，你爹快不治了，你赶紧从食堂里拿点东西给他吃吧。许世彬说，那不行，这个得挨号,大家都饿得弯了腰,得轮着来,不能搞特殊化。等到挨着他时,还剩下半碗粥,他还没端到家,他父亲就咽了气。许世彬就是这样一个人,耿直到了极点,不管什么你得挨号,不能特殊。大概过了个把月吧,许世彬的母亲也去世了,也是饿死的。要是现今的人,肯定就没这档子事了,变通一下不就行了吗?先让人端点粥回去,让老人先喝上,那也就蹬不了腿了。前些年,俺和他说起这事,说他脑子不会拐弯,他火了,瞪着眼吼俺,在那个年代,如果共产党员都像现在的人这么机灵,共产党最后就胜不了啦,你信不信?当年就幸亏有俺们这些脑子不会拐弯的人,共产党才有了今天!

见我们听迷了,许家进又道,许世彬处事公正,办事认真,这在咱庄是出了名的。

许家进说,许世彬处事公正,办事认真,这在咱庄是出了名的。1963年,村民吴立诚和程国庆为宅基地闹纠纷。吴立诚想把许世彬叫他家里去,管他个酒,叫他帮帮他,处理的时候向着他。吴立诚知道,要说叫许世彬上他家喝酒,那他肯定不去。吴立诚就哄许世彬说,俺家一个锁毁了,俺也不会扎鼓(修),你上俺家给扎鼓扎鼓吧。许世彬说,中。许世彬一到吴立诚家,吴立诚就叫他吃烟。许世彬说,俺不吃,直问,你那个锁在哪里,俺给你扎鼓扎鼓。吴立诚说,俺没锁。许世彬说,没有锁,那你叫俺来干什么?吴立诚说,俺叫你来喝个酒。许世彬说,这个酒俺能喝吗?俺绝对不喝户里的酒,点滴酒俺也不能喝。后来许世彬公平公正地处理了这起纠纷。1964年冬天,俺们庄上修小干渠,当时拉了不少石头和石灰堆在那里,怕被人偷,得找人看呀。天那么冷,谁愿意看呀。许世彬就自己弄了个小屋,顶上搭上块破布,白天黑夜地守着,一直到把那个渠道修得严严实实的。最后,膝盖都冻坏了,走路一瘸一拐的。

1966年,一场斗争风暴袭来,许世彬的命运也发生了逆转。他不仅被造反派夺了权,还被打成"反革命",以前的荣誉待遇全部取消,就连他那个二等一级残疾也被取消了。许世彬不好争功夺利的,你们不叫俺当书记,俺不当就是了,俺当俺的群众。

当时大队里买了台柴油磨面机,大队领导叫他领着开机子,他就领着开机子,一点怨言也没有。不只夺权这么简单,还要挨斗,低头弓腰。他从不辩解,叫他检讨他就检讨。虽然他整天被批斗,但在大队里该怎么的还是怎么的。被批斗完后,他还加班给大队磨面。这种性格,与他在战场上的表现,截然相反。许衍收说,那时候造反派天天要批斗俺父亲。俺还记得几句:许世彬学了新党章,敢向私自来开枪。被批斗后,还要他上台表演节目。我们问,被批斗了,他还有心思上台演吗?许衍收说,有!因为是演打仗的,一提打仗的事,俺父亲就来劲了。他一上台就说,俺今天给大家献个节目,演个摸岗,摸岗就是在朝鲜战场上摸美国鬼子的岗。他演的这个节目很长,把在部队上摸爬滚打演绝了。那时候也没有水泥地面,就在那土台子上演,演的时间还很长。俺们村里那个二层楼,他拴上绳放下来,自己捋着那个绳,头朝下,顺着绳"嗖"就下来了。你们说他军事素质有多好,离开部队都十多年了,还一点都不含糊。他在演摸岗时,照样使腔匍匐前进。两只手不护(触)地,两只腿也不护地,使腔走,能走四五十米远。实际上不是走,而是蹦,使腔蹦。摸岗是他自己编的,快板书是别人给编的。不光这些,俺们村的烟囱得 20 米高,他能拽着八号铁丝上烟囱顶。50 多岁了,单杠还要得突突的(很好)。许家进也说,那期间,俺庄对他确实不公平,人家立了那么多功,还去毁人家。我们问,怎么毁的?许家进说,把他各种荣誉证收上去后,说是给去换证,结果给你瞎(丢)了,找不着了。其实领着人家去找就对了,但他们就是不找,一压再压,把人家拍了泥里还不算,还得把他淹死才好。那几年,俺就那么寻思,许世彬一生的简历,俺能写一篇长篇小说来。俺是年纪大了,头脑不治了,俺要是三四十岁,俺绝对给他写写。

　　许衍收说,后来全部摘帽嘛,反革命不是反革命了。俺父亲摘了帽以后,就准备找回原来的荣誉,但所有的证件都没有了,被人家给毁了。到民政部门一打听,人家说,不能随便办,得有依据,没有依据,谁知道你说的是真还是假呀。当时俺父亲手里也不是完全没有证据,部队里发的一些荣誉奖章,他还保存着,看得比他的命还重要。有一个部队发的证书,上面写着"许世彬同志在朝鲜战场因被炮震聋耳朵被评为二等一级残疾,每年160万元(现在的160元)。"这些都是很好的证据,但这个事就是落实不了。最后问来问去,人家说,需要部队的证明,还得原部队的。只要有部队的手续,一切好说,没有部队的手续呢,你就是联合国的证明也白搭。

于是,许世彬就开始找自己的老部队27军。许衍收说,俺父亲去找老部队并不是为了钱,而是为了荣誉,他把打仗和战争荣誉当成了自己的命根子。大概是1985年冬天,俺那时也就十八九,见老父亲走路都困难了,就陪他去找老部队,俺们先到了北京。说来也巧了,在北京碰到了一个老革命。按理说,俺们破衣烂衫的没人会注意咱,可俺父亲胸前挂了一排的军功章啊。那老革命端详了几眼,就和俺们搭了话,一来二去原来他和俺父亲是一个部队的,他说,咱们军在石家庄,你到那里去吧。看到娘家有了下落,俺老父亲激动地直抹眼泪。俺们是半夜到的石家庄,俺们不知道怎么走,就在候车室待着。人家看俺们不是候车的,不允许俺们待,把俺们往外撵。撵出来后,俺们不知道上哪儿,大半夜的上哪儿呀!咱又不认识人,冬天又那么冷,所以俺们就在车站门口转悠。俺们背着包,还背着在家烙上的干火烧,就和要饭的似的。正转悠着,一个警察一看俺父亲带着那么些营生,就问,老同志,怎么回事,半夜三更的不找地方住下,怎么在这里?俺就说,没地方去。俺就把情况向他说了说,那个警察说,你们马上上候车室暖和暖和,外面怪冷的。到了天明,七点以前,俺们就上了大街去找。咱不知道东西南北,上哪儿找呀,就向人家打听。有人说,27军就和石家庄烈士陵园斜对面,你们先找烈士陵园吧,找到烈士陵园就找到27军了。俺们在街上转悠,不知道朝哪个方向走,问道老百姓吧,很多人不知道,他们说的话咱听不懂,语言不通,俺就问一个交通警察。那个交通警察比画着,叫咱向左拐或向右拐,说了以后,咱还是找不着方向,也不知道东西南北。那个交通警察也挺好的,看俺们啥也不知道,干脆就领了俺们一段路。快到烈士陵园的时候,他指着前方说,顺着这条路一直往前走,就到烈士陵园了。一到烈士陵园,就看到对面一个大门,相当宏伟。一看,挂着块大牌子,上面写着"中国人民解放军第27军司令部政治部"。找着了,找着了,俺大声跟俺父亲说。看着牌子,俺父亲没有吱声,可那眼泪吧嗒吧嗒直往下滴。俺说,可找着家了,咱应该高兴啊。俺老父亲紧紧攥着俺的手,像孩子一样用力点了点头。到了大门口,咱不懂得,以为往里进就是。当时俺父亲腿肿了,拄着拐,俺就架着他走,可站岗的不让进,问道,干什么的?俺没见过这架势,不知道怎么说,说了半天山东话,人家一句也没听懂。这时,俺想到了父亲带来的功劳簿,这是他唯一的部队发的原始证件。俺就把这个证件递上去,并用山东普通话说,俺要进去。站岗的说,你们进去找谁?俺说,找谁咱叫不出名来,反正是找领导。俺又想,不行,得摸大的说。俺顿了一下,接着说,找军长。站岗的说,你找军长,你认得他吗?俺说,俺是不认得,但俺父亲认得,他是军长的老战友。看站岗的在翻俺给他的小本本,俺说,俺给你找。咱太熟了嘛,一下就翻出那页,上头写着"中国人民解放军第27军政治部",盖着大戳子。站岗的看了后,就对俺说,你们上传达室来。传达室有电话,也有一排椅子,还生着炉子,很暖和。那个站岗的说,你们在这儿坐一坐,我给你们联系。那站岗的说着,电话立即就打到了政治部,说有个山东莒县的老兵,是首长的战友,但具体又说不出首长的名字。电话那边说,叫他们进来吧!

接着,那个站岗的,跟另一个站岗的打了个招呼,就把俺们送了进去。进到院里一看,那个院子大呀,一望还望不到头,那个宏伟劲儿,咱都没法形容了,你说咱一个农村娃,哪见过这般光景,整个就是刘姥姥进了大观园。那站岗的说,军事重地,不能乱看,俺一听,赶忙收回眼光。一条水泥路,很宽,很直。里边那个大楼,就和现在的城市似的。到了政治部以后,那间屋里有两个人,其中一个是处长,叫什么名字咱也没问。里面有两张沙发,他们两人一人坐了一张,俺们去了以后,他们就站了起来,把沙发让给俺爷俩。他们坐到椅子上后,问道俺们是什么事。俺就说,你们有什么听不明白的,可以问俺,问俺父亲没用,他有脑震荡,耳朵很聋。老部队真是好,不管什么事,咱只要一说,不等说完,人家都能听明白。他们也问得很详细,每件事都问。最后,那个处长问俺,你年纪轻轻的,怎么这么明白?俺说,俺从小到大,天天就在俺父亲身边,天天听,就记着了。当时俺们还捎了一个材料,是俺父亲写的,上面从排长到团长,写了一大串领导的名字,都是俺父亲当兵时的领导,那个处长看了材料有些吃惊,说名单里有几位领导都成了军里和军区的首长了。他接着说,你这个情况太特殊了,在战场上立了那么大的功劳,地方上还那么对待你怎么能行,我们听了也心寒。这个事,我们完全负责,会原原本本地向领导汇报,给你写证明,争取尽快办好。说完,那个处长把俺父亲所有的材料和证件都拿上,上楼向领导汇报了。将近一个小时后,那个处长下来了,对俺们说,我们这里给你们开两封信,这个小信封装着的,你们捎回去,交给县民政局;这个大信封装着的,就不用你们捎了,我们部队直接交给临沂军分区,由他们负责处理,不该你们的事,也不需要过问。那个处长真好,还对俺们说,老兵回部队了,一定要在这里转两天。俺说,俺们还是家去等处理结果吧。那个处长说,也好,那就在招待所吃顿饭吧。在饭堂里,当兵的听说来了老革命,立马就围上来了。他们问长问短,问俺父亲打了哪些仗,打仗的情况如何。最后出来一个领导,对当兵的说,你们这样对老革命太不尊敬了,先叫他吃饭。那些当兵的就远远地看着,议论着,赞叹着。吃过饭,部队还用吉普车把俺们送到火车站上。那是俺第一次坐小车,可能也是俺一生唯一一次坐军车了,神气得很啊!说来也怪,俺老父亲好像一下子年轻了,脑瓜子也灵光了,也会说笑了,他拍着俺肩膀说:你小子算是跟俺沾光了!

　　荣誉落实了,俺父亲可喜坏了。他也变得更大方了,经常买上烟和酒,和村里那些老汉分着吃。老汉、老嫲嫲,谁要是穷,他还会给上十块五块的。俺父亲那人特别好收买,你打他一耳光,再和他赔个不是,他会认为你照样是好人。那些年整他的那些老汉,看到俺父亲政策落实了,都过来赔礼道歉。俺父亲看着他们的生活不行，还给他们送钱，每次都是三块五块的。俺父亲落实政策后，得到的钱并不多，当时一年也就三五百块钱。他都分了，一分都没剩下。实际上，俺父亲也是瞎操心，他自己吃煎饼吃饱了，就觉得生活很好了，实际上人家日子早吃上饺子了，生活早就比他好多了。

2002年秋天的一个晚上，小偷光顾了许世彬家。老许醒来时面前已是一片狼藉，这时他急了，第一反应不是去看自己的钱还在不在，而是心急火燎地去看他那一堆宝贝奖章。当发现20多枚荣誉奖章全被小偷洗劫一空后，他一屁股坐在地上，像个老娘儿们一样痛哭起来。他自言自语道：没想到一个小偷竟然端了一个侦察兵的老窝，奶奶，这要是搁在当年，老子还能让你摸了岗？！老许用青春和鲜血换来的荣誉奖章没了，他的心也像被掏空了一样，被小偷偷走了。对他来说，那是个伤痛的秋天。那个秋天的伤痛，一直伴着他到2012年4月去世。临走时，他还跟儿子念叨，你小子好好打听着，给俺找回来。儿子安慰他：您还惦记这些营生干啥呀？又不值钱，老许气得直翻白眼：奶奶的熊！金子银子跟它也没法比，那是老子一辈子的念想！记住，等老子死了，你也一代一代给俺传下去，要不俺回来找你算账！

就是离婚俺也不退党

每一曲悲歌、壮歌与凯歌背后，都有老区女人的身影，都有她们的善良与仁慈、勤劳与勇敢、忠诚与无畏、牺牲与奉献。属于我们这个民族的那些传统美德，在老区女人身上，都体现得淋漓尽致，荡气回肠，令人感慨动容。环境变了，时代变了，但这些女人的信念没变，她们心中的那份纯洁与美丽，依然让人怦然心动。

薛贞翠老人，多么倔强固执的一位沂蒙女人啊！倔强得牛都拉不动，固执得就像堵墙。但如果你静下心来，细细品味薛贞翠老人的人生，你一定会感叹：这又是多么可爱而令人敬佩的倔强与固执啊！

1927年4月出生的薛贞翠,已经88岁,是莒县小店镇山疃村人,与崔立芬、王秀娥等其他老区女性一样,她的故事,从在娘家做闺女时就开始了。她娘家在夏庄镇后石屯村,离婆家八九里路,在河的那边。这条河承载了她无数的记忆。少女时代,她是在河这边度过的,河那边则记录了她的成熟和果敢,还有令人心颤的往事。在他们儿时的记忆中,尽是苦难与贫穷。父亲除了种田,还做点小买卖;母亲是童养媳,什么也不懂,但疼爱儿女。薛贞翠说,不光俺父亲这辈穷,打俺爷爷开始就穷了,穷得没饭吃,没衣穿,穷得没法治了,穷得好像扎根了。俺年轻的时候喜欢唱歌,唱那些老歌,现在俺老了,老了这个声音也就不好听了。你们非叫俺唱一个,可叫你们喜死了。我们说,好听着呢,唱一个吧!薛贞翠笑了起来,张开没了门牙的嘴唱了起来:旧社会好比是黑洞洞的枯井万丈深,妇女在底下,看不着的太阳,看不着的天。数不尽的日月,数不尽的年,多少年来多少载,盼着铁树把花开。共产党领导咱,领导那个咱们是把身来翻,领导那个咱们是把身来翻……

那时要裹脚,裹脚似乎是传统,还似乎是美德,更似乎是女人的美。不裹脚,意味着叛逆与嫁不出去。十岁出头,正是花季少女的薛贞翠被缠脚了。那一幕幕,薛贞翠记忆犹新。她说,那时俺和俺奶奶睡,俺奶奶给俺缠脚,一晚上都缠着,不缠她就打俺。那个裹脚布这么长,一道一道地这么缠着,缠了以后再把这个头缝上,再加上软鞋子,最后外面再穿一个硬鞋。俺疼啊,疼得不得了,疼得直掉泪。俺去给爹傍车(扶车),有牛套着,俺就在旁边傍着(扶着)。可俺脚被裹着啊,疼得啊,都走不动了,汗水和泪水直流。俺父亲看到俺实在疼得不行,就说,闺女,停下吧,把裹布拆掉吧。俺说,俺奶奶光打俺。俺父亲说,你奶奶要再打你,俺就过去说说。俺不知道俺们老祖宗为什么要缠脚,俺只知道,俺们村里不光俺自己要缠,全村的女人都要缠。人家都缠,你不缠,以后会嫁不出去的。俺虽然还缠着脚,但俺心里老早就不满了,但当时俺不知道怎么反抗他们。俺只知道和俺娘对着干,她只要管着俺,俺就和她吵嘴。

真正影响和改变薛贞翠的是八路军。八路军有秩序,守纪律,把庄户人家都当成了他们最亲最亲的亲人。薛贞翠这人,服软不服硬,最看不惯那些欺软怕硬的人。她看着八路军顺眼,也从心底里喜欢这些小伙子们,不仅喜欢跟着八路军后面跑,还总是帮他们做事。八路军来到后石屯村的第一件事,就是组织识字班。积极主动、活泼可爱的薛贞翠,自然是八路军的理想人选,她成了识字班里的骨干分子。在识字班,她学了很多字,学了很多歌,还学了很多诗词,就连脚也是在这里放开的。

那天,一个女八路军对薛贞翠说,小翠,我们要破除封建思想,以后不能再缠脚了。薛贞翠说,俺怕俺奶奶打,她打得可凶啦!那个八路军说,现在不是封建时代了,我们闹革命,也是为了追求新生活,自由的生活。你不光要把自己的脚放开,还要让旁人的脚也放开。薛贞翠说,那样行吗?俺奶奶要是打俺怎么办?那女八路军说,怎么不行!你奶奶打你,我们八路军替你撑腰。那女八路军叫张眉,身材高挑,要模样有模样,说起话来细细的眉毛都跟着笑。薛贞翠打心眼里喜欢她,平日里也听她的话。这次听她这么一说,薛贞翠心里的包袱彻底放下,把裹脚布解开,丢得老远老远的。她不光把自己的裹脚布丢了,还让旁人也把脚放开。她跟识字班的其他姐妹说,姐妹们,这裹脚布又臭又长,都解开扔了!俺带这个头!人家还不愿意放,骂她是疯子。薛贞翠看文的不行,就来武的,她上去就扯姐妹们的裹脚布。她扯,人家就踢,朝重要部位,狠狠地踢,踢得她泪水在眼眶里打转转。她记得很清楚,有一个姓石的姐妹,怎么劝她,她都不肯把裹脚布扯了,说要是将来找不到对象,她找谁去。薛贞翠当时就说,找不到再找俺。那姐妹道:你是个女的,俺找你算啥?薛贞翠道:你真是个老顽固!说着就去扯姓石的姐妹的裹脚布。刚扯,人家就朝她脸上吐口水,后来急了就哭,边哭边道:找你顶个屁用,你又不能跟俺结婚。薛贞翠把脸上的口水一抹,脸色一变,叫上几个姐妹,强行把她的裹脚布解开,然后让她用一个杆子挑着那块布,在村里四处游街。

一个姑娘家的整天风风火火地跟着八路军忙前忙后,在邻居大叔大婶眼里,她是个另类,但在八路军眼里,她却是个思想进步、工作积极、性格泼辣的好同志。一天,庄里的青年书记石以庆问薛贞翠,叫你干共产党,你愿意干吗?薛贞翠说,跟谁干,具体干什么?石以庆说,跟谁干?跟共产党干,跟八路军干呀!叫你干什么都得干,你干不干?薛贞翠听说是跟八路军一起干,来劲了,忙说,俺干。后来,薛贞翠就填了入党申请表,还举手宣誓。因为她大字识不了几个,申请表是石以庆代她填的。石以庆一边填一边对她说,以后你就跟着党好好干吧,党叫干啥就干啥,不能出卖党,要时刻维护党的形象,发展和壮大党组织。那时,薛贞翠还认识不了那么深远,她只知道八路军是党员,八路军好,共产党就肯定好,跟着共产党干,准没错。所以,石以庆交代什么,她都在边上点着头,并表态说,书记,你放心,俺入了党了,俺就是党的人了,党叫俺上哪儿俺就上哪儿,党叫俺往东俺绝不会往西,党叫俺打狗俺绝不打鸡!最后,石以庆郑重地跟她强调了一点,不能随便在外面拉呱党的事,得秘密地说,要不然有危险。干上共产党了,干啥事都要好好干,干在前面。

入党后的薛贞翠担子更重了,她既要干识字班指导员,还要带领妇女支援八路军,甚至还要打鬼子。入党时,石以庆就告诉过她,入党一事,谁也不能告诉,包括自己的亲爹亲娘都不能。但她一时高兴,晚上睡觉的时候告诉了娘。娘听后,吓了一跳,你个死丫头,参加共产党,叫鬼子逮着,可了不得,要割头的。薛贞翠道:俺已经是党的人了,俺不怕。可娘怕,怕得一晚上都没睡着觉。

入党的事,除了娘知道,她爹、她姐、她弟弟,都不知道她已经是共产党员了。虽然她爹不知道女儿入党之事,但他看着二女儿成天往外跑,不是开会,就是帮人干活,还干识字班指导员,也非常担心。爹对女儿说,你看看,你看看,现在到处都是鬼子,你在家好好待着不行吗,非得去干什么指导员,帮八路军干活,要是让鬼子逮去了,是要被砍头的。女儿表面点头,但心里并没有屈服。

薛贞翠觉得,咱中国人就是太老实了,才让日本鬼子欺负的,你不给他们点颜色看看,他们就总会觉得咱们好欺负。回忆起当时的情形时,她的心里还充满仇恨。她说,鬼子经常来庄里扫荡,一听说鬼子来了,俺们得躲呀,成天地跑,晚上睡觉俺都不敢脱衣服,就是为了方便逃跑。日本鬼子进到庄里,什么都抢,比土匪还要厉害。逮着鸡,把头一剁,把毛一燎,五脏不要,光吃鸡背上那两块瘦肉,还有两个大腿。等鬼子走了,俺们就跑了回来。到家一看,什么都吃光了,就剩下头和皮什么的在那里。有一次差点给逮着了,是打枪的那次,鬼子来捂窝子。当时俺娘听到庄里有枪声,急得不行。她冲着俺说,快,快,爬墙头,从庄后往小庄子沟跑。于是,俺往娘背上一爬,然后往娘肩上一蹬,就从墙头上跳了下去,也顾不上下面有啥东西了。刚一跳下,枪声就在俺背后响起了,俺铆足了劲儿,兔子似的往小庄子沟跑。追俺的时候,鬼子没有再打枪了,光追,不敢打枪了。为啥?他们也怕八路军的埋伏。到了小庄子沟,俺往沟里一趴,俺个子小,鬼子就看不到俺了。

说到这,薛贞翠笑了。她说,现在俺也经常看打鬼子的电视,这个电视就是照着俺们那时候打鬼子的情况拍的。俺想起来了,一次扫荡,鬼子把俺们庄的一个姓石的老汉抓去了。鬼子先给老汉灌水,灌冰凉冰凉的水,接着他们让老汉躺下。俺们当时还想,这些狗日的鬼子要做啥?他们站在老汉鼓鼓的肚子上,不光站,还使劲地用脚踩,这一站一踩,那水就从老汉嘴里冒了出来,等老汉肚子里的水出来差不多了,他们又让老汉站起来,再给他灌水,灌满后,再踩。就那样,老汉被狗日的鬼子活活折腾死了。关键是,进庄的也不光是鬼子,还有汉奸。那些狗日的,他们可是咱中国人啦,也跟着干那些营生,你说俺怎么不恨他们呢。俺当时才十五六岁,哪知道什么叫革命呀,只是觉得八路军好,才铁下心跟着的,欢欢乐乐地干活。到后来看到这样危险,俺也害怕。要早知道,入了党,叫鬼子逮着会砍头,俺敢?俺也不敢。可后来俺胆子慢慢就大了,也不害怕了。解放后俺娘还问俺:闺女,当时入党你就不后悔吗?俺说,不后悔,不后悔!

确实,薛贞翠要后悔,早就后悔了,当初也不会没日没夜地为八路军做军衣、做军鞋,更不会冒死去打鬼子了。那时,只要八路军把任务安排下来,薛贞翠就会带着姐妹们拼命地干,做军鞋、缝军衣还缝手榴弹包,从不讲价钱,从不打折扣。即使是农忙时,她们也会先把八路军的活干完,再忙自己的农活。白天缝不完,晚上缝,经常加班到深夜。刚开始,父亲总是吼她,说她丢了家里的正活不干,老是给人家干活。她就反驳说,八路军是打鬼子的,鬼子不赶走,咱们谁也别想过好日子,再说啦,缝营生不光她自己,俺庄里哪个女的不在缝?说了这些,她父亲就不吼了。后来,识字班队伍壮大了,她们也参与到打鬼子的队伍中。一次,鬼子来到了庄东头的一个大墩子上。她们识字班的三个女的与民兵一起准备伏击鬼子。薛贞翠边回忆边比画着说,俺们三个女的,上级发了一支枪,就俺是党员,俺肯定得扛着这支枪。那支枪有这么长,土枪,一个机子,一掰就行了。当时俺们躲在沟里,也定好了暗号,看到民兵一摆手就开枪。那是俺第一次扛枪执行任务,当俺看到鬼子真的朝俺们这边过来时,俺一掰枪,枪就响了,吓得俺把枪给扔了,鬼子没倒下,俺倒自己把自己吓了。那次可把俺毁了。后来,鬼子就上来了,也没有几个,打着打着,俺就打出经验来了,枪法也准了,最后,俺干死了一个鬼子。为这区里表扬俺,还给俺戴上了大红花。

俺那些年没少骂鬼子,咱现在打不死你狗日的,咱可以心里骂死你狗日的。1945年日本鬼子投降的消息传来后,俺心里可喜死了。赶走鬼子后,19岁的薛贞翠被党组织派往新解放区泊里开展工作,秘密串联,宣传党的政策、方针,打消新解放区群众对共产党的误解。在这里,她不仅宣传了政策,消除了误解,还发展了三名党员。

薛贞翠说,俺发展的那三名党员,一个叫石林庆,一个叫薛淑森,还一个忘记叫什么名了,是俺娘家那边的。俺看他们表现不错,挺积极的,人也实诚,就重点培养他们。他们问俺,干共产党好不好?俺对他们说,怎么不好?不好俺会干?他们一看俺这么说,就都写了入党申请书。他们就这样干上了共产党。他们都比俺有知识,后来他们一个个闯好了,都在外面安家过日子了,都比俺混得好,就俺在家里。其实,当时俺也要走的,俺娘不同意,后来就安在婆婆家了。安在婆婆家,找了男人,生了孩子,有牵挂了,想走也走不了了。

俺是22岁那年(1949年)嫁到小店镇山疃村的,正月初八结的婚,俺想得清清的。我们说,婚礼办得挺热闹吧?她笑着说,嗨,拉那个情况干什么?薛贞翠停顿了一下,然后说,跟你们说实话吧,也不怕你们笑话了,反正都快进土都快报销的人了。嫁过来那天,俺就气得了不得。我们问,发生什么事了?她说,过来一看,俺那婆婆家真是穷得可怜呀,你们看看这桌子,寒碜着呢,俺婆婆给俺们准备的,这也是俺嫁过来后唯一的家具。当时不是在这个屋里,是在这个屋的后面,有两间小屋,一间是俺公公婆婆住,一间是俺们住,太小了,连个腚都掉不开,俺娘给俺陪送的橱子和柜子都放不下,你说能有多大,俺这么矮还碰着头,你说这屋子能有多高。俺一说这事,就恼火。这是俺爷爷给主的婚事,之前双方没见过面,都不认识。俺老汉就和你(作者)那么高,他还嫌俺矮,还骂俺,你说气不气人。他嫌俺矮,俺还嫌他长得寒碜呢。真是黑乌鸦站在猪腚上,光看着猪黑没看着自己黑了。不是吹牛,那时候,俺也是个俊闺女,有的八路军也稀罕(喜欢)俺,俺要是同意,也跟着走了,还找个这样的,后来俺想过走,但想来想去,也不是那么个事。开始过日子,他也不搭腔,俺也不搭腔,他瞧不起俺,俺也瞧不起他。俺在心里也没少骂俺爷爷,怎么给俺找了家这样的婆家和男人。俺们就这样对峙着。结婚那天晚上,俺就在地上睡的,没上床,俺都没和他说一句话。第二天早晨起来,俺们才说话的。不是陪送的营生得用提篮子往外挎着送亲朋好友嘛,营生有烧饼、花生、麻花,都是娘家带来的,俺不理他,他就在屋子里走过来走过去,他那个意思俺明白,那些营生锁柜子里头了,他要钥匙,钥匙在俺身上。俺也没给他好脸色,吧唧把钥匙扔地下,他拿着钥匙捅开了,就把那些营生往外拿,拿到他娘屋里,再分开送。我们问,那后来关系怎么处理好了？薛贞翠说，真是喜死了，你们都明白还问什么？后来都睡在一起了，你来我往的就好了。说着，她咯咯笑了起来。

刚嫁过来时，薛贞翠的丈夫、公公婆婆、小叔子、小姑子，以及丈夫的叔叔伯伯、七大姑八大姨的，都不知道她是个党员。但没过几天，薛贞翠的"狐狸尾巴"就露了出来。丈夫和公婆发现，这新媳妇三天两头就往外跑，还经常在晚上半夜三更的才回家。丈夫不能容忍。那天晚上，丈夫问她，这些天你总是往外跑，都上哪儿了？怎么现在才回？刚进门的小媳妇，三更半夜的在外野干什么去了，就不怕人家说闲话，说你在外头偷汉吗？丈夫这么一说，薛贞翠气就上来了，说道，俺薛贞翠历来光明正大，从不干偷鸡摸狗之事，告诉你，俺是中国共产党党员，俺是忙组织上的事去了，俺开会不得散了会才回来嘛。丈夫说，瞧你这样还干共产党，再说啦，干共产党有啥好的？天天开会，忙这忙那，家还要不要，家里的事还要不要干？薛贞翠瞪了丈夫一眼说，你懂个屁。丈夫说，好啊，你干吧，以后有你好瞧的。

一天晚上，薛贞翠又开会回来得晚。到家时，公公婆婆他们都已经入睡了。她先推门，门被顶得死死的。她就在墙边小声地叫丈夫，她不敢大喊，怕公公婆婆听了笑话，但丈夫就是不说话。叫了很久，丈夫还是没有应。没法治了，她就回到了会场。开会的还没有散，她就找到庄里的支部书记。书记听了这个情况也非常气愤，说这家伙太没觉悟了。书记来后，先是叫门，里面谁也不回应，他就拿起石头砸门。

门是砸开了，但也犹如捅了一个马蜂窝。丈夫骂道，你看看人家媳妇，天天守在家，既干农活又干家务，还孝敬老人，你再看看你，天天不务正业。薛贞翠不甘示弱，也骂道，你哪有资格怨俺，家里的哪个活不是俺干的，俺哪点干得比你少了，哪点干得比你差，俺还没嫌弃你呢。再说啦，俺开党员会，哪是不务正业了？如果没有共产党，你们有这么好的日子过？只怕还被"三座大山"压得直不起腰来呢。丈夫说，俺不管，你既然是俺媳妇，就得听俺的，你把党员给退了，老老实实待在家里干活，俺就不嫌乎你了。薛贞翠说,你要俺退党,那是不可能的,除非要俺的命。小两口争吵声越来越大,公公婆婆被吵醒了,小叔子和小姑子也被吵醒了。于是,原本势均力敌的两口子吵架,一下子就失去了平衡。那时,公公婆婆和小叔子、小姑子都是站在丈夫那边的,他们你一句我一句地数落着薛贞翠的不是,纷纷指责她,指责她不应该经常去开会,指责她不应该回来那么晚,指责她还不退党。薛贞翠也放出狠话,你们不要人多势众,俺薛贞翠连日本鬼子都不怕,还会怕你们几个。俺不退党,今天不退,明天不退,后天也不会退,永远也不会退。

薛贞翠说,他要俺退党,你们也是党员,你们说说,能退党吗?! 只要俺出去开会回来晚了,他们都不给俺留饭,连点剩饭剩菜都没得,俺还得重新做。做饭几乎是他吃他的,俺吃俺的,干活也是他干他的,俺干俺的。我们说,这样矛盾不就越积越大? 薛贞翠说,不越积越大能怎么着。但矛盾再大,党的事也最大,党的事还得干啊,如果俺们党员都因为家里的一些困难,或者是一些挫折,就选择退党,那俺们这个党也早就不存在了,你们说是不是这个理吗?

接下来,薛贞翠与丈夫围绕离婚与退党这个问题,争吵到了白热化程度。老汉说,你到底退不退党? 薛贞翠说,不退,俺就是不退。老汉咬牙切齿地说,那好,你不退党,那俺们就离婚。薛贞翠说,俺不退党,也不离婚,你凭什么把俺给离了。丈夫说,谁叫你干共产党,整天开会,不顾家呢,你要是不离,俺就把官司打到县上去。薛贞翠说,打就打,上县里就上县里,上省里俺陪你上省,上党中央俺也有理,俺也不怕,俺凭什么怕。我们问薛贞翠,你公公婆婆就没站出来说句公道话吗? 薛贞翠说,那时候,俺公公婆婆还没觉悟过来,人家当时还向着儿子。他们不说儿子的不对,尽说俺的不是,不顾家,不做家务,不该当共产党。但讲话还得凭良心,后来,他们发现是儿子顽固不化,就都偏向俺了,对俺还真不孬。

第二天吃过早饭,薛贞翠就和丈夫往县城赶。丈夫走在前面,薛贞翠走在后面,拉得远远的,谁也不跟谁搭腔,像仇人一样。那时,薛贞翠的大儿子才八个多月,她还得抱着儿子。丈夫走得快,薛贞翠也不示弱,她就抱着小孩连走带跑的。小店镇山疃村到莒县县城,不仅要翻过山岭,还要过沭河。那时河上没桥,光等船都得花不少时间。从吃过早饭,走到晌午,两口子一句话都没说,都憋着一肚子气。

他们顾不上吃午饭,也没心思吃午饭了,到了县城,就直奔民政部门。薛贞翠说,人家民政部门的那个小妇女先叫俺老汉先进去的,那个小妇女就和俺一般高,人家不也当国家干部了嘛。其实和俺一般高的女的很多,俺老汉子还嫌弃俺,真不知道咋想的。开始俺也想进去,小妇女不让,说要俺在外面先等等。俺老汉跟那个小妇女说了些啥,俺不知道,俺估摸着,他也没说啥好听的。俺老汉出来后,那小妇女又把俺叫进去了。小妇女说,你把情况说说。俺说,他叫俺退党,俺不退,他就嫌乎俺,非让俺退,说不退就离婚,婚俺也不离,他说不离就打官司,这不才上的你们这儿。俺们还经常打仗。小妇女说,怎么打的仗?俺说,俺要开党员会回来晚了,他不留饭给俺吃,只顾自己吃,还把门顶得死死的,把俺关在外面,不让俺进门,你说这样的男人有什么良心。有时他还打俺,用拳头打,用扫把打。俺也不怕,俺也回手,出手还重些。你说不打行吗?俺不出手,就会被他打伤。小妇女又问俺,你怎么想的?俺说,俺能怎么想,叫俺退党门儿都没有,叫俺离婚俺就离,这样的男人不要也罢,谁怕谁呀!随后,那小妇女把俺老汉说的和俺说的弄一块儿,最后总结总结,算是断了这个官司。最后,小妇女说,情况你们都说了,俺也了解了,没啥大事,你们闲得蛋疼,跑到俺这里离婚。你们回家吧,再也别打仗了,你们也有孩子了,因为这些事,不可能离婚,俺们也不会给你们办手续的。小妇女又对俺老汉说,你光说党员不好也不对,俺倒想问问,你总是逼你媳妇退党,你说党员不好,干共产党的事不好,你说说党员哪点不好?干共产党的事哪一点不好了?俺老汉被那小妇女问得一愣一愣的,脸憋得通红,连半个屁都没放出来。小妇女最后敲打着桌子说,跟你们讲,回去了,再也别骂了,再也别打仗了,再打,俺这里就不管了。

婚没离成,两口子肚子里憋着的气也没消。从民政部门出来,丈夫就大步往回返。薛贞翠抱着儿子跟随其后。但怀里的孩子总是哭个不停,薛贞翠只得断续停下给孩子喂奶。很快,就看不到丈夫的人影了。薛贞翠说,等俺走到城南于家庄时,天都黑了。没有手电筒,还抱着孩子,看不见路,即便走到沭河,也可能没船过河了。就在这时,俺看见前面有个草屋子。俺就带着孩子过去,在草屋子里睡了一晚上。那晚可难熬了。既怕冻着孩子,又怕野兽咬。虽然当时那里没有豺狼虎豹出没,但有狗呀。有野狗,还有疯狗,要是被疯狗咬了,那不就完了。俺长得再不行,但俺那时也还是二十多岁的小媳妇,俺也怕坏人祸害俺呀。俺一直不敢闭上眼睛睡觉,把孩子紧紧抱在怀里。后半夜,俺困,实在太困了。俺不断提醒自己,不能睡着,不能睡着,但眼皮子就是不听使唤。好几次,俺都被外面的声音惊醒,俺就紧紧地抱着孩子,靠在草屋的最角落里。俺不停地轻拍着孩子,生怕他哭。但很快,声音就没了,俺估摸着,是些小猫小狗,或是黄鼠狼、小老鼠之类的。第二天天刚亮,俺就抱着孩子赶跑。回到家,老汉不说话,也没给俺准备吃的,俺也不指望他,自己做着饭吃。

后来随着二儿子的出生,他们之间的对峙略有好转,但心中的疙瘩,仍未解开。不过,这时的薛贞翠不再是单打独斗了,慢慢地有了帮助。薛贞翠说,两个儿子长大后,他们向着俺,不向他爹。那时,俺们还围着退党和离婚吵架、打仗。有一次,俺和老汉骂着骂着,就扭打起来,打得不可开交。老汉按着打俺,俺两个儿子看俺吃亏了,就上来抽他的腿,一人一条,把老汉抽趴下了,趴到了地上。俺们家养了只羊,刚尿了尿。结果,俺老汉正好趴在上面了,弄了一身羊尿。老汉气得不轻,连着两三天没让俺和孩子们进家门。慢慢地,俺气出病来了,气得不能生小孩了。后来,治好了病,十年之后又能生了,又一连生了两个闺女。

1958年左右,老百姓开始吃食堂了。党支部安排薛贞翠管食堂,除了管粮食与物资,还管着食堂里的三个人烙煎饼。薛贞翠说,三年自然灾害期间,更苦,没得吃,小孩都饿得直哭。上坡里捡个烂地瓜皮子,再抓点树皮,还有槐花、槐树叶子、榆树叶子,回家煮煮吃,这都是好东西。那时有个村民姓王,有两个儿子,大的叫王德春,小的俺不记得了,弟兄俩还小,一个三岁多,一个一岁多,缺劳力,家里穷,饿得直哭。俺当时负责烙煎饼,俺实在看不下去了,就悄悄对他妈妈说,你快拿几个煎饼给孩子们吃吧。王德春妈妈害怕,不敢拿。俺说,都啥时候了,赶紧拿上,快回家,有什么责任,俺来担。她就拿回去了,也就是三斤吧。俺们烙的煎饼要过秤,少了三斤。人家问俺,你怎么管的?怎么少了三斤?俺对他们说,你们别说了,烙煎饼有烙干的有烙湿的,哪会有那么准秤。他们听俺这么一说,就没再说了。

薛贞翠不仅管食堂,还带领庄里的妇女种地。薛贞翠说,全庄分成十一个组,一个组一个组地干。俺种地不外行,耕了以后打畦子,一个畦子一个畦子地打,然后播种就行了。从早上七八点干到中午十二点回来吃午饭,吃过午饭再去,一直干到天黑。我们问,大爷干活怎么样?薛贞翠说,你们怎么说着说着又说到他身上了,俺真的不想再提他了。他不会,什么也不会,光会干仗,跟别人关系还行,光会在窝里跟俺干仗,跟俺耍横。俺脾气也不好,一个巴掌拍不响,两个巴掌啪啪响,有一个好的这仗就打不成了,他骂俺一句,俺要骂他十句,他不骂俺,俺一句也不骂。俺这不是编的,是真事。他55岁那年没的,至今已经30多年了,出夫吓成了高血压,后来赶夏庄集卖白菜,死在路上了。俺从来不提他,他就埋在俺大儿子的苹果园里,但俺从来没去过,30多年一次都没去过,俺一直没有原谅他,一辈子也不会原谅他。到俺死了,俺可能才会和他会合,俺本意不想和他埋一块儿,如果不埋一块儿,俺儿子也不愿意,再说俺死了,还能管得了自己吗,你们说是不是?俺恨他一辈子,他厉害,俺比他更厉害。

薛贞翠说,俺虽然是党员,但俺只知道干活,没当过干部,也没想过当干部。当干部这个事,俺是这样想的,你是个梁你就当个梁,你是个柱子就当个柱子,不能有过分的想法。俺两个儿子两个闺女,都在农村。大儿子弄苹果园,二儿子种地,两个闺女,也都是农村妇女。虽然他们都没啥出息,但都勤劳听话。这不也挺好的吗？入党就要当官，都当官去了，谁来当百姓种地？你们说对不对？我们问，还参加党支部的活动吗？薛贞翠说，怎么不参加，今天早晨又在吆喝。每次俺都去，俺还有个本子，哪次去哪次不去，都在上头记着呢。我们问，开会时发过言没有？薛贞翠说，俺看不惯多吃多占（吃公款占公家便宜），一提这事俺就生气，发过言，但有时发言也白搭，人家还说你能耐呢。人家当书记的当主任的，比咱高多了，人家就不说，俺生气也是白搭。幸亏现在国家反腐败，不反能行吗？一些人虽然是党员，可不干党的事，净打自己小九九（算盘），这样下去国家不就完了。俺这些老党员，干不动事了，可当年俺表的决心还清清楚楚地记在心里，如今，俺言行举止起码还是个党员的样子，这也让后辈们看看，力气没有了，可精神俺还是正的。组织上也没忘记了俺们，俺就睡那个炕，被子是国家送来的，去年腊月二十几俺忘了，盖了很暖和，都热得冒汗。

薛贞翠简朴的院子里有条白色的小狗，非常可爱，也非常友善，活蹦乱跳地朝我们摇着尾巴。薛贞翠告诉我们说，小白狗的名字叫小豆豆，俺养了，一是和俺做伴儿，另外还帮俺看那两只鸡。一位老人、一条小狗和两只鸡，便是这个简朴院落的真实图景，也是一位党员晚年的真实图景。

（节选自《见证》，人民文学出版社 2016 年 6 月出版）

东方白帽子军团（节选）

丁一鹤

黑客，又叫骇客，源自英文"Hacker"一词。

这是一个不具有任何褒贬意味的中性词。黑客特指追求技术的计算机高手，也就是网络江湖中具有强大攻防能力的绝顶高手。比如华山论剑的洪七公、欧阳锋、黄药师，武功不分正邪，侠客与败类分正邪，毁誉只在他们用绝世武功做了好事还是坏事。

黑客鼻祖凯文·米特尼克在《欺骗的艺术》一书中，指出黑客的核心精神价值是：被好奇心驱使，被探索技术的欲望与智力挑战的虚荣所驾驭。

好奇心、探索欲、挑战性，这是黑客存在的三个原始驱动力。就像江湖高手的巅峰对决，网络安全的本质就是攻防。在攻防中，黑客分出了正邪。

在黑客世界里，所有黑客被归为三种类型：

一是白帽子，比如洪七公，就是我们所说的正能量的安全黑客，愿意站在公众视野里匡扶正义。他们大多供职于网络安全公司或政府、企业的安全部门，主要工作是监测漏洞、查杀木马、修复系统。白帽子可以识别计算机或网络系统中的安全漏洞，但并不会恶意去用来获利或者进行破坏，而是公布并修补漏洞，防止被黑帽子利用，同时建立起强大的防火墙，阻止恶意攻击。

二是黑帽子，比如欧阳锋，是神龙见首不见尾的充满负能量的黑客，他们大多身处江湖之远，擅长攻击技术，精通攻击与防御,或通过网络盗取他人财富,或攻城略地伤害他人。

三是灰帽子,比如黄药师或者周伯通。他们是以自我为中心率性而为的绝顶高手,研究攻击技术的目的就是惹是生非,属于黑客江湖中亦正亦邪的角色。

这是站在中国江湖语境中,对于黑客的基本理解与分类。

而在现实世界中,黑客发动的网络攻击,已经成为对国家安全层面的严重挑战。

美国著名军事预测学家詹姆斯·亚当斯在《下一场战争》中预言:在未来的战争中,电脑本身就是武器,前线无处不在,夺取作战空间控制权的不是炮弹和子弹,而是电脑网络里流动的字节。

美军战略司令部前司令、空军少将约翰·布雷德利直言不讳地说:我们现在花在网络攻击上的时间,远超过花在网络安保研究上的时间,因为非常非常高层的人对网络攻击感兴趣。

早在2002年,美国国防部就提出了网络中心战理论,未来战场必然是一场又一场黑客军团发动的没有硝烟的大战!

从克林顿时代开始,美国着手网络安全领域的战略部署,网络安全的主题以防护为主。到小布什时代,在网络反恐主题下展开攻防结合,并建立网军司令部。2005年8月,美国国防部成立了代号为"暴雨"的反黑客行动小组。美军近年来不断强化网络安全意识,一边渲染国外黑客或敌对势力对自己的网络威胁,一边加强筹建各军兵种的网络战部队。美国组建了三支全新的部队——战略"黑客"部队、第67网络战大队和网络媒体战部队。

2007年5月,美国空军组建的第一个网络战司令部已经形成战斗力。该司令部升格为一个由四星空军上将领导的一级司令部,成为与空中作战司令部、空中机动司令部等其他九个一级司令部平级的单位。按照计划,整个美军的网络战部队将于2030年左右全面组建完毕。届时,它将担负起网络攻防任务,确保美军在未来战争中拥有全面的信息优势。

无论美国还是中国,网络安全,都已上升到国家安全战略层面。

2014年2月27日下午,中央网络安全和信息化领导小组宣告成立,在北京召开了第一次会议。中共中央总书记、国家主席、中央军委主席习近平亲自担任组长,李克强、刘云山任副组长。习近平在讲话中指出:"没有网络安全就没有国家安全。"

你来帮我清理门户

2006年12月,爽朗的南海热风携带着芒果木瓜成熟甜腻的奶香,吹进海口市一座五星级酒店的海景房里。

阔大的双人床上,四仰八叉地躺着一个肉乎乎的男孩。在微微的鼾声里,他再次进入自己构建过的无数次梦境之中。那是由无数编码和数字组成的梦境,在黑白的数字变幻中,一连串的程序编码向他眼前涌来,像群星闪烁的夜空,又像一张无形的大网,铺天盖地扑向他的眼前。

《黑客帝国》开篇的镜头!没错,这个男孩梦中的景象与他看过无数次的电影一样!梦中的主人公仿佛电影中的救世主尼奥,可眼前那鲜活的景象,分明是自己,不是虚拟的尼奥!面对铺天盖地汹涌而来的长着触角的章鱼形状机器人,他挥舞着双手,想撕开那张由编码和数字组成的无边无际的大网,一次次打碎怪兽。可费尽全力,却撕不开那张由万千机器章鱼构成的黑网。

在满头大汗的搏斗中,他挥舞着双手突然从床上坐起来。醒来才发现,除了梦,什么也没有发生。只不过,床上被汗水湿了一大片,额头和身上的汗水,还是热的。

"又是梦!"他自言自语之后,起身去洗手间冲了个凉水澡,换上宽松的海南特有的绿色椰林T恤,晃动着微胖的身体坐在桌前,打开笔记本电脑浏览当天的新闻。

网上蹦出一个消息,"阿里巴巴奇虎爆流氓软件口水战,谁比谁更流氓?"

"老周不是做流氓软件的吗?怎么又出来杀流氓软件了?

又是炒作吧？不好好做软件，整天炒作有什么意思？"他早已厌烦那些网上的口水官司，不过，让他感兴趣的是，网络江湖上传闻，前雅虎中国董事长周鸿祎以前做流氓软件起家，离开雅虎之后，突然做了一个查杀流氓软件的软件，摆出一副清理门户的架势。

"流氓软件之父"金盆洗手，在他看来，这倒是挺有意思。

"管用吗？不会是虚张声势吧？我来试试看。"他顺手下载了一个360安全卫士软件，因为他也挺讨厌流氓软件拖慢了电脑速度。

软件下载之后，他按照指令轻轻敲击了两下键盘，360安全卫士软件快速运行起来，随即蹦出一连串询问弹窗，先是询问是否杀掉3721上网助手，接着是百度搜霸。

"疯了吧，真的连自己起家的软件都杀啊？"他用鼠标点击了一下页面的提示后，两个流氓插件迅速被消灭。

这款软件竟然挺好用，他一连串儿清理了十几个流氓软件。

"这个老周，有点意思。"他随后点开了奇虎360的官方论坛。他更感兴趣的是，这些制造流氓软件的家伙，是怎么挥刀自宫的。

网络论坛上基本都不用真名，每人都用一个化名，也就是"马甲"。

他懒得在论坛上起名，随手打上了马甲的两个字母MJ，有人占用，他又加了个后缀001，发现这个头号名字也早已被人注册。随即，他又在MJ001后面加了一个1，留下了自己网络江湖的名号MJ0011。

这个ID，开始了他在360官方论坛的BBS征程。

他的兴趣爱好和19岁之前的人生跌宕，都是从BBS开始的。

他，以及MJ0011，现实中的名字叫郑文彬，一个不会被轻易记住的普通名字。

郑文彬是安徽舒城人。2002年，15岁的郑文彬以超出录取线 100 多分的成绩,考上安徽省重点高中舒城中学。在财政局工作的父亲见儿子成了学霸,一高兴就奖励他一台学英文的电子词典。父亲的本意是让他学英语的,但郑文彬发现词典里竟然有一些编程的功能,可以自己写程序、做游戏。

于是,编程序就成了少年郑文彬醉心的游戏。

等电子词典满足不了郑文彬的需求,父母又给他买来了电脑上网。郑文彬经常沉浸在各个技术论坛里,并从 BBS 的网友帖子中开始了他的技术积累。

父母发现,郑文彬吃过晚饭就钻进自己的房间里,基本上每天到凌晨四五点钟才熄灯睡觉。父母以为他酷爱学习,觉得这孩子懂事、争气,心里美滋滋的,也就没有管他。

可父母哪里知道,晚上不睡觉、白天睡不醒的郑文彬,因为沉迷于程序编写,学习成绩一落千丈,从前几名的学霸迅速变成学渣。

舒城中学的高考录取率超过 90%,等到郑文彬高考时,父母傻眼了,学霸儿子竟然只考上了个很烂的"三本"。此时,父母才知道电脑害了孩子,伤心欲绝的父母无力回天,郑文彬却一副无所谓的样子。

更让父母如鲠在喉的是,只到合肥读了几个月大学,郑文彬竟然连大学都懒得上了。

在合肥上大学的三四个月的时间里,郑文彬把图书馆里面有关电脑程序的书看了一遍,觉得再也学不到他要的新东西。问老师,老师也不比这些图书更专业更精通。

学不着新东西还学什么劲?他决定退学。

退学能干什么呢?郑文彬早有盘算,他在 BBS 里聊天时,认识一个做电子词典的老板,这个老板正在破解和研发一项新的电子产品。每次遇到困难,都是郑文彬在论坛上帮他解决问题。一来二去,这个老板力邀郑文彬到深圳加盟他的事业。

2005 年 11 月,只上了不到四个月大学,还不满 18 岁的郑文彬开始了人生第一次远行,直接从合肥飞到了深圳。

郑文彬帮那位老板做完产品设计之后,很快又无事可做了,便开始在深圳接一些电子设备的程序设计项目。半年后,郑文彬突然发现自己一个月竟然收入达到五万元左右。

这个从 BBS 上成长起来的天才少年,对金钱并没有什么概念。反正在深圳衣食无忧,他干脆就天天住在深圳上沙一带的酒店里研究程序。正是在这个时期,郑文彬开始深入接触到一些底层的编程技术,比如内核驱动、安全攻防。

每个男孩都有救世主一样的英雄梦想,看过《黑客帝国》的郑文彬,太想当一个救世主了。他的梦想就是成为中国的顶级黑客,像《黑客帝国》里的救世主尼奥,去拯救这个可能即将陷落的世界。

对于网络安全攻防的热爱,像南中国的热风一样从未降温。在酒店里住了一年,郑文彬给北京、广西等地的公司、政府都做过外包的电子设备项目。

2006 年 11 月,一位做程序的朋友请郑文彬到海口玩。来到海口之后,一边游山玩水,一边在这家酒店住了一个多月,过着海边散步累了回酒店上网的悠闲日子。直到一个月后,闭门不出的郑文彬一场大梦之后,登录 360 官方论坛,成了 360 官方论坛里的活跃分子。

郑文彬在论坛上玩得风生水起,很快成为论坛版主。

论坛上,不时公布一些连 360 安全卫士都查杀不掉的流氓软件。郑文彬自告奋勇地说:"我来试试!"

有时候是几天,有时候是几个小时,郑文彬帮助 360 杀毒团队对一些流氓软件进行专杀,并一次次获得成功。

MJ0011 成了论坛上的狠角色!立即引起了 360 安全卫士负责人的注意。

这位 360 官网的版主与郑文彬惺惺相惜,在论坛上和私下里,两人的聊天从春风化雨循循善诱,再到热血沸腾壮怀激烈。最后,360 的这位版主向郑文彬发出英雄帖:"来北京加盟我的战队吧,这里有你的战场!你可以砍菜切瓜、快意冲杀!"

"杀毒我倒是挺感兴趣,不过我在这边收入还可以,过得也挺好挺自由,不愿意过去。"郑文彬拒绝得很实在,自己一个月轻松就有十万元的收入，突然去给别人打工受约束，实在情非所愿。

郑文彬的拒绝，哪里抵得过这位聪明绝顶的版主："不用急着签工作合同，你来看看，要是愿意帮我们做一些东西，我们付费给你，这样好不好？"

此时，正好郑文彬在网上认识的一个苏州朋友，也热衷于网络安全，他也想到奇虎公司看看，力邀郑文彬同赴北京。

2006年12月底，临近元旦的一天，两人相约在北京首都机场相见。

12月份的海口还热得开空调，胖胖的郑文彬出发前，预想到北京比较冷需要找件厚衣服，找来找去，找到最厚的是一件长袖T恤。一下飞机，零下四五度的寒风让郑文彬不禁打了冷战。

不知道此行是吉是凶。管他呢，两人从飞机场打车直奔市区买了一身棉衣，才拨通了奇虎公司那个版主的电话。

两人冒着寒风赶到位于四惠桥西北角的奇虎公司。见面之后郑文彬才知道，这位版主就是当时在网络界大名鼎鼎的360安全卫士负责人，时任奇虎360安全卫士的产品经理。

360安全卫士负责人很忙，寒暄了两句后说："我还有别的事儿，今天晚上我安排360安全中心的两个哥们儿接待你们。明早你们再来公司，我带你们见老周。"

郑文彬内心微凉，热血沸腾地跑到北京，竟然安排两个陌生人简单接待，岂是待客之道？看来，360安全卫士负责人并不是他想象的尼奥的伯乐墨菲斯。

陪他的人中有个叫余和的技术员，郑文彬与余和聊天后才知道，360整个安全团队只有区区十个人，的确忙得不可开交。

郑文彬释然了。

第二天，360安全卫士负责人带着郑文彬见到了奇虎公司董事长周鸿祎。

没什么寒暄，聊了几句，周鸿祎就一眼看出了郑文彬的疑虑,他抛出一个问题:"在论坛里面帮网友解决问题,你跟他都是版主,你俩比较一下,一天最多能回多少个解决疑难问题的帖子?"

郑文彬如实回答:"不眠不休,三四千个吧。"

周鸿祎微微一笑:"在论坛里帮人解决问题,每天三四千是极限了吧?如果我给你一个更大的平台,是不是更有意思?"

"多大的平台?"郑文彬显然被吸引了。

"一天帮几千万,将来甚至几亿人吧,感兴趣吗?"周鸿祎笑眯眯地看着郑文彬。

一句话把郑文彬给镇住了,帮几亿人,这不就是拯救世界吗?他几乎没过脑子一般,抢着回答说:"感兴趣!感兴趣!"

周鸿祎说:"除了兴趣,更重要的是责任。你得用自己的技术和经验保护用户信息安全。如果用户上网没有防护,就如同一个小孩抱着黄金在大街上裸奔,网络安全工程师就是匡扶正义、除暴安良,责任就是帮助和保护用户。你要做的不是炫技,而是成为网络安全英雄,这是我们与黑客的最大区别。"

"这没问题,为了你说的那个责任,我决定了,跟你干!"一直专注于技术的郑文彬,头一次听到自己的技术可以帮助成千上万人,甚至能成为网络安全英雄,他内心里小小的英雄情结被激发出来,几乎没做任何考虑,就答应下来。

直到要签订入职合同的时候,热血沸腾的郑文彬在朋友的提醒下,才想起来根本没跟周鸿祎谈报酬问题。

"我冲的是周鸿祎,又不是冲钱去的!"本来对金钱就没什么概念的郑文彬,毫不在意。他在意的是,周鸿祎可能是那个认定他是救世主的伯乐墨菲斯,会引领他在黑客江湖中快意恩仇!

话是这么说,那时候郑文彬单打独斗,每月能赚十万元左右,到奇虎公司的收入却只有区区几千元,差别还是挺大的。

他在警方之前揪住了熊猫烧香

所谓互联网安全技术,就是"互联网+安全技术"。

加盟奇虎公司之后，郑文彬成为奇虎360安全团队的一名技术员，负责360流氓专杀软件。

此时的360安全卫士团队全部加起来只有十人，除了负责整个项目管理的产品经理，再去掉运营、客服等，杀毒一线的技术人员只有郑文彬等三四个人。

后来360公司成为国内最大的网络安全产品及服务供应商之后，很多人感兴趣的是，谁是奇虎公司向流氓插件开第一枪的人。在郑文彬的记忆中，开第一枪的那个人叫余和，也是郑文彬加盟奇虎公司之后亦师亦友的好伙伴。

坐在郑文彬对桌的同事余和，是郑文彬进入杀毒领域的第一任导师，他为人平和，不怎么爱说话。

进入360之后，郑文彬才发现，在此之前他帮别人做电子设备，使用的是底层编程语言。而余和开发安全程序，使用高级编程开发软件，郑文彬完全不会。这就相当于两个世界的语言，只懂中文的郑文彬面对操着流利英语的余和，完全傻掉了。

"怎么办呢？"郑文彬挠着头。

"学呗，我来教你，有不懂的你就问我，反正我就坐在你对面。"余和也不多说。

只能边学边干了。晚上回到租住的房子，郑文彬熬得通宵达旦。第二天到单位，把不懂的问题提出来，余和再逐条地教给郑文彬。

即便这样，也会遇到这样那样的问题。一旦写程序卡住了，郑文彬只好问余和："又卡了，下一步该怎么写？快来教我。"

余和基本不抬头，接茬告诉他一个指令，问题立即迎刃而解。

在写程序时，大多数程序员能记住经常用的程序指令，但不经常用的技术参数怎么用，差不多所有程序员都需要查手册。

在请教的过程中，郑文彬才领教了余和这位程序高手的厉害。在Windows手册中，有几万个功能接口，余和竟然能把所有接口的功能和指令背得滚瓜烂熟，操作起来根本不用去查。郑文彬只要遇到某个功能接口搞不清楚，一问余和这个功能需要什么指令,余和随时都会不假思索地告诉郑文彬。

这种过目不忘的天才,郑文彬也只是听说过,但亲眼见到还是第一次。

而郑文彬的学习速度,也让天才余和惊诧不已。

在余和的调教下,郑文彬几个月就很快打通了两种程序语言的障碍,开始杀毒软件的设计。就像一个中国孩子到了美国,不但三五个月内学会了英语,还突然做起了博士论文。

实际上,这种令人惊诧的学习进度,付出的是超乎常人的精力消耗,得到的却是极大的身体伤害。郑文彬每天只休息三四个小时,而只比他大十岁的余和更是长期失眠,整日整夜睡不着觉。到医院一查,余和患有长期高负荷工作带来的严重神经衰弱症。

正是这种肉体上高强度的付出,才使他们在网络安全领域总是快人一步,也让郑文彬在安全软件的构架上有了初步感觉。

郑文彬发现,与一般流氓软件不同的是,大公司的流氓软件多数都有很强的内部保护。如某著名网络公司的上网插件,是一个德国专家帮他们设计的一套保护系统,国内没有这么高的技术把它清掉,一般的杀毒技术也杀不掉它们,导致很多的网民有插件也清除不了。

打通编程语言关口的郑文彬,就像练武术打通了任督二脉,开始在余和带领下专注于研究新的杀毒技术,清除顽固病毒的底层保护。

经过半年左右的清理,师徒两人联手,基本干掉了所有的流氓插件。

360安全卫士在低调中成长,增加了漏洞修复、查杀木马、装机必备、体检等功能。到2007年,360安全卫士每天安装量高达40万,安装总数达到数千万。

360安全卫士名动天下,少不了国外杀毒软件卡巴斯基的功劳。360安全卫士推出时,考虑到奇虎公司自身毕竟不是专业做安全的,贸然抛出一个自己开发的流氓克星软件,背后没有强大的安全技术支持,必然会全军覆没。进入安全领域之初,奇虎公司找到曾经的合作伙伴卡巴斯基,与他们达成协议,延续了以往的合作模式:奇虎每年向卡巴斯基支付数百万元,卡巴斯基提供杀毒软件,把卡巴斯基与360安全卫士捆绑起来,提供给用户。

奇虎公司进入安全市场,之所以把目标锁定在流氓软件上,是因为当时杀毒厂商并不认为流氓软件是病毒,所以并不查杀流氓软件。而周鸿祎是公认的流氓软件之父,他出面清理流氓软件,别人也会认为是自己清理门户,不会招致大多数杀毒厂商的抵制。

事实上,大部分流氓软件是国内互联网的大牌公司做的,杀毒厂商跟这些互联网公司都有切不断的联系,因此互联网界有一个不成文的默契:杀毒厂商不把流氓软件当病毒,也不会去查杀。因为谁查杀流氓软件就是断人财路,自己又不得利。

清理流氓软件意味着把同行得罪光。每个有名的流氓软件背后都是一家大公司,剜大公司的心头肉,这和一场火并差不多。

郑文彬作为冲锋在前的杀毒战士,又必须打好这一仗。

与此同时,普通用户盼望清理流氓软件,就像受压迫受剥削的老百姓盼救星解放军一样!

当时的互联网用户,几乎所有人都为流氓软件头疼不已,无论是开机还是上网聊天查找资料,都卡得不行,而且随时都会跳出一些流氓软件,引导用户一不小心就点进黄色网站,而且无论怎么删都删不掉,多数用户无奈之下只好重装系统。有的用户几乎每个月都要不厌其烦地重装一次。360安全卫士一出场,立即受到欢迎,大部分流氓软件都被删除。

因为360安全卫士瞄准的是流氓软件,推出之始并没受到传统杀毒厂家的很大阻力,他们都以为周鸿祎这是在清理自家门户,抢不了自己的地盘。

但最后,360安全卫士因为查杀了雅虎助手插件,最终升级成了道德指责和封杀,升级成了一场官司,升级成了一次互联网界的震动。这是郑文彬始料未及的。

清除流氓软件看似是周鸿祎的小试牛刀,但奇虎公司迅速成为互联网世界斜刺里杀出的一匹黑马,令同行惊诧。尽管与瑞星、金山和阿里巴巴等几家互联网公司争到了法庭上,但360安全卫士获得了爆发式增长,很快成为装机量最大的安全软件。

奇虎360闯入安全市场正是生逢其时,在清理完流氓软件之后,郑文彬匆匆找到周鸿祎报告:"一种比蠕虫更厉害的新病毒,最近非常猖獗!"

"什么病毒?!"周鸿祎仿佛发现新猎物一样两眼放光。

郑文彬解释说:"这种病毒叫木马!就像特洛伊木马一样,伪装进入电脑程序后散布病毒,这种病毒跟人身上的癌症一样,只要发现就是晚期,不但能直接搞乱电脑,甚至远程控制电脑程序。黑客可以通过木马控制盗取银行账号、游戏密码,远程控制他人电脑等手段,窃取网民信息,把整个互联网搞得阴云密布。我敢断定,木马背后肯定有着巨大的利益驱动,也肯定不是以往独行侠式的黑客单打独斗,而是很多黑客联手作战。"

"咱们有没有办法干掉它?瑞星、金山那些杀毒厂商有没有好招数?"周鸿祎问。

"木马泛滥速度很快,有人在网上叫卖木马。传统杀毒厂商也措手不及,因为木马变种很多,暂时都还缺乏有效的杀毒程序,只能出来一个杀一个。不过,我相信瑞星、金山他们会很快开发出来杀毒程序,我们团队人少,但估计也不会比他们晚!"郑文彬谨慎地说。

周鸿祎说:"传统的杀毒厂商采用的模式,是先卖一个光盘,用户装在电脑上之后,再适时更新病毒库,木马可能在任何一个时间段进入用户电脑,而用户不可能不间断地升级杀毒程序。即便跟他们同时开发出来杀毒软件,我们也可以第一时间发布,可以与瑞星、金山他们来一个赛跑!"

肆虐互联网的木马让郑文彬打了鸡血一样兴奋,就像江湖高手面对另一个高手,忍不住挑战一样,他对周鸿祎说:"我打算编写一套针对木马的专杀程序,怎么样?"

"当然,马上开工,现在就干!"周鸿祎说。

从2006年底到2007年初,短短的两个多月时间,憨态可掬的熊猫图标占领了无数电脑的屏幕,一个名为"熊猫烧香"的病毒不断入侵个人电脑、感染门户网站、击溃数据系统,亿万用户叫苦连天,杀毒厂商焦头烂额,病毒作者被黑客江湖追捧,甚至《2006年度中国大陆地区电脑病毒疫情和互联网安全报告》中,也把"熊猫烧香"评为"毒王"。

"跟上去,看看这个熊猫烧香有什么特点?"余和站在郑文彬背后,两人盯着面前几台电脑上频繁出现的熊猫图标。

"熊猫烧香病毒几乎一夜之间控制了全国数百万台电脑,熊猫一声号令,中毒的电脑就乖乖献出账号密码,并充当它攻击网站的打手。因感染手段丰富,熊猫烧香病毒很快四处传播,病毒大潮犹如洪水,惊涛之下,无人能挡。"郑文彬解释说。

满头大汗的郑文彬噼里啪啦敲击着键盘,突然,他指着电脑屏幕上的一串字符,回头对余和说:"沿着这个病毒的相关信息,我捕捉到熊猫烧香病毒的源代码含有一个whboy字样的符号。在此之前,含有whboy源代码符号的系列病毒曾经出现过,不知道是不是一个人开发的。"

余和说:"很可能,目前的木马病毒是根据国外病毒的源代码改写的,真正原创的成分非常少。"

郑文彬说:"以前与whboy符号相关的病毒出现时,并没有明显的特征,所以我没怎么注意,根据这个源代码,我怀疑熊猫烧香与以往昙花一现过的木马病毒,可能出自同一个作者之手。"

"你再查查,相较于其他感染性木马病毒,熊猫烧香的感染性怎么样?危害程度大不大?"余和着急地问。

"这个木马病毒比较胆小,除了窃取密码之外,没做任何破坏性操作。不过奇怪的是,以往的木马病毒很少用某种符号来公开显示病毒,大多用户只有在丢了账号之后,才会发现自己的电脑中毒了。而熊猫烧香不一样,只要感染电脑,就会显示熊猫烧香的图案,高调到唯恐别人不知道。这小子有暴露癖?反正有点炫耀的意思!"郑文彬说。

"只要是炫技的家伙,一般武艺都不怎么高,花拳绣腿就会有软肋,如果去掉修改图标这个过于明显的中毒特征,熊猫烧香感染电脑的数量,在所有木马病毒里并不是最大的,危害也并不像媒体报道的那么巨大。你查查这小子有没有留下注册人的信息?"余和笑了。

沿着whboy这个代码,郑文彬找到了熊猫烧香病毒的首页。在首页上,郑文彬几经搜索,竟然找到了注册人的信息。打开一看,是一个武汉的地址。

"快看,whboy,就是武汉男孩!"郑文彬笑着指着电脑上的一串字符说。

"要注册域名就要填家庭住址和电话,你继续搜索下去,看看能否找到这个黑客的蛛丝马迹?"余和顾不上跟郑文彬玩笑。

郑文彬噼里啪啦敲击了一串儿电脑字符之后,指着电脑说:"武汉男孩竟然填写了真实的个人信息。你看,他留下了真实的名字李俊,还有自己的家庭住址。估计这是个初出江湖的黑客,他也许并不知道,对于高手而言,这是暴露身份的致命线索。这个雏儿,用他的这段代码暴露了自己。"

余和不屑地说:"黑客炫技!这个武汉男孩只不过是通过制作一个让人记住的形象,来证明他是网络世界的熊猫。比起你郑文彬,他哪里是熊猫?狗熊而已,你才是熊猫呢。既然找到它的致命要害,你赶紧把这个病毒查杀了吧!"

后来名动天下的武汉男孩李俊,此时当然不知道,当他把自己和同伴共用的代号"whboy"写入病毒的时候,就给自己的犯罪留下了蛛丝马迹,这个踪迹在李俊被警方抓捕之前一个月,就被郑文彬与余和查到了。

遗憾的是,那时候杀毒行业并没有构建一个有效的报毒规则,各家安全公司的高手发现病毒之后,都到软件更新评测的网站去发布消息,提醒业界注意,或者共享自己的开发杀毒程序。

追踪到熊猫烧香的木马病毒之后,郑文彬把自己的这个发现,发到中文业界资讯网站 CnBeta 上。

郑文彬公布了熊猫烧香相关信息之后不久,湖北省公安厅 2007 年 2 月 12 日宣布,湖北公安厅网监部门一举侦破了熊猫烧香病毒案,抓获了 25 岁的武汉新洲区人李俊。从病毒泛滥到被抓获,李俊通过自己出售和由他人代卖的方式传播熊猫烧香病毒,在网络上将病毒销售给 120 余人,非法获利仅仅十万余元。

也就是从李俊开始,很多人第一次知道黑客的生财之道。

2007 年 9 月 24 日,熊猫烧香计算机病毒制造者及主要传播者李俊等四人,被湖北省仙桃市人民法院以破坏计算机信息系统罪判刑,李俊被判有期徒刑四年。

李俊被判刑后,余和与郑文彬聊天说:"这个李俊虽然谈不上黑客高手,但他的教训足够深刻。就像他自己说的,想过普通的生活,就会遇到普通的挫折,想过上最好的生活,就一定会遇上最强的伤害。你想要最好,现实世界就一定会给你最痛。能闯过去,你就是赢家,闯不过去,那就乖乖做普通人。"

郑文彬笑笑说:"那我还是乖乖做普通人好了!"

2009 年 12 月,提前出狱的李俊高调进京求职,瑞星、江民直接端出了闭门羹。李俊也来到奇虎求职,面试之后,证实了郑文彬跟余和当初的判断,李俊只不过是入门级的黑客。奇虎婉言谢绝了李俊的求职。

失落的李俊黯然离京,仅仅两年之后,李俊与他的伙伴在浙江丽水开设网络赌场,所涉赌资超过 7000 万元,案件为公安部督办大案。李俊再次被法院以开设赌场罪判刑三年。

当余和与郑文彬聊起李俊被再次判刑的消息时,余和慨叹地说:"没有浪子回头的温情,没有国家招安的人生转折,李俊的黑客人生也被病毒侵蚀了。他一次次以极端的方式冲上巅峰,然后迅速跌落。这个自以为天才的黑客少年,在人生路上反复染毒,为什么?"

"证明自己的方式有很多种,就看他选择什么样的人生。

他选择了做怪物,我们只好做打怪的奥特曼!灭病毒的尼奥!"郑文彬跟余和相视一笑。

"成为黑客还是网络安全英雄,其实仅仅差之毫厘。在黑客的世界里,只要你是技术高手,其他人都会佩服你,追捧你,崇拜你。就像进入江湖世界,那里有高手的自尊、侠客的成就,也有令人不齿的江湖败类。不过,我现在关心的是,你从这次熊猫烧香的泛滥,发现了什么?"余和问。

"熊猫烧香引发了用户对杀毒程序的依赖,但杀毒软件价格动辄在百元以上,中国个人用户都没有花钱买软件的习惯,杀毒软件普及率偏低,所以很多人就遭到木马侵袭。"郑文彬分析道。

"我们能不能做一款覆盖率很高的杀毒软件,免费提供给用户,这样的话,像熊猫烧香这样的病毒,就不可能大面积爆发了。"余和说。

"我赞成免费!不过,这样一来,就断了黑客的财路啊,断人财路,必遭报复啊!"郑文彬直言不讳。

余和笑了:"魔高一尺,道高一丈。有咱们在,怕什么?大不了把这些黑客高手招到我们麾下,由你这个韩信做总指挥,带着他们去冲锋陷阵。韩信将兵,多多益善嘛!"

对阵机器狗

写病毒的黑客,永远不缺乏媒体关注,尤其是其中的佼佼者。不少媒体有意无意地把这些病毒作者捧为"电脑天才""超级黑客",这种现象不仅出现在国内媒体中,甚至国外也有类似的现象。比如被热捧的号称世界头号黑客的米特尼克、CIH病毒的作者陈盈豪。

然而,很少有人关注到,在与黑客博弈的战场上,郑文彬这些默默无闻的网络安全英雄们,却时刻枕戈待旦,守卫着网络的安全。

在熊猫烧香之后,郑文彬还成功阻击了一种更为猖獗的

"机器狗"病毒。

2007年前后,中国大街小巷冒出了数以万计的网吧。很多买不起电脑、家里上不了网和父母不让上网的年轻人,纷纷拥进了网吧。

网络游戏吸引了众多上网的年轻人。网络游戏都需要密码,密码关联着购买网络武器的虚拟货币,盗走游戏密码等于盗走了玩家的货币,这是一个巨大的损失。

当时,网吧对付病毒和木马的撒手锏是一张还原卡。如果电脑不幸染毒,就用还原卡重启一下,电脑就会自动还原成正常程序。网吧里的电脑之所以不怕中病毒,靠的就是这张还原卡。

但不久之后,很多网吧集中反映,一种新的病毒以迅雷不及掩耳之势,冲击了中国几乎所有的网吧和大多数个人用户。郑文彬上网查看之后发现,这个病毒没有名字,中毒后显示的图标是SONY的机器狗阿宝,就像之前的熊猫烧香一样,网民给它起了个名字叫机器狗……

全球反病毒监测中心也发布紧急病毒预警:机器狗新变种大规模爆发!短短几天时间,郑文彬他们接到数百位用户的求助电话。

郑文彬立即把这个情况报告给余和说:"这个机器狗的厉害之处在于,它是一个典型网络架构的木马型病毒,病毒将自己保存在系统中,定期从指定的网站下载各种木马程序,来截取用户的账号信息。"

"这个病毒的感染是什么样态?"周鸿祎问。

郑文彬说:"机器狗的中毒症状是,用户打开'我的电脑',或者打开浏览器,在只开一个窗口的情况下,机器狗木马就会把打开的窗口关闭,桌面进程就会重启,而在这个过程中,玩家的游戏装备就会被疯狂盗取。"

余和说:"网吧的电脑上不是装了还原卡吗?你的意思是,这个病毒穿透还原软件后进行感染和攻击?"

郑文彬解释说:"机器狗除了疯狂攻击电脑之外,谁也不知道它从哪里来,到哪里去。网吧和个人用户大面积被感染。机器狗病毒新变种频出,互联网面临一场狂犬病考验。"

余和分析说:"那用户的办法只有一个,只能选择重装系统。感染硬盘,盗取游戏密码,这很可能是针对网吧的用户设计的病毒,黑客的身后有着巨大的利益。"

郑文彬回答说:"对,机器狗就是一种病毒下载器,它可以给用户的电脑下载大量的木马、病毒、恶意软件、插件等。一旦中招,用户的电脑便随时可能感染任何木马、病毒,这些木马病毒会疯狂地盗用用户的隐私资料,比如账号密码、私密文件,也会破坏操作系统,使用户的机器无法正常运行,它还可以通过内部网络传播、下载 U 盘病毒和攻击病毒,能引发整个网络的电脑全部自动重启。机器狗就像潜伏到电脑内部的特务,随时发出信号召唤敌人来攻击,这招太损了。包括《传奇》《魔兽世界》《征途》《奇迹》等多款网游账号和密码都被盗,严重威胁游戏玩家数字财产的安全。"

余和说:"那我们要注意这批黑客的动向了,从病毒的升级进化分析,第一代黑客是炫耀技术引起关注,这样的高手我们可以招到麾下;第二代黑客是制造病毒破坏系统训练攻防,这也不可怕,也可以为我所用;但第三代黑客有一部分已经完全从量变到质变,他们写病毒的目的只为一个字,钱。他们写病毒、传播销售、再到洗钱分账。黑客制造病毒,在李俊之后已经形成黑色的地下产业链,触目惊心啊。你经常泡在反病毒论坛里,要密切关注那些高手们的帖子,他们是杀毒高手,也可能是制毒高手。"

黑客打造的黑色地下产业链之嚣张,令余和与郑文彬怒不可遏,就像江湖高手面对敌手的恶意挑战,必然亮剑一搏!

郑文彬的判断没错,机器狗就是剑指网吧而来,而且是针对所有的还原产品设计的,破坏力很快超过熊猫烧香。

就在广大网友对机器狗病毒深恶痛绝之时,机器狗作者竟然浮出水面,而且公开在网上叫卖,公然留下联系方式,甚至在博客里叫嚣:够网络警察玩几年!

"别麻烦警察叔叔了,有我在,就先把你给收拾了!"郑文彬微微一笑。

在机器狗病毒作者专门注册用来出售木马病毒的网站上,木马病毒生成器的价格从数千元到数十万元不等。这些制售木马病毒的作者们牟取的黑色利益显然相当不菲,可想而知,在购买了这些高价的"重型武器"后,木马病毒作者们会变本加厉,疯狂地盗窃、抢夺普通网民的虚拟财产。

地下黑色产业所带来的巨大经济诱惑,让一批无良黑客铤而走险,有恃无恐。机器狗横扫各大网吧,盗取网游账号无数,堪称病毒界的血滴子,一杀一个准。

郑文彬在完整版的机器狗出售说明上,还看到这样一行文字:

1. 如果您已经决定购买代码请联系客服付5%的定金。

2. 买一张到USA的机票,具体地址我们告诉您,告诉我们您到达的时间我们好去接您。

3. 到我们团队的驻地拿代码,我们为您现场调试,您在我们驻地的消费以及往返机票费用我们全包。

USA? 难道这是一个藏身在美国,制作木马病毒的专业犯罪团伙?

如果机器狗的作者果然藏身美国,遥控着国内的木马病毒,同时又向国内木马病毒制作者高价贩卖先进的病毒木马技术,那么,这个情况真是令人毛骨悚然!

郑文彬连续跟踪,发现机器狗制作者相当狡猾,只留下了一个电子信箱用于联系,但仅凭这个联系邮箱找不到任何有用的信息,追踪机器狗作者藏身之处,极其渺茫。

倚天不出,谁与争锋?眼下最要紧的是先阻止这个病毒的肆虐。

郑文彬连夜熬通宵,研究机器狗木马病毒症状之后发现,机器狗主要有两个中毒症状。一是如果360安全卫士无法打开或者打开之后被关闭,系统变得非常慢,系统时间莫名其妙被更改。"我的电脑"图标不正确，输入法无法打开，说明可能中了机器狗。二是打开 C:\WINDOWS\system32 文件夹，如果在属性窗口中看不到文件的版本标签，说明文件已经被病毒替换，已经中了机器狗病毒！

机器狗病毒生命力相当顽强，仿佛是打不死的"小强"。

针对这款病毒的特性，郑文彬很快开发出了 360 安全卫士"打狗秘籍"。《360 顽固木马专杀大全》一经推出，立即成为机器狗的天敌！

这款《360 顽固木马专杀大全》，集成了数种顽固木马专杀工具，用户可以"一箭多雕"，只要下载一个，就可以查杀数十种顽固木马病毒。

自此之后，360确定了一个杀毒原则：木马不过夜！

机器狗病毒为祸互联网，也引发了一场杀毒厂商的集中大围剿。在 360 安全卫士挥动"打狗棍"围猎机器狗之后，同仇敌忾的各大杀毒厂商，也有效针对机器狗病毒的传播特点，纷纷推出专杀工具。

一时之间，杀毒厂商众志成城，有效阻击了机器狗入侵。机器狗在猖獗了一个阶段之后，气焰渐渐消散。

但很多没有安装杀毒软件的电脑，不幸成为机器狗的猎物。机器狗肆虐期间，香港演员陈冠希轰动一时的艳照门事件，很多人怀疑是被机器狗木马控制之后，盗取了有关图片视频。

郑文彬怀疑，机器狗病毒不是一个人而是一个专业制售木马病毒的犯罪团伙，他希望公安部门能够介入，打击并消灭这种可能藏身国外、专门贩卖木马病毒的黑色产业，还广大网民一个干净的网络环境。随后，郑文彬将相关信息报告给了警方。

但警方介入之后发现，随着 360、金山等各大杀毒厂商纷纷推出了自己的打狗软件，机器狗病毒不再猖獗，作者隐身于江湖再未现身、去向成谜。

自此，机器狗病毒成了一桩悬案。

卡巴斯基退场逼出双引擎杀毒

几场围猎木马的战役打下来,周鸿祎在公司会议上说:"木马地下黑产业的危害远远超过我们的想象,互联网上没有安全软件的电脑就像在风雨中裸奔,大量裸奔的电脑成了木马赚钱的乐园,这对网民的上网安全构成了极其严重的威胁,我们必须无偿给他们提供安全保障!"

"只有用免费安全软件把全体网民都武装起来,让木马赚钱越来越难,才能真正遏制木马产业的危害。但目前的格局是,各大杀毒厂商都在收费,我们如果收费,很难做大做强。如果不收费,那就意味着向各大杀毒厂商宣战!要慎重考虑一个完全策略!"很多人纷纷质疑。

"不管三七二十一,先搁置争议,做起来再说。有不同意见,可以坐下来慢慢谈!"周鸿祎说。

然而,令周鸿祎万万没有想到的是,内部的争论还没有平息,外援就来叫板了。曾经合作愉快的外援卡巴斯基,眼看一年的合约到期,向奇虎360公司提出了要求,要终止合作。

周鸿祎不得不坐下来跟他们谈判:"有什么要求,提吧。"

卡巴斯基负责人回答得很真诚:"一年从你这里拿几百万太少了。卡巴斯基现在的装机量中国第二,所以我们准备回到收费模式。"

周鸿祎毫不客气地指出:"知道不知道,你们这装机量的中国第二,是我老周拿钱买来免费送出去。知道吗?没有360安全卫士带你们玩,你在杀毒市场根本排不上队!"

对方有装机量垫底,也毫不退让:"除非你能答应我们的条件,提高卡巴斯基的使用费,否则,没什么可谈的!"

双方的合作就这么结束了。

卡巴斯基的退场,就像作战时两翼撤出,主力失去了护卫。又像对阵的拳手,自己露出了软肋,即便有再强大的拳头,防守出了问题,也会被对手轻轻击倒。

形象一点说,杀毒软件需要一个发动机,就是所谓的杀毒引擎。作为杀毒软件供应商,做杀毒软件就像造飞机,360掌握了飞机的制造技术,却不掌握核心的发动机制造专利,这是人家国外才有的知识产权。当务之急是需要把这个发动机买过来,装在奇虎这架飞机上,奇虎才能飞起来。

奇虎自己的技术人员只有十几个人,临时制造一个发动机,仓促上阵研发,在时间上显然等不及,怎么办?

无奈之下,奇虎公司买来罗马尼亚 Bitdefender 公司一个杀毒引擎,先临时救急。然而问题接踵而至。郑文彬向周鸿祎的汇报更是雪上加霜:"我们用360安全卫士整合罗马尼亚搜索引擎的过程中,出现了很多问题。在扫描病毒时,经常不知道什么原因就突然死机了。因为对方的软件很复杂,谁也搞不懂出了什么问题。"

彻夜未眠的郑文彬红肿着眼睛,满头大汗地坐在电脑前冥思苦想,周鸿祎拍拍郑文彬的肩膀问:"想到什么解决办法了吗?"

郑文彬说:"没有。跟对方沟通没有反馈,唯一的办法就是赶紧飞到罗马尼亚跟他们沟通!"但公关部门回答说:"这个办法行不通,我们已经想过很多办法了,但是签证办不下来,罗马尼亚的签证太难弄了。即便疏通关系,签证也要等很久才下来,再想别的法子吧。"

周鸿祎对郑文彬说:"要不,你去一个罗马尼亚附近的国家,然后想办法偷渡过去,怎么样?"

郑文彬当即答应说:"这个好玩,行啊。"

周鸿祎说:"我记得你们团队有个侦察兵出身的人吧,就让他跟你一起去,给你当保镖,去罗马尼亚把问题给我解决了。"

"真的?行啊!"不怕事小的郑文彬抢着答应下来。

"行什么行?赶紧想别的办法跟罗马尼亚那边沟通,看看怎么解决。"周鸿祎开了个玩笑,眼见郑文彬当真,他自己也笑了,"你这小子一根筋啊,你真带着侦察兵偷偷跑去了,我是等着警察来,还是等着外交部的人来?"

郑文彬失望地笑着说:"那算了,依靠别人的技术,不如自己开发。杀毒搞不过外国人,我就不信了!"

郑文彬当然没偷渡去罗马尼亚,最后只能熬过无数个通宵分析遇到的问题。过了一段时间,罗马尼亚的工程师飞来中国,帮助郑文彬解决问题时,惊奇地发现郑文彬已经把这个软件的核心内容破解出来了。

一年之后,郑文彬带领团队,设计了独立的搜索杀毒引擎,要比罗马尼亚的版本更高级。

周鸿祎之所以坚决要掌握杀毒技术的自主知识产权,是因为他认为依托国外杀毒技术开发的产品,说到底还是个卖软件的,终归受制于人。如果能够打造一款自己的杀毒引擎,就等于自己能造发动机了,即便买来的杀毒引擎突然"空中停车",自己的杀毒引擎依然保证能够杀毒,等于一架飞机有了两个引擎。

尽管后来360依然与罗马尼亚这家杀毒软件有着良好的合作,但360使用的已经是由郑文彬他们开发的杀毒引擎了。

给微软找漏洞打补丁

2007年4月,360安全团队突然接到大批网友求救。网友说,一进入网站,只要点击一个网页或者下载软件,就立即中招,电脑马上瘫痪。

客服人员立即将这个情况传递给了郑文彬。

"多少人报告中毒?又是木马吧?"郑文彬问。

"没法数了,你去论坛看看吧!"客服说。

当时求救的方式就是在论坛上发帖子,当时360使用的论坛系统能容纳十万到20万网民同时在线浏览聊天,但是发生了这种爆发性的病毒事件,大量网民同时来论坛求助,论坛系统撑不住,就打不开了。郑文彬进入论坛后发现,几十万网民在论坛上留了求救帖子,用户们纷纷称:我什么也没有干,就是上网下载不知道什么东西,就中了流氓软件。

按照网民的求救,郑文彬进入网站发现,这些木马主要利用含有漏洞的图标进行攻击,进入一个网站后,只要浏览到网站里的图标,就会中病毒,而且网民无论是通过浏览器浏览,还是用各种看图软件打开,或者在即时聊天窗口、电子邮件、Office 文档里查看这些图片,都会中招!

哪怕只是看了一个 QQ 表情!

用户自己当然不知道是怎么回事,郑文彬沿着用户的踪迹进入几个网站搜寻,发现这些网站和网页都被挂了木马,就像被人们常常走过的路上埋满各种各样的地雷一样。

郑文彬发现,这次挂马的范围不但包括 IE 浏览器、Office 软件以及 Windows 自带的图片浏览工具,还波及了几乎所有能查看、展示主要图片格式的第三方软件,包括主流聊天工具、浏览器、看图软件和视频播放软件。

这种大面积的挂马,以前还很少发现。根据经验,郑文彬立即做出判断:"攻击者将木马藏在文件中,很可能是浏览器有漏洞!这是一种新的病毒攻击模式!"

"漏洞是什么?"客服人员对于漏洞知识了解并不多。

郑文彬解释说:"通俗一点说,漏洞就是那个隐藏在草丛之下的蚂蚁洞,平时根本看不到,只要洪水到来,千里之堤毁于蚁穴,结果是洪水肆虐,哀鸿遍野!"

"那这个漏洞哪里来的?"客服人员听郑文彬突然用这么诗意的语言说了一番,还是有些蒙。

"说白了,漏洞是微软一出生就带来的缺陷,而且是不可避免的缺陷,就像你个子高我身体胖一样,每个软件都带有独特的遗传基因,攻击者就是利用这个固有的弱点挂上木马,有针对性地进行攻击。比如长城,漏洞就是万里长城上那块松动的砖,或者是肉眼看不到的细小裂缝,朔风吹过,孟姜女的泪水就可以泡倒!只需要一个小口子,整个国家就会被强虏的铁蹄踏遍!江堤不能杜绝蚁穴、长城无法防止裂隙,在网络世界里,漏洞永远不可避免。黑客就是瞄准漏洞攻击的那成千上万的蚁群,无处不在的风声。"郑文彬的话语突然变得充满诗情画意。

"那就是没办法了?微软那么强大的技术实力,难道他们不知道自己的软件有漏洞吗?"客服说。

郑文彬说:"他们当然知道,也每月发布一次软件,补上他们发现的漏洞。但美国人定了规矩就是用来执行的,绝不走样,不像我们东方哲学的随机应变。正是这个每月一次的死板规定,让那些黑客钻了漏洞,挂马攻击!浏览器的漏洞难以避免,比如说你访问一个网站,你很小心,不会去下载软件,但其实一打开浏览器你就中招了。就等于只要出现一个新漏洞,全国几亿网民都有被攻击的危险。作为网络安全公司,我们有责任来给用户提供保护。"

"那你打算怎么办?"客服问。

"衣服破了就要打补丁补上,我们做个临时补丁打上呗,堵上漏洞,黑客就没法挂马,问题就会迎刃而解。"郑文彬说。

很快,郑文彬针对这个漏洞设计了一个临时补丁。

为正规软件打完补丁之后,郑文彬发现还是没法完全解决这次漏洞危机。后来经过调查才发现,很多用户使用的是盗版的微软操作系统。

中国文化中有一种比较厉害的绝招是山寨,无论什么样的东西都能很快做出山寨版。收费很高的微软操作系统当然也会有山寨版,但山寨版的操作系统有一个致命缺陷,就是打不了补丁。所以,操作系统的盗版用户大面积受到这次震荡波木马的攻击,威胁到系统的安全。

郑文彬没那么强的是非观,在他看来,只要是电脑用户都是上帝,不论是正版还是盗版用户,都要先保护下来再说。

在此之前,微软会针对发现的漏洞,在后台为用户打上补丁,因此没有出现大面积的漏洞被攻击的事件,普通用户对漏洞补丁更没什么概念,觉得不打也无所谓。直到这次受到大面积木马攻击,用户们还不知道被攻击的原因。

因为微软是一个月补一次漏洞,这次因漏洞引发的攻击,微软没有及时打上补丁,用户只能眼睁睁看着自己受攻击而束手无策。郑文彬通过分析,查找出微软的这个漏洞,立即开发出针对这个漏洞的补丁，通过360安全卫士提供给了用户。

查漏洞打补丁的功能一面世，立即受到普遍欢迎。

查漏洞打补丁的技术含量很高，当时国内只有为数寥寥的顶级高手才能做到。为了不至于让微软感到难堪，郑文彬起名为临时补丁。因为微软是在每月的第二周固定推出，郑文彬就在微软发布之前的空当内，推出临时补丁，等微软解决问题的补丁发布、用户补上了系统后，再撤回临时补丁。

以微软睥睨天下的技术实力，其他安全公司提供个临时补丁，他们并不觉得是多大的事情。他们能做的就是在网上发布一份声明，对打补丁的高手进行口头上的奖励。

即便这样的口头表扬，对全球所有网络安全英雄而言，都是天大的荣誉，每一次微软的致谢都是一枚硕大的勋章。

帮全球网络界老大拾遗补阙，这种荣耀不是谁都能得到的。

当然，随着郑文彬等网络安全英雄不停地给他们的漏洞打补丁，微软也意识到临时补丁的重要性，开始学会变通，慢慢也开始推出临时补丁。后来，针对一些特别紧急的高危漏洞，微软开始发布超常规补丁。

查漏洞打补丁除了杀木马之外，一个意外的收获是，每次系统漏洞遭到攻击之后，就有很多用户下载360安全卫士，极大带动了360安全卫士的装机量。

每次针对突发状况，郑文彬总是在第一时间独家推出完整的解决方案，能够同时修补Windows系统和第三方软件中存在的漏洞。

每一次成功打补丁，微软公司都会在网上发布致谢。这是唯一的奖励。

截至2016年5月，这个数字为103次！郑文彬清楚记得自己受到微软表彰的次数。这份荣耀，国内无人匹敌！整个东方无人匹敌！

而在过去的岁月里，郑文彬带领的360安全团队向谷歌、微软、苹果等全球各大IT巨头，仅在2015年就提交了上百个漏洞报告并获得公开致谢,发现漏洞数量仅次于谷歌安全团队,位列世界第二,被誉为"东方最强白帽子军团"。

帮微软打补丁,就像帮秦始皇修长城,给长江找蚁穴,这种成就感,只有站在峰巅的人才会领略到。

在连续发现几次非常危急的漏洞并成功狙击了黑客的侵入之后,在郑文彬的建议之下,2013 年 360 公司组建了一支专门挖掘漏洞的攻防团队,郑文彬成为这个特殊团队的核心与领袖。

在此之后,郑文彬从单打独斗变成小分队作战,抢在黑客之前发现这些漏洞。只要发现任何一个黑客在利用漏洞发动攻击,即便微软尚未知觉,360 漏洞团队就会第一个抢在黑客前面提供补丁。除了微软自身之外,当时中国只有 360 公司义务帮助查漏洞打补丁。随着防线越来越牢固,黑客利用漏洞的机会越来越少。

微软没有给郑文彬发工资,但却给 360 带来了巨大的合作机会。

2015 年 7 月 29 日,微软正式发布新一代操作系统 Windows 10。新系统将统一 PC、平板、手机和 Xbox 等多个平台,在性能、安全性和用户体验方面都有全面提升,并对系统底层、开始菜单、操作中心等做出多项改进。"Windows 10 是迄今为止最好的 Windows 版本。"微软首席运营官凯文·特纳在公开场合曾这样表示。

与以往不同,此次微软选择与 360 公司合作,为中国用户提供升级服务。360 针对 Windows 10 推出了包括一键升级、24 小时救援热线电话、专家在线全程陪护和 10 万线下维修店升级等完善的服务体系,全程护航国内用户升级、安装和使用 Windows 10。

除此之外,Windows 10 还加强了安全性的设计。Windows 10 的内核版本直接从 6.4 提升到了 10.0,操作系统的底层架构和安全特性发生了多项重大变化。郑文彬负责这次与微软的安全合作,微软系统中显著加强了对于字体解析引擎的安全防护,引入了非系统字体禁用和隔离用户模式字体渲染引擎两项举措。

此次两大巨头合作的结果是，用户只要确认需要升级，一觉醒来，电脑可能就变成了 Windows 10 的新程序。

"我原来的应用还在吗？我原来的用户习惯还在吗？我的数据会不会丢失？"不少用户提出这样的疑问。郑文彬称，360 为 Windows 10 用户提供安全护航，可以提供安全备份，极速下载、技术专家全程指导服务，甚至，如果用户不满意新系统，还可以一键还原到原系统。

据最新统计报告显示，目前中国国内使用 Windows 操作系统的电脑市场份额不低于 97.1%，而目前超过 96% 的中国电脑用户都在使用 360 的安全产品。

从郑文彬帮助微软用户打补丁开始，已经为中国用户打补丁累计超过 1800 亿次。这个数字，应该可以用天文数字来形容。

开创中国网络安全云时代

2008 年 8 月，新款杀毒软件推出之后没有多久。郑文彬下楼的时候一脚踩空，200 多斤的体重瞬间转移到一条腿上，郑文彬只听到耳朵里传来咔嚓一声，这刺耳的声音伴着剧疼和冷汗，瞬间把郑文彬击倒在地。

去医院一拍片子，腿骨折了！

打上夹板和石膏的郑文彬，再也动不了了。

重伤也不能下火线，郑文彬的工作场地从办公室搬到自己的出租屋。郑文彬来北京后，在公司附近租了一套 90 多平方米的两居室。郑文彬之所以看中这套房子，原因是有一个 30 平方米左右的客厅，摆满巨大松软的沙发，回到家他就随时可以把自己摔进沙发里。

这个客厅随着郑文彬腿部骨折，很快成了 360 的会议室和研发中心。每天一上班，周鸿祎安排好公司的事情，就带着团队直奔郑文彬家，几个人身子往沙发里一摔，就开始争论上了。

在郑文彬家的客厅里，周鸿祎抛出了一个令人挠头的问题："杀毒软件推出之后，我发现一个大问题，传统杀毒软件包括我们的软件，杀毒速度普遍很慢，而且天天要更新。这个问题不解决，我们就无法在这个行业处于领先位置。我们最早是做搜索的，我们的服务器做云端的能力很强，能不能把杀毒软件放到云端？"

"全世界还没有人做这种杀毒技术的，如果发挥我们的长处，这个思路应该是我们做杀毒产品的思路。"郑文彬接话说。

赵君补充说："安全对于每个用户来说都是很重要的事情，谁也不想让自己的电脑瘫痪。以前的杀毒软件普遍存在一个问题，就是只利用了互联网的传输功能，并没有太好地利用互联网的计算功能。用户还是每次上网之后连接到杀毒软件厂商的网站上，下载病毒库，然后依靠自己的电脑进行查杀。这对用户来说是一件很麻烦的事情。长此以往，客户机上的病毒库会越来越大，占用越来越多的计算资源，最后使得系统越来越慢。我们在使用电脑的时候就有这个体验，往往是把某个杀毒软件卸载之后，速度明显提升了一个档次。"

"因此，老的杀毒模式可能已经走到了尽头，我们必须拿出一个新的杀毒模式。能不能把原来放在客户端的分析计算能力，转移到服务器端上？这样，客户端的容量大大减小，电脑速度就快了。"周鸿祎提出了他的设想。

郑文彬不无担忧地说："这对我们提出了更高的挑战，意味着我们必须在最短的时间内分析出用户的电脑是否已经被病毒感染了。但是，单纯依靠收集病毒特征，被动地防御还是挺难防住的。要知道，每个小时全世界会产生两万多个新病毒。"

郑文彬提出自己的担忧后，见周鸿祎、赵君等几个人没有插话，只好直接说出自己的见解："我的设想是，在病毒进入计算机之前进行拦截。因为病毒进入计算机，需要经过传输，而在传输过程中，只要我们发现并提示是否有病毒，并且阻止病毒进入电脑,一切问题迎刃而解。国外有专家提出过这个人工智能的设想,就是利用云端技术,而我们恰恰擅长这个技术。"

周鸿祎分析说:"我们做搜索,云端技术已经很成熟,比如要搜索东西,怎么分类,已经做得很好。但我们需要看看,全世界最牛的安全公司,他们怎么样杀毒?他们有很多的分析员,有的杀毒公司在菲律宾就招了2000多人,那边的人力成本便宜,请他们专门分析病毒。2000多人什么概念?当然我们招不了这么多人,我们可以利用人工智能,去学习一些分析病毒的方法。"

赵君说:"我们都不太懂人工智能技术,但可以找一些人工智能专家,讨论一下这个问题,能不能用人工智能帮助我们杀病毒。"

周鸿祎说:"我也注意到了,国外有最前沿的杀毒公司在论文中提到这个设想,但他们只是理论上的探讨,谁也没做出产品来。所以我们可以先来实践一下,看看能不能实现。"

郑文彬天生具有一种直觉,能从成千上万的可能性中挑出最好的路径。他说:"那就真的是机缘巧合了,一个做搜索的公司去做杀毒软件,有先天优势。我们在搜索中先有人工智能的云端技术,再加上杀毒技术,两下合并起来,说不定搞出个核裂变。"

郑文彬一激动,顾不上腿疼,一下子站起来:"这样一来,就把人力解放出来了,我们把病毒的所有特征和指标做出来,就等于一个过滤网,无论什么软件从这里过一下,人工智能就能分析判断是不是病毒。这办法很多人想过,没在杀毒上做过,都停留在理论的阶段模型上。我们有几个亿的病毒样本数据,用人工智能调整模型,提高判对判错的能力。我看过国外一本书,说的是一位非常优秀的画家同时做顶级黑客。我觉得做安全软件一样,不仅仅是技术的事情,如果把技术思维和艺术家的奇思妙想结合起来,就会出来很新奇的点子。"

这个观点得到大家的赞同,在大家看来,病毒的发展激励着反病毒思维和技术的进步。周鸿祎说:"现在通过提前给病毒画像,病毒来了再作对比的情况就会越来越少。主动防御成为更为广泛的杀毒手段,因为病毒都有一定目的和行为,我们可以利用先进的技术分析它的行为,防御此类以及与其类似的病毒。我们的安全团队已经构建起一套自动化的病毒处理系统,大多数的病毒检测、分析和处理都能靠这套系统解决,系统由云端控制,到时候只需要升级云端就行。这样就可以省出更多的人力负责开发安全产品或者分析更为复杂的病毒。"

"站在云端俯视大地,就像雄鹰在高处,可以随时发现猎物的出现,这样可以根据病毒威胁的趋势变化,进行数据挖掘,具有实时发现、动态调整和快速剿灭的特性。"郑文彬说,"无论是快速爆发的大规模攻击威胁,还是针对特定用户的定向攻击,都可以第一时间发现并进行处理,这可以解决传统反病毒技术的时间差问题。"

"既然问题谈透了,你们这就着手去做吧!"周鸿祎一锤定音。

2008年,"云"成了IT行业最热门的名词。自从Google推出"云计算"以来,IT行业的各大厂商无一例外地卷入了一场"云的战争"。从"云计算"延展开来,很多IT厂商也根据自己所处行业的实际情况推出了相应的"云计划"。

所谓"云",其实指的是后端(服务器端),也就是平时我们很少能够看到的那一端,正因为平时难得看到,所以有一种虚无缥缈的感觉,也许就是因为这个原因,才被称为"云"。我们平时能够看到的是什么呢?当然是自己用的电脑和手机这些东西了,也就是所谓的"客户端"。

传统的病毒查杀技术落后,是云查杀兴起的原因之一。传统的通过病毒库来识别病毒这种技术远非完美,经常会出现新病毒查不出、不是病毒却被冤枉的现象,给IT界带来很大的损失和纠纷。

云安全思维确定之后,郑文彬带领杀毒团队联手人工智能专家,很快把人工智能杀毒模型做到稳定的水平,领先于全球各大安全杀毒厂家。

云查杀是对传统安全技术杀防能力的一次解放,云查杀是在传统特征查杀的基础上,结合云计算和大数据分析,进行创新和改进。客户端收集本地样本在各个维度上的信息,发送到云端进行鉴定识别。

而发动攻击的黑客,难以快速定位安全软件的检测方式,也就无法快速进行免杀和变形。同时,识别和杀毒在云端完成,避免了传统杀毒软件将病毒数据库存储在用户计算机上所消耗的性能和存储成本。无论是快速爆发的大规模攻击威胁,还是针对特定用户的定向攻击,都可以第一时间发现并进行处理,解决了传统反病毒技术的时间差问题。

云安全打通了病毒的发现和处理两个部分的障碍。也就是说,病毒还没到电脑上呢,就在云端被识别和查杀了。等于有个孙悟空腾云驾雾,手搭凉棚给所有用户站岗放哨打妖怪。

随后,360推出了使用人工智能机器学习的方式,自动分析和鉴定恶意软件的QVM技术,并将其应用到本地防御与扫描引擎中。

人工智能技术本身并非高不可攀,但如何教会机器准确地利用人类的经验,确保在误报和漏报之间实现平衡,是基于人工智能技术的恶意软件识别能否成功的关键,也是这些探索和尝试的最大难点。而帮助郑文彬突破这一难点的关键,正是云安全技术积累的海量样本,以及通过大数据的方法对海量样本的分析和处理。

最终,借助人工智能技术,通过海量云端数据训练锻造的QVM引擎不仅针对恶意软件的检出能力远远超过绝大多数其他安全产品,在误报比率上也比传统安全软件低了很多,真正实现了高速、精准识别的目标。目前,QVM引擎的开发已经到了第三代,并被部署到了云端的自动分析系统上。

互联网安全技术正在经历颠覆与重塑,360敏锐地抓住了这样的趋势,实现了技术上的弯道超车。

沿着这个思路,360在国际上首次推出了云查杀。这款智能防御安全软件的优势在于,在病毒还没有进行破坏的时候,安全软件就发现它有问题,把它给拦住。就像大街上的万人之中有一个小偷,他没下手的时候你不能抓他,但你可以随时盯着他。只要他刚刚把手伸出来,孙悟空就在云端看到这个微小的动作,然后一棍子将妖怪撂倒在地。

无论是白帽子还是黑帽子,所有的黑客都是创造者,像建筑师、作家一样。

云查杀上线之后,郑文彬发现,有一些新出来的软件和病毒,云查杀无法分辨是好是坏,也不敢杀它,但在云端可以实时监控。如果是病毒,只要发现它做违规的操作,就立即抓住它。但另外一个问题是,如果不是病毒呢?整天监视着别人的正常软件也不是个事儿啊,尽管机器不是人,监控那么多海量的软件也累啊。

怎么处理这个问题呢?

360的解决办法是,形成独有的云安全技术体系、智能引擎和白名单收集技术。

用户屡屡中招,是因为现在的病毒更狡猾。郑文彬注意到,在此之前的杀毒模式是找到病毒后给它画个像,如果再遇到攻击,就通过启发式方法找到它。但现在的病毒木马和漏洞更复杂,只是通过画像来寻找病毒的方式落后了。

另外,层出不穷的病毒木马、漏洞在类型上也有了变化。郑文彬注意到,以前是感染性的病毒占主流,但现在窃取用户虚拟资产或网上银行的病毒木马增多,恶意流氓软件、插件、钓鱼网站越来越让用户烦心。

传统杀毒技术是基于本地病毒库来防护和查杀的,也就是俗称的黑名单。传统杀毒软件体积庞大,占用用户大量电脑资源,同时病毒库保存在用户电脑上,更新速度很慢,一旦用户忘记更新,杀毒软件基本形同虚设。这样的先天缺陷导致杀毒软件很难第一时间对付最新的木马和病毒,所以才会发生震荡波、熊猫烧香之类的大规模电脑中毒事件。用户当时的深刻感觉是花钱买了杀毒软件,不管用还导致电脑很卡。

区别于传统杀毒软件,360云安全体系在服务器上不仅有黑名单,还收集了国内最全的白名单,覆盖了99%以上网民常用的操作系统和应用软件。也就是说,只要一个文件不在白名单中,它就很可能是新的木马病毒,360云查杀引擎会限制它的敏感操作,而且尽快进行安全性鉴定,一般在30秒以内就能捕获网上新出现的木马病毒。因为大部分运算都在服务器上进行,不会像传统杀毒软件那样用起来很卡。给用户的直观感受就是杀毒软件变小了,不用总更新病毒库,但防护能力却更强了。

在360白名单机制和云查杀技术刚刚推出时,并不被业界看好,但随着360产品迅速被用户和市场接受,国内外一些老牌安全厂商纷纷开始效仿、跟随360的网络安全新理念,白名单机制和云查杀技术如今已经成为国际上安全软件的一个标配。

这不仅让中国网民率先免费享受了世界领先的安全技术,而且也是中国互联网行业罕见的引领某行业互联网产品世界潮流的成功案例。

做程序在很多人眼里是很枯燥的,但对郑文彬来说,却是一种艺术创作。技术做到一定高度,最后就变成了艺术。

2010年1月27日,360安全卫士发布第二代木马"云查杀引擎",向各种经过"免杀处理"的木马程序全面开火。第二代云查杀引擎采用了360独创的"程序分级控制"技术,可将电脑中的所有程序按安全级别进行分级管理。该技术彻底改写了传统杀毒软件无法识别未知木马的历史,即便是那些经过免杀处理的未知木马,也难逃360的超级法眼。

所有木马都在做两件事,首先是想方设法潜入用户电脑,然后挖空心思让自己运行起来,进而盗取用户财产和隐私。传统杀毒软件对付木马的做法是一刀切,能识别的木马就杀掉,识别不了就放过,自然就漏掉了大量未知木马。而采用了程序分级控制技术的新版360云查杀引擎,不光能查杀近亿种已知木马,还能有效管理所有陌生程序的危险行为。

郑文彬说:"如果把木马比喻成藏在用户身边的炸弹,360云查杀引擎就能确保把炸弹引信拆除,让它变成不会起爆的哑弹。"

新版云查杀引擎再度通过技术创新,大幅增强了对未知木马的查杀能力,可实时秒杀所有木马、恶意软件等风险程序。

"我们不敢说能够百分之百检测一个陌生程序是不是木马,但绝对能够保证把所有木马变成无害的死马,真正保护用户的上网安全,至少现有的木马技术,还没有能突破360木马云查杀引擎的特例。"郑文彬自信地表示。

超级火焰

郑文彬发现,艺术家、建筑家、发明家等创造力丰富的族群,似乎特别容易做梦,经常能从睡梦中得到灵感。德国著名的有机化学家凯库勒,在睡梦中看到一条蛇咬着自己的尾巴旋转,就提出了由六个碳原子构成的苯环的概念。

做梦,本来,郑文彬生活中的一种特殊状态,在一个时期内,却变成了一种常态。

十年来,郑文彬每天睡眠时间基本维持在四五个小时之间,只有状态比较好的时候才能有六七个小时的睡眠,只要差一点点就睡不着。就像时刻盯着前沿阵地防止敌人打冷枪的哨兵,郑文彬在与黑客的战斗中,长期处于高强度的精神状态之下,慢慢把自己修炼成了神经衰弱。

他最大的奢求是能够多睡一点,但一进入梦乡,就会有黑客袭来,就会进入梦中的战场。每次醒来,他都认为睡得很沉,但实际上睡眠质量因为梦的打扰,其实并不好。

梦多了,以至于他经常分不清现实和虚拟世界。

在没醒来之前,郑文彬看到的世界,都是程序建造的。他甚至通过每个窗户,看到窗户后面所写的程序代码。有些程序,冥冥之中仿佛是在梦中完成的。

直到完全醒过来,回到现实世界,他还能够清晰地回忆起来。在他看来,无论现实世界还是虚拟世界,都是息息相关的,这个世界的一切都是通过程序安排的。

日有所思,夜有所梦。当郑文彬整天琢磨程序的时候,所有的程序代码在梦里出现的时候,就变成具象的实物,他眼前的整个世界都是可以自由操纵的数字化世界。

郑文彬之所以成为业内高手,是因为痴迷,热爱是成功的要素。没有深入就没有深情,没有深情哪里来的梦幻?

甚至在现实生活里,他都像是在梦游的状态中。

在360工作的九年时间里,郑文彬名满天下,在内部也是神一样的存在,但他走在四惠桥或者酒仙桥的360总部的楼道里,能认出他的人很少,他所认识的人也极少。事实上,这位360公司的首席工程师,生活中也是很平凡的一个人,他木讷、迟语、憨厚、可爱、不谙世事,可他是黑客江湖中令人闻风丧胆的超级防火墙。

只是在技术上比普通人走得更远,影响了更多人,比如我们电脑上用的XP盾甲、360云查杀、360云防御都是出自他手。但是在生活中,正如他所说的那样,只是职业不同而已,其他和普通人并没有什么不同。也许这个世界上并没有那么多的不平凡,有的可能只是一份执着追求,一份不懈努力。

九年来,郑文彬几乎每天都在与网络木马和漏洞过招。同时,郑文彬也明白,即便能够主动防御,即便有先进的云查杀系统,即便有难以逾越的防火墙,也无法百分之百阻挡病毒。与病毒制作者你来我往地交手,是一个艰难的博弈过程。

2012年6月2日,全国各大媒体转载了来自新华社的消息:《席卷全球的"超级火焰"病毒已入侵中国》。

由新华社发布消息宣布一种病毒的来袭,是前所未有的,可见这种病毒的猖狂与可怕。这则消息称,政府机构、大型企业一旦感染,将迅速蔓延,面临机密信息泄露的风险。国外多家网络安全团队指出,超级火焰病毒很可能是由某些国家投入大量资金和技术支持而研制的,目的用于网络战争。

郑文彬迅速投入超级火焰的阻击战中!

郑文彬研究发现,如果说以往的蠕虫、木马等病毒都是小毛贼和江洋大盗,那么,超级火焰这种用于网络战争级别的病毒,就是正规军,就是战争机器,这是令所有网络安全人员都不寒而栗的。在此之前,伊朗国家计算机紧急情况应对小组发布声明说:经多月调查,已确认一种名为超级火焰的新型电脑病毒,并且这种病毒可能与伊朗境内部分机构出现的大规模数据丢失事件有关。

超级火焰入侵伊朗、以色列、巴勒斯坦、叙利亚、黎巴嫩、沙特和埃及等中东国家和地区的大量电脑,收集信息情报,已经查明有几千台电脑中招。位于日内瓦的国际电信联盟称,这个病毒超过已知任何一种电脑病毒,是一种危险的间谍工具,世界范围内受感染电脑数量会更高。

郑文彬注意到,超级火焰区别于其他木马程序的主要功能是,超级火焰只收集情报和数据而不进行破坏性攻击。俄罗斯网络安全公司卡巴斯基实验室发言人维塔利·库柳克介绍:这一病毒呈现木马病毒和蠕虫病毒的部分特征,可谓目前结构最复杂的电脑病毒,它的独特之处在于,普通电脑病毒往往采用精练的编程语言,以达到瘦身隐藏目的。而火焰病毒是一个庞大的程序包,包含20多个模块,其大小约为20MB。这种病毒不会中断终端系统,其目的只是收集情报;除了具备普通电脑病毒的数据窃取手段之外,病毒还能记录来自电脑内置话筒的音频数据;通过蓝牙信号传递指令也是火焰病毒罕见的功能。它能启动被感染电脑的蓝牙设备,使它成为攻击周边蓝牙设备的灯塔。

郑文彬研究发现,火焰病毒的设计十分复杂,绝非普通开发者能够独立完成。而且病毒的攻击范围很窄,主要针对企业、学校和科研机构。它既没有被用来盗取银行账号,也有别于黑客常用的工具。

郑文彬惊奇地发现,火焰病毒借助局域网络、打印网络和USB接口等传播。在北美、欧洲和亚洲等地区,大约有80个服务器被超级火焰操控。这种强大无比的病毒,从复杂程度和功能效力,均超过已知的任何病毒。从规模上看,超级火焰作为一种网络间谍战武器,背后必然是一支看不见的黑客军团。

通俗一点说,超级火焰就像《潜伏》里的余则成,更像执行斩首行动的美军特种部队,在悄无声息中完成谍报行动。

超级火焰引发了各国的恐慌,也引起国与国之间的口水战。伊朗怀疑以色列参与设计了该病毒,伊朗媒体公开指称,美国和以色列具备设计"火焰"病毒的能力,利用电脑病毒攻击伊朗关键行业及核设施系统是西方应对伊朗核计划的手段之一。而以色列分管战略事务的副总理摩西·亚阿隆则直言不讳地宣称:"通过超级火焰等电脑病毒发起攻击等方式阻止伊朗核活动的做法合理。"不过,以色列随后否认他们与超级火焰病毒有关。

但多数网络安全技术人员推测,从火焰病毒的复杂结构和广泛攻击范围看,超级火焰背后可能有某国官方机构支持。

对此,中国顶级密码专家王小云在初步分析超级火焰之后认为,这种间谍级的病毒,用正确的方法开发出来需要八到十年,而破解它,即便方法正确,也需要八到十年!

破解超级火焰显然从时间上已经来不及。唯一可行的办法就是找到它入侵的漏洞打补丁,阻止超级火焰的入侵!

这是一场事关国家安全、命运的阻击战。郑文彬研究发现了一个有趣的现象,超级火焰病毒竟然采用游戏语言编写,而且与超人气游戏"愤怒的小鸟"的语言相同。构成火焰病毒的主文件有很多个,各病毒文件各司其职,共同完成系统入侵和情报收集,一旦感染病毒,就像奇袭白虎团的侦察排一样,无往不利!一旦发动攻击,无坚不摧!

更令人胆战心惊的是,这个病毒早已启动入侵程序!之所以最近才被网络安全行业发现,主要因为火焰病毒利用微软数字签名欺骗漏洞,伪装为微软签名的文件。

也就是说,即便被火焰病毒入侵并盗走了文件,几乎所有用户都茫然不知!

亡羊补牢犹未为晚,必须针对超级火焰病毒拿出解决方案。

郑文彬立即根据病毒特征找到漏洞，360安全卫士在第一时间为全体用户推送了补丁，保护中国网民的电脑有效"灭火"。360安全卫士建议所有用户，特别是政府和企业用户，尽快使用此专杀工具彻底查杀。

与此同时，微软也已针对漏洞发布了补丁。国内瑞星、金山等多家杀毒厂商同仇敌忾，纷纷推出了自己针对超级火焰的专杀工具。

超级火焰从中国的计算机用户中盗窃了什么，对中国造成的损害有多大，目前没有任何机构做出确切统计，实际上也难以统计，因为超级火焰来去无踪，谁也不知道自己丢过什么。

而在对超级火焰的阻击战中，以360为代表的国内各大安全厂商群情激奋、合力阻击，在第一时间内御敌于国门之外，却是罕见的同气连枝。

下一步是什么

在很多人看来，郑文彬像一座壮实的铁塔，一堵密不透风的防火墙，这一点毫不夸张。当他像推土机或者坦克一样移动到你面前，凭借经验你会闪到一边，与如此孔武有力的人发生肢体冲突可不是什么好事情。

实际上他看似壮硕的身体，因为长期熬夜已经受到严重损害。因此我说的不是他的蛮力，而是他装着无数奇思妙想的硕大脑袋里，下一步会有什么样的新想法蹦出来。他对产品的苛求，已经上升到美学和艺术的层面，他用程序构筑的网络世界，提供给我们的不仅仅是一种工具，而是一种艺术。

因此，值得我们追问的是，究竟是什么样的动力，让郑文彬如此追求完美不舍昼夜。

在他面前，成功的定义不是技术创新，而是只有他本人才能完成的登峰造极的攻防艺术。

郑文彬不论做软件还是查杀木马，他的他想法简单又极具颠覆力，不断创造出一些别人没有想过的产品，影响他人、改变世界。他说,当一个人朝着自己梦想的方向拼命奔跑的时候,路上的风、天上的雨、身边的路人,都不再是你的对手,因为此时你的对手只有你自己!

网络安全攻防,在《黑客帝国》等影视剧里,这个职业充满了紧张与刺激,但现实中的网络安全攻防远没有那么戏剧性。郑文彬说:"事实上这个领域里的同行们,99%的人永远也不会取得成功。"

在漏洞攻击的过程中,为了找到一处可能存在的漏洞,郑文彬和他的团队先后会尝试几十种攻击方法,经常夜以继日地破解了几个月,一种攻击路线在最后的关键两步被证明是不可能的,只好第二天从零开始再找下一种破解方法。如此坚持很长时间,才可能成功攻破一个漏洞,并找到打补丁的方法。

郑文彬说:"现在看来,当初选择这个领域是有很大风险的,可能永远不会取得实质性的成果,我只是对探究未知事物充满兴趣,就像一个淘气的孩子喜欢去掏鸟窝,至于是掏出鸟蛋还是一条毒蛇并不重要,我享受的是爬树的过程。"

大量的网络泄密事件和信息安全事故均与漏洞的存在息息相关。随着国家对网络安全问题的认识越来越清晰深刻,郑文彬的重要性越来越凸显。为了实现漏洞资源共享,有效降低漏洞风险,2013年,中国信息安全测评中心组建了中国国家信息安全漏洞库(CNNVD),开展漏洞分析相关的技术研究。

作为国际顶级安全专家,郑文彬成为中国国家信息安全漏洞库14位特聘专家中最年轻的一位。

网络安全问题至关重要,这不仅关乎个人信息安全,更是国家安全战略的需要。最令郑文彬高兴的,作为东方最强白帽子军团的核心,在他和他的同行推动下,国家网络安全体系正在行业标准化道路上不断前进。

过去十年间,网络安全技术经历了一场深刻的变革。基于特征码识别的传统软件杀毒技术退出历史舞台,取而代之的是云查杀。以郑文彬为代表的东方白帽子军团,在互联网技术与互联网思维的运用中,颠覆、重塑了传统安全产业的商业模式和技术模式。

不过,当所有人都被网在互联网之中,网络普及带来的是安全形势的急剧恶化:恶意程序数量爆发式增长与进化,海量的新型网络攻击方式威胁着万物互联互通的发展,间谍级、军队级病毒发动的网络战定向攻击,以及未知的核裂变级别的高级病毒威胁。

下一步是什么呢?

郑文彬预测,以大数据分析、未知威胁检测和"云+端+边界联动"等为代表的新型安全思维,将成为引领网络安全发展的潮流。而在下一场新技术变革中,互联网技术与互联网思维的交叉碰撞,必将成为网络安全变革与发展的核心。

(节选自《中国作家·纪实》2016年第7期)

一个记者的九年长征

艾 平

2011年,新华社在筹办成立80周年纪念活动时,制作了一枚金光闪闪、刻有"新华通讯社一等功"浮雕字样的勋章。从2011年到2015年,这枚立功勋章,静静地陈列在新华社大厦的某个房间里,等待着一个足以承担这份光荣的人脱颖而出。几年之后,新华社高级记者、新华社内蒙古分社编委、政文部主任汤计,获得了这枚标有"新华社第001号"的勋章,成为八十四年来,唯一获得这份殊荣的新华社记者。

2015年1月22日,新华社在北京总社召开表彰大会。新华社社长、党组书记蔡名照发表讲话:"在新华社的长期推动下,2014年12月,内蒙古自治区高级人民法院经再审,撤销原判,判决18年前被判处死刑的呼格吉勒图无罪。从2005年发现'4·09'强奸杀人案一案两凶,呼格吉勒图可能被错判的重大线索之后,新华社内蒙古分社记者汤计秉持职业良知,坚守社会正义,坚持不懈采访,在总社、分社的坚定支持和共同努力下,通过翔实、准确、权威的报道有力推动了问题的解决,最终使冤案得以昭雪。"

汤计在获奖感言里说,做新华社记者30余年,自己时时刻刻铭记的,就是老社长穆青的话——勿忘人民。

2005年初冬的一天,汤计正在通辽出差,接到单位资料室的一位同事的引荐电话,不久,汤计约见呼格吉勒图的父母李三仁、尚爱云,从此开始了匡正呼格吉勒图冤案的九年长征。

一

　　1996年4月9日晚上，在呼和浩特烟厂做工的呼格吉勒图上夜班，吃饭的时候，他和工友闫峰一起喝了点小酒，分手后，他在回家取钥匙的路上，上了一趟厕所。当时，正值性懵懂年纪的呼格吉勒图，趴着墙缝往女厕所看了看，发现里面有个躺倒的女人。在那一丝酒劲的驱动下，他进了女厕所，想看那女人是不是死了，当然，也不排除他用手触动了一下那具尸体，总之吓得心惊肉跳往回跑，回到车间就把这件事告诉了工友闫峰，并拉着闫峰一起到厕所看了看，确认了那就是一具女尸，他们便一起去报案。然而在报案的时候，呼格吉勒图遭遇了警察怀疑的目光，震慑之下，他变得语无伦次，就这样被警察扣下，他所说的每一句话都被渐渐演绎成了审讯者期待的罪证。这就是轰动一时的"4·09"案件。

　　在呼格吉勒图被带到公安局48小时之后，警方作出结论，呼格吉勒图是一个流氓杀人犯，他在女厕所对死者进行流氓猥亵时，将其掐脖子致死。

　　当年6月5日，也就是在案发57天之后，内蒙古高级人民法院和呼和浩特市中级人民法院作出呼格吉勒图犯流氓罪、故意杀人罪的判决。五天之后，呼格吉勒图被执行死刑，一个仅有十八岁的无辜生命，结束在法律的名义下。

　　十年之后，终日悲伤的李三仁和尚爱云突然听到了如雷贯耳的消息——警察带着一个重刑犯，到当年那个女厕所的位置上，指认作案现场来了！难道苍天有眼，当年作案的真凶现身了？！

　　被带来指认现场的罪犯叫赵志红，是一个强奸杀人惯犯。他落网之后交代，自己曾经作案27起，其中包括"4·09"女尸案。

　　李三仁和尚爱云来到当年办案的呼和浩特市赛罕区公安分局询问情况，分局表示无可奉告，让他们到呼和浩特市公安局询问。市公安局的主管副局长好像很忙很忙,他一边摆弄着手机,一边这样回答老两口:"这个事情别找我,我不知道。"

李三仁的亲戚给他们出了个主意——打官司,用法律争取公正。老两口一听,说:"对。咱们家虽然穷,但就是卖房子、喝稀粥,也要找最好的律师,为二子伸冤!"二子是呼格吉勒图的小名,九年之中,这个家,没人敢提"二子"这两个字,现在为二子伸冤,是全家人每一分钟都在苦苦思索的问题。

老两口双双跪在了何绥生律师的面前,哭着请求何律师帮他们为可怜的儿子找回清白。

何绥生是一位有经验的律师。经过多方打听,他得知这个案子案发62天就完成了审理定案和执行的全过程,快得有些匪夷所思,难保没有问题。另外,支撑该案成立的证据只有被告人的口供,而且这份口供十分简单明晰,用律政界常用的说法叫"干净"。经常接触案件的律师有一个共识,往往口供越是"干净",就越有问题,说明口供已经被人修改过多遍了。此案时过多年,一审二审的法官都已经被提拔成了领导,当年的办案人员也早已立功受奖,看来自己办不成这个案子。思前想后,他给李三仁老两口提了个建议:"这个案子要想翻过来,走正常的申诉程序似乎办不到,靠律师的力量也办不到,唯一的途径是找媒体。找一般的媒体也很难办成,在呼和浩特,只有找新华社内蒙古分社记者汤计,还有一线希望。"

二

作为新华社政法记者,汤计履职将近三十年,用自己手中一支笔,记录百姓疾苦之声,伸张社会公平正义,留下了写满故事的生命日记,也积累了丰富的司法专业知识和经验。

这里的两个小故事,可以让我们看到汤计一向的职业态度。

包头苗圃青年女工悦悦和男朋友两个人逛街,遇上发行福利彩券。悦悦用自己的钱买了一张彩券。还真就抓上了,交了税,还剩38万。悦悦挺高兴,就把钱存在了男朋友的卡上。

不久,男孩子家提出分手,悦悦接受了这个事实。她拿着那张卡,取走了彩票奖金中的一半。这原是抓彩票时两人商量好的,本无可非议。但是男孩子的家长不干,到公安局报了案,说是悦悦偷窃了他们儿子的钱,通过当时包头市昆山区的一个官员,找到了刑警二队指导员解某某。在这个解某某的眼里,权力大于一切,他一听说是领导的事儿,觉得是一个向上巴结的机会,立刻为所欲为起来。

晚上,母亲在里屋吃饭,悦悦坐在堂屋里看电视。门外开来一辆面包车,下来六个彪形大汉,全都穿着便衣。他们闯进悦悦家,一把抓住悦悦的头发,拎着瘦小的悦悦"咔"一声按在地面上。母亲惊呆了,以为来了盗贼,就拼着命跑出去喊:"乡亲们救命啊,黑道儿的来了!"

村民闻声都跑了过来,把悦悦家围住了。

村治保主任说:"执法,你就出示证件嘛。"

解某某心虚理亏,不敢拿出证件。群众便不放他们走,一直僵持到半夜,他们才拿出了两个证件,其余四人都没有证件。这下子村委会不干了,家长也不干了,人围得越来越多,大约有二百余人。解某某骑虎难下,只好给局里打了电话。昆山区公安局分管副局长和刑警大队队长只得来给群众反复解释,说这是私自办案,没有手续,是不对的。

可是解某某回去之后,没有受到任何处分,他的上司试图让时间将风波慢慢消弭。悦悦的母亲找到内蒙古人大常委会。人大常委会的工作人员指点她,说你到隔壁院子新华社内蒙古分社,找一个叫汤计的记者,他一定能帮助你。

坐在汤计和他助手面前的是一个目光僵滞,披头散发,衣着褴褛的女子。悦悦的眼神没有任何反应,她光着脚,浑身都是吃饭留下的印渍,已经失去了自理能力。

汤计一行马不停蹄,又去查询了包头市公安局和包头市昆山区检察院,证明悦悦母亲的上访材料完全属实。

当时的包头公安局有关负责人找到汤计,说老汤咱们能不能不报了,这事一出去可就大了。

汤计说,我要是不报,谁来处理恶棍?那可怜的孩子谁来管?再说,这样的人不处理,整天穿着警服晃来晃去,让老百姓怎么看我们警察?

汤计铁面无私地发出了内参,并附上现场照片。最高人民检察院检察长贾春旺很快签批,指令查办。于是包头市检察院开始查解某某,而他所在单位则继续找人求情,这样过了三个月,解某某以为自己没事儿了,开始请客,喝得云三雾四。有人找到汤计说:"汤老师,人家说没事儿了,看来中国是治不了他了。"

汤计怒从中来,说:"他要是没事儿,我就再写他。我一定要让他有事儿。"

结果,解某某第一天请客,第二天没事儿,第三天就被检察院铐走了。

另一个小故事有关赤峰市三座店水库群体事件。赤峰市有一条名字华丽的河流——英金河,河两岸是河谷平川,平川与远处的丘陵山地相连,农耕经济是这里的第一产业。当时,后来被判处无期徒刑的贪官徐国元由赤峰市代市长转为市长不过十几天,准备拦河修建一座水库。三座店村位于水库设计的淹没区,施工方要求全村整体搬迁。由于水库施工补偿本来就偏低,赤峰市又按照1992年的标准执行,就更低了,加上当时移民安置点的标准房还没有盖,村民不搬,并且阻止施工。

时任新华社内蒙古分社社长正在办公室值班,门突然被推开,一个浑身伤痕的男子"扑通"一声就跪在了他的脚下。这位社长赶紧起身将他扶起:"别急,有事坐下说。"这个男子是从三座店村逃出来的村民,原来三座店的四十七个青壮年已被拘留,他是村里见过点世面的村民,在被抓途中寻机逃出,扒火车来到呼和浩特,直接来到了新华社。

汤计带着两个记者,一路奔波九个多小时,来到赤峰。徐国元没有出面,赤峰市的一个相关负责人,先入为主,按他们的立场观点,开始介绍情况,张口一个"刁民",闭口一个"刁民",开始汤计还耐着性子听,越听越烦,便打断了他的话,说:"不听你的了,我们明天要去现场调查,请你们赶紧安排。"

老百姓远远看见有几辆汽车进村,吓得如惊弓之鸟,扶老携幼往山上逃。汤计连忙下车,大喊:"乡亲们,我们是新华社的,不要跑,你们村里有人向我们反映了情况,我们是来调查的。"

有一个七十多岁的老太太,也顾不上面子难看了,解开衣服让汤计看胸腹部的青紫;特别让汤计一行受不了的是,人群中有一个八十多岁的老抗美援朝志愿军,也曾挨打,他说:"我抗美援朝没被美国鬼子打死,这回差点被这帮小崽子削死……"

汤计管不住自己的眼泪了。他一一扶起跪着的村民,连连说,对不起大家,我们来晚了。

汤计回到住处,已经是晚上八九点了,为了赶紧解脱村民的痛苦,他当即给中央写了内参,连夜发往北京总社。汤计要求面见市长,然而,事端的始作俑者徐国元虽然当时就在赤峰,却隐于幕后,一直不肯露面。于是汤计和两位同事商量——人不放,村民的钱不到位,咱们不离开赤峰。

受徐国元委派,时任松山区区长王玉良出面接待汤计一行,这个人正在谋求更高职位,唯徐国元马首是瞻,不惜摧眉折腰,言谈之中一个劲儿给徐国元涂饰抹粉,打圆场。汤计一问,此人是一位老友的外甥,便语重心长地教育他:"我告诉你一句话,头上三尺有神明,善有善报,恶有恶报,你们这一打,伤了老百姓,自己也会遭报应……"

三座店水库事件很快得到中央领导和自治区党委政府的关注,纠正了徐国元等人的错误做法,被抓的农民全部释放,又给三座店搬迁村民提高了补贴,做了安置。汤计一行放心地离开了赤峰。

三年之后,汤计在博客里这样写道:"自治区纪检委向司法机关移送徐国元等罪犯,其中也有王玉良,那天在一个不大的房间里,王玉良默默地听纪委办案人员宣读双开决定,默默地看着警察给他戴铐。我一直静静地注视着王玉良,而精神恍惚的他始终没有注意到我,直到两个警察要押他离开房间时,他才发现我,那一瞬间,他的目光是那样惊愕、恐惧、哀伤、无助……他的嘴唇翕动了一下,想说什么却没有说出来,王玉良到底想对我说什么呢?"

诸如此类的案件,在汤计的记者生涯中可谓多得不胜枚举,然而,像呼格吉勒图被错杀这个案子,如此错综复杂,如此时间漫长,如此涉及众多人事,如此方方面面阻力之大,他还是第一次遇到。

三

汤计听了李三仁老两口的陈述,虽然一时没有表示什么,但是他的内心已经无法平静。这个案子有问题!一案两凶,说明啥?说明肯定有一个是冤枉的。

汤计向分社党组汇报了这件事。分社领导认为此事人命关天,案情重大,支持汤计进行采访,并指示抓紧报道,认真履行新华社记者的职责。

随即,汤计一个电话打到了呼和浩特市公安局副局长赫峰处,了解到"4·09"女尸案确实出现了另一个凶手,就是前不久落网的连环强奸杀人犯赵志红。这个残忍的罪犯曾经作案27起,他知道自己所犯的是死罪,可能是为了争取从轻判刑,也可能为了自己心灵能舒服一点,主动交代了警方没有掌握的"4·09"女尸案。

汤计还了解到,内蒙古公安厅已经成立了"4·09"案件专案组,着手复核呼格吉勒图一案,但是遇到的阻力相当大。

根据这些情况,汤计很快写出了内参《内蒙古一死刑犯父母呼吁警方尽快澄清十年前冤案》,于2005年11月23日发到新华社总社,引起了党中央和自治区党委的高度重视。2006年3月,内蒙古自治区党委政法委抽调法学专家与侦查专家,组成了以副书记宋喜德为组长的"呼格吉勒图流氓杀人案"核查组,开始复查这起沉睡多年的冤案。

汤计查阅了当时发表在《呼和浩特晚报》上的一篇通讯《4·09女尸案侦破记》:

1996年4月9日晚8时,呼和浩特市新城区公安分局刑警队接到电话报案称:在锡林南路与诺和木勒大街相交处的东北角,一所旧式的女厕内发现一具几乎全裸的女尸。报案的是呼市卷烟厂二车间的工人呼格吉勒图和闫峰。警方立即驱车前往现场。

张铁强(化名)副局长和报案人简单地交谈了几句之后,他的心扉像打开了一扇窗户,心情豁然开朗了。

按常规,一个公厕内有具女尸,被进厕所的人发现,也许并不为奇。问题是谁发现的?谁先报的案?而眼前这两个男的怎么会知道女厕内有女尸?

张副局长、刘旭队长等分局领导,会意地将目光一齐扫向还在自鸣得意两个男报案人,心里说,你俩演的戏该收场了。

那两个男报案人,看见忙碌的公安干警,又看见层层的围观者,他们想溜了。然而,他俩的身前身后已站了"保镖"。

"我们发现了女尸,报了案,难道我们有罪了?"报案人惶惶然了。

……

此通讯极力赞美,把办案人员描述得神机妙算,智勇双全。但是汤计慢慢研究下去,却发现其中破绽百出,许多地方显示出当年办案的不实、不准、不当,甚至涉嫌非法。

文中写道,简单交谈后,专案组组长张铁强等觉得两个男的怎会发现女厕所里的尸体,于是便按着这种怀疑,开始了推理,实际已经在主观上确定了案子结论的方向。

当时呼格吉勒图和闫峰是理直气壮的——"我们发现了女尸,报了案,难道我们有罪了?"没做亏心事不怕鬼叫门,这是正常的心态。

文中时任呼和浩特市公安局副局长王某的指示也显现出一种意图——"找到证据,让呼格吉勒图放弃侥幸心理。"这说明警方在没有证据的时候,就已经把罪犯定位在呼格吉勒图身上了。他们之后进行的审讯,不是要弄清真相,而是在为自己的怀疑找佐证。

文中透漏出,口供是从"只是让你们去写个经过"到"……熬了48小时之后才获得的"。"在审讯呼格吉勒图的过程中,由于呼的狡猾抵赖,进展极不顺利。"如果只是写个经过,能说是"熬"吗?那么是怎么"熬"呼格吉勒图的呢?这中间张铁强他们做了什么?是否采用了非法手段刑讯逼供?

文中最后的结论是:"市公安局技术室和内蒙古公安厅进行了严格科学的鉴定。最后证明和呼格吉勒图指缝余留血样(血型与女尸)是完全吻合的。杀人罪犯就是呼格吉勒图。"汤计认为,血型化验不同于DNA检验,只能证明群体的同一,不能证明个体的同一,因此不能作为关键的证据。

四

汤计的目光久久地停在一个老熟人的名字上——张铁强。

1988年,新城区发生一起命案,犯罪嫌疑人在刑侦大队的审讯室意外"触电身亡",作为负责此案的刑侦大队大队长,张铁强被免职,降为普通民警。1992年,张铁强竟然咸鱼翻身,担任呼市公安局刑警大队副大队长,1994年,调任新城区公安分局任副局长,分管刑侦。

汤计第一次见张铁强,是在1989年。汤计去采访张铁强所侦破的一个吸毒案件。当时张铁强给汤计的直觉印象是虽然说话直白,却心细如丝,在本职工作方面很上心。万没有想到,就在提审一个女性吸毒者的时候,张铁强让汤计瞠目结舌,看到了他粗鄙残暴的一面。

张铁强瞬间就变成了另外一个人——像抓小鸡似的把一个瘦瘦的女子"咣"一下操在了汤计面前。

汤计一看,这个女子还很年轻,但是身体已经被毒品作践完了,瘦得像一根干枯的树枝,苍白的皮肤中透出青紫,一副有气无力的样子。

汤计问:"原来干啥工作的呀?"

女子回答:"在劝业场经商。"

汤计问:"当老板?"

女子说:"有四个柜台,还开了一家饭店。"

汤计为了缓解气氛,一笑:"那你可比我趁多啦……"

女子说:"都吸光了。"

汤计问:"多好的日子,为什么好上这个呢?"

女子很懊悔地低着头:"我戒了……"

气氛开始松弛,汤计正准备继续提问。就在这时,可能是听到女子说自己戒了,好像意味着"我已经戒了,不应该抓我",张铁强突然间照着女子的后背就是一巴掌,嘴里还骂着:"你戒了,狗都能改了吃屎,你戒了,还用得着卖屄!"

张铁强是个彪形大汉,这一巴掌把那女子打个趔趄,眼看着就上气不接下气地抽搐起来。

别看汤计生就高大魁梧,他的心肠却软得像草原上的流水,这样的情形他看不下去,只好匆匆结束采访,不欢而去。

再次和张铁强打交道时已经到了2002年。当时内蒙古自治区国税局发生一起大案。案情是这样的:国税局稽查处有个女处长,她坐在办公桌前,右手握着一支笔,正在写字,被人用铁锤砸死。甚至大脑神经都来不及反应,死后一直保持着写字的姿势。

因为是大案,汤计前去采访。他到了国税局一看,楼上楼下走来走去的都是警察,正常的工作秩序已经被打乱。一问,是呼和浩特市公安局赛罕分局局长张铁强带人在此办案,吃住均在这里,一切费用由国税局承担。

张铁强告诉汤计,案子不好破,光是DNA就检验了500多人,花了很多钱,还是没有发现什么有价值的线索,仅此而已。

公安机关办案,为什么非要吃住在案发单位呢?原来在侦查女处长被杀案的过程中,张铁强发现北京商人阎某,平常与局长肖占武称兄道弟,经常承揽自治区国税局的工程,在呼和浩特存有460万人民币、四万美金,就把这个人抓起来审讯,问他这些钱的来路,不说就打,直打得阎某受不了了,交代出这钱不是自己的,是肖占武局长的。

张铁强抓住了肖占武的七寸,却私瞒消息,继续留在国税局骚扰式"办案",给肖占武施压。肖占武一贯刚愎自用,没有把张铁强放在眼里,直接给自治区公安厅和呼和浩特市公安局相关领导打电话,让他们撤回去。

张铁强脸色一沉,二话没说,做出坚决服从命令的姿态,一夜之间,撤得干干净净,肖占武心里自然放松了许多。

不久汤计突然接到张铁强的电话,他以为是女处长的案子有了新的进展。殊不知,张铁强抖搂出了肖占武的犯罪线索。当然,张铁强的讲述中,始终作出一副出以公心的样子。多年之后,汤计才弄明白,张铁强一身正气的背后暗藏着很深的私欲。他分析,如果当初肖占武悟出张铁强的真实目的,给上张铁强一二百万,恐怕事情就不会是这样的结局,贪官肖占武也许在天网恢恢下暗度陈仓,继续享受荣华富贵。

五

有了分社的鼎力支持,汤计决定不惜任何代价深入调查呼格吉勒图一案。他派助手李泽冰到原烟厂和案发厕所的位置,进行了现场勘察,又了解到,在公诉期间,也就是1996年5月7日晚上9时20分,呼和浩特市检察院两位检察官对呼格吉勒图进行了询问,留下了一份1500字的询问笔录。笔录显示,呼格吉勒图反复说:"今天我说的全是实话,最开始讲的也是实话……后来,他们的人非要让我按照他们的话说,还不让我解手……他们说只要我说了是我杀了人,就可以让我去尿尿……他们还说那个女子其实没有死,说了就可以把我立刻放回家……我当晚叫上闫峰到厕所看,是为了看看那个女子是不是已经死了……后来我知道,她其实已经死了,就赶快跑开了……她身上穿的秋衣等特征都是我没有办法之后猜的、估计的……我没有掐过那个女人……"

呼格吉勒图全盘翻供,并反映了专案组有诱供逼供。遗憾的是,呼格吉勒图的这些话,遭到办案检察官使用"你胡说"等语言制止。

李三仁和尚爱云详细地给汤计讲述了1996年5月23日呼和浩特市中级人民法院对此案进行开庭审理的过程。他们看到,儿子穿着一件在卷烟厂做工时的旧衣服,人瘦得皮包骨头,强打着精神拼命抗争着。他们把儿子当时所说的每一句话,都牢牢地记下了。记得当时呼格吉勒图承认自己是因为喝了酒,进了女厕所,但是他没有杀人。

由于一直不让见儿子,辩护律师是开庭前一天才找到的,这位律师起初为呼格吉勒图做的是无罪辩护,最后不知什么原因却以他"认罪态度好、是少数民族、年轻"为由,在法庭上做出求情陈述。

大约进行了四五分钟的休庭合议之后,法官当庭宣判,以"故意杀人罪"和"流氓罪"判处呼格吉勒图死刑。尚爱云说:"法官问我儿子,还上诉不?儿子就说了两个字,上,上,这两个字说得特别响亮,我就知道儿子是冤枉的。"

没人理睬呼格吉勒图的上诉,仅仅两周后,6月5日,内蒙古高院二审裁定"维持原判",这也是终审死刑核准裁定。

内蒙古高级人民法院、呼市中级人民法院两级法院的判决书仅有155字,汤计反复看了几遍,怎么也看不出来法院认定呼格吉勒图流氓罪、故意杀人罪两宗罪名的关键证据是什么,看不出法院是如何认定呼格吉勒图犯罪的。

多年的新闻调查经验告诉汤计,凡事不能轻言结论。不能依赖别人的转述,非亲自接触第一手资料不可。

很快,来自公安机关的四份审讯笔录,放到了汤计的案前。

赵志红一共交代了自己所做的27起强奸杀人或抢劫、强奸案,由于1996年"4·09"案,是他第一次杀人,因此对作案过程记忆很清楚,基本还原了自己的作案过程:

1996年4月,具体哪天忘了。

(我)路过烟厂,急着小便,找到那个公厕。听到女厕有高跟鞋往出走的声音,判断是年轻女子,于是径直冲进女厕。两人刚好照面,我扑上去让她身贴着墙,用双手大拇指平行卡她喉咙,她双脚用力地蹬。五六分钟后,她没了呼吸。

我用右胳膊夹着她,放到靠内侧的坑位隔断上,扶着她的腰,强奸了十几分钟后射精了。

她皮肤细腻,很年轻。我身高 1.63 米,她比我矮,1.55 米到 1.60 米的样子,体重八九十斤。

我穿 40 号的鞋,鞋底是用输送带做的。

这四份笔录是分别由四组警官,在不同时间、地点对他进行审讯的实录。比照研究之后,汤计发现,四次口供之间没有大的差异,而且一次比一次交代得清晰一些,其中的地点、时间、周围情况、受害人体征等细节和警方掌握的情况吻合。汤计知道,如果作案人编造假供词,这四次审讯笔录一定会出现不一致甚至互相矛盾的地方。

问题太严重了!汤计赶紧打电话联系皋凤存。

皋凤存是内蒙古自治区公安厅大要案支队负责人,也是主持赵志红专案的警官。他科班出身,且实践经验丰富,与汤计是志同道合的好朋友。

皋凤存告诉汤计,一听到赵志红交代出自己是"4·09"案件的真凶,自己的脑袋就嗡一声大了。当年流氓杀人案的真凶呼格吉勒图不是已经毙了吗,怎么又出来一个?是不是赵志红这个小子感到压力大,顺嘴胡说八道呢?

皋凤存告诉下属,把赵志红带到院子里放放风,清醒清醒。

放风的时候,赵志红为了证明自己在说真话,又交代出一起杀人案。两个月前,他开车拉了一个十八九岁的女孩子,将其强奸杀害,尸体埋在呼市小黑河边的树林里。皋凤存当即带着赵志红去找,果然在一个小土包下,找到了那个女孩子的尸体。看来,赵志红没有骗警察。

皋凤存看着眼前这个猥琐矮小、獐头鼠目的赵志红,恨不得一拳头揍扁了他。可怜那个小小年纪的呼格吉勒图,真的是含冤而死,倒在了法律的名义下!

从小黑河边回来已经是凌晨,皂凤存在床上仍然不能入睡,于是起身在专案组住的宾馆院里踱步思考。这时,守卫人员告诉他——张铁强来这里了!

听到这里汤计急了,赶紧问:"张铁强来这个地方干什么?"

皂凤存回答:"未经请示,擅自提审赵志红。"

汤计一听,这还了得!张铁强是当年专案组组长,呼格吉勒图一案到底是怎么办出来的,他的心里最清楚。现在张铁强手中握有权力,他的这个举动,令人产生种种猜想——第一,张对自己办的案子心虚,来问个究竟;第二,如果哪一天赵志红来个"意外死亡",或者翻供,也未可知。

皂凤存告诉汤计,呼和浩特市公安局副局长赫峰已经掌握了这个情况。为了保证不被干扰,现在赵志红已经被转移到内蒙古刑警总队的警犬基地,由十名武警替下了原来的民警,日夜严格看守,同时已经要求张铁强回避。

抓住了惯犯赵志红,让内蒙古公安厅去了多年的心头之患,但一案两凶的事实,又提出一个触目惊心的问题。半年之内,他们先后从公安部请来三个刑侦专家指导侦查。其中有公安部第一研究所的教授杨成勋,他是我国第一台测谎仪的发明者,他使用最先进的pg-10型六道心理测试仪,对赵志红进行了心理测试。这位德高望重的老专家宣布结果时,先是捂着脸,许久,把手才放了下来,很沉重地说:"赵志红说的属实,那个孩子被杀错了。"然后,又捂住了脸,人们看到泪水从指缝中涌出。

曾经多次对比过呼格吉勒图和赵志红卷宗的刑侦专家吴国庆,对此案发表看法时直言不讳:"我的态度很明确,我也多次向公安部和中央领导汇报过,一案不会有两凶,其中必定有一个是冤枉的。"

跑完了自治区和呼和浩特两级公安局,汤计来到自治区政法委,找政法委副书记、专案核查组副组长胡毅峰了解情况。胡毅峰告诉汤计,核查组为了复原案情,几乎找到当年的每一个相关人员,反复再现案发现场实况。呼格吉勒图当年交代的作案手段,虽然每次的供词都不一样,他们还是一一进行了模拟,证明他所说的每一种动作都杀不死人,显然是没有行凶杀人行为事实依据的临时编造。可以做出结论,当年判处呼格吉勒图死刑证据严重不足。

可是庭审时,赵志红的十起命案,检察机关只起诉了九起,唯独漏了毛纺厂公厕里的"4·09"强奸杀人案。开庭那天,罪犯赵志红当庭问公诉人员:"我杀了十个人,你们怎么说我杀了九个?少诉了一条人命啊!"参加旁听的呼格吉勒图案重审专案组人员一听,很是惊诧气愤。如果不起诉"4.09"案,就把赵志红执行死刑,呼格吉勒图一案将从此"死无对证"。他们迅速将这一重大问题,反映给了汤计。

事情已到千钧一发时刻,必须用自己的笔力挽狂澜!因为掌握了大量确凿信息,汤计有了出手的底气,他很快写出了第二篇内部报道《呼市"系列杀人案"尚有一起命案未起诉让人质疑》。汤计的报道发出后,最高人民法院获知赵志红案背后的复杂情况,指示此案一审暂时休庭。

六

汤计着手调查呼格吉勒图一案的消息,已经不胫而走,最起码,在呼和浩特市和内蒙古自治区司法系统已经不是秘密了。这期间,汤计与老熟人张铁强,也曾在会议上、饭局上相逢,彼此的目光偶然一撞,又迅速错开,一切不言而喻。张铁强知道是汤计在积极为呼格吉勒图伸冤,他那犀利的笔锋正在跟踪着自己,但是从未向汤计提及此事,而汤计总是有意无意地绕开张铁强,他知道,随着自己一篇篇檄文出手,案子重审的可能性日益增大,亮剑的那一刻必然到来。就这样,九年之中,一个赤手空拳舍生取义的无冕之王,一个使枪弄棒深藏不露的武夫,两个一米八几的高大男人,沉默地较量着,像深海之下的两股激流,汹涌撞击,却不在海面上掀起一丝波澜。

李三仁和尚爱云也告诉汤计,他们已经被监视跟踪了,不论是去买菜、上街、走亲戚，都有人不远不近地跟在后面。

而汤计每次下去调查，在听到善意的提醒之时，也感到有一些阴冷的眼睛在跟随着他。他对整日提心吊胆的妻子说："有啥可怕的，咱们也不是没见识过。"是的，恐吓对于汤计来说，早已不是什么新风景了。就在他每天东奔西走，为匡扶呼格吉勒图被错杀案子殚精竭虑工作的同一时间段里，社里又把报导两项大案的重任交给了他，而这两项任务，无一不是风险巨大的。

2008年，汤计受社里指派，经过反复调查，写出《万里大造林还是万里大坑人》一系列报道，用文字的利剑，戳穿喧嚣一时、祸及全东北地区的以投资种杨树为诱饵的"万里大造林"集资骗局，督促有关司法部门立案审理，采取法律手段为受骗者追讨合法利益。"万里大造林"残余利益团伙死不甘心，在网上发动责骂攻势之后，又聚众到新华社内蒙古分社门前闹事，扬言"出一百万要汤计人头"，那天汤计正在社里陪客人，借助社里领导和同事的掩护，汤计混在客人中走出，与闹事者擦肩而过，不然后果真的不堪设想。汤计在博客里这样回答那些闹事者："我既然想做一个好人，就不能眼看着群众受骗！我博客里的很多作品，都是我冒着政治风险甚至是生命危险换来的。如果我是个自私鬼，这些年我怎么能写出那么多揭露时弊、惩治邪恶、帮助蒙冤群众昭雪的好新闻？"

2005年3月，一个王姓木匠伪装成港商来到呼和浩特市，牵着市政府的鼻子签下合同，称在商业繁华区建设"我国西北地区第一高楼"——金鹰国际CBD。随着一声闷响，新建四年的呼和浩特公安局指挥中心大楼和呼和浩特市政府旧楼一起轰然倒地，其他一些建筑也相继拆除，假港商得到了呼和浩特市中山西路黄金地段的50多亩土地。

尽管获得了呼和浩特市给予的极端超常规的优惠政策，"实力雄厚"的假港商却再无钱注入，"西北地区第一高楼"也很快沦为烂尾工程。假港商开始在呼和浩特民间从事非法集资活动，从而引起了媒体和警方的注意与调查。

在接到呼和浩特市一些公务员和市民的举报之后，新华社内蒙古分社立刻向总社做了汇报请示,总社要求内蒙古分社履行职责,分社党组决定由分社社长吴国清挂帅,汤计牵头,负责调查此案。

这时候,汤计经手的呼格吉勒图冤案重审,正值推进艰难。这一桩伪港商非法集资案,火上加炭,使汤计成了万人瞩目的双重焦点。谁在期盼着自己手里的笔,谁在诅咒着自己手里的笔,汤计心里明镜一般地清楚,他做好了各种自我保护预案,毅然踏着地雷阵前进。

一连几个早晨,汤计特意来到被炸倒的市公安局和呼和浩特党政大楼废墟边上,走走看看,边与稀稀拉拉的施工工人聊天。这个大个子就是新华社记者,新华社记者来了!有人的想看看新华社如何下笔,收拾掉伪港商王木匠;有人不露声色,想看上了贼船的呼市党政领导如何下贼船;当然也有人挖空心思算计如何抵制阻止新华社的调查……新华社内蒙古分社,等于公开地站在了各种社会力量博弈的风口浪尖上,后来锒铛入狱的时任呼和浩特市市长汤爱军,直逼吴国清社长办公室,以种种理由要求停止调查。于是汤计索性出现在第一现场,高调亮剑——我们是党的耳目喉舌,为了使命,认定的事情一定要做到底。

一阵阵裹挟着废墟沙尘的风,在汤计的脚下盘旋。

在吴国清和汤计连续九篇内参和公开报道的督促下,伪港商终于被绳之以法。他们接着根据呼和浩特市干部群众的强烈要求,开始对当时呼和浩特渎职官员进行追踪彻查,对案子进行深度报道。这时候,公然的恐吓出现了,说起来十分可笑,恐吓新华社记者居然由时任呼和浩特市某要员亲自出马。吴国清把这位要员邀请他吃饭的事情告诉了汤计,汤计说这是鸿门宴,你要小心点。老吴说,光天化日之下我倒要看看他们如何表演。

吴国清这位不喝酒不抽烟的客人,席间只有微笑,没有一句让步的表示。请客的某要员手足无措,恼羞成怒,就在送吴国清回家的车上,他突兀而生硬地冒出恐吓:"告诉汤计,再写,我把他抓进去。"

吴国清什么大风大浪没有见过。他冲冠一怒，大喝一声："停车！"

　　下车之后，吴国清挺直身板，目光炯炯地面对某要员，声音不大，却字字清晰有力："还是让我来告诉你吧，你动汤计之日，就是自己完蛋之时！"说罢，转身而去。

　　汤计感动地说，我们新华社就是这样，你在前线冲锋陷阵，领导永远是坚如磐石的后盾。在依法治国时代的背景下，有社会正义的支持，此时的汤计无所畏惧，步步为营。

七

　　果然是得道多助。在汤计推进呼格案重审的第二篇内部报道发出七天之后，一个中年男人悄悄地来到了他的办公室。

　　汤计抬头一看，此人身着便装，站姿挺拔，两个眼睛透露出机警。他看见屋里有人，没说话，也没有退出，一个手插在口袋，站在汤计跟前。汤计见状，打发走了和他谈事的学生。

　　非常时期，汤计很敏感，他问："警察吧？"

　　来人说："汤老师，你真行，看出来了。我是呼市看守所的。"说罢从口袋里拿出警官证让汤计过目，随后又拿出一张复印件。

　　汤计接过复印件一看，非常感动。这位警察拿来的是赵志红在狱中递出来的"偿命申请书"复印件。他担心在特殊形势下，这份偿命申请书递不到领导手里，所以复印了一份给汤计送来。没等汤计反应过来，他已经转身离去了。汤计知道，他是冒着风险做这件事的。

　　赵志红的"偿命申请书"是这样写的：

　　尊敬的高级人民检察院检察官，你们好！

　　　　我是"2·25"系列杀人案罪犯赵志红，我于2006年11月28日已开庭审理完毕。其中有1996年4月18日（准确时间是4月9日）发生在呼市一毛（第一毛纺厂）家属院公厕（的）杀人案，不知何故，公诉机关在庭审时只字未提！

案确实是我所为,且被害人确已死亡!

  我在被捕之后,经政府教育,在生命尽头找回了做人的良知,复苏了人性!本着"自己做事、自己负责"的态度!积极配合政府彻查自己的罪行!现特向贵院申请派专人重新落实、彻查此案!还死者以公道!还冤者以清白!还法律以公正!还世人以明白!让我没有遗憾的(地)面对自己的生命结局!

  综上所诉(述),希望此事能得到贵院领导的关注,并给予批准和大力支持!

  特此申请

  谢谢!

  呼市第一看守所二中队十四号罪犯赵志红
          2006年12月5日

  汤计分析,赵志红写这个东西,不管他出于何种动机,就"4·09"女尸案一案两凶这一新闻事件来讲,等于又出现了新的重大案情。那么,作为一个新华社记者,必须及时予以上报。但是,这篇内参稿子怎么写呢?就这么几十个字,前面的案情没必要重复,后面的事情还看不出端倪……经过反复沉思,汤计终于想出了办法,他决定把赵志红的偿命申请书原文呈送上级。于是,他仅加了一些说明文字,以"'杀人狂魔'赵志红从狱中递出'偿命'申请"为标题,附上赵志红的原文,向总社发出了关于此案的第三篇报道。稿子看上去简单了点,总社能发吗?结果对这篇稿件,从分社到总社,从编辑到领导,一路绿灯,最后,新华社总编辑何平亲自签发了这篇稿件。

  过了几天,时任内蒙古人民检察院检察长邢宝玉打来电话。听语气有点不太高兴:"汤计,赵志红的偿命申请书是写给我的,你怎么拿去了?"

  汤计一听明白了,邢宝玉要的应该是原件,这说明他没有见到原件,也说明中央领导对此事做了批示,并且已经传达到了自治区。

  汤计告诉邢宝玉:"我没有原件,只有复印件。"

邢宝玉很奇怪:"那原件哪里去了?"

汤计说:"你到现在还没有见到原件,说明你那里有肠梗阻!"

此时,汤计不知道多么感激那位警察兄弟,他真是有点料事如神,如果当时他不把复印件给汤计送来,那么原件或许真的会永远消失。

一个小时之后,邢宝玉又打来电话:"汤计,对不起,原件没有传到我这里,问题出在我们这里。"

就这样,在中央、最高法、最高检领导的关注下,赵志红作为呼格案的关键证人被留了下来。

看似一切都在顺理成章地进行着,呼格吉勒图案的重审指日可待。

呼格吉勒图一家人眼巴巴地盼着,时时刻刻准备着。汤计也在乐观地等待着,他们每天都要接到来自朋友、同志、领导的电话询问,社会各界都在关心着这件事。可是,他们盼望的那个电话迟迟没来。

八

一年过去了,重审不仅没有启动,事情还变得扑朔迷离起来。

汤计去自治区政法委询问。胡毅峰告诉他,核查组已经有了结论——用法律术语讲,当年判处呼格吉勒图死刑的证据明显不足,用老百姓的话说,就是冤案。可是政法委无权改判,要经过法律程序。核查组副组长、自治区政法委监督室主任姜言文说:"核查组的工作已经结束,已经拿出了意见和结论,但这不是最后的法律结论,法律结论得体现在法院的判决书或者裁定书上。"

重走法律程序,需要经过公检法三个系统。公安、检察系统应该没有什么问题,自治区公安厅和呼和浩特市公安局在赵志红交代自己是"4·09"案的真凶以后,成立了专案组,进行了追查,得出赵志红是真凶的结论,一案没有二凶,那么呼格吉勒图就不是凶手;自治区检察院的意见是,呼格吉勒图案子证据不足,就应该疑罪从无,予以改判。

走法律规定的审判程序,首先应该由检察机关就呼格案向法院提出抗诉,也就是要求法院予以重审,这是检察机关代表国家监督法院的权利。抗诉不能轻易启动,法院如果用维持原判来回应抗诉,按我们国家司法条文,二审如果维持了原判,即为终审。现在,问题的关键是如何让自治区高级人民法院认识当年的错误,积极主动地提起重审。

虽然中央有关领导、最高法院、最高检察院对这个案子的重审有过指示,自治区党委和政府也有明确态度,但是内蒙古高级人民法院就是不提起再审。因为重审此案,势必就要追究当初办案人员的责任,自治区高级人民法院还要支付国家赔偿,当时的自治区高级人民法院领导顾虑重重,迟迟按兵不动。说到底,还是从局部利益着想,没有考虑这个案子不重审,受伤害的不只是李三仁一家,还有损亿万国人对法律的信心,有损党和国家的形象。

当年呼格吉勒图案二审的审判长,连呼格吉勒图案的卷宗都没看,就让一个书记员替他签字把呼格吉勒图勾决了。当汤计得知这种情况,气得拍案而起:"啥叫草菅人命?这不就是活生生的案例吗!"

公理有公理的逻辑,私欲也有私欲的门道。每次自治区政法委召开研究呼格吉勒图案联席会,自治区高级人民法院总是派出这个本应该回避的审判长参加。此人已经升任自治区高级人民法院刑一庭庭长,由他代表自治区高级人民法院参加研讨呼格案的会议,严重影响办案。

李三仁和尚爱云去自治区高级人民法院上访,好不容易拦住了院长,院长却把这个审判长找来应对他们。尚爱云一见到这个人,就火冒三丈。她拍着桌子质问那位院长:"他是你亲戚还是啥?你就这么袒护他,你懂不懂回避制度?当年就是他错杀的我儿子,现在他应该回避,你叫他来什么意思?"

行到水穷处,坐看云起时。汤计想明白了。虽然事实明明摆在那里,法院却在事实的外面建起一道玻璃墙,把你和你要的东西隔离开了。汤计心说,你们不动,我就动用舆论来促使你们动。

九

2006年底,汤计把呼格案的相关材料梳理一遍,写出两篇通讯——《死刑犯呼格吉勒图被错杀?——呼市1996年"4·09"流氓杀人案透析(上)》,《死者对生者的拷问:谁是真凶?——呼市1996年"4·09"流氓杀人案透析(下)》,发表在新华社内部刊物上。《瞭望》新闻周刊总编辑姬斌看到后,认为这是一桩有典型意义的司法事件,如果公开发表,会对全国的司法进步以及民众法律意识的提高产生积极影响,他即刻让政治编辑室主任史湘洲给汤计打电话,商量找几个法律专家深入探讨,形成一篇文章在《瞭望》杂志公开发表。很快,《瞭望》编辑室的相关人员采访了几位法学专家,与汤计合作写成了《疑犯递出"偿命申请",拷问十年冤案》一文,并于2007年1月9日公开发表。

这篇文章采用专家的观点提出对呼格吉勒图案重启再审程序的三个可行途径,同时,也提醒各级法院落实好最高法当年1月1日收回的死刑核准权,使慎杀少杀的原则在实践中得到体现。法律剥夺一个人生命的过程越复杂,就意味着当事人的合法权利能够得到最大限度的伸张,更意味着冤假错案的概率将被降到最低。尊重和保障严格的司法程序,维护法律程序本身的独立价值,是最大限度避免冤案发生的根本途径,也是中国走向法治国家的必然选择……

"呼格案"就这样从内部走向公开。一石激起千层浪,情形果然如姬斌总编辑预料的那样,国人皆知"呼格案",网络热议"呼格案",媒体穷究"呼格案",汤计和李三仁夫妻,每天接到数不清的电话和网络留言,四面八方一片关切支持之声。

赵志红案的一审已经远远超期，按照规定，早该判刑送二审了。

社会舆论哗然，将这种情形作为一种司法不力的冷笑话："报案小伙儿已冤死，杀人恶魔仍苟活……"李三仁尚爱云委托的律师苗立发声："呼格吉勒图是否错杀，不应该由赵志红是不是'4·09'案件的真凶来确定。如果说赵志红对'4·09'案件的供述，促使了有关部门开始复核呼格吉勒图的死刑判决，现在复核的结果已经有了，当年判处呼格吉勒图死刑的证据明显不足。那么，就应该对呼格吉勒图案提起再审。"

李三仁尚爱云夫妻在2006年底就将相关法律材料递交自治区高级人民法院，一直没有得到答复，律师到自治区和呼和浩特两级法院要求审阅案卷，也被以种种理由拒绝了。

为了了解情况，寻找新的突破口，汤计去请教他的一位老朋友——呼和浩特市中级人民法院院长。这位院长是一位法律专家。他告诉汤计，法院认为，公安局找不出物证能证明是赵志红作案，只有他的口供。根据法律，不能只凭口供定案。按照这个逻辑下去，不是赵志红，就是呼格吉勒图……这大概恰恰是某些人此时希望的结果。

证据，物证，人证……汤计马不停蹄，跑公安局，请教专业人士，搜集与呼格案有关的一切信息。强奸案，首要的证据就是强奸犯的精斑。案发时，女子的尸体裸着下半身，被放倒在厕所的隔离矮墙上，是不可否认的强奸案。那么，第一件事就是要提取精斑，而精斑在哪里呢？

法院现在反过来要求公安局提供这一证据。

知情人的说法大相径庭。有人告诉汤计，现场没有采集精斑；有人说采集了，但是工作不认真给弄丢了；有人说，当时要求从严从快，经费又紧张，办案人员认为有其他证据支撑，就放弃了精斑鉴定；也有人直言不讳——采集精斑以后，发现不是呼格吉勒图的，另有凶手，就把精斑扔掉了。汤计去调查，警方说是采了，交给检察院方面了，而检察院方面却说什么也没有收到。按照制度，交接物证是需要手续的，谁签收的？无案可稽。

最关键的证据就这样永远地不得而知了。

汤计思索,警方既然承认提取了精斑,交给了检察院,就说明这是一起强奸杀人案,那为什么最终给呼格吉勒图定了一个流氓杀人罪?为何回避女尸被强奸过的事实?这就和"发现精斑不是呼格吉勒图的,另有凶手"的说法有了吻合处,这中间掩盖着什么秘密?汤计百思不得其解。

第二个证据是血型,汤计无法看到卷宗,不知道呼格吉勒图的血型,然而即便他和死者的血型一样,同样血型的人有的是,不足以证明罪犯就是呼格吉勒图。

第三个证据是皮屑。汤计怀疑呼格吉勒图当时喝了酒,又正值性萌动的年龄,他趴在墙头上往女厕所里看,看见有个女人一动不动,很奇怪,就进去触动了一下,发现是个尸体,也吓了一跳。为了掩饰自己趴了墙头,就说听见女厕有喊叫的声音,才闯进了女厕所。结果,这句话他就永远解释不清了,成了办案人员"顺藤摸瓜"的线索。

案发现场还应该有其他物证,如罪犯的脚印、女尸脖子上的掐痕、毛发等等,办案人员都没有提取留存。这又是什么原因?

关于作案时间,汤计再一次请教皋凤存。皋凤存是这样分析的:据判决书记载,呼格吉勒图是晚8点40分作案。但是证人闫峰两次作证——当晚8点45分他和呼格吉勒图要回车间上班,他们是掐着表吃的饭,8点40分离开的饭馆。而被害人的同事证明,被害人是7点40分出去上的厕所,所以呼格吉勒图8点40分见到的应该已经是一具尸体了。那么,法院认定的时间和实际案发时间就有一个小时的差距,足以证明呼格吉勒图不是作案人。难道办案人没有注意到这个时间差吗?

关于口供,事实上呼格吉勒图在庭审时已经翻供,说出办案人员涉嫌严重的刑讯逼供、诱供,这样的所谓口供已经失去可信度,不能作为证据使用了。相反赵志红口供是比较符合逻辑的。尸检报告及照片显示,死者短发烫发,呼格吉勒图交代的却是披肩发、不烫发;赵志红交代的死者身高到他脖子左右,准确地说出1.55米到1.65米之间,法医测量的尸长果真是1.55米,而呼格吉勒图交代的死者大约高1.65米,明显不准确。另外,呼格吉勒图交代,他与受害人曾有对话,受害人说普通话,可是死者的亲人、同事却证明,死者只会说地方话……汤计采访了很多看过卷宗的警察和专家,他们一致认为,即便只凭口供对照,也该为呼格吉勒图平反。

法院就是坚持要物证。

汤计感到自己的钥匙丢了。人家说,你不是要证明这间房子是你的吗,那么拿出你的钥匙。汤计说,房间里有我的手稿书籍还有手机,细细解释手稿是啥手稿,书籍是啥书籍,手机是啥牌子的,可是人家不管这些,就是要钥匙。

你说你有理有据,你说你真理在手,都没有用,你把钥匙拿出来好了。

十

怎么办?汤计再次求教邢宝玉。对于呼格吉勒图案,邢宝玉的态度是"有错必纠,实事求是"。他认为呼格吉勒图如果得以平反,必然提升全民对司法的信心。

邢宝玉曾经给汤计设计过一个思路:法院死咬着说呼格案没有证物,可以按照"疑罪从无"的思路去解决问题。这样,法院方面可以不处理人,压力就小了,这个孩子的罪也就洗清了。等平反后,再去申请国家赔偿和追究相关人员的责任。但是他和汤计商量之后,又觉得呼格吉勒图家人难以接受这个思路,李三仁和尚爱云坚持上访、上诉这么多年,就是要为儿子找回无罪的清白名誉。

汤计和邢宝玉相对而坐,像在写字台上下一盘棋那样凝神深谈。这一次,汤计问邢宝玉:"你们检察院为什么不去抗诉,检察院一抗诉法院就得开庭再审啊?"

邢宝玉说:"这可万万使不得。法院现在不在状态,我抗诉他就会维持原判,法律上规定再审就是终审,一旦维持原判,程序上就成死结了,那边就可以把赵志红执行死刑,呼格案也就永久成谜了。"

邢宝玉提醒汤计说:"你们新华社应该继续发稿子,建议最高院把呼格案拿到外省市法院跨地区审理。"

邢宝玉的建议使汤计眼前一亮。他很快采访了相关律师、公安干警、法院领导、政法委领导和法律界的相关人士,征求他们的意见,果然获得了他们的共识。2007年11月28日汤计发出第四篇内部稿件《内蒙古法律界人士建议跨省区异地审理呼格吉勒图案件》。

不久,最高法派人到内蒙古高院协商异地重审,但前提是呼格吉勒图父母要提出申请。对此李三仁和尚爱云完全没有思想准备,当自治区高院派出一个副院长和他们谈的时候,老两口觉得非常突然,觉得在内蒙古有这么多正义之士支持尚且如此艰难,去了外地人生地不熟的,恐怕问问案子都困难。所以,李三仁与尚爱云拒绝了异地审理的提议。

在上级和舆论的压力之下,内蒙古高院称正在进行内部复查,还是没有启动重审程序。谁知这一拖,情况就发生了变化,呼格吉勒图案的重审进入了长达三年之久的冰冻期。

十一

2008年到2011年这段时间,积极推进呼格吉勒图案重审的自治区政法委书记和核查组组长退休,常务副书记胡毅峰调到自治区人大常委会做秘书长,政法委秘书长、核查组副组长也都相继调离,已经有了结论的案子和原本热烈的舆论,日趋淡出人们视线。

李三仁和尚爱云上访的火车票,已经攒了厚厚的一沓,他们到内蒙古高级人民法院申诉询问也已经有九十多次了。

为了能见到时任自治区高院院长,尚爱云甚至豁出被撞的危险,去拦院长的座驾。

走投无路的老两口打起了条幅,站在自治区两会会场外面,希望引起关注。

而张铁强却代表着国家机器,在会场外面吆三喝四地指挥安全保卫。有一次,他看到了李三仁和尚爱云,马上给出了一个眼色,下边的人冲过来拽住尚爱云,拧着她的胳膊要带她找个地方谈谈。尚爱云冲着与会的代表大声喊:"我不去,我怕你们偷摸害死我……"他们这才松手。

到会采访的汤计看在眼里,痛在心里。

为了要李三仁尚爱云保持信心,汤计一次次把他们请到自己的办公室,推心置腹地嘱咐他们,要相信这个国家是有正义的,相信中国的法制建设会不断进步,坚持正常渠道上访,到日期就去自治区高级人民法院询问何时重审,千万不要做出偏激的举动,他也支持老两口争取舆论支持。

在北京,人民大会堂前,老两口找到一位来自河南的农民工全国人大代表,陈述自己的冤情,那位人大代表收下他们的申诉材料,带到了会上;他们一直与北京《法制晚报》保持联系,及时披露案情的变化,让轰动全国的呼格吉勒图一案始终不脱离公众的视野。经过漫长的申诉之路,李三仁和尚爱云变得理智了、坚强了,他们的视野和格局也变得开阔了,他们说,我们要找回儿子的清白,愿天下不再发生冤案,就是维护中国法律的光明正大。

汤计已经把推进呼格案的重审作为自己毕生的使命,还有一个无私无畏的人作为同盟军,始终与汤计站在一起,他就是赫峰。赫峰时任呼和浩特市公安局副局长,与呼格案的始作俑者张铁强同在一个领导班子里工作,分管刑侦。是他率队破获了赵志红案,并根据赵志红的交代,带人去现场核实,确认赵志红是真凶;在成立专案组后,是他第一个发现当年侦办此案的张铁强举止反常,并迅速向公安厅领导汇报,令张铁强离开专案组,保证了复查顺利进行;复查卷宗时,也是他第一个发现呼格翻供的笔录被故意隐匿;在政法委、公安厅已经得出呼格案是错案的结论,却没有进一步结果的情况下,是他第一个寻找正当途径,向上级反映情况的;也是他第一个接受采访,披露案情,为汤计的5篇内参提供了主要材料。2012年张铁强擢升呼市公安局副局长,时任内蒙古自治区公安厅厅长赵黎平(现已因涉嫌持枪杀人罪被捕)专门出具手谕,证明"张铁强与'呼格案'无关",在这种情况下敢于冒犯领导顶烟上,第一个提出质疑张铁强的也是赫峰。

在长达九年的时间里,汤计与赫峰风雨同舟,和李三仁、尚爱云一家成了息息相关的亲人。他的坚持也从一开始的职务行为变成了义不容辞的责任。

2011年1月,仿佛残存的坚冰开始酥软,传递出来一丝淡淡春意,胡毅峰这三个字,突然回到了他们的视野里。自治区两会传出消息,胡毅峰当选自治区高级人民法院院长。尚爱云接到大儿子昭力格图电话的时候,高兴地问了一遍又一遍:"儿子啊,你听准了吗,真的是胡毅峰,原来政法委的那位副书记?"

汤计认为胡毅峰当选后定会担当道义,推进呼格案的重审,但是如果他一到任,立即推动呼格案的重审,在高院内部应该有一定阻力。必须给他创造一个由头,让他顺理成章地提出这个问题。

汤计再次发起攻势。他考虑到网络媒体的力量不可低估,受众面广,反馈迅速,就组织分社电视记者邹俭朴、林超,在2011年清明节做了一期视频节目《十五年冤案为何难昭雪》。汤计本人和李三仁、尚爱云、赫峰出镜。

在这期被"新华视点"采用的节目里,赫峰有理有据,直言不讳——"为了更慎重起见,我和公安厅的有关领导把这两部卷宗拿到公安部,当时公安部刑侦局的主要领导,分析完以后表示,单从这两部卷宗内容来看,认定谁是这个案子的真凶,那必定是赵志红。

"当时给呼格吉勒图定罪的那些物证已经灭失了,不存在了,你反过头来再想找到那些物证去给赵志红定罪,那不可能,因为物证它有一个保存期,过了保存期就不留它了。

"这个案子当时办得很粗糙,如果当时公安机关、检察院审理这个案子,法院审判这个案子都认真一点、负责一点,不至于会出现这样的问题……"

在节目现场,记者先后拨通内蒙古自治区高级人民法院和内蒙古自治区检察院几位负责人的电话,他们表示对本案还在调查中,或者表示不清楚情况,拒绝透露更多的消息。内蒙古自治区公安厅有关负责人对记者说:"'4·09'命案成了各方不敢碰触的烫手山芋,起诉卷从呼市公安局转到呼市赛罕区分局,最后又退回了公安厅,目前正在等着开公检法协调会……"

在节目的最后,主持人呼吁:"如今,距离呼格吉勒图被执行死刑已经过去了15年,而真凶落网也已经过去了近六年。为了还儿子一个清白,李三仁、尚爱云老两口已经奔走了15年,我们不知道,为了替儿子申冤,他们还要坚持多久?"

这一节目被优酷网转发,点击量达到数十万,新华社的呼吁得到了积极回应。汤计感受到新媒体的力量,他抓住时机又发出了题为"呼格吉勒图案复核六年后陷入僵局,网民期盼真凶早日伏法"的内部报道,中央领导很快做出了批示。

最高人民法院专门派人到内蒙古高级人民法院督查。胡毅峰已经做好了准备,顺势而为,成立了呼格案复查组,选了五名具有法学硕士以上学历的精干法官,反复研究案卷,找办案警察和检察官调查,很快把案情搞清楚了,得出了正确结论。

2012年的一天,汤计在胡毅峰的办公室里见到了厚厚的呼格案卷宗。这是胡毅峰院长让人复印的,他说自己看了第一遍,就用了整整三天,后来又反复看了几遍。汤计和他谈起案情,发现他对每一个细枝末节都研究得十分透彻。胡毅峰说:"汤计,你可不能再写了,我这里调查组正在调查着呢,你看看我自己还亲自审案卷呢。"

到了这年夏天,在一次会议上,汤计与胡毅峰相遇。胡毅峰扯着汤计的衣角,把他叫到一边,悄声说道:"呼格案已经复查完,准备彻底平反了。"

一切都在向好的方向发展,就像人们常说的那样,万事俱备,只欠东风。

只是在赫峰那里,压力仍然不小。

十二

2012年11月8日,党的十八大召开,中国的历史开启了崭新的一页。

新一届自治区党委同意对呼格案进行重新审理。

由于长期劳累,汤计的身体出现了问题,临床症状是便血,浑身乏力。那天,汤计准备赴京看病,正忙着整理办公室。突然进来一屋子老头儿,把十八九平方米的办公室挤得满满的。这些老头儿一个个弓着肩头,皱着眉头,嘶哑着嗓子,吃力地说着曾经讲述了无数遍的遭遇,眼睛里已经没有了眼泪,尽是深深的苦楚。

早上离开家的时候,妻子还在说,汤计啊汤计,你听点话行不行,可别继续破车好揽载了行不行?咱已经不是当年那个拍着篮球跑一天不知道啥叫累,背上一袋麦子走十里八里不大喘气的汤计了……而此刻看着这些白发苍苍的老头儿们,汤计什么都忘了,他没有说话,却已经拿起纸笔,开始记录案情。

1999年,内蒙古农牧厅下属的国有农机公司改制,整体合并进了乌兰察布盟农机公司,乌兰察布盟农机公司也改制为股份制企业。政府答应,原来内蒙古农牧厅农机公司退下来的三十名老职工,一律走社保,政府负责交社保,计二百万元。可是这笔费用一直没有落实,所以这些下岗老职工,一直没有经济来源,成了儿女和亲友面前的乞食者。他们原来单位的办公楼是一笔财产,价值两千万左右,可是已在合并中交给了乌兰察布盟农机公司,已经成了别人的财产。

他们到乌兰察布市政府上访过很多次,要求用本单位的大楼抵社保,由于事情拖延的时间较长,铁打的衙门流水的官,新上任的领导们都忙于开拓自己的新政,没人愿意捡起来打理这团历史遗留的乱麻。就这样,上访成了他们过日子的常态,当年的壮年跑成了老头儿,当年的老头儿跑进了殡仪馆,始终没有见到任何希望。

汤计问，那让法院把楼执行回来，一拍卖，社保钱不就有了吗？

老头儿们说，听说领导有话，说楼是政府财产，法院不能执行。汤记者啊，他们都说你手里的笔是支金笔，可管用呢，你就给我们写个稿子报上去吧！

汤计一句没有敷衍推诿，他把这些老者送到楼下，让他们回家耐心等待调研结果。他在赴京之前硬撑着身子，去了一趟乌兰察布市。他跟妻子请假，说当天就回来，结果一进入状态，就全然顾不上自己的身体了，一口气跑了好几天。他调查之后认定老头儿们的说法属实，那幢楼房的确还在已转制为私企多年的原乌兰察布农机公司手里，由于市政府某位领导的干预，检察院放着七年前的案子不起诉；法院虽然已经宣判这幢楼是国有资产，但是他们不愿担当，与检察院互相推诿，一直没有执行收回。

汤计到检察院提出批评建议，说你们七年置放案件不起诉，属于严重的程序违法，如果我给予公开报道，就是司法界一个负面消息，建议你们赶紧依法作出决定。

汤计又到法院提出了自己的意见——请你们联合检察院一起找你们的那位有关市长汇报去，就说我建议，法院赶快对那幢在乌兰察布农机公司手里的楼房执行依法收回，然后由法院评估拍卖，所得资金补交足原下岗人员的社保费，其余留给政府。你们捎话给他，任何人没有权利干预司法，法院的执行权是神圣不可侵犯的。如果他还要干预，那我一定奉陪到底。

那个副市长一听这番话，反应倒是挺快，马上说，我什么时候不让执行了？我跟你们谁说的？你们法院该执行就执行得了，问我干什么……法检两院的院长们面面相觑，欲言又止。不过结果很好，检察院、法院开始安排对那幢大楼的执行。

就在这时汤计的体检结果出来了，结肠中的恶性肿瘤已经大得连肠镜都无法穿过。手术的前一天，躺在北京协和医院的病床上，汤计的心里惦记着乌兰察布的那些老头儿，什么时候能终止上访，过上温饱的日子……

手机响了,是乌兰察布市中级人民法院执行局负责人打来的,他说,明天他们将去执行收回那座大楼,担心有人会发动不明真相的职工阻拦,乌兰察布农机公司使用了这座楼十几年,如果不肯轻易交还,恐难执行成功。请汤老师到场督办。

汤计的手上扎着静脉点滴的针头,妻子帮着他拨通了社里的电话。他安排了第二天去现场的记者,叮嘱他们带上照相机全程跟随执法人员,如果有人胆敢阻拦,就是妨碍司法。他还叮嘱同事:"要把发生的情况第一时间告诉我,出事儿我就推迟手术,马上发文给北京。"

还好,这个预案没有用上,法院的依法执行十分顺利。

汤计手术后上班没几天,获得了社保的那三十个老头儿手里拿着锦旗,肩上挂着一串串鞭炮,乐颠颠地感谢汤计来了。只见老头儿们脸上荡漾着喜气,说着"新华社好,汤老弟好人啊!我们上访了十四年,还是在新华社见了天日了,大恩不言谢,大恩不敢忘……"的心里话,汤计不由一扫病容,喜上眉梢。他伸手把鞭炮从老人们的肩上摘下来,告诉他们这里是新华社,不能放炮,你们的情谊我心领了。谁知,他忽然听见身后连续有"扑通、扑通"的声音,回头一看,地上已经跪倒了一片白发人。汤计鼻子一酸,眼泪夺眶而出。

汤计一一扶起他们说,老哥哥们,如果不是有病在身,我要请你们喝上一顿酒,转制的时候,你们承受了这么多的困难,往后安度晚年吧。再有困难,还来新华社找汤计。

十三

躺在病床上的那些日子,汤计整天讲段子、扯闲篇儿,为的是安慰妻子和孩子们。夜深人静,他却无法入眠,一个劲儿地胡思乱想。现在农机公司下岗职工的困难解决了,最叫他挂心的人,是李三仁与尚爱云老两口,他们已经是老年人了,还能坚持多久?没有谁能比自己更熟悉这个案子的来龙去脉,没有谁能有新华社这样坚如磐石的后台,如果此时撒手,后事难料。更重要的是,这个案子成功了,就是中国死刑冤案重审的第一案,应该是党的十八大以后中国司法进步的具体体现,对全面依法治国的进程会产生正能量。

一个人在身体虚弱的时候,往往会回首往事。不知因为啥,就想起了少年时代经常背诵的毛主席语录——为人民利益而死,就是重于泰山。那么自己在和这个世界说再见之前,能为人民做的事情,莫过呼格吉勒图一案的平反昭雪了。他暗暗告诫自己,汤计,你要坚持,无论如何也要坚持重返工作岗位,必须亲眼看到这老两口脸上的愁容变成笑颜,你才能闭上眼睛。

手术后活检结果显示,汤计的结肠癌为早期发现,无须放疗化疗,可以出院保守治疗,全家人转忧为喜。汤计重返工作的第一件事就是继续推进呼格案的重审。

他了解到,经过反复审核,自治区高院已认定呼格吉勒图无罪。在这一结论确立的前提下,以什么理由来纠正呼格案,内蒙古自治区高院再次统一了认识,再审判决书最终认定呼格吉勒图为作案人的事实不清、证据不足。

2014年6月,自治区党委政法委召开公检法三长会议,为呼格案平反做维稳预案;成立了呼格案平反领导小组,组长由自治区党委副书记兼政法委书记李佳担任,自治区高院院长、检察长、公安厅厅长任副组长;大组里分六个小组:维稳组、审判组、教育组、国赔组、安抚组、问责组。九年工夫,九年发力,呼格案的重审,就像一只时而冲锋、时而徘徊的足球,终于闯过一道道防线,来到了球门之前,现在就差临门一脚了。

为什么好消息迟迟不来?眼看要到国庆节了,汤计实在不愿意看到这件事拖到2015年。

汤计在办公室里实在坐不住了。他邀请新华社内蒙古分社副总编辑吴献一起来到了内蒙古高院胡毅峰院长的办公室。

汤计没有任何寒暄,甚至带着一些急躁,开门见山地说:"我们是来协调推进呼格案尽快重审的,请正面回答我们的采访,不要讲官话,我们的稿子要把您的话写进去。"

当汤计把写好的稿子传真给胡毅峰,胡毅峰审阅后很痛快地答应,可以发表!

11月4日,吴献和汤计写的稿件被新华社作为通稿发出:"内蒙古自治区高级人民法院院长胡毅峰在办公室接受了记者采访,他指着厚厚的呼格吉勒图案卷宗复印件说:'法院正在依法积极复查,此案的每一个细节都深深印在我的脑海里,我们将以事实为根据,以法律为准绳,把这起案件复查好,让人民群众感受到公平正义。'据胡毅峰介绍,复查过程中,法院并没有遇到障碍和阻力,一切都在严格按照法律程序进行。"

汤计立即联系《法制晚报》,请他们跟进发布了一条"呼格案将立案再审"的重磅消息。

汤计积极和中央电视台《法治在线》栏目组沟通,请他们到呼和浩特来专题采访呼格吉勒图被错杀案的重审。

汤计对赫峰只说了一句话,因为他知道这句话对于赫峰来说,就是一道闪电,足以一扫他眼前全部的畏葸。他的这句话是:"赫局长,咱俩都是共产党员,需要我们站出来的时候到了!我把猛料全部抖搂出去了,现在就看你的了。"

咱俩都是共产党员啊……说话之间,汤计被自己打动了,泪水难以抑制,热汗将握在手里的电话浸湿。

电话里一片沉静,只听到赫峰的唏嘘之声。

这一次,已经被勒令闭嘴的赫峰又勇敢地出现在中央电视台的镜头前。

焦点!焦点!呼格案以焦点的方式,凝聚了天下父母的关切,凝聚了社会各界的声援。凝聚着正义和法律的力量!汤计及时推波助澜,安排青年记者邹俭朴收集网上舆情,采写了第六篇内部报道——《呼格吉勒图案舆情持续发酵网民呼吁尽快再审》。这篇稿件于2014年11月16日抄送最高人民法院院长。

依法履行了一系列程序之后,2014年12月13日下午,内蒙古自治区高级人民法院在微博上发布了呼格案再审判决的送达预告。尚爱云急匆匆地给汤计打来电话,告诉他,法院已经通知他们家,将把判决书送到他们家里。

汤计放下电话,立刻向社领导汇报,请求启动采访预案,第一时间向全国现场直播。

2014年12月15日,内蒙古自治区高级人民法院常务副院长赵建平带队来到呼格吉勒图父母家,将案件再审判决书送到李三仁和尚爱云手中。判决书内容一是撤销内蒙古自治区高院1996年作出的二审刑事裁定、呼和浩特中院1996年对呼格吉勒图作出的一审刑事判决;二是宣告原审被告人呼格吉勒图无罪。

赵建平副院长同时通知李三仁和尚爱云可以向内蒙古高院申请国家赔偿。赵建平站起身来,深鞠一躬,真诚道歉说:"我这次来是受胡毅峰院长的委托,也代表自治区高级人民法院,向你们表示真诚的道歉,对不起。我们从今以后一定会吸取这个教训,深刻反思办这个案子过程当中法院存在的问题,绝不能让呼格吉勒图这种悲剧再重演。"赵建平还为呼格吉勒图父母带来三万元慰问金。

李三仁和尚爱云,接过法律文书,逐字逐句读罢,默默地签名,按手印。

汤计身着大红色的冲锋衣,站在人群之中,屏声静气,双手合十。九年拼搏,时光历历,他终于看到了正义的到来,看到了法律的胜利。

程序结束,赵建平带队离开。各媒体记者和诸位见证人,也纷纷告别离去。汤计起身正要出门,李三仁和尚爱云突然一起扑到他的身边,汤计展开宽大坚实的胸怀,和他们紧紧拥抱在一起。再也无须克制,三个人泪水合流,久久不能平静。

至此,汤计完成了一个记者的九年长征。

2016年初,27名对呼格冤案负有责任的相关人员受到了党纪政纪处分,其中涉嫌犯罪的张铁强正在接受司法侦查。

在汤计的帮助下,呼格吉勒图草葬于荒野的骨灰迁入新墓。

当人们从这里走过,会带走深思。

(原载《人民文学》2016年第9期)

世界是这样知道长征的(节选)

丁晓平

长江自荐大公报,成名之作西北角
塞上首访毛泽东,中国记者第一遭

说起红军长征的新闻宣传,就不能不说范长江。

成功总是属于那些除了拥有才能之外,还必须具有勇气、敢于挑战的人。范长江就是这样的人。在中国,就像几乎所有的作家没有人不知道鲁迅一样,新闻记者对范长江这个名字一点也不陌生。

作为中国杰出的新闻记者,范长江是无产阶级新闻事业的开拓者和领导者之一。新中国成立后,他曾任新华社总编辑、人民日报社社长等职。他创建的中国青年新闻记者协会的日子(1937年11月8日)被国务院确定为"中国记者节";中国当代最高新闻奖项"范长江新闻奖"也以他的名字命名。

面见《大公报》总经理胡政之,范长江毛遂自荐走西北

1935年5月,26岁的范长江从北平赶到天津,找到当时享誉中国报业"三杰"之一的《大公报》的总经理胡政之,开门见山地表达了自己的愿望:"我要去考察西北,了解红军。"

对站在面前这位来自四川的小老乡提出的要求,胡政之一点也不惊诧。《大公报》近年来先后发表过多篇署名"长江"的

稿件,比如《佛学在北大》《陶希圣与"食货"》《顾颉刚与"禹贡"》等数篇通讯,文笔精练,视角独特,反响很是不错。当初,驻北平办事处记者杨士悼向他推荐这个北京大学学生的时候,他似乎还有一丝犹豫,但当他读了长江在北平《晨报》《世界日报》和天津《益世报》上发表的文章后,立即答应可以支付这个年轻人每月15元的稿费,去西北采访,为《大公报》写稿。

范长江的新闻写作生涯,是从两年前的1933年下半年开始的。此前,这位名叫范希天的青年经历颇为传奇。1927年,诞生于四川内江东兴区田家乡赵家坝的川娃子范希天,只身前往重庆报考黄埔军校,因为迟到错过了报考时机,却考上了共产党人吴玉章创办的中法大学重庆分校。这年3月,他参加反对英美军舰炮轰南京事件的游行示威活动,遭到国民党蒋介石的血腥镇压,在血泊中死里逃生,因遭通缉而被迫离开重庆前往武汉。在武汉,范长江参军入伍贺龙的第二十军教导团。8月1日,他参加了南昌起义。后随部队辗转湖南、广东。10月,在潮州遭遇国民党张发奎部的包围,在一次突围中与部队失去联系,流落街头,贫病交加,几近病死。1928年,经颠沛流离来到南京,他考入蒋介石任校长、罗家伦任教务长的中央政治学校。1931年"九一八事变"爆发后,对蒋介石的不抵抗政策,他再也坐不住了,愤然离校,脱离国民党。1932年,他来到北平,在黎锦熙主持的国语大辞典编纂处谋得一份剪贴资料的工作。同年秋,他考入北大哲学系。1933年1月,他加入朱庆澜将军主持的"辽吉黑抗日义勇军后援会"。随后,他以"热河战地记者"的名义参与"后援会"运输队组织抗日物资运往东北的任务,开始兼职给南京的《新中国报》和《民生报》写战地通讯。途中,他们在热河凌源与日军遭遇,战乱中幸得蒙古牧民收留。回北平后,他组织了"北大学生长城各口抗日烈士慰问团",先后赴喜峰口、古北口、冷口、独石口等地,慰劳抗日军队。根据对世界形势的判断,他认为中日战争即将爆发,世界大战也不可避免,估计在1936年开战。因此,他在北大组织了"1936年研究会"。为此,他为研究会拟定的纲领在北平《晨报》发表后,引起社会广泛关注。

世界不太平,内忧外患,中国将向何处去?范长江敏锐地发现中国当下最热点的问题是,中国共产党和他领导的中国工农红军到底是一个什么样子?就在这个时候,他看到了胡政之主编的另一份时事性周刊《国闻周报》(1933年至1934年)。在这份报纸上,范长江先后阅读到了有关中共江西苏维埃政权的资料,比如该报连载的《赤区土地问题》《赤区土地问题之实际与批判》《赤区的合作社运动》《中国赤区的商业政策》《中国赤区的农业政策》《中国赤区的财政政策》等等。他后来回忆说:"我第一次看到苏区的原始资料,是《国闻周报》所连载的'赤区土地问题'等。《国闻周报》是天津《大公报》出版的。这个材料上登载江西苏维埃政府一些关于土地革命的政策'法令',以及许多关于土地革命的文件,都是原件,不是改写的文章。"

显然,这些文章给范长江带来了无限的好奇。尤其是在1935年5月的这个时候,红军在经历第五次"围剿"后已离开江西被迫西征再转而北上,他们在西南和西北的情况到底如何呢?在他看来,一旦抗日战争全面爆发,东部沿海一带必不可久守,抗战的大后方肯定在西南和西北,那里的情况少有人知,肯定是出新闻的地方,应该让更多的人知道西南和西北的情况,尤其是中共和红军的情况。

范长江不禁"想入非非",要去西南和西北看一看,写一写。于是,他曾设法与《世界日报》的老板成舍我等多家报刊老总联系,但均未接受他的采访计划。于是,他就大胆地向天津《大公报》的胡政之求援。范长江回忆说:"我想,如果我能弄到《大公报》旅行记者的身份,到中国西部去旅行,就可以接近红军,甚至于进入红军,那我所关心的最大问题就解决了。旅行记者行动自由,文责自负,《大公报》不付工资、差旅费,支付稿酬,但可以借支。我想,如果这是一个好办法,也可能成功。于是,我去天津找胡政之……我提出到中国西南西北区旅行,为《大公报》写通讯……只要给我一个证件,一个名义,介绍一些地方旅馆和社会关系就行了。"

《大公报》是1902年创办的老牌报纸了,倡导"不党、不卖、不私、不盲"的"四不"办报方针,报社的事业经吴鼎昌、张季鸾和胡政之的经营正如日中天,成为中国北方的大报,在全国有40多个办事处(分销处)。作为一份无党派人士主办的报纸,他们敢说敢当,在社会舆论上的影响力可想而知。

　　面对这位比自己整整小20岁的年轻人,胡政之答应了范长江的请求,并对他的采访愿望和写作计划给予高度赞赏,说了很多鼓励的话,并为其开具了许多介绍信,以备沿途遇有困难时使用。就这样,范长江顺利地成为《大公报》的旅行记者,终于拥有了第一张"记者证"。胡政之还特别关照这位同乡,给他预支了稿费。这对于初出茅庐的范长江来说,真是喜出望外。后来,他回忆说:"《大公报》那时在全国声望很高,有了《大公报》的正式名义,又经常在报上发表我署名的通讯,还有《大公报》在全国的分支机构可以依靠,虽然我的经济情况那时还很困难,常常捉襟见肘,但我活动的局面开始打开了。"

"成兰纪行"披露红军长征 《中国的西北角》一举成名

　　1935年5月中旬,范长江离京南下。18日,他从上海乘民生公司的"民主"号轮船逆流而上,首先回到自己的家乡四川内江。在短暂停留之后,他来到成都。本来,按照计划,他首先做环川旅行,再入西康省进行考察。抵达四川后,范长江获悉中共和红军已经抵达西北,必须尽快改变行程。一个偶然的机会,范长江得到了经川西北松潘北上去兰州的机会。对此,《大公报》编辑陈纪滢晚年在台湾撰文《抗战时期的大公报》时回忆说:范长江曾跟随胡宗南的部队追踪"共匪",深入松潘等地。7月14日,范长江打点行装,离开成都,踏上了前往中国西北角的采访之旅。

　　几乎与范长江向西南四川老家开始采访行程的同时,《大公报》总编辑张季鸾也前往西北采访。7月30日,《大公报》发表了他撰写的《西北纪行》。张季鸾在文章中说:"绥德以南丹州以北,数百里间,几全成赤化区域……赤化民众殆有六七十万,有枪者逾万,此数字如何姑不论,唯十余县赤化蔓延,则为周知事实……陕北地势,在种种意义上,今后将日增其重要。延(安)绥(德)榆林,历代本为重镇,现时形势,又成边防要区。余以为亟应有安民固边之经常计划……关于军事问题,兹不具论,唯可言者,陕北根本上是政治问题,非真正的军事问题……陕北困穷而乱,因乱而愈穷,现时所需者,为凡入境军队,绝对勿征发,勿筹款,且须办赈济。"作为著名报人和政论家,张季鸾可谓一语中的:"陕北根本上是政治问题,非真正的军事问题。"值得注意的是,在7月份,《大公报》加大了对红军的报道力度,仅仅在该月就发表了有关中共和红军的消息、通讯和时评等达二十四篇之多。

不可否认,年轻的范长江也同样看到了中国内战问题的本质,正是抱着和张季鸾相同认知或者疑问,踏上了"成(都)兰(州)之行"的漫漫征程。一路上,他途经江油、平武、松潘和甘南西固、岷县等地,经过50余日的长途旅行,跋涉1500多公里,于9月2日抵达兰州。两天后,范长江写下了此行的第一篇通讯——《岷山南北剿匪军事之现势》,发表于9月13、14日出版的《大公报》。以此为开端,范长江依托兰州穿梭于甘陕之间,且继续向西,深入敦煌、玉门、西宁,足迹越过祁连山,绕过贺兰山,再北上到临河、包头等地采访,特别是深入到红二十五军和中央红军长征经过的毗邻陕北的陇东一带采访,先后撰写了二十六篇通讯,陆续发表在《大公报》上。这些通讯主要包括:《成都江油间》《"苏先生"和"古江油"》《平武谷地中》《松潘与汉藏关系》《金矿饿殍与藏人社会》《陕北甘东边境上》《渭水上游》(以上八篇均有记叙红军和长征的文字,后来收入《中国的西北角》)和《岷山南北剿匪军事之现势》(9月13日)、《徐海东果为萧克第二乎?》(10月9日)、《红军之分裂》(11月21日)、《毛泽东过甘入陕之经过》(11月6日)、《从瑞金到陕边——一个流浪青年的自述》《陕北共魁——刘子(志)丹的生平》(11月28日)、《松潘战争之前后》(以上七篇专门写红军和长征的通讯未收入《中国的西北角》)。

"成兰之行"历时十个月,长达3000公里,是范长江第一次独立进行新闻采访活动,也是他记者生涯的标志性事件。尽管包括《大公报》在内的国内外报刊,陆续刊登了有关红军和长征的消息,而且在范长江之前至少有七位记者先于他到西北采访,但在当时那个白色恐怖的时代,像范长江这样长达数月的时间,写出如此之多有关红军和长征的系列通讯报道,涉及红军情况的面之广阔,内容之逼真深刻,应该说在当时还找不到第二个。

毫无疑问,范长江"成兰之行"的有关红军及长征的报道,满足了读者渴望了解红军和长征的情况,引起了强烈反响,轰动一时,名声大振。作为全国性的大报,《大公报》的发行量因此猛增。就连远在莫斯科由中共主办的《救国时报》,也在1935年12月9日创刊号第二版刊发的《红军在西北之开展》消息中,采纳摘选了范长江9月30日写于平凉、10月9日发表在《大公报》上的《徐海东果为萧克第二乎?》中的内容。此后,亦多次选载范长江有关红军和长征的通讯以及后来关于西安事变的报道。

亲历长征的中央军委原副主席张震上将回忆说:"我对长江同志的鼎鼎大名是在报纸上熟悉的。1934年10月至1935年10月,中央红军离开江西苏区进行艰苦的长征。当我们经过长途跋涉来到甘肃、陕西地区时,收集到一些报纸,发现以长江署名的文章,在我军还未长征前即判断我们可能要放弃苏区实行战略转移,分析了红军为什么要离开根据地进行转移,并对红军长征过程和下一步的动向作出了估计,大家感到很惊讶,都对长江同志的过人才华而赞叹不已。"

1936年5月,范长江回到天津,《大公报》聘任他担任正式记者。8月,由孟可权负责编辑,天津大公报馆出版部将范长江西北之旅采写的通讯作品,分为"成兰之行""陕甘形势片段""祁连山南的旅行""祁连山北的旅行""贺兰山的四边"五辑,并收入67幅图片和20余幅所经路线图,结集为《中国的西北角》出版,在全国公开发行。同时,报馆还请书法家梁津先生题写了书名。"未及一月,初版数千部已售罄,而续购者仍极踊跃",一时间洛阳纸贵,成为"一部震撼全国的杰作",出现了读者抢购的风潮。1936年1月,《大公报》在为该书第五版所做的广告中说:"本报记者长江先生所撰西北纪行,自刊印单行本以来,各界争购连印四版,未及三月,即已售罄。此书销行之广,为空前所未有,现第五版已出书即日发售,印行无多,惠购从速。"《中国的西北角》连续加印再版,共计印刷了九版,发行达十几万册。1937年4月,《民国丛书》第三编(70卷)将此书的第7版收入其中。1938年,《中国的西北角》由松枝茂夫翻译成日文,由日本改造社出版。

《中国的西北角》为《大公报》带来了巨大的社会效益和经济效益,胡政之十分高兴。1936年10月5日,他主编的《国闻周报》发表书评向读者推介。这篇署名"北平周飞"的作者畅谈读后感,说:"我以最大的愉快,在《大公报》上陆续看过长江君的游记以后,又得重读他结集起来的这本《中国的西北角》。在读着的时候,我随着作者的笔尖从成都而兰州而西安,从繁华的都市到偏僻的山野,从古老的废墟到景色如画的贺兰山旁,它随处给我以新鲜活泼的刺激,随时给我以深思猛省的机会,数年来我没有读过这样一本充实的书籍,没有领略过比读这本书时更大的快慰。"

《中国的西北角》是范长江的成名作,也是其新闻生涯的早期代表作。史学界有人认为它"第一次真正、公正、客观地报道了红军长征的行踪和影响"。事实并非如此。第一,如前所述,范长江在《大公报》发表的《岷山南北剿匪军事之现势》等七篇真正写红军和长征的通讯,并未收入《中国的西北角》;但值得肯定的是,他在《大公报》上发表的26篇系列通讯则应该是中国记者报道长征的最早的"深度报道"。第二,除了《从瑞金到陕边——一个流浪青年的自述》这篇通讯是范长江现场亲自采访红军战士的第一手资料外,其他的基本上都是依赖间接的第二手材料和沿途侧面间接采访的,因此"成兰之行"中对红军的认识存在模糊不清和措辞不准确的缺陷。新中国成立后,《中国的西北角》由新华出版社再版时进行了适当删节。

延安"一日游"写作《塞上行》，毛泽东致信以"弟"相称

第一次西北之行新闻采访的成功和《中国的西北角》的出版，范长江一下子跻身新闻界的"名人"行列，他也因此担任了《大公报》通讯课主任，统筹对外采访工作。不久，他也跟随胡政之、张季鸾一起赴沪，创办《大公报》上海版。

1936年12月12日，西安事变爆发，举世震惊。张学良、杨虎城的"兵谏"，蒋介石的扣留，是否是中共、毛泽东在背后所操纵，一时间众说纷纭，莫衷一是。《大公报》连续发表评论，声讨张、杨"罪行"。不久，蒋介石又被释放，张学良陪同回到南京。一时间，中国的政局如同雾里看花，让正在绥远前线百灵庙执行采访任务的范长江感到一头雾水，不得其解。就在这时，他接到张季鸾和胡政之的来信，要他利用曾去西北采访的优势，再次前往西北采访。

接到任务，范长江十分兴奋。他知道："这次如果不赶快去，也许要错过最后的机会了"，"决心不惜一切代价，到西安去，一探中国政治之究竟"。当时，因为局势紧张，西北的交通完全封锁，但此时范长江的大名在地方官吏和读者中已是如雷贯耳，非同往昔。他利用各种关系，从宁夏飞赴兰州，并极力说服甘肃省主席兼第五十一军军长于学忠，特拨给他军车一辆和数名全副武装的卫士护送。一路上几经周折，数次遭土匪绑架，险些丧命。

1937年2月2日傍晚，范长江顶风冒雪终于抵达西安。谁知这一天，西安再生突发事件，东北军特务团团长孙铭九等九人反对撤兵，枪杀了第六十九军军长王以哲和参谋长徐方等四人，史称"二二事件"。范长江被阻隔在城外，无法入城。第二天，他找到《大公报》西安分销处经理李天炽，并经其介绍见到了陕西省政府主席邓宝珊，随之受到杨虎城的接待。对于此行的目的，范长江后来在一篇通讯中这么写道："记者于事变后奉命从绥远到兰州，因已确知周恩来在西安，且知已到西安附近，曾到

过彭德怀、贺龙的部队,我很想借此机会,会会这般神秘人物,一探政治的究竟。"

2月4日,在杨虎城的公馆,范长江见到了周恩来。在后来的"陕北之行"中,他是这样描述周给他留下的第一印象:"四日午后,经朋友介绍,我们在杨虎城的公馆见到了周恩来先生,他有一双精神而朴质的眼睛,黑而粗的须发,现在虽然已经剃得很光,他的皮肤中所藏浓黑的发根,还清晰地表露在外面。穿的灰布棉衣,士兵式的小皮带,脚缠绑腿,口音夹杂着长江流域各省的土音,如果照普通话的口音判断,很有点像江西人。"

一见到范长江,周恩来就迎上来握手,高兴地说:"我们红军里面的人,对你的名字很熟悉,你和我们党和红军都没有关系,我们很惊讶你对于我们行动的研究和分析。"周恩来温和的话语,一下子打消了范长江的疑虑,感到中共领袖是如此平易,仿佛是多年未见的朋友一样亲切。

2月5日,周恩来与范长江在杨虎城公馆"作竟日长谈"。周恩来坦诚地向范长江详谈了中共与西北军的联系、与张学良接触的来龙去脉,以及中共在政治路线上由"反蒋"到"联蒋"并进而"拥蒋"、坚持"抗日民族统一战线"的转变过程。周恩来的讲述,澄清了有关中共参与西安事变预谋的谣言。随后,周恩来还引荐范长江采访了叶剑英。采访结束后,范长江大胆地提出了一个要求:"我要去延安。"周恩来爽快地答应了,并决定派车护送他去。

2月6日,在博古(秦邦宪)和罗瑞卿的陪护下,经过三天的颠簸,范长江于9日下午抵达延安中共交际处。一路上,博古一五一十地向他讲述了红军长征路上可歌可泣的故事,联筏抢渡乌江、巧渡金沙江、彝地歃血为盟、奇袭腊子口等等,听得他如痴如醉,感慨万千。

经安排,范长江住在抗日军政大学。一进校门,他远远地就看见"欢迎长江先生""中国人不打中国人"的标语,让他觉得"有几分不好受"。在这里,他见到的第一个中共领导人是林彪。尽管对采访活动没有任何限制,但范长江只有一天的时间。

随后,他闪电式地采访了林彪、吴亮平、廖承志、刘伯承、林祖涵、朱德、丁玲、张闻天、徐特立、张国焘和毛泽东等11人。

采访毛泽东,是范长江这次延安之行的"重头戏"。2月9日晚10时,范长江应邀来到凤凰山毛泽东的窑洞,两人畅谈,通宵达旦。走进毛泽东的家,范长江十分吃惊,家具竟然简陋至极。此情此景,范长江有精彩描述:"许多人想象他不知是如何的怪杰,谁知他是书生一表,儒雅温和,走路像诸葛亮'山人'的派头,而谈吐之持重与音调,又类三家村学究,面目上没有特别'毛'的地方,只是头发稍微长一点。"接着,他这么写道:毛泽东"那个窑洞内,除了一个大炕之外,还有一张木椅,一张桌子,一条木凳,一盆木炭。木桌上放了许多纸条,还有经济学和哲学书籍,桌上燃起油烛。他对于窑洞发生了感情,因为它冬暖夏凉,适宜居住。他说薛仁贵回窑回的是这种窑,不是南方的砖窑。他因为过去行军作战关系,作计划下命令,都是夜间,于是白天在卧式轿里睡觉,夜间才紧张地做事,弄成和我们新闻编辑一样的日夜颠倒。他用脑过度,脑血管膨胀,经常兴奋,不容易睡着,神经受点影响。如果行军时,身体有劳动机会,睡觉可以好些。他平常很爱读书,外间舆论的趋势,他很清楚地和我谈论"。

采访中,范长江向毛泽东询问了红军的军事战略问题。毛泽东特别兴奋,滔滔不绝地说:"我们的第五次反'围剿'不应当在广昌进行大会战,不应当和陈诚的主力硬拼,而是应当放弃苏区,兵分四路,猛出杭州、苏州、南京、芜湖四点,施以佯攻,再调动江西兵力,然后选择弱的一线,胜利后回到江西,那么苏区可以保全。"现在,众所周知,毛泽东的战略思想核心就是"集中优势兵力,各个击破敌人"。第五次反"围剿"失败,红军被迫长征,其主要原因就在于没有实行灵活机动的战略战术,因地制宜打运动战。历史没有假设。但是,如果红军按照毛泽东这一战略思想与国民党进行斗争,或许中央苏区当是另外一番景象。范长江将长征前夕毛泽东的这一战略思想首次公布于世,也是对中国革命的一种贡献。

范长江确实是一个敏锐地抓住要害问题的记者。他直言不讳地问毛泽东:红军在二万五千里长征的艰苦跋涉中,是如何作出最后扎根陕北的决策的？毛泽东实事求是地回答说:"不得已放弃江西之后,最初的目的地是湘西,并不敢预定说能到遥远的西北来。先命萧克去探路,只想从湘西凭借贺龙偷渡长江的技术,从三峡区域,北过长江,再图发展。谁知追兵太紧,湘西不能立足,乃想图贵州。贵州四面受敌,而且太穷,乃转而想从四川西南转入川西北之松潘一带,暂驻以观形势。土城一败,逼得走云南川边,辛辛苦苦到了川西北,乃是蛮荒千里,不宜居人。且松潘要地已入胡宗南手,不得已始出甘肃到陕北。"

真是逼上梁山啊！这就是真实的历史。长征,也是形势所逼。

对于外界盛传中国共产党不懂爱国的谣言,毛泽东严正地说:这些人是不懂马克思列宁主义,马列主义是反对帝国主义的。在当前的中国,"外在矛盾,大过内在矛盾,所以缩小内在矛盾,先解决外在矛盾"。谈及民族的解放事业和中共的政治要求,毛泽东甚至说:"故为实现民主政治,共产党当可放弃土地革命、苏维埃和红军的名义。"

窑洞外寒风凛冽,窑洞内炭火正旺。与毛泽东的彻夜畅谈,加深了范长江对中国共产党人和红军的了解。他在晚年深情地回忆说:"毛主席长时间地与我谈话,耐心地对我进行教导,把中国革命的性质、任务、两个阶段,特别是十年内战的经过,详细和我讲了,我才茅塞顿开,豁然开朗。抗日民族统一战线的伟大政策,把我多年来无法解决的'阶级'和'民族'的矛盾从根本上解决了。"这次谈话,不仅解决了范长江积累多年的思想疙瘩,而且还促使他完成了世界观、人生观、价值观的重大转变,他说:"在延安,毛主席教导我一个通宵,这十小时左右的教导,把我十年来东摸西摸而找不到出路的几个大问题全部解决了,我那天晚上之高兴,真是无法形容,对于毛主席的敬爱心情,由此树立了牢固的根基。"

1937年2月10日,是农历大年二十九,这年农历的腊月没有三十,因此这一天也是农历丙子年的除夕。拂晓,与毛泽东畅谈结束时,无比兴奋的范长江提出想留在延安,搜集材料写长篇著作的想法。毛泽东思索片刻，毫无迟疑地答复说："目前最重要的是把中共抗日民族统一战线的主张，利用《大公报》及其他各种可能的办法，向全国人民作广泛的宣传，动员全国人民团结起来，一致抗日。"向来重视宣传工作的毛泽东，对《大公报》的舆论影响力是极其看重的，而且他已经获悉再过六天国民党五届三中全会即将开幕，于是他对范长江说："你应该马上回到上海去，做宣传工作，写书可以以后再办。"范长江十分爽快地接受了毛泽东的意见。

山重重，水重重。从延安到上海，山水迢迢，冰封阻隔。此时此刻，正是传统的春节过大年，阖家团圆的日子啊！2月10日中午，范长江义无反顾地离开延安，日夜兼程，经西安转郑州，在陕北黄土高原上的旅途尘烟之中辞旧迎新，度过了新春佳节。

2月14日，范长江飞抵上海。傍晚，他回到上海大公报报社，谁也没见，一头扎进总经理胡政之的办公室，向他汇报西安和延安之行的情况。当胡政之了解到西安事变的真实情况后，立刻让他动笔，准备第二天见报。胡还告诉范，他已安排《大公报》附属刊物《国闻周报》在2月8日登载了毛泽东贺子珍夫妇、朱德、彭德怀、林彪、萧克的照片。真是不谋而合。于是，范长江就在胡政之的办公室奋笔疾书，赶写稿件。范写一段，胡看一段。当晚10时，文稿修改定稿，胡政之拟了一个较为中性的标题"动荡中之西北大局"，立即派人送国民党上海新闻检查所审查。谁知，稿件未能通过检查。时间紧迫，胡政之将文稿略加修改，决定"抗检"，冒险发表，并嘱咐《大公报》天津版同时发表。15日，署名长江的《动荡中之西北大局》一文，由《大公报》上海版和天津版同时刊发，引起强烈反响。

恰在此时，也就是第二天，国民党五届三中全会在南京开幕，会议的主要议题是讨论西安事变以后的局势。作为西安事变的主要当事人，蒋介石在这次会议上却对西安事变缄口不言，根本不提中共和西安事变的关系，更不提中共主张和平解决西安事变、为释放蒋介石所作出的努力，完全是一套假话。然而，就在这天下午，《大公报》在南京上市，范长江的《动荡中之西北大局》如同一股红色旋风,吹翻了蒋介石新闻封锁的大门,把蒋介石的关于西安事变的谎言掀了个底朝天。

新闻是市场,更是战场。范长江的这篇文章就像一枚炸弹,震惊朝野,揭开了西安事变的真相,传播了中国共产党和平解决西安事变的正确主张和抗日民族统一战线政策,无疑扇了蒋介石一嘴巴。蒋介石看到后,更是气愤至极,立即把正在南京采访的《大公报》总编辑张季鸾叫过去,怒骂一顿,并命令此后要特别严加检查范长江的文章和私人信件。蒋介石如鲠在喉,如芒刺背,吃了个哑巴亏。

范长江和《大公报》秉持正义,并没有被蒋介石的淫威所吓倒。此后,《大公报》从2月17日起,又连续刊登了范长江的《暂别了,绥远》《宁夏进入记》《陇东未走通》等3万多字的长篇通讯。特别是相继发表的《陕北之行》,详细记述了红军二万五千里长征的艰苦历程,介绍了陕北根据地和中国共产党的领袖,记述了陕北苏区见闻,以及与毛泽东彻夜长谈的全部内容。中国共产党、毛泽东以前不被人们所注意的政治主张,终于系统、完整地在国内中国人自己办的最有影响力的报刊上得到了公开、正面宣传,从而使国统区民众加深了对中国共产党和红军的认识,知道了红军长征的原因、经过和意义,同时也展示了红军将士的风貌,传播了长征精神。

毛泽东看了范长江的这一系列文章后,非常高兴。1937年3月29日,毛泽东谦逊地以"弟"相称,亲笔致信范长江:

长江先生:

　　那次很简慢你,对不住得很!你的文章我们都看过了,深致谢意!

　　寄上谈话一份,祭黄陵文一纸,藉供参考,可能时祈为发布。甚盼时赐教言,匡我不逮。

　　敬颂

撰祺!

弟　毛泽东
三月廿九日廿四时

因为让范长江春节都奔波在旅程之中,毛泽东在信中一开始就表达了歉意。不久,当范长江率领中外记者采访团从徐州突围负伤归来,周恩来十分关切地致函慰问:"长江先生:听到你饱载着前线上英勇的战息,并带着光荣的伤痕归来,不仅使人兴奋,而且使人感念,闻前线归来的记者正在聚会,特驰函致慰问于你,并请代致敬意于风尘仆仆的诸位记者。"

1937年7月,卢沟桥事变后,当范长江提出要求派《大公报》记者进入山西的八路军采访时,毛泽东立即致电彭雪枫将军:"欢迎《大公报》派随军记者,尤欢迎范长江先生。"1944年六七月间,《大公报》记者孔昭恺参加中外记者参观团访问延安,在欢迎宴会上,毛泽东让孔坐在首席,并举杯对他说:"只有你们《大公报》拿我们共产党当人。"毫无疑问,毛泽东依然感激范长江在《大公报》上发表的通讯,因为范长江在他的文章中,从来不称共产党及其军队为"匪共"或"匪军"。

1937年7月初,在胡政之的安排下,大公报社再次把范长江近期深入西北采访撰写的通讯汇编成册,取名《塞上行》。该书先后重印六次,发行数万册之多。《塞上行》很快就被日本人翻译成日文,在日本出版。《塞上行》的出版和发行,对激励全民抗战有着积极的意义,对宣传抗日民族统一战线也产生有效的影响。诚如范长江在自序中所言:"在这小册子里面,我比较注意三个问题:第一,是国内民族问题;第二,是统一国家之途径问题;第三,社会各阶级利益调整问题。这些是我认为中华民族解放运动中,最基本最起码要解决的项目。"

对范长江这一系列新闻作品,胡政之认为:"虽是新闻报告性质,实际就是中华民国的几页活历史。"他为《塞上行》亲自作序,恳切指出:

> 中国国家建设的征途,潜伏着一个很要紧的宿题,便是民族问题。我们非常羡慕苏俄能大胆地将国内无数不同的民族解放开来,为之发扬其固有的文化,钻研其神秘的史迹,充分重视他们的自尊心,同时又能巧妙地拿主义思想把他们熔成一片,这实在非中国历代对弱小民族威慑羁縻的

方法所可望其项背。长江君对于民族问题素感浓厚兴趣，近年衔命出入西北各地，接触愈多，所感尤切。《塞上行》诸篇，字里行间随在流露他的情感和期望，这也是读本书的人应当注意的一点。

中国现在已不是宣传原则论和斗争观念论的时代，而当直截了当提出具体问题，以研讨实际方案，以中国国家之大，历史之久，人情之复杂，建设之多端，我们自愧智力薄弱，够不上谈解决问题，只有尽其所能为公众搜索问题，发现事实，披露出来供社会有识者的研究。长江此书所记，即为我们工作之一端。如能因此引起国人之注意，为国家许多重要问题开一真切认识和具体检讨的端绪，即是我们望外之幸。

范长江的《塞上行》，除了《动荡中之西北大局》引起强烈反响，同时受到蒋介石和毛泽东的高度关注之外，其中《陕北之行》一文(1937年7月12日出版的《国闻周报》也曾单独发表此文)更是引起读者极大兴趣。一位名叫吴平的苏州读者投书《国闻周报》，谈了他对中共和红军的看法："在西安事变中，共产党是最惹目的力量。长江君到西安后，先分析当时领导的政治理论；更与有力分子周恩来相见，因而知道共党的转变：在理论上，由阶级斗争变为民族革命解放战争；在策略上，由'反蒋抗日'变为'联蒋抗日'乃至'拥蒋抗日'。延安之行以后，他更介绍给我们许多由传说而变为神话式的人物。从他的笔下，我们可以很活跃地认识毛泽东、朱德、博古、叶剑英、廖仲恺先生的哲嗣承志、女作家丁玲，他们的谈吐，他们的行动，他们的思想，他们对于团结抗战的愿望，他们放弃军事暴动的决心。这些动人心魄的叙述，栩栩如生地，让每一个读者理解到西安事变急转直下的因由，也理解到此后中国内政外交动向的轮廓。不佞读《陕北之行》及《西北近影》两章里，是以最愉快的心情将它一口气读完的。在西安事变及其解决之中，我们都如黑夜摸索，读了这薄薄的几篇短文，才如拨云雾以见青天，重新走入明朗的境界。"

作为《中国的西北角》的姊妹篇,《塞上行》打破了国民党的新闻封锁,以民族解放、团结抗日为大局,在《大公报》这个有力的舆论平台上,客观公正地向国统区的人民介绍了陕北革命根据地生气勃勃的面貌和中共领袖人物,准确地宣传了中国共产党抗日民族统一战线的正确主张,从而提高了中国共产党在人民群众心目中的地位。作为第一位正式以新闻记者身份进入延安的中国媒体人,范长江以其罕见的勇气、胆识和才能,写下了中国新闻的经典作品《中国的西北角》和《塞上行》,不仅为现代中国写下了活的历史,也因此改变了他个人的前途命运。

1937年11月,范长江和羊枣、徐迈进等创建中国青年新闻记者协会(中国记协的前身),并被推选为"青记"总干事。1938年,他在周恩来的领导下,发起成立了"中国青年新闻记者学会",同年在长沙创办国际新闻社。1939年,他在重庆曾家岩50号"周公馆",经周恩来介绍,秘密加入中国共产党,从此开始了他人生新的篇章。

(节选自《世界是这样知道长征的》,
中国青年出版社2016年10月出版)